Bert Stephan

Schnecken im Eismeer

Deine ganz persönliche Widmung!

[illegible] Gute zum Geburtstag!

Bert Stephan

Schnecken im Eismeer

NOT*schriften* - Verlag

Ähnlichkeiten mit lebenden und toten Personen sind zufällig.
Alle Namen sind frei erfunden.

Illustrationen: Manuela Bruchmann

Impressum:
1. Auflage 2007

Tel./Fax: 0351/838 69 89 e-mail: info@notschriften.de
www.notschriften.com
Satz/Layout: Verlag
Umschlaggestaltung: DER AUTOR
Druck/Bindung: PBtisk s.r.o.

ISBN 978 - 3 - 940200 - 09 - 9

FÜR GELD
(In tiefer Dankbarkeit)

Wer schreibt, der bleibt!
Wer spricht, bleibt nicht!

Gotthelf Balthasar von Klingenburg (1815 –1907)

Das Jahr 1967 war der Beginn einer wunderbaren Freundschaft für drei damals noch sehr junge Menschen und dies nicht im ironischen Sinne des bekannten Filmzitates. Freilich ahnten sie zu jener Zeit noch nichts von ihrem Glück. Die drei lernten sich allerdings unfreiwillig kennen. Sie wurden sozusagen gezwungen sich kennen zu lernen. Gesetze, übergeordnete Organe und ihr Wohnsitz, bei dessen Wahl sie ebenfalls kein Mitspracherecht hatten, führte sie zusammen.

Genau am 1. September 1967 klingelte bei allen dreien um 6.3o Uhr der Wecker. 6.3o Uhr ist eine sehr unchristliche Zeit, auch für Atheisten und Angehörige anderer Glaubensgemeinschaften. Man sollte meinen, ein Wecker mit etwas Verständnis für die Situation und Befindlichkeit des Menschen, sollte sich weigern überhaupt zu klingeln, egal zu welcher Zeit. Schon aus Eigeninteresse. Auf wie viele Wecker wird eingeschlagen, wie viele Wecker werden im Halbschlaf mit dafür schon erstaunlicher Energie an die Wand geworfen, wenn sie klingeln? Aber Wecker haben kein Verständnis, für nichts und niemand. Wecker haben ein Herz aus Stein. Zur Ehrenrettung der Wecker sei angemerkt, dass unsere drei Freunde den Wecker gar nicht benötigten, da sie eh schon wach waren. Und zwar aus Angst. Alle drei hatten Angst. Vor Angst schliefen sie erst sehr spät ein und vor Angst waren sie auch schon vor dem Wecker munter. Die Wecker klingelten natürlich trotzdem. Das ist ihre Bestimmung. Der Sinn eines Weckers besteht darin, dass er irgendwann klingelt. Dass Wecker eine Bestimmung haben, veranlasste ja auch den Philosophen Gotthelf Balthasar von Klingenburg in seiner berühmten Schrift - Die Bestimmung als solche und im Besonderen - , den Wecker an sich und jegliches anderes technisches Gerät, in Bezug auf Bestimmung und Sinn, über den Menschen zu stellen. Und zwar hauptsächlich in Punkto Funktionalität, Form und Zuverlässigkeit.

Als die Wecker klingelten, waren die drei, natürlich unter Aufsicht, schon mit einer Prozedur beschäftigt, welche sich jahrelang so oder ähnlich abspielen sollte: Nach dem Harnen, welches immer mit einem leeren Blick an der Penisspitze vorbei ins Klobecken erfolgte und dem nachfolgenden Ziehen an der Kette, das immer mit einem Gähnen einher ging, begann die Körperhygiene, welche sich im Prinzip auf das Putzen der Zähne beschränkte. Alle drei waren damals darauf bedacht, die ihnen zugewiesene Zahncreme Namens „Putzi" recht sparsam zu benutzen. Wobei das eigentlich Abschreckende nicht die Creme an sich, sondern eher der Name war. Später dann wurde „Putzi" von der Zahncreme „Chlorodont 69" verdrängt. Da war es dann umgedreht. Da die drei noch sehr jung und damit verbunden auch sehr klein waren, blieb ihnen damals noch der Blick in den Spiegel erspart. Dann wurde die Kleidung, welche ihnen am Abend zuvor auf den Stuhl neben das Bett gelegt wurde, angelegt. Dies dauerte seine Zeit, man war noch nicht geübt. Später ging dies schneller vonstatten, auch weil man sich nachfolgend seine Kleidung selbst aussuchen konnte, zum Teil sehr zum Leidwesen der oben erwähnten übergeordneten Organe. Dann wurde zum Frühstück aufgerufen. Keiner hatte Hunger, aber man brauche etwas in den Magen, hieß es. Die drei wussten nicht mal was ein Magen ist. Aber der Instinkt half beim Schlucken, die Angst allerdings behinderte das Verdauen. Nach dem Essen noch mal Hände waschen, ein Arbeitsgang, der sich mit den Jahren ebenfalls verflüchtige, Jacke übergestreift, Schuhe angezogen und dann kam das Schlimmste: Man wurde gekämmt. Schlimm, aber nicht zu vergleichen mit dem Schrecklichen, was danach kam: Das übergeordnete Organ nahm ein Taschentuch, spuckte auf eine Ecke, fasste unters Kinn und rieb einen Marmeladefleck aus dem Mundwinkel. Das Abwischen der Marmelade erfolgte bei allen dreien in der Zeit zwischen 6.5o Uhr 6.55 Uhr. Erste zaghafte Formen des Hasses entwickelten sich damals bei unseren drei Freunden. Hass, welcher sich bei labilen Menschen später in Mordgedanken und freiwilligen UNO-Auslandseinsätzen in Afghanistan manifestieren sollte.

War es das, weshalb die drei nicht schlafen konnten? Hatten sie davor Angst? Dieser Griff unters Kinn? Dieses feuchte Taschentuch an ihrem Mund? Würgten sie daher widerwillig ihre Marmeladenbrote herunter? Nein, das war es nicht. Ihre Angst begründete sich völlig anders: Der 1. September war ihr erster Schultag.

Monatelang hatten die verschiedenen übergeordneten Organe bis hin zu Verwandten fünften und sechsten Grades, welche die drei teilweise erst bei der Schuleinführung kennen gelernt hatten, und, nebenbei bemerkt, nur verachtenswerte Dinge wie Taschentücher, Häkelkästen oder Strümpfe geschenkt hatten, unsere drei Freunde verbal auf den ersten Schultag vorbereitet: „Da wird dann aber ein anderer Wind wehen", „Pass bitte schön auf, du wirst das später brauchen", „Da kannst du nicht mehr so rumzappeln", „Jetzt beginnt der Ernst des Lebens", „Und bring uns gute Zensuren mit nach Hause, da freuen sich Mama und Papa", „Wir hatten es früher viel schwerer, da gab's Kohlsuppe jeden Morgen und wir waren froh wenn wir überhaupt in die Schule durften", „Na, eure Lehrer werden euch schon die Hammelbeine lang ziehen", und so weiter und so fort. Zwar klopften die meisten der übergeordneten Organe bei ihren guten Ratschlägen unseren Schulanfängern leicht auf die Schulter, manche lächelten sogar dabei, aber die ursprünglich verhaltene Vorfreude auf die Schule war der Angst gewichen. Erste Fragen begannen an unseren Freunden zu nagen: Aus welcher Richtung wird der Wind wehen und welche Stärke könnte er maximal erreichen? Was ist der Unterschied zwischen schön aufpassen und schlecht aufpassen? Und wieso werde ich DAS später brauchen? Was heißt: Nicht rumzappeln? Ich habe doch noch nie gezappelt. Dass sich übergeordnete Organe über gute Zensuren freuen könnten, war ja noch nachzuvollziehen, aber wo ist der Unterschied zwischen Kohlsuppe und Marmeladenbrot? Und wieso, und das war die schwierigste aller Fragen: Wieso können Lehrer Kindern Hammelbeine lang ziehen? Und wenn sie es könnten, stellt sich die Frage: Wie lang? Und wird es schmerzen? Könnten am Ende auch Hammel Lehrern Kinderbeine lang ziehen? Vielleicht während ein zappelnder Wind Orkanstärken erreicht und es Kohlsuppe regnet? Unsere Freunde begannen zu spüren: Das Leben scheint doch komplexer zu werden als zunächst vermutet.

Am 1. September 1967 um 7.30 Uhr begann also für Jens Schmidt, Gunnar Brendel und Carsten Jämlich der Ernst des Lebens.

Der Ernst des Lebens - was für eine schwammige Formulierung – schwebte pünktlich zum Klingelzeichen in Form einer beeindruckend großen Frau zur Klassenzimmertür herein. Womit sich obengenannte Floskel etwas entschwammte, denn in diesem Moment wurde unseren Helden klar, der Ernst des Lebens musste unmittelbar etwas mit Frauen zu tun haben.

Zeugung, Geburt, die erste körperliche Züchtigung nach selbiger, das Abtupfen der Marmelade, der erste Schultag - immer waren Frauen, mehr oder weniger aktiv, daran beteiligt. Spätere signifikante Ereignisse, wie das erste Spendieren eines Getränkes, was ja in erster Linie das Problem der Refinanzierung nach sich zog, oder Hochzeit sollten zeigen, dass Frauen auch fürderhin mit dem Ernst des Lebens in Verbindung zu bringen waren.

Doch zurück zur großen Frau. Es ist nicht verbürgt, ob sie in das Klassenzimmer geschwebt kam, dies scheint rückblickend und vom wissenschaftlichen Standpunkt sogar höchst unwahrscheinlich. Wahrscheinlicher ist wohl: Sie betrat forschen Schrittes das Zimmer, selbiges sofort überblickend, zielstrebig auf den Lehrertisch zueilend. Dann blieb sie vor dem Tisch stehen, zog ihren Stuhl zurück, um ihre Tasche darauf abzustellen. Die Tasche war mindestens so groß wie die Frau. Sie öffnete sie, entnahm ihr einige Bücher und legte diese akkurat auf ihrem Tisch ab. Dies alles geschah in gebückter Haltung, aber sie beobachtete die Kinder weiter. Sie hatte ihre Augen überall, auch auf ihrer Schädeldecke. Sie schloss die Tasche, schob den Stuhl wieder an den Tisch, richtete sich wieder auf und sagte dann laut und optimistisch: „Guten Morgen, liebe Kinder." Dabei klatschte sie in die Hände und rieb ihre Handflächen ineinander. Alle im Raum hatten ihre Augen weit aufgerissen. Die Kinder vor Angst, Erstaunen und Ehrfurcht, die Frau um noch größer zu wirken, und um ihre Worte optisch zu untermalen. Sie hielt kurz inne, auch ihre Hände ruhten ineinander. Sie blickte in die Runde, dann wendete sie sich ab, verschränkte ihre Arme auf dem Rücken und ging langsam auf die Fensterseite des Zimmers zu. Die Blicke der Kinder folgten ihr. Sie wusste dies, und sie genoss es. Dem Fenster zugewandt sagte sie mit stummen Lippen noch einmal diesen Satz: Guten Morgen, liebe Kinder. Dieser Satz meinte nichts anders als: Ihr Drecksbälger! Euch werd ich zeigen, wo der Hammer hängt! Nach vier Jahren Unterstufe werdet ihr mich lieben!

Die Frau hieß Fräulein Rost, war 24 Jahre alt und hatte einen Dutt.

Als Dutt bezeichnet man eine Mischung aus Frisur und modischer Entgleisung. Die Haare werden streng nach hinten gekämmt und im geflochtenen Zustand am Hinterkopf der Frau um sich selbst gewickelt. Heraus kommt dann so etwas wie ein schräg nach oben ragender Haarzylinder. Das klingt ziemlich kompliziert, sieht aber auch Scheiße aus. Die Trägerin eines Dutts benötigt dafür Haare bis zum Arsch und jeden Morgen eine Stunde Zeit. Die meisten Frauen haben morgens eine Stunde Zeit, aber nicht alle haben lange Haare. Daher ist es bei der Herstellung eines Dutts nicht unüblich gewesen, falsche Haare mit einzuflechten. Wir wissen nicht, ob das Fräulein Rost teilweise falsch behaart war, aber wir sollten diese Möglichkeit in Betracht ziehen. Für die Kinder war dieser Dutt in jedem Fall sehr beeindruckend; einerseits verliehen die nach hinten gekämmten Haare dem nicht unhübschen Gesicht des Fräulein Rost die für Grundschullehrerinnengesichter notwendige Härte, andererseits erweckten die Haare von der Seite den Eindruck eines großen Kopfes, was wiederum bedeuten konnte: Ja, unsere Lehrerin ist klug.

Auch für Fräulein Rost, und das sollte man nicht vermuten, war dieser 1. September 1967 der erste Schultag. Sie kam direkt von der Lehrerschule, was bedeutete: sie war voller Ehrgeiz und im politischen Sinne rot wie ein Sack Tomaten. Drei Dinge hat ein Junglehrer damals mit in die Praxis genommen. Erstens: 1+1=2. Zweitens: Der Sozialismus siegt. Drittens: über Erstens könnte man unter Umständen noch einmal diskutieren. Sie war natürlich in der Partei und fühlte sich dazu berufen, den Kindern nicht nur „Erstens", sondern vor allem auch „Zweitens" einzuimpfen. Zu ihrer Ehrenrettung sei erwähnt, dass „Drittens" trotz ihrer Linientreue, zumindest ihren Schülern gegenüber nur eine sehr untergeordnete Rolle spielte.

Eine der ersten Amtshandlungen des Fräulein Rost war die Unterteilung der Klasse in vertrauenswürdige Schüler und solche, die die Vertrauenswürdigkeit der anderen überwachen sollten. Etwa 8 Mädchen, je 2 pro Bankreihe, welche sich später auch in anderen Schulfächern als recht strebsam herausstellten, nahmen voller Demut und Dankbarkeit die Aufgabe des Überprüfens an. Das waren also die 8 Petzen vom Dienst, die jede noch so kleine, vom Fräulein Rost als Vergehen eingestufte Handlung oder Unterlassung meldeten.

Bevor die Petzen aber die Verstöße melden konnten, mussten die Vergehen jedoch erst einmal als solche definiert werden. Vielleicht kann man als Petze geboren werden, aber nicht mit dem Wissen, was gepetzt werden soll. Und so kam es, dass das Fräulein Rost die ersten Monate des Unterrichtes ausschließlich dazu benutzte, zu erklären was verboten, unschicklich, und welche Verhaltensarten zumindest fraglich, und damit Jahre später einen abschlägigen Bescheid bei einer Bewerbung für ein, sagen wir, Chemiestudium nach sich ziehen würden. Auf einige Vergehen wird hier näher eingegangen.

An erster Stelle sei das Kippeln erwähnt. Wer sich mit seinem Stuhl nach hinten lehnte, und versuchte auf den hinteren Beinen seines Stuhles die Balance zu halten, hätte nach der Lesart des Fräulein Rost, eigentlich gleich ins Erziehungsheim gemusst. Aus verschiedenen Gründen. Wer im Unterricht versucht die körperliche Balance zu halten, wird sich ja wohl kaum auf die geistige konzentrieren können, und außerdem, wenn man diesen Umstand außer Acht lassen würde, wer konnte garantieren, dass der Stuhlkippler das Gleichgewicht auch halten würde, und sich nicht, nach der zweifellos unfreiwilligen Aufgabe der Balance, den Hinterkopf an der Bank des Hintermannes blutig schlägt. Fräulein Rost wollte kein Blut in ihrem Klassenzimmer sehen, allein schon des Papierkrams wegen.

Als Zweites sei erwähnt: Während des Unterrichtes aus dem Fenster schauen. Die Fensterbankreihenschüler waren da natürlich am meisten gefährdet. Aber sie hatten es auch einfacher. Sie konnten aus dem Fenster schauen und dabei den Eindruck erwecken, sie würden über ein Lernproblem nachdenken. Diese Fertigkeit wurde natürlich, je nach Intelligenz erst in der 3. Klasse entdeckt und ab der 5. Klasse vervollkommnet. Einige Schüler perfektionierten dieses Vergehen ab der 9. Klasse insoweit, dass der Lehrer einen Tadel aussprach, wenn der betreffende Schüler NICHT aus dem Fenster sah, weil er der festen Überzeugung war, jetzt denkt er nicht nach. Die Schüler der anderen Bankreihen waren nicht so gefährdet, aber sie hatten es ungleich schwerer. Um aus dem Fenster zu sehen, mussten sie sich schon, vom Sitzpunkt abhängig, gewaltig strecken, aus dem Sitz sich gegebenenfalls gar erheben. Dies wurde sofort bemerkt. Dazu bedurfte es nicht einmal einer professionellen Petze.

Schwatzen! Schwatzen stand ebenfalls auf der Agenda der Vergehen. Schwatzen mit dem Banknachbarn zeugte von Unaufmerksamkeit und Desinteresse am Unterrichtsstoff. Aber dies war eigentlich nicht das Schlimmste, jedenfalls nicht für das Fräulein Rost. Wer schwatzte untergrub damit automatisch ihre Autorität. Dabei war es dem Fräulein Rost völlig egal, warum heimlich und leise kommuniziert wurde. Das Schwatzen konnte ja unter Umständen auch konstruktiver Natur sein: Hast du mal einen Radiergummi, oder, wenn du mich abschreiben lässt, bekommst du von mir ein Fußballbild. Nein, Fräulein Rost wollte, dass Jegliches über SIE lief. Sie war die Lehrerin, der Mittelpunkt, das Zentrum. Sie war die Erde um die sich viele kleine Sonnen drehen mussten. Aber es konnte nicht alles über das Fräulein Rost laufen, denn sie wusste nichts von der Existenz von Fußballbildern. Sie hatte keine Verwandte in Westdeutschland, ergo bekam sie keine Päckchen, was zur Folge hatte, dass sich Sprengelschokolade für sie in ihrem Leben nicht verstofflicht hatte. Und wer keine Sprengelschokolade bekam, wusste auch nichts von Fußballbildern. Wer also mit Fußballbildern Kompensationsgeschäfte machte, musste zumindest jemand kennen, der jemand kannte, der Sprengelschokolade empfangen hatte. Also war Schwatzen nicht nur als Unaufmerksamkeit zu werten, sondern auch als klassenfeindlich einzuordnen.

Des Weiteren war Popeln ein äußerst schwerwiegendes Vergehen. Fräulein Rost hatte in vielen schlaflosen Nächten versucht, Gründe zu finden, um das Popeln als subversiv, staatsfeindlich, als lernbehindernd oder wenigstens als negativ für den Zensurendurchschnitt der Klasse einzustufen. Stundenlang saß sie auf ihrer Couch und dachte über das Popeln nach. Aber sie kam zu keinem befriedigenden Ergebnis, will sagen, sie fand keinen Beweis. In ihrer Not machte sie sogar heimlich Selbstversuche, indem sie vor dem Spiegel vorsichtig ihren rechten, formschönen Zeigefinger, der mit einem langen gepflegten Nagel ausgestattet war, in ihr rechtes Nasenloch einführte. Sie drehte den Finger mehrmals um seine eigene Achse, schob in tiefer hinein, verharrte, krümmte das letzte Glied ihres Fingers ein wenig, streckte ihn wieder und zog ihn endlich wieder aus ihrer Nase heraus. Sie betrachtete ihren Finger: er war sauber, kein Popel. Es soll popellose Nasen geben, aber sie war die Lehrerin, und auch wenn popeln nicht auf dem Lehrplan stand, so konnte es doch nicht sein, das einige ihrer Schüler etwas konnten, was sie nicht beherrschte. Popeln wurde daher aus Neid zum Vergehen. Sicher auch aus Ekel, denn sie beobachtete einmal wie ein Schüler während eines Diktats seinen Popel nicht unter die Bank schmierte, sondere ihn in seinen Mund steckte. Es war kein fester kleiner Popel, sondern ein langer fast flüssiger Rotzfaden, dessen Ende noch in der Nase hing, während der Finger im Mund verschwand. Der Schüler tat dies ohne Genuss, er tat es geistesabwesend, fast mechanisch. Mit solchen Dingen konnte sie nicht umgehen. Aus Neid und Ekel wurde Abscheu und letztlich war es ihr auch peinlich. Aus diesem Grund konnte sie den Schüler auch nicht vor der Klasse bestrafen. Sie konnte Worte wie „popeln“ und „essen“ nicht in einem Satz und am selben Tag aussprechen. Aber sie hatte genug andere Möglichkeiten den Poplern zu zeigen, wo die Schiene lang läuft.

Unter schweres Vergehen fiel auch körperliche Unsauberkeit, und da im Besonderen dreckige Fingernägel. In unregelmäßigen Abständen kontrollierte sie die Sauberkeit der Nägel. Wie aus einer Laune heraus, zwischen zwei Rechenaufgaben, unterbrach sie plötzlich den Unterricht, schaute optimistisch in die Runde, und sagte mit genauso optimistischem Unterton: „So, jetzt wollen wir doch mal sehen, ob alle meine Schüler saubere Fingernägel haben. Legt doch mal eure Hände auf die Bänke.“

Viele der Kinder erschraken sich gar heftig, denn einigen wurde erst jetzt bewusst, dass sie ihre Hände überhaupt bei sich hatten, geschweige denn, dass die mitgebrachten Hände den Hygieneansprüchen ihrer Lehrerin entsprachen. Fräulein Rost ging, mit auf den Rücken verschränkten Armen, langsam durch die Bankreihen, und betrachtete die Hände ihrer Schutzbefohlenen. Und wenn sie einen erwischte, der sauberkeitsmäßig nicht ihrem Standard entsprach, zerrte sie ihn an einem Arm aus der Bankreihe und hielt die Hand des Sünders in die Höhe.

„Nun liebe Kinder, so sollten eure Fingernägel aber nicht aussehen", blickte sie mit blitzenden Augen in die Runde und nach einer kurzen Pause, etwas lauter und fordernder: „Nicht wahr?"

„Ja, Fräulein Rost", schmetterten, wie aus einem Guss, fröhlich die Schüler. Auch der in der Bank hängende Sünder rief mit, wenn auch nicht so fröhlich. Nachdem sie ihre Bestätigung erhalten hatte, ließ sie den Schüler noch einen Augenblick hängen. In diesem Augenblick bedauerte sie stets, nicht die Kraft zu besitzen, den Schüler völlig aus der Bank zu heben. Sie könnte ihn dann wie einen Propeller über ihren Dutt kreisen lassen. So ließ sie denn das Dreckschwein wieder in die Bank fallen. Das Fräulein Rost fand immer einen Sündenbock, dafür hatte sie den Charakter und die Ausbildung.

Einmal allerdings wurde nicht fündig. Nicht fündig zu werden, das war ihr zu wider. Sie ging ein zweites Mal durch die Reihen, aber alle Nägel waren sauber. Gut, es handelte sich um einen Montag. Damals war bei den meisten Familien Sonntag Badetag. Aber trotzdem, das ging nicht an. Und während sie Gedanken brütend, ihre dritte Runde drehte, fiel ihr Blick rein zufällig auf die Füße der Schülerin Gabi Frohnau. Diese stecken in kleinen Sandaletten und waren somit der Öffentlichkeit zugänglich. Schwerer Stockfehler das, denn die Füße waren, nun sagen wir, einem kleinem Mädchen in Sandalen zwar angemessen, aber eben doch nicht so sauber, als dass das Fräulein Rost hätte darüber hinweg sehen können. Sie ging noch eine Bankreihe weiter, dann blieb sie abrupt stehen und schaute in die Klasse. Dann schlug sie in ihre Hände und rief lächelnd: „Tja also, das freut mich aber. Alle Kinder haben saubere Fingernägel. Ich bin sehr zufrieden mit euch."

Die Kinder waren es auch. Unmerklich bewegte sich die Lehrerin auf Gabi Frohnau zu. Die lächelte auch.

„Aber", sagte das Fräulein Rost jetzt etwas lauter, „saubere Fingernägel sind das Eine", sie machte eine Pause, die Kinder lächelten noch immer, und dann hob sich plötzlich ihre Stimme: „doch sollten wir nicht auch mit sauberen Füßen in die Schule kommen?"

Und wie sie ihren Satz beendet hatte, packte sie die Schülerin Gabi Frohnau am Arm und zerrte sie aus der Bank um sie hoch zu heben. Aber da hatte sie die Rechnung ohne den Wirt gemacht, denn Gabi Frohnau war zwar ein kleines Mädchen, aber sie war auch ein fettes Mädchen. Und fette Mädchen sind einfach mal zu schwer, um sie mit einer Hand aus der Bank zu wuchten. Das bekam auch das Fräulein Rost zu spüren. Aber sie konnte ihre Schülerin ja jetzt nicht so einfach wieder in die Bank zurück entlassen. Da kam ihr die rettende Idee. Sie schleifte Gabi Frohnau aus der Bank zum Pult. Dort angekommen, ließ sie das Kind los und sagte freundlich: „Nun Gabi, stell dich auf meinen Lehrertisch!"

Gabi Frohnau blickte ihre Lehrerin verunsichert an. Die Kinder lächelten nicht mehr.

„Na komm Gabi, auf den Tisch, husch husch", fasste das Fräulein Rost Gabi Frohnau am Oberarm und schob sie erst auf den Stuhl und dann auf das Pult. Dabei dachte sie: Wehe du trittst auf meine Bücher, du kleine Göre. Doch das tat sie nicht. Völlig verstört stand die Schülerin Gabi Frohnau auf dem Lehrertisch und kam sich sehr einsam vor. Sie wusste noch nicht, wie ihr geschah.

„So liebe Kinder", wandte sich die Lehrerin wieder an die Klasse, „nun schaut euch mal die Füße von der Gabi an." Dabei zeigte sie auf die Schülerin. Die Kinder reckten ihre Hälse. Die in den hintern Bänken erhoben sich. Obwohl sie nichts Anrüchiges bemerkten, verzogen die meisten vor Ekel das Gesicht. Gabi Frohnau wurde sich langsam ihrer Lage bewusst, und schickte sich an, kleine Tränen in ihren Augen zu sammeln.

„Es kann nicht angehen, dass wir mit solchen schmutzigen Füßen in die Schule kommen. Wir sind doch hier nicht im Schweinestall, oder Gabi?“, lächelte sie die Schülerin an.

Gabi Frohnau schüttelte nur den Kopf und die Tränen brachen sich jetzt Bahn. Da das Fräulein Rost mitbekam, dass die Schüler in den hinteren Reihen nicht genau sehen konnten, was für eine Sauerei auf ihren Tisch stand, rief sie: „Alle Schüler kommen jetzt nach vorn, und schauen sich die Füße von Gabi Frohnau an, damit wir lernen, wie wir nicht in die Schule kommen sollten. Aber langsam und in Zweierreihe!“, fügte sie noch hinzu.

Die Schüler kamen nach vorn und scharten sich um das Lehrerpult. Gabi Frohnau schluchzte nun enthemmt. Nachdem sich alle von der Unverschämtheit ihrer Mitschülerin überzeugt hatten, befahl die Lehrein nun den geordneten Rückzug. Dann wandte sie sich wieder ihrer Delinquentin zu: „Nun Gabi, ich hoffe das ist dir eine Lehre. Sauberkeit ist eine Zier, vor allem für ein Mädchen. Aber auch für die Jungen“, wandte sie sich in die Klasse. Und wieder zur Schülerin: „Was sollen denn die anderen von dir denken? Ein so nettes Mädchen mit so dreckigen Füßen. Das ist nicht in Ordnung, meine Liebe. Hast du mich verstanden?“

Die Schülerin nickte unter Tränen, mit dem Kopf nach unten. Das Fräulein Rost griff ihr unter das Kinn, drehte den Kopf zu ihr und wiederholte sanft: „Schau mich an, wenn ich mit dir rede. Hast du mich verstanden?“

„Ja“, brachte Gabi Frohnau leise hervor.

„Na dann kannst du ja wieder herunter kommen“, sagte das Fräulein Rost. Unbeholfen kletterte die Schülerin vom Pult. Fast wäre sie gestürzt, aber die Lehrerin fasste sie am Arm und ward ihr behilflich. Dann strich sie ihr übers Haar und sagte freundlich: „Das soll dir eine Lehre sein, und nun setz dich wieder und putz dir die Nase.“ Sie gab ihr einen freundschaftlichen Schubs in den Rücken. Gabi Frohnau tat wie ihr geheißen. Und sie hatte ihre Lehren gezogen, ganz so wie es ihr angetragen wurde: Fürderhin kam sie nur noch mit geschlossenem Schuhwerk in die Schule. Auch im Hochsommer.

Aufzustehen, und dabei mit lautem Geräusch den Stuhl mit den Kniekehlen nach hinten schieben, und nicht kerzengrade sitzen, waren ebenfalls schwerwiegende Vergehen. Normal, im Sinne der Lehrerin, aufstehen, hinzusetzen, bzw. sitzen, wurde aber so häufig geübt, dass diese Vergehen, zumindest in den ersten Jahren, kaum vorkamen.

Zu den Vergehen gesellten sich später Tätigkeiten wie „zu spät kommen“, „Hausaufgaben vergessen“ und, die analoge Form der SMS, das „Zettel schreiben“. Tätigkeiten, in denen es unsere drei Freunde einst zu großer Perfektion bringen sollten. Aber zu Zeiten des Fräulein Rost war an so was noch nicht zu denken, weshalb wir später darauf zurückkommen werden.

So war das also mit dem Ernst des Lebens. Da saßen sie nun, unsere drei Helden mit ihren Mitschülern. Die Hände auf den Tischen, nicht popelnd, auf keinen Fall aus dem Fenster schauend, nicht schwatzend und kippelnd, hingen ihre Blicke voller Demut an den hübschen Lippen des Fräulein Rost. Es herrschte absolute Ruhe in der Klasse. Nur die Stimme der Lehrerin rauschte durch den Raum. Und die Kinder lauschten dieser Stimme. Nicht das sie den Sinn der Worte immer erfassten, aber darum ging es nicht. Aus Sicht der Lehrerin wäre es sicher wünschenswert gewesen, aber in erster Line ging es um Disziplin. Es ging darum den Kindern klar zu machen: Ich, Fräulein Rost bin die Lehrerin, wenn ich Frosch sage, wird gehupft; wenn ihr nebenbei was lernt – euer Problem.

Um lernen zu können, bedurfte es einiger Utensilien. Die Schultasche enthielt eine Federmappe mit Gummilaschen, in denen ein Füllfederhalter, ein Bleistift, sechs Buntstifte, ein Radiergummi und ein Bleistiftspitzer steckte. Des Weiteren gab es ein Lesebuch, auch Fibel genannt, ein Mathematikbuch, ein Schreibheft, ein Schönschreibheft und ein Rechenheft. Nicht zu vergessen, die Lunchbox. Die hieß früher Brotbüchse und machte ihrem Namen alle Ehre. Sie war so groß, dass ein Apfel im Ganzen hinein passte. Teilweise sogar ganze Apfelbäume, was sage ich, Obstplantagen inklusive landwirtschaftlichem Gerät und Bäuerinnen und so. Aus Aluminium und vom Vater übernommen. Manche Brotbüchse hatte schon unter Tage oder im Führerhaus einer Straßenbahn ihren Dienst getan. Wahrscheinlich aus hygienischen Gründen gab es extra für die Brotbüchse eine Brottasche. Die Brottasche war grad groß genug für die Brotbüchse. Man trug sie um den Hals auf der Brust. Auf der Brotbüchse war meist ein Abziehbild von irgendeinem Untier, wie Pittiplatsch oder einem anderen Schneemann. Und dann gab es da noch das Allerwichtigste. Das Mitteilungsheft. Liebevoll auch das Mutti-Heft genannt. Ein kleines graues Heft im DIN-A6 Format, über welches die Kommunikation zwischen Lehrerschaft und Eltern und zurück lief.

Auch Lernhilfsmittel enthielt die Schultasche, z.B. Rechenstäbchen. Mit diesen bunten, kleinen Hölzchen wurden die Kinder mit der Mathematik vertraut gemacht. Es gab gelbe, rote, grüne und blaue Stäbchen in vier verschiedenen Größen. Hier ein kleines Beispiel: Man lege ein blaues langes Stäbchen waagerecht vor sich hin. Dann legt man an die Enden des langen blauen Stäbchens jeweils ein gelbes Mittleres, eins horizontal nach oben, eins nach unten. Genau auf das lange Blaue legt man 4 kleine rote Stäbchen, sodass man, wenn man genau von oben schaut, dass lange Blaue nicht mehr sehen kann. Und man denkt über die Frage nach, welche da lautet: Wie viele Stäbchen liegen auf der Bank? Dann blickt man vorsichtig nach rechts. Vorsichtig deshalb, weil sich rechts die Fenster befinden. Langsam kommt man zu einem Ergebnis: ein Blaues, zwei Gelbe, vier Rote. Das ist leicht, obwohl das Blaue verdeckt war. Sieben Stäbchen, ist die Antwort. Nach und nach waren sich alle Schüler sicher. Sieben! Die ersten Schüler meldeten sich. Doch das Fräulein Rost nahm noch niemanden dran. Beschwörerisch sagte sie: „Liebe Kinder, wenn ihr jetzt in euren Bänken sitzt, und nichts anderes zu tun habt, dann schaut euch die Stäbchen genau an. Jetzt ist eine gute Gelegenheit."

Und dann drehte sie sich um und schrieb eine große Eins an die Tafel. Und wieder an die Kinder gewandt: „Und das könnt ihr gewinnen. Diese Eins kann euch gehören. Ihr müsst euch nur melden und mir die richtige Antwort nennen."

In ganz kleinen Buchstaben stand da noch rechts unten in der Ecke der Tafel: Eine Meldung aus dem deutschen Festnetz kostet 0,88 Mark. Für Kinder aus der Sowjetunion kostenlos. Es war so klein geschrieben, dass es die Kinder von ihren Bänken hätten nicht lesen können, aber die meisten Buchstaben waren ja eh noch nicht dran.

Alle Kinder hatten das Ergebnis inzwischen herausgefunden und reckten ihre Hände in die Höhe. Sie wussten, nur einer kommt durch, nur einer bekommt die Eins.

„Liebe Kinder", rief die Lehrerin, „jetzt oder nie. Meldet euch jetzt! Der Hot Button ist heiß. Jederzeit kann er dich zu mir durchstellen. Die Zeit läuft ab! Gleich ist die Unterrichtsstunde zu Ende! Gleich gewinnt hier einer von euch eine große dicke Eins. Und dann winkt ja noch der Jackpot! Zusätzlich noch je eine Eins in Fleiß und Mitarbeit!"

Und dann herrschte Ruhe. Nur das Ticken der rückwärts laufenden Uhr des Hot Button, durchdrang diese Ruhe. Und dann plötzlich ein ohrenbetäubendes polizeisirenenähnliches Geräusch. Die Tafel fuhr hoch und runter, die Tafelflügel klappten in einer affenartigen Geschwindigkeit auf und zu. Die Lehrerin schrie: „Zugeschlagen", und zeigte auf den ersten Schüler, „wie heißt du, wo kommst du her?"

Aufgeregt rief der Schüler: „Ich bin der Manfred Krüger aus Dresden."

„Hallo Manfred", rief die Lehrerin, „und wie ist deine Antwort?"

„Sieben", rief Manfred Krüger.

Es ertönte ein wieder Geräusch, ein hoher Ton mutierte zu einem tiefen, wie als wenn die Turbinen eines Flugzeugs ausliefen, nur viel schneller. Der Ton endete in Scherbengeklirr und dem Geräusch, welches ein mit polnischen Gartenzwergen beladener LKW verursacht, wenn er mit 180 km/h ungebremst in die Pförtnerloge eines Zementwerkes fährt.

„Leider falsch", rief die Lehrerin freudig erregt, „los kommt, schnell, der Nächste", und zeigte dabei auf ein Mädchen, schräg hinter Manfred Krüger.

„Hallo, wer bist du?"

„Hallo, ich bin die Gabi Frohnau, kann ich jemand grüßen?"

„Oh nein, das geht leider nicht, wir haben leider keine Zeit mehr. Schnell, wie ist deine Antwort?"

„Sieben?"

Und wieder das Geräusch mit den Turbinen und dem LKW.

„Die Gabi Frohnau hat offenbar nicht richtig hingehört. Sieben war schon mal. So Kinder, kommt, schnell. Der Hot Button ist heiß. Jetzt gilt's!"

Einige Kinder hatten ihre Hände wieder herunter genommen, weil sie mittlerweile verunsichert waren. Sieben muss die richtige Antwort sein, wurde aber schon zweimal als falsch abgewählt. Was tun? Einige blieben hart und beharrten in ihren Antworten eisern auf der Sieben. Vergeblich. Daraufhin versuchten es einige Schüler mit Antworten, die ihrer Meinung nach noch im Bereich des Möglichen liegen mussten. Acht, Neun, Sechs. Aber immer falsch. Als das Fräulein Rost noch eine Eins im Fach Heimatkunde mit in den Jackpot legte, meldeten sich wieder einige Schüler und gaben wiederholt die Zahl Sieben als richtige Lösung an. Vergeblich. Die

Schulklingel ertönte und läutete somit das Ende der Rechenstunde ein. Die Lehrerin teilte den Kindern ihr tiefstes Bedauern mit, verwies auf die nächste Rechenstunde und gab nun endlich auch die richtige Lösung preis: 36,8! Während sie, süffisant lächelnd, zum Beweis einen Umschlag öffnete und einen Zettel mit der genannten Zahl 36,8 hochhielt, explodierte hinter der Tafel der Hot Button. Leichenteile und Pausenbrote flogen durch die Luft. Truppen des Ministerium des Innern stürmten das Klassenzimmer …

… Ja, so aufregend war damals der Mathematikunterricht. Nein, das ist Quatsch, so war das natürlich nicht, es war viel unkomplizierter. Man legte drei blaue Stäbchen vor sich hin und nahm auf Anweisung der Lehrerin ein Stäbchen weg, und hatte somit nur noch zwei. Basta! Fertig! So sieht's aus. Da beißt die Maus keinen Faden ab, meine lieben Schüler, dachte das Fräulein Rost. Drei liegen da, eins nehmen wir weg, zwei bleiben übrig. So ist das im Leben. So einfach. Zappzerap! Ende Gelände! Aber ganz so einfach war es dann doch nicht, dessen war sich die Lehrerin durchaus bewusst. Denn diese einfache Rechenoperation war letztlich auch der Beweis dafür, dass Mathematik durchaus etwas mit Diebstahl zu tun haben musste, und somit kriminelles Verhalten fördern könnte. Also wurde zum Ausgleich auch geübt, zu den schon vor einem liegenden Stäbchen, eines oder mehrere dazu zu legen. Jahrzehnte später wurde dies von unwissenden Wissenschaftlern als verdeckter Religionsunterricht gewertet. Unwissend, weil diese Wissenschaftler Fräulein Rost nicht kannten.

Nun, Mathematik ist ein weites Feld, aber interessant ist doch, dass bei den ersten Rechenversuchen, grüne Rechenstäbchen überhaupt keine Rolle spielten. Diese Feststellung steht wertfrei im Raum. Jeder Schüler verpackte seine Stäbchen übrigens in einer damals handelsüblichen Milchtüte, mit einem kleinen Gummi verschlossen.

Die ersten Buchstaben welche die Kinder lernten, waren A, I, L,

M und O. Man hätte damit als Erstes das Wort MALIMO erlernen können. Aber dann wäre die Lehrerin in Erklärungsnotstand geraten, denn sie wusste nicht genau, wofür MALIMO stand. Wir wissen es natürlich: MALIMO ist die Abkürzung von Herrn **MA**uersberger aus **LI**mbach-Oberfrohna und **MO**lton, was ein Stoff ist. Weiter fällt uns spontan dazu ein: In der ehemaligen DDR entwickelte Nähwirktechnik zur Herstellung von textilen Flächengebilden, wie z.B. Inbetweens, Ausbrenner etc. Das Verfahren ist sehr materialintensiv, da mit drei Fadensystemen gearbeitet wird, wobei unverkreuzt vorgelegte Kett- und Schussfäden durch das dritte Fadensystem miteinander zu einem Flächengebilde vernäht werden. (Interessant!) Die so hergestellten gewebeähnlichen Stoffe sind in der Herstellung sehr wirtschaftlich, bei Arbeitsgeschwindigkeiten von 1500 Umdrehungen pro Minute werden pro Stunde bis zu 350 m^2 Ware produziert. (Hochinteressant!) Das Verfahren eignet sich besonders für große Partien und wird sowohl im technischen Bereich wie auch als Druckgrundstoff für Gardinen eingesetzt (Wichtig!), in entsprechender Rohstoffzusammensetzung auch für Ausbrennermusterungen ... Was für Schweinkram sich manche Menschen doch in ihrer Freizeit so ausdenken. Bleibt aber die Frage: Wie hätte wohl das Fräulein Rost ihren Schülern das erklären sollen, so sie es denn gewusst hätte? Ergo begann man den Leseunterricht mit einfacheren Worten. „Im" und „am" boten sich da an, allerdings ist damit die deutsche Sprache lang noch nicht ausgereizt. Da gab es noch IMI (ein damals beliebtes Waschmittel), den Aal (ein heute noch glitschiger Fisch), Ommmm (Bezeichnung für „geil" im Buddhismus), Limo (bezeichnet Fanta für Arme), Lima (Hauptstadt Perus), der große Mao (ehemaliger Chef von China, der nicht wirklich immer recht hatte, aber es hat ihm ja keiner was gesagt), die Oma, bzw. die Omi (eine nähere Verwandte), Leim (heute UHU), die Alm (Stichwort Milka), Lila (Farbe), Mai (zwischen April und Juni), Miami (Siegerland) und

Mlaomialmo, wo keiner weiß, was es bedeutet. Mit ein bisschen guten Willen hätte man noch Malmö gelten lassen können. Aber alles noch zu schwer für Schüler der ersten Klasse. Bleiben wir also bei „am“ und „im“. Diese beiden Wörtchen implizieren, dass sich der oder das, am oder im etwas befinden. Man möge verzeihen, aber das „n“ war ja noch nicht dran. Und damit kommen wir zu Lilo und Mimi. Lilo stand am Zaun und Mimi lag im Bett. Nicht im richtigen Leben, nein, aber in der Fibel. Zwei nette junge Mädchen, die in Wirklichkeit überhaupt keine Lust hatten, am Zaun zu stehen oder im Bett zu liegen. Vor allem Lilo. Sie wusste, dass man vom vielen Stehen Krampfadern bekommen konnte. Die Krampfader am Bein einer jungen Frau als solche, ist nicht förderlich für die Balz. Das wusste Lilo. Aber was sollte sie tun. Man hatte sie dahin gestellt, und damit Tatsachen geschaffen. Auch Mimi war nicht völlig zufrieden. Wenn man den ganzen Tag im Bett liegt und sich nicht bewegt, wird man fett. Und eine fette junge Frau als solche, wird nicht begehrt und von der Jungmännerwelt abgelehnt. So lagen und standen sie und dachten über ihr Schicksal nach. Doch von diesen Gedanken bekamen unsere Schüler nichts mit. Intensiv über das Lesebuch gebeugt, fuhren sie mit ihren kleinen Zeigefingern über die Seiten unter dem Wort „Mimi“ entlang, weiter zum Wörtchen „im“, bis hin zu der Abbildung, auf der das Bett mit dem noch mageren Mädchen Mimi. Ihre Lippen formten dabei lautlos die Worte. Bei „Mimi“ und „im“ formten sich alle Münder gleich. Bei der Abbildung divergierten die Bewegungen dann aber deutlich. Die Mädchen dachten: ein blödes Kleid hat die alte Schlampe an. In der Tat, Mimis Kleid war nicht hübsch. Die Jungen dachten nur: ich bin geil. Aber bei dem Mädchen im Bett wurde sich nur kurz aufgehalten. Fräulein Rost unterband, dass die Kinder solcherlei Gedanken vertieften.

„So, liebe Kinder, und nun lesen wir den nächsten Satz“, rief sie laut und unvermittelt in den Raum, dass manch kleiner Zeigefinger vor Schreck steif blieb. Aber in der Regel zeigten die Eltern dafür Verständnis, wenn ihre Kinder mit steifem Zeigefinger nach Hause kamen. Eltern und Lehrer waren Verbündete.

Also las man nun „Lilo am" Zaun. Und bei Lilo fiel allen Kindern etwas auf. Lilo trug ein blaues Tuch um den Hals. Das war aufregend. Ein blaues Halstuch wollten und sollten bald alle Kinder tragen.

Die Mitgliedschaft in der Pionierorganisation war zwar keine Pflicht in dem Sinne, aber es traten trotzdem fast alle Kinder den Jungpionieren bei. Jedes Kind wollte dabei sein und ein blaues Halstuch tragen. Zu schulden war dieses massenhafte Beitreten zum einem dem Herdentrieb und der Vermutung, dass man nur als Pionier das nötige Rüstzeug erhalte würde, um später ein guter Kosmonaut oder Baufacharbeiter zu werden. Zum anderen hatte man im Grunde gar keine andere Wahl. Damals war der Weg vorgegeben. Dies ist ja einer der vielen Kritikpunkte am damaligen System. Menschen, ob jung oder alt, wollen selbst entscheiden, was sie wann wie tun. Der Mensch schreit nach Freiheit. Das Problem dabei: hat er die Freiheit, kann er nichts mit ihr anfangen, weil er Angst hat, etwas allein zu entscheiden, oder weil er auf Grund mangelnder Lebenserfahrung gar nicht in der Lage ist, selbstständig eine Entscheidung zu treffen. Insofern hält der Autor einen Weg, der in einem bestimmten überschaubaren Rahmen verläuft, gerade für junge Menschen, für nicht zwingend hinderlich.

Wenn man also damals nicht völlig neben der Schiene lief, konnte man z.B. auch mit einem Notendurchschnitt von 8,9 immer noch eine Lehrstelle bekommen. Dadurch hat man Kreativität, Durchsetzungsvermögen und Leistungsbereitschaft sicher nicht unbedingt gefördert, aber wenn man mal ehrlich ist: welcher Jugendliche von 15 oder 16 Jahren weiß denn schon, was er wirklich will im Leben? Vielen hat dieser vorgegebene Weg nichts gebracht, aber ebenso viele haben aus diesem vorgegebenen Weg später ihren eigenen gemacht. Sicher, letztlich ist das politische System damals unter anderem auch an diesen vorgegebenen Wegen gescheitert, doch auch das derzeitige System arbeitet mit all seinen Möglichkeiten hart daran, ein Scheitern zu ermöglichen, wenn auch aus gänzlich anderen Gründen. Der Sozialismus ist an der Unfreiheit gescheitert, der Kapitalismus hingegen erweckt schon stellenweise den Eindruck, auf Biegen und Brechen an seiner Freiheit scheitern zu wollen.

Um aber hier nicht einen falschen Eindruck zu erwecken: Mir ist der freiheitliche Kapitalismus weitaus lieber, als der unfreiheitliche Sozialismus. Schon aus dem einfachen Grund, weil es im Sozialismus nie möglich gewesen wäre, dieses Buch zu schreiben. Oder irgendein anderes. Es gab ja nichts in der DDR. Keine Computer, keine Stifte, kein Papier, keine Zeit und keine Leser. Nur von den Nazis übernommene Verbrennungsöfen gab es, in denen ohne Unterlass nicht geschriebene Bücher verbrannt wurden.

Wie auch immer, zum damals vorgegebenen Weg gehörte die Mitgliedschaft in der Pionierorganisation. Es wurde nicht hinterfragt. Damals galt: Ein Mensch frisst, ein Mensch scheißt, und in der ersten Klasse wird er Pionier. Fertig ist der Lack! Nur einige wenige Kinder traten der Pionierorganisation nicht bei. Das waren unter anderem die Kinder der Zeugen Jehovas. Wir alle kennen sie, diese Zeugen. Das sind die Menschen, die mit sicherem Händchen für die Situation, immer in völlig unpassenden Momenten an der Tür klingeln und ihre Religion verkaufen wollen. Wenn man dann auf diese Leute eingeht, hat man verloren. Dann haben sie dich am Haken. Wenn man sagt, man brauche keine Religion, bekommt man zur Antwort: Ja, woher wollen Sie denn das wissen? Und macht man darauf aufmerksam, dass man schon im Besitz einer Religion ist, dann bekommt man zu hören: Ja, das ist doch aber die falsche. Und wenn man dann fragt: Ja, aber woher wisst ihr denn was falsch und richtig ist, und was man braucht oder nicht, dann bekommt man zur Antwort: Wir sind die Zeugen, und jetzt Schnauze beim Ficken! Und dabei lächeln sie dich an. Natürlich formulieren sie das anders, aber sie meinen es so. Und sie lächeln wirklich. Ihr Lächeln ist voller Mitleid. Und woher nehmen sie dieses Selbstbewusstsein? Ganz einfach: Zeugen Jehovas sind Menschen, die kurz gesagt, an den wahren Gott glauben. Sie haben sich mit der Materie beschäftigt, sie sind die Auserwählten, sie sind die Wissenden! Aber eines wissen sie nicht: Sie unterscheiden sich dadurch überhaupt nicht von anderen Menschen. Der einzige kleine Unterschied ist wohl, dass die Zeugen ein kleines bisschen mehr an den wahren Gott glauben, als alle anderen Menschen, so ca. 0,4 % mehr, wie unveröffentlichte Studien beweisen. Zeugen Jehovas wissen auch über Gott Bescheid. Sie sagen zum Beispiel: Du sollst hassen, was Gott hasst. Nach Auskunft der Zeugen hasst Gott eigentlich alles, was mehr oder weniger Spaß macht, wie voreehelicher Geschlechtsverkehr, Glücksspiel, Ehebruch, Homosexualität und Trunkenheit. Gott hasst aber auch Dinge, die sich für jeden Menschen der halbwegs guten Willens ist, von allein erübrigen: Gewalt, Lüge, Diebstahl und magische Bannsprüche. Aber Gott hasst auch Blutschande, weshalb die Zeugen auch Bluttransfusionen ablehnen, und er hasst auch Sodomie. Wir alle kennen ja den bekannten Bibelspruch: Du sollst nicht begehren eines anderen Weibes Schaf. Soweit so gut.

Was Gott nun im Einzelnen hasst, ist nicht der Punkt. Viel interessanter: Woher wissen die Zeugen das? Wie kommt jemand auf die Idee, sich hinzustellen, und zu behaupten: Gott hasst dieses oder jenes. Und weiter: Und wenn ihr nicht das hasst, was Gott hasst, wird es euch Scheiße ergehen, ihr werdet in der Hölle schmoren und das Paradies ist abgepfiffen. Woher haben die Zeugen dieses Wissen? Da gibt es nur eine Erklärung: Es muss ihnen einer was gesteckt haben. Aber wer? Gott selbst? Das ist eher unwahrscheinlich, denn dass Gott selbst herab steigt und den Zeugen mal eben sagt, was grad läuft in Punkto Hass und so, ist vielleicht doch etwas viel verlangt. Also muss es jemand sein, der mit Gott schon mal ein längeres Gespräch geführt hat. Auf jeden Fall jemand, der jemand kennt, welcher berichtet hat, dass er von jemand gehört hat, das Gott in der Nähe war. Also irgendwie......ein Schwager, zum Beispiel! Genau! Ein Schwager, das klingt gut und wenn man hört: der Schwager von......hier vor der......na, jetzt aber..... na, von der Dings ....Mensch, ich komm grad nicht drauf, aber der hat erzählt, ...das hört sich doch irgendwie gestanden an. Das klingt glaubwürdig. Alles was der Schwager so gehört hat, hat er dann aufgeschrieben. So entstand das 1.Buch Schwager. Also wissen es die Zeugen vom Schwager. Ja, in die Richtung muss es gehen.

Allerdings, es kann ja auch ein naher Verwandter Gottes den Menschen die Botschaft überbracht haben. Der Sohn Gottes vielleicht? Jesus? Der soll ja angeblich der Sohn Gottes gewesen sein, sagt mein Schwager. Dieser Meinung sind aber nun wirklich nicht alle Menschen dieser Erde. Ein Typ wie Gott, mit all seinen Möglichkeiten, der macht doch nicht bloß einmal rum, oder? Der gönnt sich doch auch ein bisschen Spaß. Damals war er ja noch jung, und es gab ja auch noch keine Kondome und so. Die Vermutung liegt da auf der Hand, dass Gott am Ende mehrere Kinder auf der Erde gemacht hat. Manche behaupten ja, wir wären alle Kinder Gottes, was ja auch die Vielzahl von Religionen begründen würde.

Bloß, wenn Gott genügend Zeit gehabt hat, auf der Erde rum zumachen und friedfertige junge Mädchen fern zu schwängern, dann hätte er sich eigentlich auch die Zeit nehmen können, um seine Botschaften direkt an die Menschen dran zu machen. Sich in unübersichtlichen Situationen mal an den Brennpunkten sehen lassen, präsent sein sozusagen, sich anbieten und so, und nicht alles seinen irdischen Stellvertretern überlassen. Aber nein, er hatte seinen Spaß und haut wieder ab. Lässt das junge Ding sitzen und zahlt keinen Pfennig Alimente. Und als es hart auf hart kommt, lässt er einen Sohn auch noch hängen, im wahrsten Sinne des Wortes. Insofern ist der Terminus „menschlicher Gott" zutreffend, hingegen „göttlicher Mensch" keine Ehrbezeichnung bedeutet.

Aber dass alles ficht die Zeugen nicht an. Sie wissen Bescheid, wahrscheinlich also durch den Schwager von der Dings. Sie wissen alles über Gott, sie haben wahrscheinlich auch seine Handynummer. Und wenn sie eben mal was wissen wollen, dann rufen sie Gott an, und fragen: He Gott, altes Haus, was geht, gibt es neue Regeln den Hass betreffend und so? Und Gott stammelt: Nuujaa.... Mensch, verfluchtes Ding aber auch, klar die Sache mit dem Hass und so......ich hab aber grad jemand in der anderen Leitung, Neuapostolische, viehische Typen, und dann muss ich noch rüber zu paar Islamis ......na ja, viel zu tun und so, man will für alle da sein, wenn du verstehst .... und Gott lächelt süffisant und schaltet sein Handy ab. Die Zeugen sind Schlawiner, sie verschweigen, dass Gott viel zu tun hat und sich auch um die anderen kümmern muss. Und sie verschweigen auch, dass Gott IMMER ausweicht, wenn man ihm konkrete Fragen stellt, auch Hass und so betreffend. Der feine Herr Herr im Himmel will sich da nicht festlegen. Er hat ja auch nicht so viel Zeit und er will es ja allen Recht machen, und der Jüngste ist er auch nicht mehr. Aber die Zeugen verheimlichen dies, was sie im Übrigen mit anderen Religionen gemein haben. Deshalb hat auch jede Religion ihren eigenen Stellvertreter Gottes auf Erden. Der ist jeweils dazu da, den Menschen zu sagen, wo der Hase lang läuft, weil Gott keine Zeit hat, es den Menschen selbst zu sagen. Und da diese Stellvertreter eher menschlich, denn als göttlich einzuordnen sind, neigen sie dazu, dann doch mehr ihre persönliche, denn die göttliche Meinung kund zu tun. Dass es so viele Stellvertreter gibt, liegt darin begründet, dass sich die Menschen noch nicht auf einen Gott einigen konnten. Bis auf weiteres, bleibt es auch bei dem beliebten System: Ein Gott – viele Religionen. Das hat auch einen ganz praktischen Hintergrund: Es geht schlicht und ergreifend um Arbeitsplätze. Viele Religionen bedeutet viele Stellvertreter. Aber das geht ja weiter! Ein Stellvertreter kommt nicht ohne Mitarbeiter aus. Er braucht Sekretärinnen, Leibwächter und Reinemachfrauen. Und es müssen Gebetsbücher gedruckt, Gebetshäuser errichtet und instand gehalten, Umhänge, Kappen, Mützen und Talare genäht werden, ganz zu schweigen vom Ikonenschmuggel, dem Reliquienhandel und dem Religionstourismus inklusiver seiner Souvenirindustrie. In letzter Zeit ist in manchen Teilen der Welt auch der Berufsstand des Gotteskriegers wieder zu Würden gelangt. Ein Beruf mit Zukunft, sagt der Schwager, welcher auch gut bezahlt wird, wenn auch die meisten Angehörigen dieses Berufsstandes nichts vom schwer verdienten Geld haben, weil viele beim unsachgemäßen Umgang mit Sprengstoff zu Tode kommen.

Warum Gott dem Treiben seiner Stellvertreter kein Ende setzt? Viele unveröffentlichte Studien beweisen nämlich, dass Gott mit seinen Stellvertretern zu 98,2 % nicht zufrieden ist. Offensichtlich hat er noch viel weniger Zeit, als allgemein angenommen. Nach einer weiteren unveröffentlichten Studie hat Gott 7,3 % weniger Zeit als noch vor 10 Jahren.

Die Wege des Herrn sind unergründlich, im Gegensatz zu den Wegen der Zeugen. Die sind genau vorgegeben. Da hat jeder seine Route. Und diese Route führt sie von Haus zu Haus auf direktem

Wege ins Paradies. Und vom Paradies haben die Zeugen Jehovas ganz konkrete Vorstellungen: Gott hat die Bosheit und das Leid im Allgemeinen abgeschafft. Alle Menschen werden glücklich sein, eine lohnende Arbeit haben, materiellen Wohlstand genießen und in einer schönen Umgebung wohnen. Alle Menschen werden in Frieden leben, und es gibt keine Ungerechtigkeit. Bis hierhin liest sich das Ganze wie das Parteiprogramm der CDU. Weiterhin gibt es im Paradies weder Krankheit noch Tod. Da kann die CDU noch nicht ganz mithalten. Aber jetzt kommt der Hammer: Es wird Frieden herrschen zwischen Mensch und Tier! Was nichts anderes bedeutet, als dass alle Fleischer und Betreiber von Legebatterien und Pelzfarmen, umschulen müssen auf Gemüseburger, Hülsenfrüchte und Kunstfasern. Aber es kommt noch härter: Es wird auch Frieden herrschen zwischen den Tieren. Ich zitiere: „Der Wolf wird weilen neben dem Lamm, und der Leopard wird neben dem Böckchen lagern, und das Kalb und der mähnige junge Löwe .... und die Kuh und der Bär, sie werden weiden .... und selbst der Löwe wird Stroh fressen, so wie der Stier." Spätestens hier werden zwei Dinge klar: Erstens, dem Schwager muss jemand gehörig ins Gehirn geschissen haben und zweitens wissen wir jetzt, warum die Zeugen einen Wachturm brauchen. Den müssen sie im Paradies aufstellen um Obacht zu halten, dass das Meerschwein nicht den Tiger frisst.

Eine Stelle aus dem 1.Buch Schwager scheint mir dann doch noch sehr interessant. Ich zitiere erneut: „Bevor die Erde ein Paradies werden kann, müssen die Bösen beseitigt werden. Das wird geschehen im Krieg Gottes, der allem Bösen ein Ende macht. .... Nur Gottes Volk wird überleben." Wenn man das liest, möchte man annehmen, dass der Schwager enge Kontakte zur Al Kaida hat.

Die Zeugen Jehovas.........ich sag nur: Lasst sie machen! Ich hab kein Problem damit. Es ist in Ordnung, wenn 1870 irgend ein Schwager in den USA beschließt, die Bibel von hinten zu lesen und daraufhin festzustellen, dass im Jahre 1914 das 1000jährige

Reich Christi, sprich das Paradies seinen Anfang nehmen soll. Ausgerechnet 1914 aber nahm nun alles Andere als das Paradies seinen Anfang. Das hat der Schwager dann auch mitbekommen, und hat die Bibel nochmals, diesmal aber wirklich von ganz weit hinten gelesen, um dann festzustellen, dass das Jahr 1914 nicht das Ende des von Gott gewollten Krieges gegen das Böse markiert, sondern da erst der Startschuss für den Kampf gefallen ist. Hoffentlich hat den jemand gehört bei Verdun.

Es geht jedenfalls in Ordnung, Schwager irren sich halt manchmal. Ich hab kein Problem damit. Die Zeugen Jehovas sind nicht das erste und nicht das letzte, und sicher nicht das gefährlichste religiöse Scheißhaus, welches irgendjemand in die Landschaft gestellt hat und nun vor sich hinstinkt. Sorgen macht mir nur: wieso finden sich immer wieder Menschen, die diese Scheißhäuser auch benutzen?

Kinder der Zeugen Jehovas durften also der Pionierorganisation nicht beitreten, obwohl sie vielleicht gern gewollt hätten. Doch der feine Herr Jehova hatte was dagegen. Vielleicht hatte er auch gar nichts dagegen. Vielleicht dachten die Eltern der betreffenden Kinder nur, er könnte was dagegen haben. Jedenfalls, im Zeugenschutzprogramm der Jehovas war nicht vorgesehen, das Kinder Pioniere wurden. Und im 1. Buch Schwager stand darüber auch nichts.

Ein kleiner Zeuge war auch in der Klasse 1 des Fräulein Rost.

Martin Rosenbreit, ein ruhiger, eher kräftiger Junge, mit großen Ohren, großer Nase, breitem Mund und großen Füßen. Seinen Kopf zierte ein so genannter, damals langsam aus der Mode kommender Topfschnitt. Der Name dieser Frisur war leicht zu erklären. Der zu Scherende bekam einen Topf auf den Kopf, und alle Haare, welche unter dem Kopf hervorschauten, wurden abgeschnitten, die Kopfhaut wurde anschließend bis zum Topfrand rasiert. Während also unter der Ohrenoberkante alles kahl war, hingen die Haare von der Stirn ab ins Gesicht. Der deutsche Diplomdiktator Adolf Hitler hatte auch so einen Haarschnitt; sicher einer der Gründe, warum Deutschland den Krieg verloren hat. Unabhängig von seiner Frisur hielt Martin Rosenbreit seinen Kopf immer gesenkt, was zumindest den Vorteil hatte, dass er während des Unterrichts nie aus dem Fenster schaute. Fräulein Rost wusste nichts von dem Umstand, dass ein Schüler in ihrer Klasse saß, dessen Eltern Bibelforscher waren. Eigentlich wusste sie auch nichts von der Bibel. Sie wollte auch nichts davon wissen. In ihren kommunistischen Augen, war die Religion als solche ein Blendwerk des Teufels. Und der Teufel stand in engen Kontakt mit dem Klassenfeind. Allerdings war sie sich sicher, dass mit dem Schüler Martin Rosenbreit etwas nicht in Ordnung sein konnte. Seine Eltern waren zum ersten Elternabend nicht erschienen, hatten sich auch nicht entschuldigt. Ging das an?

„Martin Rosenbreit“, stellte sie ihn zur Rede, „wieso waren deine Eltern nicht beim Elternabend?“

„Meine Eltern könn’ nicht“, bekam sie schüchtern zur Antwort.

Fräulein Rost ging langsam auf den Schüler zu.

„Steh auf, mein Lieber.“

Martin Rosenbreit erhob sich langsam aus der Bank. Er hielt seinen Kopf gesenkt. Fräulein Rost stand nun vor dem Schüler. Sie fasste ihn mit der Hand unters Kinn und hob langsam seinen Kopf. Sie blickte ihm in die Augen, doch des Schülers Augen blickten sie nicht an.

„WIE-SO können deine Eltern nicht?“, fragte sie langsam und

drohend. Dabei lächelte sie freundlich. Doch Martin Rosenbreit blieb stumm.

„Ich habe dich etwas gefragt", bohrte die Lehrerin weiter. Dabei glitt ihre Hand langsam vom Kinn zum Hals des Schülers. Martin Rosenbreit rührte sich nicht.

„Sieh mich an, wenn ich mit dir rede!" Sie lächelte immer noch.

Aber Martin Rosenbreit konnte ihr nicht in die Augen sehen. Nicht das er verstockt gewesen wäre, nein, er konnte es einfach nicht, also ich meine, dass können viele Menschen nicht, seinem Gegenüber direkt in die Augen schauen. Ihre Hand umfasste jetzt die Kehle des Schülers. Nach einer Weile fuhr sie ihm mit der anderen Hand durch Haar. Sie änderte den Tonfall. Sehr freundlich fragte sie: „Martin, was ist los, du kannst mir doch alles erzählen. Na, was ist?"

Doch Martin Rosenbreit blieb stumm. Er hatte alles gesagt. Selbst wenn er gewollt hätte, es gab nichts mehr zu sagen. Die Finger der Lehrerin krallten sich in den Hals des Schülers. Er begann blau anzulaufen. Sieh mich an, ging es der Lehrerin durch den Kopf! SIE MICH AN! Die anderen Kinder schauten zu Boden oder in die Luft, auf jeden Fall nicht zu Martin Rosenbreit. Sie begannen sich langsam mit dem Gedanken zu beschäftigen, wie sie den Tod ihres Mitschülers ihren Eltern erklären würden, und ob sie ihr Lieblingsspielzeug mit ins Grab werfen müssten. Doch das Fräulein Rost hat Martin Rosenbreit nicht erwürgt. Stattdessen beschloss sie, am Abend einen Elternbesuch bei Familie Rosenbreit durchzuführen.

Die Schule befand sich in einem Gebiet der Stadt, welches vor 1945 als wohlhabendes Villenviertel galt. Große Häuser, meist mit drei Etagen, die Fassade grau und von der Zeit gezeichnet, umgeben von großen Bäumen und hohen, aber mittlerweile sinnlosen, verrosteten Eisenzäunen. Sinnlos, weil teilweise nicht mehr vorhanden; auch die Tore in den Einfahrten standen immer offen. Einst so konzipiert, dass auf jeder Etage eine Familie lebte, bewohnten nun, je nach Größe, zwei bis drei Mietparteien so eine Wohnung. Man teilte sich zuweilen die Toilette und, wenn überhaupt vorhanden, das Bad und die Wohnungsklingel. Damit man unterscheiden konnte, wem der Besuch galt, wenn die Klingel schellte, stand damals auf den Schildern neben der Klingel: Müller 1 x klingeln, Neumann 2 x klingeln, Rosenbreit 3 x klingeln.

Das Fräulein Rost klingelte also 3-mal und es rührte sich erst mal gar nichts. Sie wartete eine Minute und klingelte erneut. Wieder nichts. Aber die Ruhe war trügerisch. Auf der anderen Seite der Tür herrschten rege Aktivitäten. Alfred Rosenbreit, ein etwa 70jähriger kleiner stämmiger Mann mit grauen Haaren, aber der gleichen Frisur wie sein Sohn, hatte sich heimlich, still und leise an den Türspion geschlichen. Er machte das immer. Er wollte keinen Besuch, und in der Regel bekam er auch keinen. Und wenn doch, dann war der Besuch angemeldet. Dieser jedoch war nicht angemeldet. Daher war Vorsicht geboten. Nun, in gewisser Hinsicht war das auch verständlich, denn die Organisation der Zeugen Jehovas war in der DDR seit den 50er Jahren verboten, was nun nicht gleich bedeutete, dass jeder Zeuge an die Wand gestellt wurde. Man ging sich sozusagen aus dem Weg. Man wollte nichts miteinander zutun haben, man ignorierte und verleugnete sich gegenseitig. Und als Alfred Rosenbreit, unbemerkt vom Fräulein Rost, durch den Spion schaute, sah er eine junge Frau, in einem knielangen Kostüm, mit spitzen Absatzschuhen und langen hochgesteckten Haaren. Unter dem linken Arm hielt sie eine Mappe, in der rechten Hand eine kleine Handtasche. Und da wusste er, wer auch immer diese Person war, er wollte nichts mit ihr zu tun haben. Aber wer sie war, wollte er schon wissen. Er beobachtete sie weiter. Fräulein Rost schaute nach oben, trat einen Schritt zurück, blickte wieder nach oben. Dann sah sie direkt auf den Spion. Sie zögerte kurz, machte wieder einen Schritt nach vorn und beugte sich zum Spion um hineinzusehen. Unweigerlich zuckte Alfred Rosenbreit ein wenig zurück. Ein schönes Bild gaben die beiden von der Seite ab, wenn man sich die Tür wegdenken würde. Aug in Aug. Alfred Rosenbreit war ein Profi, was seinen Türspion betraf. Er wusste, dass die Frau nichts sehen konnte. Er hatte es von ihrer Seite ausprobiert. Er ging deshalb wieder in seine alte Position. Was er nun sah, war ein riesiges Auge mit einer Frau dran. Das Fräulein Rost war kein Profi. Sie selbst hatte keinen Spion an ihrer Tür und wusste daher nicht, dass man von außen nicht ins Innere der Wohnung sehen konnte. Sie versuchte es trotzdem. Das riesige Auge wurde noch etwas größer, und verdeckte die Frau. Mitten in diesen intensiven Versuch, etwas zu erspähen, ertönte plötzlich, nur 5 cm vor ihr, die für einen Mann sehr hohe, aber deutlich laute und ärgerliche Stimme von Alfred Rosenbreit: „Was wollen Sie?"

Fräulein Rost schreckte zurück, als hätte sie der Schlag getroffen. Während sie zurück wich, blickte sie verstört in alle Richtungen, wie ein gehetztes Reh. Nach einer kurzen Pause der Besinnung, hatte sie sich wieder unter Kontrolle.

„Guten Tag, mein Name ist Rost, ich möchte zu Herrn Rosenbreit", sagte sie zur Tür.

„Was wollen Sie?", ertönte es wieder.

„Ist Herr Rosenbreit.........."

„.......Ich bin Herr Rosenbreit, was wollen Sie?" Alfred Rosenbreits Stimme wurde etwas lauter.

„Herr Rosenbreit, ich bin die Lehrerin von Martin, darf ich reinko........."

„........Nein!"

Mit diesem Wörtchen „nein" wurde das Fräulein Rost galant von Alfred Rosenbreit aus dem Rennen genommen. Das Wörtchen „nein" hatte eigentlich nur eine Funktion aus ihrem Mund, nicht in ihren Ohren. Dazu kam, sie war doch die Lehrerin! Sie war doch im Recht. Sie begann langsam die Fassung zu verlieren.

„Aber Herr Rosenbreit", kam es leise, aber immer noch hörbar über ihre Lippen, „ich bin doch die Lehrerin.........."

„.........Ich weiß nun wer Sie sind, Sie haben es bereits erwähnt. Kommen Sie zur Sache."

„Ja aber Herr Rosenbreit, können wir das denn nicht drinnen bespr......."

„.........Nein." Das Aufwand/Nutzen-Verhältnis der Antworten des Alfred Rosenbreit war sehr effizient.

Fräulein Rost begann langsam verbal zu rudern.

„Ich.........., ich meine, ich wollte nur,......... also mal kurz mit Ihnen sprechen, ...weil, Sie müssen verstehen, ...es geht um die Zukunft Ihres Sohnes......"

„.........Was ist nun Ihr Problem?"

Fräulein Rost merkte, dass sie so nicht weiter kam. Sie hielt kurz inne, straffte ihren Körper und fragte wieder etwas gefasster: „Herr Rosenbreit, warum waren Sie gestern nicht beim Elternabend?"

„Was hat das mit der Zukunft meines Sohnes zu tun?"

Ein Mensch wie Fräulein Rost war nicht in der Lage mit solchen Antworten umzugehen. Sie war es nicht gewohnt, die Zügel aus der Hand zu geben.

„Herr Rosenbreit", fing sie wieder an zu stottern, „es geht darum...., wenn Sie verstehen...., Ihr Sohn." Kurze Pause, „Beim Elternabend haben wir die Modalitäten des Beitritts der Schüler zur Pionierorganisation besprochen", kam dann doch noch relativ flüssig über ihre Lippen.

Sie blies die überflüssige Luft aus ihrem Mund und dachte dabei: So, der hat gesessen!

„Mein Sohn wird kein Pionier", ertönte es von der anderen Seite der Tür.

„Ja ja, ich verstehe", antwortete Fräulein Rost, „wir müssen doch über so viel reden. Haben Sie denn schon die Pionierkleidung gekauft?"

„Mein Sohn wird kein Pionier!", wiederholte Alfred Rosenbreit entschlossen.

Erst jetzt, ganz langsam, begann das Fräulein Rost die Bedeutung dieses Satzes überhaupt zu begreifen. Die ganz persönliche, sowie die gesellschaftliche. Ein Kind wird kein Pionier. Wie kann das sein? Ein Kind wird kein Pionier? Was ist das denn für ein Quatsch? Ist dieser Fall überhaupt vorgesehen? Und dann begann sie zu zittern, und sie schien zu begreifen: Nicht nur EIN Kind, nein, ein Kind aus MEINER Klasse wird kein Pionier. Diese Gedanken mobilisierten ihre alten Kräfte.

„Herr Rosenbreit, das ist nicht Ihr Ernst, alle Kinder treten den Pionieren bei........"

„............Nein, nicht alle."

„Wie? Nicht alle?"

„Mein Sohn nicht!"

„Jetzt seien Sie doch vernünftig, Herr Rosenbreit."

„Ich bin vernünftig."

„Aber das können Sie doch nicht machen!"

„Doch!"

Es entstand eine Pause. Das Fräulein Rost hatte Tränen in den Augen. Tränen der Wut und der Niederlage. „Aber Herr Rosenbreit, ich bin doch das Fräulein Rost. Jedes Kind wird Pionier. Was soll ich dem Direktor melden? Was soll ich dem Parteisekretär sagen? Wie stehe ich vor den anderen Lehrern da?......, wir müssen doch den Opfern des Faschismus gedenken.........., Herr Rosenbreit........!"

Das Fräulein Rost brach vor der Tür der Rosenbreits zusammen. Wie ein angefahrenes Wild lag sie noch einige Stunden im Hausflur. Gegen 23.00 Uhr kam Herr Neumann von seiner täglichen Sauftour nach Hause. Er beachtete die sterbende Lehrerin nicht, als er die Wohnungstür aufschloss und hinter ihr verschwand.

Alfred Rosenbreit war seit er denken konnte ein Zeuge Jehovas. Und somit anerkannte er keinen Staat. Das hatte mit der DDR insofern erst mal gar nichts zu tun. Er lebte nun mal hier, das war der Punkt. Sein Vater lebte in einem anderen Staat. Sein Vater hatte ihm erfolgreich die Hitlerjugend vom Hals gehalten, und sein Vater hatte den Wehrdienst bei den Nazis verweigert, woraufhin man ihn ohne viel Federlesens per Kopfschuss aus dieser Welt befördert hat. Gott hat halt wenig Zeit, wie gesagt.

„Mein Sohn jedenfalls, wird kein Pionier", dachte der Alfred Rosenbreit für sich, da ging es in erster Linie gar nicht um seinen Glauben im engeren Sinne. Nein, dies war er auch seinem Vater schuldig. Die Lehrerin seines Sohnes war die Vertreterin des Staates. Er hatte den Staat besiegt.

Fräulein Rost hingegen war sich ihrer Niederlage durchaus bewusst. Aber was sollte sie tun? Sie hatte den Vorfall dem Direktor gemeldet, dieser hat es an die entsprechenden staatlichen Stellen weiter gegeben, diese Stellen hatten es vermerkt. Alfred Rosenbreits Akte wurde um eine weitere Seite dicker. Das alles nützte der Lehrerin persönlich wenig. Sie wusste außerdem nichts von der Vergangenheit des Herrn Rosenbreit, und auch nichts von der Nichtakzeptanz einer religiösen Gruppe gegenüber dem Staatswesen; es hätte sie auch nicht tangiert. Alles was sie wusste war: eines ihrer Kinder wurde kein Pionier, weil es der Vater verboten hatte. Da konnte nur der Klassenfeind dahinter stecken. Herr Rosenbreit war ein Vertreter des Klassenfeindes. Der Klassenfeind hatte sie besiegt. Weiterleben konnte sie nur, indem sie diese Niederlage verdrängte. Sie hatte nicht stattgefunden, weil nicht sein kann, was nicht sein darf.

Neblige Luft stand in der Stadt an diesem Tag im März des Jahres 1968. Tief hingen am Himmel dunkle Wolken, bereit, jeder Zeit ihre nasse Last über die Stadt zu schütten. Gespenstische Ruhe herrschte über dem Platz vor der Schule. Kein Vogel war zu hören, kein Wind fuhr durch die Blätter der Bäume. Nur ab und an hörte man auf der nahen Straße ein Auto vorbei fahren. Vorsichtig fuhr es vorbei, mochte man meinen, fast entschuldigend: es tut mir leid, ich wollte die andächtige Ruhe vor dem Sturm nicht stören. Zweifellos, es lag etwas in der Luft. Etwas Großes, etwas Einmaliges, etwas Besonderes. Dinge würden geschehen, welche die Welt verändern. Zugegeben, anderswo in der Welt geschahen zur gleichen Zeit auch Dinge, mit dem Anspruch weltverändernd zu wirken.

Alexander Dubcek, zum Beispiel, wird 1968 Parteichef der Kommunisten in der Tschechisch-Slowakischen Republik. Er will sein Land reformieren, was aber den Unbill der anderen sozialistischen Bruderstaaten hervorruft. Seine Bestrebungen werden im sogenannten Prager Frühling unter anderem auch mit Panzern aus der DDR zunichtegemacht. In diesem Jahr unterzeichnen die USA, die Sowjetunion und Großbritannien den Atomwaffensperrvertrag, der die Weitergabe solcherlei Waffen an Drittländer untersagt. Ganz hat es nicht geklappt, aber man hat es versucht. Unbedeutende Männer werden in diesem Jahr erschossen, unter anderem Martin Luther King und Robert Kennedy, was im Land der unbegrenzten Möglichkeiten damals offenbar kein Problem war. Gleichzeitig wird im selben Land ein sehr ehrlicher Mann Präsident: Richard Nixon. Er stolpert später über seine Ehrlichkeit, als er Wahlbetrug zugibt. Ein Politiker sollte nicht zu ehrlich sein. *Stetes Leugnen stützt die Macht*, wie Gotthelf Balthasar von Klingenburg zu sagen pflegte. 94 % der DDR-Bürger stimmen für eine neue Verfassung, die restlichen 6 % auch. Andy Warhol wird bei einem Attentat einer radikalen Feministin in New York schwer verletzt. Normal, dies passiert in fast allen Familien, wo der sich der Mann mehr um Kunst als um den Abwasch kümmert. Und weil wir gerade bei Kunst sind: Im selbigen Jahr wird der erste Film der Olsenbande gedreht, und somit das Ende der Fahnenstange, die kulturelle Entwicklung der Menschheit betreffend, erreicht. Wer hätte gedacht, dass dies in einem Land wie Dänemark geschehen würde? Im Krieg Nigerias gegen die abtrünnige Provinz Biafra sterben 2 Millionen Menschen. Lächerlich, 2 Millionen ist nun wirklich keine Leistung, da waren andere effizienter. Dieses Abschlachten hinderte den 1.FC Nürnberg nicht daran, 1968 westdeutscher Fußballmeister zu werden. Ostdeutscher Meister hingegen wurde der FC Carl Zeiss Jena. Als Dresdner sei mir gestattet hier anzumerken, dass in dieser Saison die SG Dynamo Dresden bedauerlicherweise abgestiegen ist. Weicheier! Eine Kundgebung gegen Rechtsradikalismus endet in München mit dem Tod eines NPD-Mitglieds. Na ja, warum nicht auch mal so einen. Und in Paris münden Studentenproteste in tagelange Straßenschlachten. Auslöser war die Schließung einer Fakultät in Paris. Heutzutage protestieren die Professoren, wenn mal was ist. Ein Student von heute studiert, keine Gefahr mehr. Interessant auch: 1968 beschließt der Ministerrat der DDR die Teilung des Staatlichen Rundfunkkomitees in das Staatliche Komitee für Rundfunk und das Staatliche Komitee für Fernsehen. Deutsche teilen gern. Frankfurt/Main eröffnet seine U-Bahn und Mexiko City seine Olympischen Spiele, erstmals mit zwei deutschen Mannschaften. Das Raumschiff Apollo 8 umkreist den Mond und westdeutsche Banken geben die ersten Scheckkarten aus. Und während auf dem 10. Bauernkongress der DDR über die Forderung des 7. Parteitages der SED nach Übergang zu industrieller Landwirtschaft debattiert wird, metzeln US-Soldaten im Dorf My Lai in Vietnam 500 Kinder und Greise hin. Freiheit gibt es eben nicht umsonst.

Voller Ereignisse also, diese Jahr 1968, aber seien wir ehrlich: wie winzig, wie unbedeutend erscheinen diese Dinge im Vergleich zu der Begebenheit auf dem Platz vor der Schule. Was sind all diese hier angeführten Geschehnisse, gegen die Aufnahme der Schüler des Fräulein Rost in die Pionierorganisation? Nichts! Kalter Kaffee! Müsli ohne Cerealien! Ein Mann ohne Sack! Ein Blinddarm mit Brille!

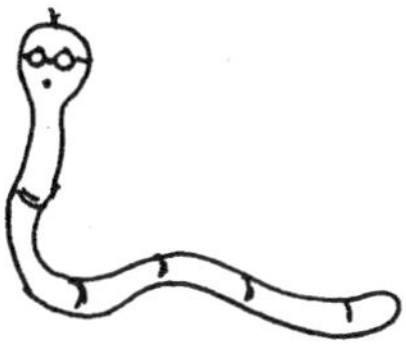

Mit dem Klingelzeichen zur großen Pause, löste sich die Ruhe in den oben angekündigten Sturm. Die Eingangstür zur Schule öffnete sich und heraus drang ein Schwall lärmender und fröhlicher Kinder, Jugendlicher und Lehrer. Die Kinder in weißen Pionierhemden und blauem Halstuch, die älteren Pioniere mit rotem Halstuch, die Jugendlichen in FDJ-Hemd, die Lehrer festlich gekleidet. Vor der Schule hielt ein Bus. Ihm entstieg eine Blaskapelle der Polizei in Uniform. Die Kapelle stellte sich an die Stirnseite des Appellplatzes hinter die Fahnenstangen, und begann ihre Instrumente auszupacken und zu stimmen. Auch der Tubist versuchte sein Instrument zu stimmen, was der würdevollen Veranstaltung eine humoristische Note verlieh. Heckenschützen des Innenministeriums gingen in Stellung. Sie sollten noch gebraucht werden. Mit Trillerpfeifen und lautem Rufen, begannen die Lehrer sofort Ordnung zu schaffen, indem sie ihre Klassen an die vorher bestimmten Plätze verwiesen. In einem großen „U“ stellten sich die Klassen auf. Links von den Fahnenstangen die ersten Klassen, die Einzigen noch ohne Halstuch, dafür aber gespannt wie ein Flitzebogen, dann weiter nach Klassenstufen, sodass die 10. Klassen das „U“ auf der rechten Seite abschlossen. Vor den Fahnenstangen, also an der offenen Seite des „U“ standen die Herrscher dieses kleinen Universums: Der Direktor, sein Stellvertreter, der FDJ-Sekretär, der Gruppenratsvorsitzende der Pioniere und der Sportlehrer in seiner Eigenschaft als Parteisekretär.

Das ganze hatte einen leichten paramilitärischen Tatsch. Es wurde wichtig getan, Meldung gemacht, herumlamentiert, und vor allem darauf geachtet, dass der jeweilige Vorgesetzte zufrieden drein schaute, was äußerst schwierig war, weil er ja immer ernst gucken musste. Er wäre ja sonst kein Vorgesetzter nicht.

Nachdem endlich alle dort standen, wo sie laut Plan stehen sollten, wurde der Appell mit Begrüßungsformeln wie: „Für Frieden und Sozialismus seid bereit – Immer bereit", oder: einfach nur: „Freundschaft" eröffnet. Dann rief der Direktor: „Lass jucken, Kumpel", und die Schüler riefen: „Zicke Zacke – hoi hoi hoi!"

Zu den Klängen der ostdeutschen Nationalhymne, von der Polizeitruppe intoniert, wurden dann die Fahnen gehisst. Fünf Fahnenstangen, fünf Fahnen: die DDR-Fahne, die Sowjetische, und drei Flaggen jeweils mit den Emblemen der FDJ, der Pioniere und der Gesellschaft für Deutsch-Sowjetische Freundschaft, kurz DSF. Danach wurden von den verschiedenen Leitungskadern nahezu identische Reden gehalten. Etwa 12 Stunden wurde davon geredet, was für ein wichtiger Tag heut wäre, und der Klassenfeind sich aber warm anziehen sollte. Es wurde von der Bedeutung der Rolle, und der Rolle der Bedeutung gesprochen, und sozialistische Phrasen bemüht und strapaziert. Namen, wie Thälmann, Pieck, Ulbricht, Stalin, Honecker und Lenin tauchten sehr häufig auf. Ebenso Begriffe wie Frieden, Solidarität, Deutsche Demokratische Republik, Gehorsam, Freundschaft und Endsieg.

Zwischen den einzelnen Rednern bot die FDJ-Singegruppe kulturelle Einlagen. Gedichte längst vergessener kommunistischer Lyriker, deren Werke sich kaum von den Reden oben genannter Leitungskader unterschieden, oder auch Lieder aus dem großen Fundus der Kampf- und Arbeiterlieder wie: „Cherry Cherry Lady", „Die Internationale" und „Marmor, Stein und Eisen bricht".

Schließlich wurde den Jungpionieren das blaue Halstuch überreicht. Das heißt, es wurde den Kindern gleich umgebunden, von Schülern der 8. Klasse.

Als alle ihr Halstuch trugen, trat eine frisch gekürte Jungpionierin selbstsicheren Schrittes an die offene Seite des großen „U", direkt neben den Direktor und begann das Gelöbnis der Jungpioniere abzulegen.

Die Jungpioniere hatten, ähnlich den US-Mariners und den Musketieren einen Ehrenkodex. Während sich der Ehrenkodex der Mariners und der Musketiere auf ein Gebot beschränkte, welches lautete: „Nieder mit Castro" bzw. „Kardinal Richelieu", gab es bei den Pionieren 10 Gebote. 10 Gebote? Hören wir da eine Nachtigall ungeschickt trapsen? Ja, zu recht. Nun war ja aber das Verhältnis der DDR zum Christentum nicht wirklich ein Gutes. Aber die Vermutung liegt nahe, dass die Erfinder der 10 Gebote der Jungpioniere, Kontakt mit Leuten hatten, die zumindest jemand gekannt haben mussten, die jemand kannten, welche von den 10 Geboten Gottes gewusst haben mussten.

Das 1. Gebot Gottes lautet: „Ich bin der Herr, dein Gott. Du sollst keine Götter haben neben mir!"

Das 1. Gebot der Jungpioniere im Gleichklang dazu: „Wir lieben unsere Deutsche Demokratische Republik!"

Der Nebensatz: Du sollst nicht schielen nach der Bundesrepublik Deutschland war im Gespräch, wurde aber nicht verwendet. Ansonsten, mal abgesehen davon, dass man von einem Sechsjährigen wohl kaum verlangen kann, etwas zu lieben, was er nicht mal aussprechen kann, war dieses Gebot eindeutig.

Im 2. Gebot Gottes heißt es: „Du sollst den Namen des Herren, deines Gottes nicht missbrauchen!"

Hierzu passt das 10. Gebot der Jungpioniere: „Wir tragen mit Stolz unser blaues Halstuch!"

Denn wer was mit Stolz trägt, missbraucht es nicht, hat Achtung davor. So wie man den Namen Gottes nicht als Schimpfwort benutzten würde; wie klingt denn das auch, wenn die betrogene Ehefrau ihrem Mann hinterher ruft: Eh, du blöder Gott! Genauso würde ein Jungpionier nie auf die Idee kommen, in sein Halstuch zu rotzen.

Das 3. Gebot Gottes schreibt vor: „Du sollst den Feiertag heiligen!"

Eindeutig hier das 8. Gebot der Jungpioniere: „Wir singen, tanzen und spielen gern!"

Unmissverständlich ist hier mit verschiedenen Worten das gleiche gemeint. Aber Gottes Gebot ist in diesem Falle etwas ehrlicher, denn es meint: Freitag nach eins, macht jeder seins! Aber welcher vor allem männliche junge Mensch singt, und vor allem, tanzt gern? Einfache Frage – einfache Antwort: Keiner! Dieses Gebot war ein Grund, warum viele junge Pioniere beim Gelöbnis auf die Gebote heimlich hinter dem Rücken den Mittelfinger über den Zeigefinger gelegt haben.

Im 4. Gebot Gottes wird vorgeschrieben: „Du sollst deinen Vater und deine Mutter ehren!"

Dazu steht im 2. Jungpioniergebot: „Wir lieben unsere Eltern!"

Auch wenn davon auszugehen ist, dass die Eltern nicht zwingend auch Vater und Mutter sein müssen, so wird doch klar, was gemeint ist.

Im 5. Gebot Gottes steht: „Du sollst nicht töten!"

Das 3. Gebot der Pioniere sagt: „Wir lieben den Frieden!"

Dies ist eine wirklich sehr gelungene Umschreibung von: Du sollst nicht töten.

Kommen wir damit zum 6. Gebot Gottes, in welchem es heißt: „Du sollst nicht ehebrechen!"

Als die Verfasser der Pioniergebote an dieses 6. Gebot gerieten, kamen sie ins stocken. Ein durchschnittlicher junger Pionier bricht nämlich keine Ehe. Nicht weil er so was aus ethischen Gründe ablehnen würde, nein, einfach weil Pioniere noch nicht heiraten durften. *Und man kann nicht brechen, was man nicht geschmiedet hat,* wie Gotthelf Balthasar von Klingenburg zu sagen pflegte. Nach langen Überlegungen wurde daraufhin das 7. Gebot der Pioniere wie folgt formuliert: „Wir sind gute Freunde und helfen einander!"

Ein guter Freund haut seinem Mädchen keine rein. Und wer einander hilft, kann sich gut leiden. Und wer sich gut leiden kann, betrügt sich nicht. Normal.

Dem 7. Gebot Gottes: „Du sollst nicht stehlen", ist das 5. Pioniergebot entlehnt: „Wir sind fleißig, ordentlich und diszipliniert!"

Wer fleißig ist, braucht nicht zu stehlen, weil er sich seine Gebrauchsgegenstände selbst erarbeitet. Und wer ordentlich ist, braucht auch nicht zu stehlen, weil er weiß wo sich die Gebrauchsgegenstände befinden, die er vielleicht früher mal geklaut hat. Ja, und Diebstahl und Disziplin ist ein Anachronismus an sich.

Das 8. Gebot Gottes lautet: „Du sollst nicht falsch Zeugnis reden wider deinen Nächsten!"

Man hätte es direkt in die Gebote der Pioniere übernehmen können, aber zu blumig formuliert. Kein Pionier hätte verstanden, worum es da ging. Bei dem Wort „Zeugnis" denkt jedes Kind an Zensuren und Beurteilungen. Jeder Schüler hätte diesen Satz als Wunsch an die Lehrerschaft verstanden: „Du sollst keine schlechten Zensuren verteilen und nur gut über den Schüler berichten." Also wurde diesem das 4. Pioniergebot entgegen gehalten: „Wir halten Freundschaft mit den Kindern der Sowjetunion und allen anderen Kindern!"

Logisch, denn wer Freundschaft hält, redet nicht schlecht über seine Freunde. Zwar hat nie ein Schüler der Klasse des Fräulein Rost je einen Schüler aus der Sowjetunion zu Gesicht bekommen, aber gerade dieses Gebot wurde sehr gepflegt.

Richtig schwierig wurde es beim 9. Gebot Gottes: „Du sollst nicht begehren deines nächsten Haus!"

An diesem Gebot saßen die Piniergebotsverfasser am längsten.

Soviel war klar: kein Pionier wollte ein Haus klauen. Das war schon mal eine Frage des Transports. Man geht nicht eben mal so hin, sucht sich ein Haus aus, lädt es in dunkler Nacht auf seinen Roller und dann, ab damit nach Hause. Denn da wartet ja das nächste Problem. Wohin damit? Man konnte ja nicht einfach so an den Frühstückstisch treten und sagen: Liebe Eltern, folgendster Sachverhalt, ich habe gestern Nacht ein Haus mitgehen lassen, das steht jetzt noch unten auf dem Roller, aber das muss jetzt weg dort, weil, ich brauch den Roller. Will Rollerrennen! Keiner gewinnt ein Rollerrennen, mit einem Haus am Lenker. Beim besten Willen, diese Hausgeschichte passte in kein Pioniergebot. Also wurde dieses 9. Gebot, was zufälliger Weise auch das 9. bei den Pionieren war, leicht umgeschrieben: „Wir treiben Sport und halten unseren Körper sauber und gesund!"

Sport treiben und Körperhygiene haben mit Hausdiebstahl wirklich nicht das Geringste zu tun. Aber nur auf den ersten Blick. Ist es nicht so, dass, wer Sport treibt, zum Beispiel Rollerrennen fährt, gar keine Zeit hat Häuser zu stehlen? Und weiter: In einem gesunden Körper steckt ein gesunder Geist, heißt es. Ergo, wer geistig halbwegs auf dem Damm ist, klaut kein Haus, wenn er sich nicht im Vorfeld Gedanken gemacht hat, wie er das Diebesgut abtransportieren will. Also doch nicht so weit hergeholt.

Bleibt das 10. und letzte Gebot Gottes welches das heißt: „Du sollst nicht begehren deines Nächsten Weib, Knecht, Magd, Vieh noch alles was dein Nächster hat!"

Dieses Gebot hat man im Prinzip übernommen und sogar erweitert: „Wir achten alle arbeitenden Menschen und helfen überall tüchtig mit!"

So lautet das 6. Gebot der Jungpioniere. Allerdings war das wohl das problematischste Gebot. Beim Gelöbnis wurde hier noch viel mehr geflunkert, als beim 8. Gebot. Die Mittelfinger vieler Jungs wickelten sich teilweise mehrmals um den Zeigefinger. Nein, das wollte keiner: überall tüchtig mithelfen. Überall! Ich meine, dachte Gunnar Brendel so bei sich: klar, von nichts kommt nichts. Auch wir Kinder müssen unseren Beitrag leisten. Nicht nur in der Schule, auch zu Hause. Der Vater geht arbeiten, die Mutter geht arbeiten (solche Zeiten gab es wirklich! Anm. des Verfassers), und dann hat die Mutter noch den ganzen Haushalt. Klar, dass ich da mit helfe. So Müll runter schaffen, oder meine Spielsachen unters Bett schieben, also das mach ich schon. Zumindest vor Weihnachten und so. Aber überall und alles? Nein, das möchte ich nicht. Und fast musste er mit den Tränen kämpfen, als er an den Silvestertag vor 3 Monaten denken musste. Gunnars Vater war noch auf Arbeit und seine Mutter war mit dem Haushalt im Allgemeinen und der Vorbereitung des Feiertagsessens im Besonderen beschäftigt. Das Feiertagsessen bestand aus einem so genannten Silvesterkarpfen. Seine Mutter befand sich also in einer Stresssituation. Sie konnte unmöglich alles alleine schaffen, jedenfalls war das ihre Meinung, also beauftragte sie ihren Sohn ins Fischgeschäft zu gehen, und einen Karpfen zu kaufen. Man möge nun Gunnars Mutter unterstellen, dass sie zuviel von ihrem Sohn verlangte, aber sie kannte die Fischverkäuferin, diese wiederum kannte Gunnar, und der Laden war nur um die Ecke. Sie gab Gunnar das nötige Geld und schärfte ihm ein, er solle einen großen Fisch kaufen. Vor allem aber solle er noch recht gut zappeln. Das leuchtete Gunnar nicht ein. Er würde eh tot sein, wenn er in der Pfanne liegt, warum sollte er vorher noch zappeln. Er hinterfragte dies, und bekam zur Antwort: das ist das Zeichen dafür, dass er noch frisch ist. Aha, dachte er. Am Fischgeschäft angekommen, musste er sich in eine lange Schlange vor dem Laden einreihen. Offensichtlich wollten viele Menschen Silvesterkarpfen essen. Langsam rückte er vor. Es war eiskalt, er fror. Endlich konnte er in den Laden treten. Aber hier war es nicht viel wärmer und es roch, ja, es roch einfach nach Fisch. Es mag Menschen geben, denen Fischgeruch nichts ausmacht, aber Gunnar war dieser Geruch unangenehm. Der Geruch aber war nicht das Schlimmste. Schlimmer war, was er zu sehen bekam. In einem großen Becken, welches zur Ladentafelseite aus Glas war, schwammen etwa eine Million Karpfen. Wahrscheinlich waren es nicht ganz eine Million, aber es waren sehr viele. So viele, dass Gunnar sie nicht hätte zählen können. In der Schule waren sie grad mal bei der 100. Und was er nicht zählen konnte, war eine Million. Aber eigentlich schwammen die Karpfen nicht. Dazu hatten sie keinen Platz. Sie zappelten nur, schlugen mit ihren Schwanzflossen um sich und ihre Kiemen kämpften um Sauerstoff. Ihre großen Mäuler gingen auf und zu und mit ihren großen Augen starrten sie ihn an. Warum stopft man so viele Fische in so ein kleines Becken, dachte sich Gunnar. Menschen, denen Fischgeruch nichts ausmacht, werden sagen: Sind doch nur Fische, womit sie sachlich auch richtig liegen. Aber Gunnar fand das ungerecht.

Hinter der Theke des bis an die Decke gefliesten Verkaufsraumes, verrichtete eine große Frau ihre Arbeit. Die Fischverkäuferin war stämmig gebaut mit großen Händen, einer Haube auf dem Kopf und einer riesigen weißen Schürze aus Gummi vor dem Bauch und der Brust. Sie war missgelaunt oder zumindest kurz angebunden. Und dann rief sie laut in ihren Laden hinein: „Der Nächste!"

Und der Nächste sagte: „Einen Karpfen bitte. Möglichst groß und er sollte noch zappeln."

„Unsere Karpfen sind alle frisch."

„Ist recht."

Sie griff nach einem großen, grünen Kescher, steckte ihn zwischen die Fische und begann im Becken mit dem Kescher zu rühren. Die Fische hatten keine große Kraft mehr zur Panik. Als sie einen Karpfen im Netz hatte, hob sie den Kescher mit der linken Hand aus dem Wasser. Mit der rechten Hand hielt sie das Netz zu.

„Ist der gut so?", fragte sie.

Der Fisch war groß und zappelte. Das machen alle Fische so, wenn man sie an die Luft holt.

„Ist recht", wiederholte der Kunde.

Das Netz nach wie vor so haltend, ging sie einen Schritt neben das Becken und legte es mit dem Fisch auf ein großes Brett aus Holz. Nun ließ sie das Netz los und legte den Fisch, der, in der irrigen Meinung dem fatalen Ende entrinnen zu können, immer noch wild zuckte, mit zwei Händen auf den Bauch und drückte ihn fest auf das Holz. Blitzschnell ließ sie die rechte Hand los und griff nach einem kurzen aber dicken Holzknüppel. Genauso schnell ließ sie den Knüppel nun auf den Kopf des Fisches sausen. Der hörte im selben Moment auf wild zu zucken, aber er bewegte sich noch, das sah Gunnar deutlich. Die Fischverkäuferin legte den Holzknüppel beiseite und nahm nun ein großes langes Messer in die Hand. Ungefähr in die Stelle, auf welcher der Knüppel niederging, schnitt sie die Kopfhaut weg, und stieß an der Stelle das Messer dann tief in den Kopf. Ein knirschendes Geräusch begleitete diese Handlung. Sie drehte nun den Fisch mit dem Kopf zu ihr und trennte mit dem Messer den Kopf in zwei Hälften. Sie zog das Messer aus dem geteilten aber immer noch offen stehenden Maul heraus. Sie legte das Tier auf die Seite und ließ es los. Vom Karpfen ging nun keine Gefahr mehr aus, denn mit an Sicherheit grenzender Wahrscheinlichkeit war der Silvesterkarpfen jetzt tot. Mit einem etwas kleineren Messer schlitzte die Frau jetzt den Bauch des Fisches auf. Dann griff sie in das Tier und holte die Innereien heraus. Manche Kunden nahmen Innereien mit, für die Katze und so. Vielleicht auch für sich. Ansonsten flog das Gedärm in einen Eimer unter dem Schlachttisch. Zuletzt wurde der Kopf abgetrennt, und ging den Weg der Innereien. Endlich wurde der Fisch in zwei Hälften zerlegt. Dann wischte sich die Fischfachfrau mit einem an ihrem Gürtel befestigten, nicht mehr wirklich ganz sauberen Lappen das Blut von den Händen, und die Fischhälften wurden in

Zeitungspapier gewickelt, knapp fünf Mark wechselten den Besitzer, und während sie den Schieber in die Kasse drückte, ertönte es wieder: „Der Nächste!“

Gunnar wohnte so etwa 15 Schlachtungen bei. Er sah auch, wie ein Fisch vom Brett rutschte und seinen Todeskampf auf dem verdreckten Fußboden fortsetzte, und wie die fluchende Fischfachkraft versuchte den Karpfen in die Kiemen zu greifen, um ihn wieder nach oben zu befördern, was ihr auch nach einiger Zeit gelang.

Als er wieder auf der Straße stand, mit seinen Fischhälften in seinem Beutel, war er etwas verwirrt. Er wusste, Karpfen sind zum Essen da, wozu sonst? Aber irgendwie war da was nicht richtig. Aber er wusste nicht was. Aber eins war ihm klar geworden: Er wollte Pionier werden, und er wollte alle Gebote einhalten. Er wollte tüchtig mithelfen. Aber nicht überall! Nicht überall! Er wollte nie wieder Karpfen kaufen gehen müssen. Und deshalb kreuzte er beim Gelöbnis die Gebote einzuhalten, beim 6. Gebot die Finger.

Aber wenn ich noch einmal auf die 10 Gebote eingehen darf, auf die der Pioniere, sowie die Gottes, dann muss man beiden eines lassen: Sie waren von einer entwaffnenden Klarheit. „Du sollst nicht töten!“ Zack! Oder: „Wir lieben den Frieden!“ Knallhart! Einfach! Verständlich! Und da möchte ich an dieser Stelle ein ganz anders geartetes Gebot zitieren:

Kapitel III VERSTÄRKTE ZUSAMMENARBEIT
Artikel I-44 Verstärkte Zusammenarbeit

(1) Die Mitgliedstaaten, die untereinander eine verstärkte Zusammenarbeit im Rahmen der nicht ausschließlichen Zuständigkeiten der Union begründen wollen, können, in den Grenzen und nach Maßgabe dieses Artikels und der Artikel III-416 bis III-423, die Organe der Union in Anspruch nehmen und diese Zuständigkeiten unter Anwendung der einschlägigen Verfassungsbestimmun-

gen ausüben. Eine Verstärkte Zusammenarbeit ist darauf ausgerichtet, die Verwirklichung der Ziele der Union zu fördern, ihre Interessen zu schützen und ihren Integrationsprozess zu stärken. Sie steht allen Mitgliedstaaten nach Artikel III-418 jederzeit offen.

(2) Der Europäische Beschluss über die Ermächtigung zu einer Verstärkten Zusammenarbeit wird vom Rat als letztes Mittel erlassen, wenn dieser feststellt, dass die mit dieser Zusammenarbeit angestrebten Ziele von der Union in ihrer Gesamtheit nicht innerhalb eines vertretbaren Zeitraums verwirklicht werden können, und sofern an der Zusammenarbeit mindestens ein Drittel der Mitgliedstaaten beteiligt ist. Der Rat beschließt nach dem in Artikel III-419 vorgesehenen Verfahren.

(3) Alle Mitglieder des Rates können an dessen Beratungen teilnehmen, aber nur die Mitglieder des Rates, welche die an der Verstärkten Zusammenarbeit beteiligten Mitgliedstaaten vertreten, nehmen an der Abstimmung teil. Die Einstimmigkeit bezieht sich allein auf die Stimmen der Vertreter der an der Verstärkten Zusammenarbeit beteiligten Mitgliedstaaten. Als qualifizierte Mehrheit gilt eine Mehrheit von mindestens 55 % derjenigen Mitglieder des Rates, die die beteiligten Mitgliedstaaten vertreten, sofern die betreffenden Mitgliedstaaten zusammen mindestens 65 % der Bevölkerung der beteiligten Mitgliedstaaten ausmachen. Für eine Sperrminorität ist mindestens die Mindestzahl der Mitglieder des Rates, die zusammen mehr als 35 % der Bevölkerung der beteiligten Mitgliedstaaten vertreten, zuzüglich eines Mitglieds erforderlich; andernfalls gilt die qualifizierte Mehrheit als erreicht. Beschließt der Rat nicht auf Vorschlag der Kommission oder des Außenministers der Union, so gilt abweichend von den Unterabsätzen 3 und 4 als die erforderliche qualifizierte Mehrheit eine Mehrheit von mindestens 72 % derjenigen Mitglieder des Rates, die die beteiligten Mitgliedstaaten vertreten, sofern die betreffenden Mitgliedstaaten mindestens 65 % der Bevölkerung der beteiligten Mitgliedstaaten ausmachen.

(4) An die im Rahmen einer Verstärkten Zusammenarbeit erlassenen Rechtsakte sind nur die an dieser Zusammenarbeit beteiligten Mitgliedstaaten gebunden. Sie gelten nicht als Besitzstand, der von beitrittswilligen Staaten angenommen werden muss.

Alles klar. Wir ahnten es schon. Es handelt sich hierbei um einen ganz kleinen Auszug aus der wohlmöglich zukünftigen Europäischen Verfassung. Ganz klein daher, weil die gesamte Verfassung 485 Seiten umfasst. Ich meine, in Ordnung. Sollen sich ein paar Enthusiasten hinsetzen und 485 unschuldige Seiten mit kryptischen Texten versehen. Viele Leute haben Zeit für derlei Dinge. Nicht alle verbringen ihre Zeit mit so was, aber manche schon. Manche spielen Golf oder werkeln an ihrer Modelleisenbahn. Andere wiederum basteln sich ein Europa. Klar, warum nicht. Die Europäer an sich allerdings, scheiden sich an dieser Bastelei. Manche wollen dieses Europa, andere wiederum wollen es nicht. Ich denke allerdings, die meisten Europäer wollen in erster Linie Sonnabend Fußball gucken, dabei Bier trinken und keinen Streit mit der Alten. Wenn die Alte Ruhe gibt, sollen die in Gottes Namen einen auf Europa machen. Was ficht es mich an, sagen sie. Wenn sich überhaupt jemand für Europa interessiert, dann doch nur aus Eigeninteresse. Wenn der Pole sich von Brüssel einen Traktor bezahlen lässt, wenn der Franzose sich seinen Weinanbau subventionieren lässt, wenn der Spanier zollfrei und ohne Kontrollen sein Schlachtvieh nach Finnland schaffen kann, wenn der Finne dadurch eine Schlachterei bauen kann, und wenn der Lette durch seine Mitgliedschaft dem Russen zeigen kann wo der Hammer hängt, und natürlich und vor allem auch dann, wenn der Deutsche in der Tschechei seinen Führerschein neu machen kann, um den durch leicht übertriebenen Suff am Steuer abhanden gekommenen zu ersetzen und somit auch die MPU zu umgehen - dann ist Europa eine feine Sache. Aber dieses Europa ist keine Gemeinschaft im wahrsten Sinne des Wortes. Warum? Weil eine Kopfgeburt keine Herzenssache sein kann. Und weil Jahrhunderte lang aufs liebevollste gepflegte Feindschaften und Ressentiments nicht mit einer 485 Seiten starken Bastelarbeit aus der Welt geschafft werden können. In einer Gemeinschaft gehen die Menschen den gleichen Weg, sie arbeiten miteinander, nicht gegeneinander, sie sind für einander da. Und das freiwillig. Eine Ehe zum Beispiel, das ist eine Gemeinschaft. Zumindest die ersten Jahre. Wie entsteht eine Ehe? Der Mann sitzt unruhig zu Hause, dann treibt es ihn um. Er ist geil. Er lenkt seine Schritte in eine gastronomische Einrichtung. Dort sitzt eine Frau. Auch sie war unruhig, aber nicht geil. Sie war einsam. Das ist aber im Prinzip dasselbe. Der Mann setzt sich neben die Frau, bestellt 20 Whisky und 8 Flaschen Sekt und beginnt die Frau voll zu labern. Die Frau ziert sich zunächst, säuft aber mit. Unter der Wirkung des Alkohols einigen sie sich, wer mit zu wem kommt. Dann wird gefickt. Danach ist der Mann befriedigt und die Frau nicht mehr einsam. Auch das ist im Prinzip dasselbe. Dann wird geheiratet. Es hat sich also völlig freiwillig und ohne Zwang eine Gemeinschaft gebildet. Ganz so ist es mit der EU nicht gelaufen. Der europäischen Wirtschaft ging der Arsch auf Grundeis, angesichts der Übermacht der USA und der stetig steigenden Macht der Asiaten. Da musste ein Gegenpol geschaffen werden. Damals auch gegen den Ostblock. Auch mussten neue Märkte erschlossen und alte gesichert werden. Ich glaube, so war's. Vielleicht gab es auch andere Gründe, was weiß ich. Ich weiß nur eines: Diese ganze EU-Geschichte erinnert mich ein wenig an die „Gesellschaft für Deutsch-Sowjetische Freundschaft", kurz DSF genannt, in der DDR. Ich meine, das war auch so eine Kopfgeburt. Alle waren Mitglied, aber nie hat auch nur ein Deutscher einen Russen kennen gelernt; und umgedreht. Das war halt eine Organisation, von „oben" erdacht, von „unten" nie gelebt. Als die DDR verschwand, endete auch die DSF. Der Unterschied ist nur, die DSF wurde aus ideologischen

Gründen erfunden, die EU aus finanziellen. Das Einzige, was diese Europäische Gemeinschaft zusammen hält, ist das Geld. Das einzige, was in der EU thematisiert wird, worüber man streitet und sich wirklich Gedanken macht, ist: Wer kriegt wann wie viel, und warum der andere nicht. Dieses Geld sieht im Übrigen auch noch Scheiße aus und hat, und das ist das Schlimmste, die Lebenshaltungskosten in die Höhe schnellen lassen. Da können mir die Statistiker mit Tabellen kommen, wie sie wollen, und mir was von „gefühlter" Inflation erzählen. Unterm Strich bleibt weniger als zu D-Mark Zeiten. Man möge sich erinnern: Haben wir 20 Mark für einen Teller Spagetti bezahlt? Oder 8 Mark für eine Schachtel Zigaretten? Hat man 100 Mark für ein stinknormales Pensionszimmer gezahlt oder 200 Mark für ein mittleres Hotelzimmer? Ein Kinobesuch für zwei Personen, inklusive Popcorn und Parken für 40 Mark? 6 Mark für ein Bier? Ein Liter Benzin 2,50 Mark? Hat man für eine Arbeitsstunde in der Autowerkstatt 120 Mark oder mehr bezahlt? Ein Eis 5 Mark? Leider weiß ich nicht mehr so richtig, was man zu D-Mark-Zeiten so in den Supermarkt geschafft hat. Und ich kenne auch das Kaufverhalten des deutschen Durchschnittsbürgers nicht, aber so 50 Euro für einen normalen Wochenendeinkauf sind schon angesagt. Ich glaube mich zu erinnern, dass damals 100 Mark schon eher eine Seltenheit war. Unterm Strich kann man sagen: Vor allem alles was mit Freizeit und Vergnügen, also Lebensqualität zu tun hat, hat sich einfach mal verdoppelt. Da soll mir doch so eine Arschgeige von Statistiker kommen und mir was von einer Inflationsrate von zwei Prozent pro Jahr oder so erzählen. Sicher spielen bei einigen Sachen auch erhöhte Steuern eine Rolle, aber unterm Strich bleibt: Wieder hat man etwas angekündigt, was Segen bringen soll, wieder hat die Masse „JA" gebrüllt, und wieder fühlen sich alle mehr oder weniger betrogen. Sei's drum, dumm gelaufen.

Abgesehen davon glaube ich, dass sich Menschen auch über das Geld identifizieren. Das müssen auch die EUristen gewusst haben, sonst hätten sie die Rückseiten des Kleingeldes nicht nationalisiert. Ich jedenfalls fühle mich nicht als Europäer. Der Mensch hat immer national oder regional gedacht und gefühlt. Dass wird sich auch nicht ändern. Ich meine, wenn durch den Euro alles billiger geworden wäre, ja dass wäre dann was anderes. Der europäische Geist würde von Spitzbergen bis Malta von Lissabon bis….., ja bis wohin? Also abgesehen davon, dass der oben erwähnte Geist seinen völkerverbindenden Brodem, zumindest eine Zeit lang, über diesen Teil der Erde legen würde,………ja also, wo endet Europa im Osten? In Rumänien? In der Türkei? In Armenien? In Russland? Ich stelle hier nur die Frage in den Raum. Ich möchte niemandem absprechen, ein Europäer zu sein. Er wird schon sehen, was er davon hat. Ich weise nur darauf hin, dass, weil vor Jahrhunderten mal irgend ein Tunichtgut den Ural als Grenze zu Asien festgelegt hat, muss man ja nun nicht auf Biegen und Brechen, alles was innerhalb dieser Grenzen lebt, zu einem Staatenbund zusammen geklebt werden. Wenn dieser Tunichtgut die Grenze, nicht ahnend was da mal kommen soll, zufällig in die Wüste Gobi gelegt hätte, dann wäre heuer ein EU-Beitritt der Mongolei so abwegig nicht. Soll'n sie machen! Ich sage nur, macht! Die Geschichte wiederholt sich. Die Mongolen standen schon zweimal in Europa. Warum kein drittes Mal? Eine Staatengemeinschaft basiert im Übrigen entweder auf einem gleichwertigen wirtschaftlichen und demokratischen Niveau der Mitgliedstaaten, oder auf der Bereitschaft zur Solidarität. Ich sehe weder das eine noch das andere. Aus diesem Grund sollte man vielleicht nicht die Frage stellen, WER zu Europa gehört, sondern eher WANN wer zu Europa gehören sollte.

Und dann ist da noch was. Abgesehen von der wirtschaftlichen Globalisierung, die ja wohl eher der Großindustrie zu Gute kommt, finde ich auch die Freizügigkeit, mit der Europa Menschen aus aller Herren Länder einreisen lässt, nicht so gut. Wir brauchen diese Emigranten, weil wir unter einem dramatischen Geburtenrückgang leiden, wird argumentiert. Ich halte die Möglichkeit, dass ein Boatpeople aus Burkina Faso oder ein kurdischer Landarbeiter einst eine leitende Position bei Mercedes Benz begleiten wird, als nicht gegeben. Aus verschiedenen Gründen, die zu erörtern den gegebenen Rahmen sprengen würde. Nicht aus Fremdenfeindlichkeit bin ich gegen diese Freizügigkeit oder gar auf Grund populistischer Argumente, wie: Die Ausländer nehmen uns die Arbeit weg. Das ist schon aus dem Grund Quatsch, weil man nichts wegnehmen kann, was gar nicht da ist. Nein, ich bin einfach nur gegen die Vermischung von Kulturen, weil ich die Vielfalt liebe. Ich reise gern, viel und weit. Und es ist immer wieder ein überwältigendes Gefühl, wenn man aus dem Flieger steigt und die Fremde in sich aufsaugt. Die Fremde in Form von Gerüchen, Geräuschen, Farben, Landschaft, Pflanzen, Tieren und eben auch Völkern. Und genauso ein schönes Gefühl ist es, wenn man aus der Fremde zurück, wieder in seiner deutschen Heimat landet. Ich sage: Scheiß drauf, macht euer Ding, aber ein großer deutscher Humorist und Weltverbesserer hat mal gesagt: „Einst wird Friede herrschen auf der Welt, und schwarze und weiße Menschen werden sich vereinen zu grauen Menschen." Die Zuhörer haben gelacht, fanden dies wohl unterhaltsam. Ich lache darüber nicht. Ich will ihn nicht, den schlitzäugigen Norweger, der mit Rastalocken einen Döner in Chile verkauft. Verstehst du, was ich meine? Nein? Dann lass gut sein.

Gotthelf Balthasar von Klingenburg hat es etwas diffiziler ausgedrückt. Er meinte zu diesem Thema in einer Denkschrift - Die Globalisierung und der einfache Mensch - : *Was ist das für eine Welt, in welcher der beste Rapper ein Weißer, und der beste Golfer ein Schwarzer ist?* Verstehst du jetzt? Nein? Auch gut, wie ich schon sagte, ist nicht so schlimm.

Nun wird es ja aber auch Menschen geben, die reinen Herzens an die europäische Vision glauben. Die der Meinung sind, man muss nur Geduld haben und auf keinen Fall vom eingeschlagenen

Weg abweichen und die Zeit wird kommen, wo Griechen mit Türken, Iren mit Engländern, Deutsche mit Polen, Tschechen mit Slowaken, Basken mit Spaniern und Serben mit Bosniern Händchen halten und sagen: Da nimm, ich hab's für dich gemacht, es kommt von Herzen. Und diese Menschen glauben vielleicht auch allen Ernstes, dass, wer mit dem gleichen Geld Waffen kauft, sich auf ewig nicht mehr den Schädel einschlägt? Das ist Wunschdenken. Nichts, aber auch gar nichts spricht dafür, dass der Mensch auch nur annähernd friedlicher als vor 60 oder 60000 Jahren geworden ist. Ich meine, die historischen Archive der Welt sind voll von Dokumentationen, in welchen zu lesen ist, was für Zärtlichkeiten sich die Völker im Zweiten Weltkrieg gegenseitig zukommen lassen haben. Namentlich auch mit deutschen Beiträgen. Aber ich muss ganz ehrlich sagen, gerade auch im Kontext zur europäischen Einigung hat für mich die Abschlachtung von 7000 Bosniern in Srebrenica 1995, eine schrecklichere Bedeutung, als der gesamte Zweite Weltkrieg zusammen. Warum? Weil dadurch klar wurde: Genozid ist, in welcher Form, Anzahl und Methodik auch immer, auch nach Auschwitz kein Tabu.

Sicher, es scheint völlig abwegig, dass heutzutage ein Holocaust wie im Dritten Reich möglich wäre, schon auf Grund der Vernetzung der Welt durch Internet und Handy und der damit verbundenen Möglichkeiten des Austausch von Information und Wissen. Aber trotzdem hört man doch hin und wieder beunruhigende Dinge, wie zum Beispiel geheime Gefangenenlager der CIA in osteuropäischen Staaten. Wer denkt denn an so was? Was ist noch möglich? Was läuft hinter den Kulissen? Abgesehen von solcherlei staatlichen Entgleisungen glaube ich, dass es gewaltig brodelt. Und zwar an allen Ecken und Enden dieser Welt. Und irgendwann und irgendwo wird es sich entladen, und es wird kein Halten mehr geben.

Ich denke, die Ursache für Rassismus und deren Folgen ist nicht im unmittelbaren Hass auf einen bestimmten Menschen oder ein bestimmtes Volk zu suchen, nein, Ausgangspunkt ist das Überlebensgen des Menschen. Seit Urzeiten verteidigt der Mensch sein Revier. Sei es sein Land, seine Frau, seine Arbeit, sein Feld. Er will und kann diese Dinge nicht mit jemand anderem teilen, wenn er überleben will. So war es in der Steinzeit, und an diesem Prinzip hat sich grundsätzlich nichts geändert. Der Mensch unterscheidet sich somit in keinster Weise vom Tier. Ich habe hier also somit nebenbei die Evolutionstheorie untermauert. Kein Löwe erlaubt einem anderen Löwen, seine Löwin zu besteigen oder auf seinem Territorium zu jagen. Und was er seines Gleichen nicht gönnt, wird er wohl kaum mit einem Leoparden oder einer Hyäne teilen. Der Rassismus des Menschen beruht auf den gleichen Mechanismen. Er ist fest verwurzelt. Er ist nur durch eine funktionierende Gesellschaft, inklusive einer gewissen staatlichen Macht im Zaum zu halten. Zerfällt die Gesellschaft, ist der Staat schwach, oder wird er zu stark und nicht mehr kontrolliert, wie unter Hitler, eskaliert die Gewalt, egal in welche Richtung. Lass die Masse von der Leine, und es wird kein Halten mehr geben; damals nicht, nicht heute und nicht morgen.

Und dann ist da noch die Unfähigkeit des Menschen, Probleme anzusprechen, zuzuhören, Kompromisse einzugehen und zu verzeihen. Auch da steht der Mensch dem Tier in nichts nach. Die Hälfte aller Ehen wird geschieden. Und die Hälfte der anderen Hälfte würde sich gern scheiden lassen. Und die Hälfte der Hälfte der restlichen Hälfte hat zumindest schon mal über Scheidung gesprochen. Wenn es zwei Menschen nicht schaffen in Frieden zu leben, wie soll das ein Dorf, ein Volk, ein Kontinent oder gar die ganze Welt zu Rande bringen?

......Oh, ich hab gerade einen Anruf vom Schriftstellergolum bekommen. Er sagt, ich solle zum Punkt kommen. Ja, gleich fertig.........

Aber deswegen machen wir doch einen auf Europa, sagen jetzt

die Europabefürworter. Damit sich die Menschen näher kommen und sich alte Feindschaften in neue Freundschaften wandeln. Und in Bezug auf Srebrenica sagen sie: Dumm gelaufen, aber 1995 gab es ja den Euro noch nicht, und damals gehörte der Balkan ja auch noch nicht zu Europa, obwohl Europa angeblich auch 1995 schon bis zum Ural reichte.

Sei's drum, ich glaube jedenfalls nicht, dass viele Menschen die EU-Verfassung gelesen haben. Viele müssen sie auch nicht lesen, da sie eh nicht darüber abstimmen dürfen. Und wie viele von denen, die sie gelesen haben, haben alles verstanden? Ich weiß es nicht, aber ich habe, in Anlehnung an die 10 Gebote der Jungpioniere hier eine aus 10 Punkten bestehende EU-Verfassung entworfen. Es ist anzunehmen, dass nicht wirklich jeder EU-Bürger mit diesem Entwurf einverstanden ist, aber er ist in jedem Fall leicht verständlich, und kann somit ohne Schwierigkeiten abgelehnt oder angenommen werden.

1. Die USA übernehmen dauerhaft die EU Ratspräsidentschaft.
2. Deutschland ist bis auf weiteres das schlechte Gewissen der Welt.
3. Unverzüglich werden Beitrittsverhandlungen mit Laos und Kambodscha aufgenommen.
4. EU-Kommissar für Korruption und Vetternwirtschaft wird Vladimir Putin.
5. In der ehemaligen DDR wird die D-Mark wieder eingeführt.
6. Das Rauchen wird prinzipiell verboten, die Tabaksteuer wird auf Medikamente umgelegt.
7. Massaker mit bis zu 7000 Toten sind weiterhin zulässig.
8. Dem Pabst wird als Ausweichreligion der Islam empfohlen (wenn mal was ist).
9. Brüssel entwirft Richtlinien für Teufelsaustreibungen und Blutrache auf dem Balkan.
10. Die Hymne der Union ist „Klingelingeling hier kommt der Eiermann".

Aber an dieser Stelle möchte ich doch aber noch eine letzte Bemerkung hintan stellen: Wenn wir über unsere ach so unfähigen und korrupten Politiker herziehen, wenn wir unsere kalte unmenschliches Gesellschaft an den Pranger stellen, wenn wir uns über den kriegslüsternen und blutrünstigen US-Präsidenten lächerlich machen, dann sollten wir doch eine Tatsache nicht aus den Augen verlieren: Jetzt und hier zu leben, sollte man trotzdem als Glücksumstand bezeichnen. Mit einem Blick in die Welt und in unsere Vergangenheit sollte dies jedem, auch den scheinbar und wirklich Benachteiligten, klar sein. Zweifellos gibt es verbesserungswürdige Dinge in unserer friedlichen und freiheitlichen Gesellschaft. Aber es HERRSCHT Frieden und Freiheit! Dies sei vor allem diesen ewigen Nörglern auf die Fahne geschrieben, die ihre eigene Unfähigkeit in der Gesellschaft um einen würdigen Platz zu kämpfen und diesen auch zu behaupten, der Kälte der Gesellschaft allein unterstellen. Dies erscheint mir zu einfach. Und es geht auch an die Adresse jener militanten MultiKulti-Phantasten, die gelegentlich verdrängen, dass für eine erfolgreiche Integration, nicht nur der Staat in der Pflicht ist, sondern eben auch eine grundlegende Bereitwilligkeit der zu Integrierenden Voraussetzung für den Erfolg ist. Und ich sage es auch in die Richtung derer, die in den USA den größten Weltverbrecher sehen. Ich sage es ganz offen: Ich weiß nicht, wer in dieser unserer Welt die größten Verbrechen verübt. Aber was ich auch nicht weiß, ist: Wie hätten wir Deutschen reagiert, wenn der 11. September in Berlin stattgefunden hätte? Genau diejenigen, die jetzt so scharfzüngig die Aktionen der USA anprangern, hätten im Fall der Bombardierung einer deutschen Stadt, im gleichen Ton die Pflichten Amerikas als Schutzmacht der freiheitlichen Welt eingefordert.

Natürlich ist alles Geschehene eine Abfolge von Ursache und Wirkung. So gesehen wäre es wohl günstiger gewesen, wenn Adam und Eva den Apfel hätten hängen lassen. Ich erlaube mir kein Urteil. Ich weiß nur eines: Mir ist ein leicht behinderter US-Präsident tausendmal lieber als ein durchgekrachter iranischer Diktator. Und bei aller berechtigter Kritik an unserer westlichen Gesellschaft bin ich mir über eines immer im Klaren: Meine Frau muss keine Burka tragen!

Wer diese Anmerkungen jetzt so nicht verstanden hat, beantrage tunlichst die Staatsbürgerschaft Nordkoreas, Russlands oder Irans. Er kann aber auch einfach weiter lesen.

Dass man sich einst mit solcherlei Überlegungen den Kopf zerbrechen wird, davon hatte auf dem Appellplatz im März 1968 niemand auch nur die blasseste Ahnung. Schon gar nicht die oben erwähnte Jungpionierin, ein strammes fesches Mädchen, mit zwei goldenen Zöpfen, die nun also vor die versammelte Mannschaft trat und mit schriller aber fester Stimme begann, die 10 Gebote der Jungpioniere in ein Mikrofon zu schreien. Und sie endete mit den Worten: „Das geloben wir!"

Und daraufhin schrien alle Anwesenden, auch die FDJler und die Lehrer laut in den Himmel: „Ja, das geloben wir!"

Und es geschah, dass sich die Wolkendecke öffnete und eine warme Vorfrühlingssonne überflutete die Stadt. Aus den Bäumen des Schulhofes erhoben sich tausende Tauben, Luftballons und Rohrdommeln. Vom Dach der Schule entlud sich ein gigantisches

Feuerwerk, welches so hell und so laut war, dass man es auf der Raumstation MIR hören und sehen konnte, so sie damals schon existiert hätte. Seismische Stationen auf dem ganzen Erdball registrierten die Einschläge. Die USA aber blieb ruhig, das Feuerwerk war angemeldet. Die Polizeikapelle schmetterte aus allen Rohren die Marseillaise. Allerdings ohne Tubist, der war schon zu betrunken. Auf dem Vordach über dem Haupteingang der Schule stand eine Sopranistin und intonierte ein Ave Maria, dass es Gott erbarmte. Die Truppen des Innenministeriums enttarnten sich und schossen enthemmt ihre Magazine leer. Mit ausgebreiteten Armen trat die Sopranistin an den Rand des Vordaches, und mit dem Schlusston stürzte sie sich in den Tod.

Dann donnerten drei Düsenjäger über die Menge. Sie zogen je eine schwarze, eine rote und eine goldene Rauchfahne hinter sich her. Die Rauchfahnen breiteten sich über den Appellplatz aus und als sie sich berührten und das blau des Himmels verdeckten, entstieg selbigen ein Götterbote. Ein Jüngling hehrem Geblüts und einem vorzüglichem Körper in einem Himmelsgespann, gezogen von vier weißen Pferden. In der linken Hand hielt er die Zügel und in der rechten hielt er einen überdimensionalen Ährenkranz mit Hammer und Zirkel. Das Emblem der Deutschen Demokratischen Republik! Es prangte nun unter der deutschen Fahne aus Rauch, und somit hatte alles seine Richtigkeit. Alle schrien entrückt und warfen ihre Hände in die Luft. Der Tubist kotzte in seine Tuba. Der Höhepunkt aber war der Auftritt von John Lennon und das gemeinsame Absingen seines „Give peace a chance“. John Lennon taucht wahrscheinlich öfter auf, immer mit dem gleichen Lied.

Und während die ganze Schule gemeinsam auf den Knien sich im Rhythmus der Lennonhymne die Hände blutig schlugen und die Stimme heiser sangen, schlich sich das Fräulein Rost langsam in Richtung Martin Rosenbreit, das einzige Kind ohne Halstuch. Als sie hinter ihm war, packte sie ihn und rammte ihm ein ca. 20 cm langes Küchenmesser in den Rücken. Sie hielt ihn solange fest, bis das Leben aus seinen erstaunten Augen gewichen war. Dann ließ sie ihn fallen, blickte sich kurz um und stand auf. Die Schmach war gesühnt.

Jens Schmidt kam nach der Pionier-Weihe völlig aufgelöst nach Hause. Die Eindrücke hatten ihn überwältigt. Die Blaskapelle, die Reden, das Anstellen in Reih und Glied, die wehenden Fahnen, die neue Kleidung und nicht zuletzt der Mord am Schüler Martin Rosenbreit hatten ihn tief beeindruckt. Außerdem gehörte er jetzt dazu. Dieses neue Wir-Gefühl gab ihm Selbstbewusstsein. Man muss wissen, Jens Schmidt war der Kleinste in der Klasse. Er war nur 15 cm groß. Gut, vielleicht war er 1,15 m groß, aber das macht keinen Unterschied. Wenn man der Kleinste ist, dann ist man der Kleinste. Es waren auch schon Männer beim Psychologen, die über zwei Meter maßen. Aber die waren halt ständig mit Menschen zusammen, die teilweise an die fünf Meter groß waren. Wo es die gibt? In Russland, in einem Ort am Unterlauf des Ob, Namens Scholow-Nertowsibirsk. Dort wohnen die Nachfahren von Mutanten, welche in den 1980er Jahren zur Kriegsführung gezüchtet wurden. Sie kamen aber nie zum Einsatz, weil den Züchtern die Wende dazwischen kam. Die Züchter haben auf Geflügel umgesattelt und jetzt die Vogelgrippe am Hals. Recht geschieht's. Die Mutanten arbeiten jetzt in der Mehrzahl bei den Elektrizitätswerken. Sie säubern Überlandleitungen. Sie laufen einfach neben den Leitungen und ziehen dabei einen Lappen über den Leitungen hinter sich her. Das können natürlich nur die ganz Großen, die welche über fünf Meter groß sind. Die Kleineren müssen die Lappen wechseln. Deshalb sind sie in psychologischer Behandlung.

Und Jens Schmidt war auch stolz. Zum einen wegen dem 10. Gebot der Pioniere und zum anderen gehörte er jetzt, relativ gesehen, zu den Großen. Er konnte den Kindergartenkindern hinterher rufen: „Kindergarten – Scheuerlappen!“ Zwar hatte er das schon gerufen, seit er einen Schulranzen tragen durfte, aber jetzt hatte alles noch einen offiziellen Touch.

Jens Schmidts Vater war auch klein. Allerdings war er auch dick. Eigentlich war er dicker als groß. Bei den fünf Meter großen Russen wäre er als Fußball durchgegangen. Aber hier zu Lande war er eher so eine Art Schiedsrichter. Er verdiente seinen Lebensunterhalt als Dispatcher bei den Verkehrsbetrieben. Dort saß er den ganzen Tag in einem Sessel und dispatchte vor sich hin. Und weil er den ganzen Tag nur saß, und alles was das Haltbarkeitsdatum noch nicht um zwei Wochen überschritten hatte, in sich hinein stopfte, war er so dick. „Essen ist der Sex des Alters", pflegte er immer zu sagen.

„Du bist doch grad mal 40", erwiderte dann immer etwas traurig seine Frau. Was sie nicht wusste: Zuweilen ergab der Schichtplan des Herrn Schmidt, dass er mit einer ebenso dicken Kollegin seinen Dienst versehen durfte. Dann tropfte das Fett von der Dispatcherkonsole. Zu Hause schlief er oder saß vorm Fernseher. Nur wenn auf Arbeit etwas Außergewöhnliches passiert war, dann ließ er seiner Aufregung freien Lauf und erzählte seiner Frau zu Hause davon.

„Hund und Sau", begann er, „heut hat der Erwin aber einen Mist gebaut. Wird ihm doch plötzlich schlecht in der Fahrerkanzel, kracht ohnmächtig mit der Stirn voll in die Apparatur, dass er einen Abdruck kriegt, und knallt in eine vor ihm stehende Bahn. Nun, er hatte nicht viel Geschwindigkeit, aber aus den Schienen hat's ihn schon gehauen. Die Kupplung im Arsch und die Scheiben sind rausgeflogen, dass es eine Art hatte." Dabei schüttelte er den Kopf. „Als hätten wir genug davon."

„Und?", fragte seine Frau. „Kann doch vorkommen. Wenn einem schlecht wird, dann wird einem schlecht."

„Freilich wird einem schlecht, wenn einem schlecht wird, aber das muss er sich schon vorher überlegen, er hat schließlich eine Verantwortung."

„Warum ist ihm denn schlecht geworden?"

„Das ist ja der Punkt." Herr Schmidt beugte sich leicht nach vorn. „Wenn einer Spätschicht hat, dann kann er sich nicht den ganzen Vormittag im Bad in die Sonne pratschen, dass es einem vor Hitze die Augen aus dem Kopf treibt. Hat wohlmöglich noch zu wenig getrunken und steigt dann mit einem Sonnenstich ins Führerhaus."

„Woher soll denn einer wissen, dass er einen Sonnenstich kriegt?"

„Ja, da hast du recht, woher soll das einer wissen", Herr Schmidt zog die Stirn kraus, „aber ahnen hätte er es schon können, verstehst du? Damit muss man doch rechnen!"

„Du musst es ja wissen", erwiderte seine Frau, „du hast ja noch nie in der Sonne gelegen. Sitzt ja nur zu Hause rum."

„Na und? Einen Sonnenstich krieg ich jedenfalls nicht."

Kurzes Schweigen.

„Und wie geht's dem Erwin?", fragte Frau Schmidt vorsichtig.

„Hat Glück gehabt, dass er in die Bahn gerauscht ist. Man hat ihn gleich rausgezogen und mit Tatütata ins Krankenhaus gebracht. Der wird schon wieder."

„Na Gott sei Dank", brach es erleichtert aus seiner Frau, „ich dacht schon er liegt jetzt neben dem Walter."

Der Walter hatte weniger Glück, wenn man in so einem Zusammenhang überhaupt von Glück sprechen kann. Walter erlag in seiner Fahrerkabine einem Herzinfarkt. Direkt an einer Haltestelle. Er hat angehalten und einen Herzkasper bekommen. Fahrgäste sind eingestiegen, Fahrgäste sind ausgestiegen. Keiner hat bemerkt wie es um den Fahrer stand. Keiner hat sich gewundert, dass die Bahn nicht fuhr. Wer weiß, vielleicht kein Strom, oder eine Anweisung. Alles ist möglich. Nach 8 Minuten kam die nächste Bahn. Stellte sich hinter die von Walter. Der Fahrer nahm sich eine Zeitung und wartete. Die Fahrgäste auch. Nach weiteren 8 Minuten erschien die dritte Bahn. Der Fahrer der zweiten Bahn, begann sich zu wundern. Auf Bitten einer Frau, öffnete er die Türen. Der Frau war eilig zu Mute. Auch der Fahrer der dritten Bahn öffnete die Türen und seine Brotbüchse. Erst als nach weiteren 8 Minuten die vierte Bahn auffuhr, kam der dritte Fahrer zum zweiten und fragte was los sei. Der zweite Fahrer zuckte mit den Schultern. Geh'n wir mal fragen vorn. Eine Antwort haben sie nicht mehr bekommen. Walter war schon tot. Hätte man es gleich bemerkt, wäre Walter vielleicht noch zu helfen gewesen. Aber wer weiß das schon. Wer guckt schon ständig in so eine Fahrerkanzel? Schicksal. Auch Herr Schmidt zeigte sich damals betroffen. Und er machte Walter postum auch nicht den Vorwurf, dass er es hätte ahnen, oder damit rechnen müssen.

Einmal kam Herr Schmidt erst Stunden nach Dienstschluss nach Hause. Eine Bahn hatte einen Unfall mit einem Wartburg. Das wäre an sich nichts Besonderes gewesen, aber in dem Wartburg saß ein ranghoher Armeegeneral. Wenn ein hoher Beamter des Staates in einen Unfall verwickelt war, wurde prinzipiell davon ausgegangen, dass der Klassenfeind seine Hände im Spiel hatte. In so einem Fall wurden alle Behörden eingeschaltet. Polizei, Krankenwagen, Feuerwehr, Armee, Stasi und Dispatcher. Der Unfall war einer der leichteren Art. Bahn und Auto wollten links abbiegen. Der Wartburg fuhr rechts neben der Bahn. Vielleicht musste er einem Hindernis ausweichen, oder er war abgelenkt, oder hat sich einfach nur verschätzt, jedenfalls touchierte er die Bahn, riss sich dabei die Seite auf und den Kotflügel ab und stellte sich dann quer. Der Fahrer der Bahn, der 52jährige Gottfried Schuster, hatte nichts mitbekommen, denn erstens spürt man nichts im Triebwagen, wenn am zweiten Hänger ein Wartburg anklopft, und zweitens sieht man in einer Linkskurve nicht, was auf der rechten Seite passiert. Erst an der nächsten nicht weit entfernten Haltestelle machten erschro-ckene Passagiere des letzten Wagens den Fahrer auf den Vorfall aufmerksam. Der stellte seine Bahn ab und harrte der Dinge. Er musste nicht lange warten. Die Polizei erschien als erste und sperrte zunächst die ganze Straße, vom Platz mit der Linkskurve bis zur Haltestelle in alle Richtungen für jeglichen Verkehr. Die Feuerwehr wurde nach einigem Palaver wieder weg geschickt, weil es einfach nichts zu tun gab. Es wollte einfach nichts anbrennen. Und der beschädigte Wartburg konnte leicht von der Straße geschoben werden. Nach den Untersuchungen versteht sich. Der Krankenwagen versorgte den General, welcher einen Schrecken davon getragen hatte. Nach der Notversorgung wurde der Schrecken zunächst stabilisiert, und dann wurde der General mit Blaulicht auf die Intensivstation überführt. Die war zwar belegt, wurde aber flugs frei geräumt, denn was ist ein akuter Blinddarm einer Verkäuferin gegen den Schrekken eines Generals. Etwa zur gleichen Zeit trafen Stasi und Armee an der Unfallstelle ein. Nun kam es zu Kompetenzgerangel untereinander und auch mit der örtlichen Polizei. Die wollte eigentlich nur die Straßen wieder frei haben. Das aber war den Beamten von Stasi und Armee zu einfach. Man beschloss, die Polizei für gemeine Absperrmaßnahmen abzustellen. Dann einigte man sich darauf, dass die Armee den Fahrer des Wartburgs, einen Gefreiten im Grundwehrdienst, bekam, und die Stasi den Straßenbahnfahrer. Die Armee, damals schon sehr pragmatisch, lud den Gefreiten mit aufmunternden Worten in ein anders Fahrzeug und fuhr in den nächsten Wald. Dort stellte man ihn an einen Baum und knallte ihn ab.

Die Stasi machte es sich nicht so einfach. Zunächst führten sie Gottfried Schuster zum Verhör. Das Verhör begann wortlos mit Schlägen ins Gesicht und in die Weichteile. Dann wurde Gottfried Schuster nackt in einer Zelle zur Regeneration auf dem Fußboden abgelegt. Nach 24 Stunden wurde er in einen gefliesten Raum mit kaltem Wasser abgespritzt und danach, nur mit einem weißen, knielangen Hemd bekleidet, in einen Verhörraum gebracht. Man setzte den Straßenbahnfahrer an einen Tisch und gab ihm einen Kaffee. Dann setzte sich ihm ein Oberst der Stasi in Zivil gegenüber und begann freundlich mit seiner Befragung.

„Nun, Herr Schuster, wer waren Ihre Auftraggeber?“

Herr Schuster, gezeichnet von der Regeneration und sichtlich verwirrt, sich vor allem jeglicher, fast kindlicher Unschuld bewusst, gab wahrheitsgemäße Antworten: „Mein Auftraggeber sind die Verkehrsbetriebe."

„Ja ja, junger Mann, wir wissen wo Sie arbeiten, wir wissen auch, wie viel Sie scheißen pro Monat", er ließ eine kleine Pause, „bis aufs Gramm", fügte er hinzu, „aber ich möchte jetzt von Ihnen wissen, wer Ihnen den Auftrag erteilt hat, den General Michendorff umzubringen?"

„Niemand."

„Junger Mann, wollen Sie mir jetzt erzählen, Sie hätten allein gehandelt?"

„Ja, laut Anweisung muss der Fahrer die Fahrerkanzel verschlossen halten. Keine fremden Personen haben Zutritt in die Fahrerkanzel."

„Aha, Sie hatten also doch eine Anweisung?"

„Ja, aber diese Anweisung haben alle Fahrer."

„Soso, alle." Der Stasist machte sich eine Notiz, „alle also."

Er beugte sich wieder nach vorn: „Aber alle, Herr Schuster, alle verüben keine Anschläge auf einen General der Nationalen Volksarmee. Wer also hat Ihnen die Informationen gegeben?"

„Welche Informationen?"

„Zu welcher Zeit der General unterwegs sein wird!", schrie der Stasist.

„Ich wusste nichts von einem General", antwortete Gottfried Schuster wahrheitsgemäß.

„Wollen Sie mich verscheißern?" Der Oberst war aufgestanden und stützte sich mit beiden Händen auf den Tisch. „Wollen Sie mir weismachen, Sie wüssten nicht, dass es in unserer Armee Generäle gibt? Wer sollte denn dann Ihrer Meinung nach in unserer Armee die Befehle erteilen? Sollten sich die Soldaten etwa selbst befehlen? Oder meinen Sie, es regnet jeden Morgen Befehle und jeder Soldat hebt sich einen auf? Dann rennt doch jeder in eine andere Richtung.

Sind Sie wahnsinnig geworden, mir so eine Scheiße zu erzählen?"

Der Straßenbahnfahrer wollte etwas erwidern, doch der Oberst gebot ihm mit einer Handbewegung zu schweigen und setzte sich wieder. Er schlug eine vor ihm liegende Akte auf und sagte dann ohne aufzublicken: „Herr Schuster, Sie haben doch eine Großtante in Westberlin, oder?"

„Ja, aber........."

„Was aber?"

„Ich kenne diese Großtante nur vom Hörensagen. Ich hab' die doch noch nie gesehen."

„Aber Sie haben von ihr gehört."

„Ja, ich weiß, dass es ...."

„Was haben Sie denn so von ihr gehört?"

„Ja, eigentlich nur, dass es sie gibt."

Der Oberst sprang auf, rannte um den Tisch, und packte sich das Kinn des Fahrers.

„Wir wissen alles über Ihre bucklige Verwandtschaft", schrie der Oberst. „Wir wissen auch, dass Ihre ehrenwerte Tante bis September 1965 als Sekretärin eines Redakteurs der Bildzeitung gearbeitet hat. Sagt Ihnen das was: BILD-ZEITUNG?"

„Nein, wir haben nur die Stadtrundschau."

Ungerührt der Antwort, schrie der Stasist weiter: „Die Bildzeitung, mein lieber Herr Schuster, die Bildzeitung war, ist und bleibt das gefährlichste Werkzeug des Klassenfeindes. Wäre ich nur ansatzweise gläubig, dann würde ich jetzt sagen, die Bildzeitung ist ein Blendwerk des Teufels. Verstehen Sie mich, Herr Schuster?"

Der Oberst ließ das Kinn des Straßenbahnfahrers los und setzte sich wieder auf seinen Platz. Etwas ruhiger, aber drohend fuhr er fort: „Es wäre nicht das erste Mal, dass sich die Schergen des Kapitalismus der Bildzeitung bedienen, um unserem Land zu schaden", er machte eine kleine Pause. „Allein können die das nicht, dafür haben wir den antifaschistischen Schutzwall gebaut. Aber sie haben Helfershelfer, Herr Schuster." Der Oberst blickte seinem Gegenüber tief in die Augen. „Helfershelfer und Vasallen, verstehen Sie meine Worte? Willfährige Handlanger, die, wenn ich nur ansatzweise gläubig wäre, würde ich sagen, für einen Judaslohn ihre sozialistische Heimat verraten, Herr Schuster."

Der Fahrer wollte etwas sagen, aber wiederholt gebot der Oberst Schweigen. Er wendete sich wieder der vor ihm liegenden Akte zu und fragte leise: „Wo stehen Sie politisch?"

„Ach wissen Sie, ich fahre eigentlich nur Bahn. Und das schon sehr lange und immer pünktlich und unfallfrei."

„Ja, das wissen wir, aber das war nicht meine Frage!"

„Nun, ich denke da nicht so viel nach", gab Gottfried Schuster zu, „ich richte mich halt nach meinem Fahrplan und der Obrigkeit."

Der Oberst sprang wieder auf, und schrie: „Was habe ich da gehört? Obrigkeit? In unseren sozialistischem Staat hat das Volk die Macht, Herr Schuster. Hier gibt es keine Obrigkeit! Oder ist Ihnen das vielleicht entgangen? Jaaaa, im Westen schon, da sitzt die Obrigkeit fest im Sattel und saugt den werktätigen Massen das Blut aus den Adern. Und das würden die feinen Herren nur allzu gern auch hier bei uns machen." Er hob seine Stimme. „Aber in unserem Arbeiter - und - Bauern Staat haben Obrigkeiten wie Ihre Großtante keine Chance!"

„Ich meine, ich wollte sagen, ich richte mich natürlich nicht nach der Obrigkeit, ich richte mich nach dem Volk", verbesserte sich Gottfried Schuster schnell.

Wieder eine kleine Pause, dann lehnte sich der Oberst zurück und sagte: „Richtige Antwort, Herr Schuster, aber ein bisschen spät, nicht wahr?"

Er blickte dem Straßenbahnfahrer in die Augen, beugte sich wieder nach vorn und faltete die Hände: „Also gut Herr Schuster, warum sind Sie genau in dem Moment links abgebogen, als der Genosse General auch links abgebogen ist?"

„Na ja, ich hatte grün."

„Aha, grün", der Oberst machte sich wieder eine Notiz, „und?"

„Na ja, ich meine, wer grün hat, soll sogar fahren, sonst kommt es zum Stau."

„Ich kenne die Straßenverkehrsordnung, Herr Schuster", schrie der Oberst, „aber Sie hätten doch einen Moment warten können, oder? Wäre das zuviel verlangt?"

„Ja ich......., ich hab doch einen Fahrplan, an den ich mich halten muss."

„Lieber Herr Schuster", erwiderte der Oberst jetzt mit fast väterlicher Stimme, „wenn ein Straßenbahnfahrer versucht seinen Fahrplan einzuhalten, dann ist dies eine höchst ehrenwerte Angelegenheit", er machte wieder eine kleine Pause, dann beugte er sich plötzlich nach vorn und schrie seinem Angeklagten ins Gesicht: „Aber nicht wenn ein General an seiner Bahn vorbei will! Zumindest", der Stasist zeigte mit dem Finger auf Gottfried Schuster, „zumindest hätten Sie ausweichen können!"

„Herr Polizist", antwortete Gottfried Schuster schüchtern, „das ist nicht ganz so einfach mit einer Straßenbahn."

Der Oberst hatte seinen kleinen Formfehler schon selbst bemerkt. Er sprang wieder auf, dass der Stuhl nach hinten über fiel und schrie, dass der Geifer nur so sprudelte: „Ach was, jetzt will das Ei wohl klüger als die Henne sein, was? Wohl wieder wahnsinnig geworden, wie? Gibt's doch nicht. Sitzt bis zum Hals in der Scheiße und macht einen auf altklug! Damit kommen Sie nicht durch, Herr Schuster, nicht bei mir! So nicht!"

Er hielt kurz inne, drehte sich um, hob seinen Stuhl wieder auf und setzte sich. Wieder etwas ruhiger geworden, fragte er nun: „Warum haben Sie nicht gebremst, nach dem Aufprall? Warum sind Sie einfach weiter gefahren?"

„Ich hätt' schon gehalten, aber ich hab ja gar nichts bemerkt."

„Hat nichts bemerkt. Fährt eine Straßenbahn, man überträgt

ihm Verantwortung für Mensch und Material und hat nichts bemerkt. So einer sind Sie also. Hätt' ich mir denken können."

Mit erhabenen Gesichtsausdruck stand er plötzlich auf, nahm die Akte vom Tisch, schob seinen Stuhl an den Tisch und wandte sich zur Tür. Dann blieb er stehen und drehte sich noch einmal um: „Herr Schuster, Sie sind die längste Zeit Straßenbahn gefahren. Für solche wie Sie findet sich schnell Ersatz. Sie hören noch von mir."

Sagte es und verschwand aus dem Raum.

Die zehn Jahre Zuchthaus hat Gottfried Schuster nicht überlebt.

Für Herrn Schmidt, der Gottfried Schuster nicht persönlich kannte, war dieser Tag der blanke Horror. Denn während alle Behörden nur mit dem Unfall an sich beschäftigt waren, hatte er als leitender Dispatcher die unlösbare Aufgabe am Hals, alle auf den gesperrten Verkehrsknoten anrückenden Straßenbahnen umzuleiten. Nachdem er alles versucht hatte und sich bewusst wurde, dem Chaos nicht mehr Herr zu werden, griff er zum letzten ihm verbleibenden Mittel. Er nahm das Sprechfunkgerät und rief schweißüberströmt und resigniert: „Achtung, Achtung! An alle! Der ....Platz ist dicht! Fahrt wohin ihr wollt oder könnt"!

Dem wurde Folge geleistet. An diesem Tag war der Fahrplan der

Verkehrsbetriebe komplett außer Kraft gesetzt. Manche Fahrer steuerten irgendeinen Endpunkt an und stellten ihre Bahn dort ab. Andere fuhren aufs Gradewohl durch die Stadt und genossen die Abwechslung. Wieder andere versuchten ihr Depot zu erreichen, um dort auf den Feierabend zu warten. Einige versuchten aber auch ihrer ursprünglichen Strecke so treu als möglich zu bleiben. Die zumeist äußerst verwirrten Fahrgäste an den Haltestellen bekamen auf ihre Anfragen, wohin die Reise den nun gehen würde, meist Antworten wie: „Nüja, mir foarn ersdma bisum Haubdboanhoof, nüja und dann gugg mor ma."

Ein sehr aufregender Tag ging damals für Herrn Schmidt zu Ende. Aber solche Tage waren eher die Ausnahme.

Einmal kam es vor, dass ein Fahrer an einem Endpunkt vorschriftswidrig seine Kurbel im Fahrerhaus hatte stecken lassen. Die Kurbel war bei den Straßenbahnen damals so etwas Ähnliches wie die Gangschaltung. Und während der Fahrer kurz sein Geschäft verrichtete, muss irgend so ein Tunichtgut die Kurbel in den ersten Gang gedreht haben und ist abgesprungen. Die führerlose Bahn ist langsam, aber unaufhaltsam durch die halbe Stadt gefahren, ohne einen Schaden anzurichten. An einer dann doch zu engen Kurve ist sie bockig geradeaus gefahren und dann zum Stillstand gekommen. In der Bahn saß nur eine ältere Dame, die vor Angst unter sich gemacht hatte.

Und dann war da noch die Geschichte, vom Straßenbahnfahrer Ludwig Hinze, welcher des öfteren über Sprechfunk anonym gigantische Unfälle mit mehr als 10 Toten, brennenden Autos und vielen Schwerverletzten in der Stadt meldete. Die Orte der Katastrophen lagen immer auf seiner Strecke. Und wenn er dann mit seiner Bahn an die angegebene Stelle kam, war da ein Riesenauflauf, aber kein Unfall. Ludwig Hinze bekam dann immer eine feuchte Hose und feixte sich einen. So ähnliche Sachen kennen wir von manchen Angehörigen freiwilliger Feuerwehren, die selbst Brände legen und dann als erste an der Unglücksstelle sind, um sich dann besonders eifrig beim Löschen hervor zu tun. Irgendwann ist man dem Übeltäter auf die Schliche gekommen. Ludwig Hinze wurde den Beamten übergeben, welche so oft, meist kurz vor Dienstschluss, oder in der Frühstückspause, zu den Einsätzen gerufen wurden, wo nichts einzusetzen war. Die Beamten übergaben Ludwig Hinze dem Schlachthof, wo er mit in die Wurst kam.

Aber abgesehen von diesen Geschichten, bei denen er kurz aufblühte, wenn er sie erzählte, war Herr Schmidt ein langweiliger, desinteressierter Mensch. Auch was sein Sohn so trieb, tangierte ihn eher nicht. Das war Sache der Mutter. Allerdings hatte er seine eigene Kindheit im wahrsten Sinne des Wortes noch in den Knochen. Sein Vater war ein Deutscher seiner Zeit: Korrekt, diszipliniert, pflichtbewusst und untergeben. Und wenn bei seinem Sohn was nicht so lief, wie es sich der Herr vorstellte, dann wurde der Siebenriemer hervorgeholt und dann: Haut den Lukas! Im konkreten Fall: Haut den Herrn Schmidt. Das ging solange, bis Herrn Schmidts Vater seinen Einberufungsbefehl an die Ostfront bekam. Der Führer hatte dafür gesorgt, dass Herr Schmidt nun nicht mehr geschlagen wurde. Herr Schmidt wurde daraufhin dankbarer Jungnazi und Führerverehrer. Als der Krieg zu Ende ging, bekam es Herr Schmidt mit der Angst zu tun. Geht die Gewaltarie weiter, wenn mein Alter zurück kommt? Aber er kam nicht zurück. Er ist in Stalins KZ an Typhus verreckt. Von diesen Umständen wusste Herr Schmidt nichts. Er wusste nur: Hitler hat ihn erlöst und Stalin hat dafür gesorgt, dass es bei dieser Lösung blieb, sozusagen seine ganz persönliche Endlösung. Also trat er der FDJ bei und blieb Führerverehrer. Er wechselte nur den Führer.

Aber das ist lange her. Herr Schmidt schlug seinen Sohn nicht. Vielleicht war er nur zu träge, vielleicht aber wollte er auch nur nicht weitergeben, was er selbst erdulden musste. Das wäre dann eigentlich ein guter Charakterzug. Nun, warum nicht. Wir wollen gelegentlich vorkommende gute Charakterzüge bei verschiedenen Menschen nicht gänzlich ausschließen. Aber dies bedeutete noch lange nicht, dass Herr Schmidt ein liebevoller Vater gewesen wäre. Das komplette Programm der Sinnlosigkeiten wurde von ihm an Jens Schmidt täglich dran gehalten: Grade sitzen, aufessen, nicht schlürfen, nicht toben, Sachen nicht auf den Boden werfen, keine Widerrede, beim Essen nicht reden und: Beim Schlafen wird das Licht ausgemacht und die Tür geschlossen. Man hatte immer das Gefühl, Herr Schmidt sagte das alles mehr aus einer Laune heraus, eher weil es ihm Spaß macht, oder weil es eben dazu gehörte, jedenfalls nicht unbedingt, weil er seinen Sohn erziehen wollte.

Und Jens Schmidt war nicht nur der Kleinste in seiner Klasse, er war auch sehr ängstlich. Vor allem hatte er Angst vor Krokodilen unterm Bett, die sich ja bekanntlich nur im Dunkeln einnisten. Nichts hätte er sich sehnlicher gewünscht, als bei angelehnter Tür und gedämpften Licht einzuschlafen. Aber das durfte er nicht. Nur wenn sein Vater im Spätdienst war, dann war das möglich, denn seine Mutter erlaubte dies. Und Jens Schmidt war zu allem auch noch schüchtern. Er konnte sich niemandem anvertrauen, nicht mal seiner Mutter. Gut, welches Kind von knapp sieben Jahren, vertraut sich jemandem an. Sagt: „He, Erwachsener, Familienmitglied, folgendster Sachverhalt, ich hab da ein Problem: Ich werde in der Schule immer gehänselt, weil ich immer diesen beschissenen Rundstrickpullover von Oma tragen muss“, oder, „Gestern Nacht hab ich vom Klo geträumt, da hab ich es gleich benutzt im Traum. Schön, dass wir mal über alles geredet haben.“ Nein, das sagt kein Kind. Aber es muss den Scheiß ja irgendwie loswerden. An dieser Stelle treten Puppen und Teddys auf den Plan. So auch bei Jens Schmidt. Dies Spielzeug sind geduldige Freunde. Sie hören zu, widersprechen nicht, und sind voller Verständnis. Kaum lag Jens Schmidt im Bett, nahm er seinen Teddy in den Arm und begann ihm alles zu erzählen. Und je dunkler es in seinem Zimmer war, und je verschlossener, umso mehr drückte er seinen Freund an sich, und um so lauter sprach er. Jens Schmidts Vater hatte für solche Dinge kein Verständnis.

„Jetzt redet er wieder", sagte er zu seiner Frau, als Jens Schmidt zu Bett gegangen war.

„Nun lass ihn doch", erwiderte sie, „er ist doch noch so klein."

„Was soll ich ihn lassen, im Bett wird geschlafen und nicht geredet."

„Er redet doch nicht lange, wirst sehen, gleich ist Ruhe."

„Er kann doch reden, wenn er gefragt wird, aber da sagt er nichts."

„Du fragst ihn ja nie was."

„Was soll ich ihn denn fragen?"

Frau Schmidt erhob sich mit einem Seufzer, um den Tisch abzuräumen.

„Willst du noch ein Bier?"

„Freilich."

Also eigentlich war es Herrn Schmidt egal, ob sein Sohn im Bett noch redet. Andererseits war er der festen Überzeugung, dass ein Kind nicht im Bett zu reden hatte. Zumal, und das war ganz tief in ihm drin: Ein deutsches Kind. Ein deutsches Kind hat keine Angst und redet nicht im Bett. Und irgendwann reifte, mehr aus einer Laue heraus, gar nicht so sehr aus erzieherischen Gründen, bei ihm der Entschluss, diesem Treiben ein Ende zu setzen.

Eines Abends gelang es ihm, bevor Jens Schmidt ins Bett ging, sich unter das Bett seines Sohnes zu legen. Schwer genug, dies unbemerkt von Mutter und Sohn zu tun. Problematischer war, seinen fülligen Leib unter das Bett zu wuchten. Es gelang ihm schließlich mit einigen Mühen. Nun wartete er ab. Jens Schmidt kam ins Zimmer, zog seinen Schlafanzug an, nahm seinen Teddy und legte sich ins Bett. Frau Schmidt trat zu ihm, gab ihm einen Gutenachtkuss, löschte das Licht und schloss die Tür hinter sich.

Jens Schmidt nahm seinen Bären in den Arm, zog die Decke bis zum Kinn und kuschelte sich an seinen Teddy. So lagen die beiden

Freunde Kopf an Kopf auf dem Rücken nebeneinander. Aus dem Wohnzimmer war leise der Fernseher zu hören. Durch das geschlossene Fenster drangen kaum wahrnehmbar die Geräusche der frühabendlichen Stadt: ein bellender Hund, eine zugeschlagene Autotür, der Deckel einer Mülltonne. Aber ansonsten war es still im Zimmer. Jens Schmidt hörte nur seinen Atem. Er starrte an die Decke. Wenn ein Auto auf der Straße vor seinem Haus vorbei fuhr, wurde sein Zimmer durch die Scheinwerfer des Wagens kurz erleuchtet. Der Schein der Lampen drang durch die Gardine und bewegte sich schnell gegen die Fahrtrichtung des Autos durch den Raum. Jens Schmidt und sein Teddy folgten dem Licht mit den Augen ohne ihre Köpfe zu bewegen.

„Also was läuft, Alter", fragte der Teddy Jens Schmidt. Der Teddy spürte, dass seinen Freund etwas bedrückte.

„Ich konnte nichts dafür", begann Jens Schmidt zögerlich, „ich konnte nichts dafür."

„Wofür konntest du nichts?"

„Ich habe heute einen Eintrag ins Muttiheft bekommen, das war sehr ungerecht, weil ich nichts dafür konnte."

„Einen Eintrag ins Muttiheft", konstatierte der Teddy, „dumme Sache das. Und warum?"

Jens Schmidt schwieg eine Weile. Dann antwortete er: „Ich hab dem Fräulein Rost meinen Turnbeutel an den Kopf gehau'n."

Der Teddy blickte ihn erstaunt an.

„Was hast du gemacht?", fragte er, obwohl er genau verstanden hatte. „Du hast der Rosten deinen Turnbeutel an den Kopf gehau'n? Wie kam es denn dazu? Fettes Ding, das", fügte er anerkennend hinzu.

„Na ja, der dicke Gröbers……"

„……….das dumme Schwein", warf der Teddy dazwischen.

„Genau, das dumme Schwein." Jens Schmidt wurde mutiger.

„Sagt, ich wäre viel zu klein für die Schule. Ich hätte eigentlich noch ein Jahr im Kindergarten bleiben müssen, hat er gesagt. Dort würde ich gar nicht auffallen. Das musst du dir mal vorstellen, Teddy! Ich würde dort nicht auffallen, hat er zu mir gesagt. Ich bin doch schon Pionier! Natürlich würde ich dort auffallen. Oder hast du schon mal ein Kindergartenkind mit blauem Halstuch gesehen?“

„Natürlich nicht“, lächelte der Teddy wissend, „so was gibt es doch auf der ganzen Welt nicht.“

„Genau, auf der ganzen Welt nicht“, stimmte Jens Schmidt ihm zu.

„Du kannst ja nicht mal richtig Tafeldienst machen, hat der Gröbers gesagt. Musst ja dabei auf einen Stuhl steigen. Selber Stuhlsteiger, hab ich da zu ihm gesagt.“

„Genau“, gab der Teddy zur Antwort, „richtig, da hast du es ihm aber gegeben.“

„Ich würde wahrscheinlich zu Hause nichts Richtiges zu essen kriegen, hat er gesagt.“

Der Teddy ließ hörbar Luft ab, und sagte geringschätzig: „Lass dich doch nicht von dem....., haha, der Gröbers, diese blutarme Sau.“

„Genau, blutarm. Aber dann hat er gesagt, so Kleine wie ich würden nie in die zweite Klasse kommen. Natürlich komme ich in die zweite Klasse..........“

„.........aber Hallo, wir sind doch hier nicht auf der Fritz Heckert.“

„Genau, nicht auf der Fritz Heckert. Und dann hat der mich geschubst. Da hab ich ihn auch geschubst. Ich meine, ich bin klein, aber ich bin nicht schwach. Da ist der Gröbers hintenüber gefallen.“

„Hintenüber, haha“, lachte der Teddy, „das geht ab wie eine Dampflok unter Strom! Und wie weiter?“

„Na ja“, Jens Schmidt wurde zusehends erregter, „der Typ rappelt sich wieder auf, rennt an seinen Platz, greift in seinen Schulranzen und zieht seine 38er."

Der Teddy legte sich überrascht auf die Seite, stütze seinen Kopf in seine Tatze und sah Jens Schmidt mit großen Augen an.

„Mach kein Scheiß", rief er, „der Gröbers, dieser Passgänger, der trifft doch auf einen Meter keinen Fernsehturm."

„Genau, keinen Fernsehturm."

„Und wie hast du's dieser Flachzange gegeben", wollte der Teddy wissen.

„Na, ich hab mit meinem Turnbeutel nach ihm geworfen."

„Elegant."

„Aber dieser Gröbers hat sich geduckt, und der Turnbeutel flog durchs ganze Zimmer in Richtung Tür, und in diesem Moment betrat das Fräulein Rost den Klassenraum und hat meinen Turnbeutel an den Kopf gekriegt."

„Sauber", rief der Teddy entzückt, „mein Freund Jens Schmidt schmeißt seiner Lehrerin seinen Turnbeutel in die Fresse. Ich wette, die hat so einen Hals gekriegt." Dabei hielt der Teddy seine Pfoten soweit auseinander wie er konnte.

„Genau, so einen Hals", seufzte Jens Schmidt, „und ich hab einen Eintrag bekommen."

Jens Schmidt erzählte nun, dass das Fräulein Rost nach dieser Turnbeutelattacke kurz davor war, ihren Schüler körperlich zu züchtigen. Sie hatte zwar auf der Lehrerschule gelernt, dass man seine Schüler mit Argumenten und Fakten, und nicht mit Schlägen zu unterrichten hatte, aber was zuviel war, war zuviel. Sie packte zwar Jens Schmidt an den Ohren, schluckte aber in letzter Sekunde den Schaum, der im Begriff war aus ihrem Mund zu quellen, wieder herunter und beließ es bei einer Standpauke vor der Klasse und einem Eintrag ins Muttiheft, welcher lautete:

Werte Familie Schmidt!
Leider muss ich Ihnen mitteilen, dass Ihr Sohn Jens mir heute in voller Absicht und voller Wucht, seinen Turnbeutel an den Kopf geworfen hat. Leider musste ich ihm daraufhin eine 5 in Betragen eintragen. Wie sie vielleicht wissen, ist die Schule nicht dazu da, mit Gegenständen zu werfen. Dazu gehören insbesondere auch Turnbeutel. Abgesehen davon, dass Mitschüler und Lehrkörper durch das Werfen von Gegenständen, Verletzungen davon tragen können, zeugt das Verhalten Ihres Sohnes auch von einer gewissen Nichtachtung gegenüber unseren Werktätigen der sozialistischen Produktion, die in aufopferungsvoller Tätigkeit Produkte, wie gerade auch Turnbeutel anfertigen, mit dem einzigen Ziel, das Leben unserer Menschen zu verbessern und zu verschönern. Sie sollten Ihrem Sohn klar machen, dass diese Produkte nicht missbräuchlich verwendet werden sollten. Im konkreten Fall heißt das: Ein Turnbeutel ist für den Transport der Turnsachen konzipiert, und nicht als Wurfgeschoss zu verwenden.

Mit sozialistischem Gruß
Fräulein Rost

„Na ja, mach dir keine Gedanken", sagte der Teddy, „das kommt schon alles wieder in Ordnung. Zeigst du den Eintrag deiner Mama und erklärst ihr alles. Die wird das schon verstehen. Und dem Gröbers, dem Gröbers haust du bei der nächsten Gelegenheit die Gräten vom Stamm, dass es eine Art hat."

Jens Schmidt sah seinem Teddy zärtlich in die Augen und streichelte ihn. Er war froh, so einen guten Freund zu haben. So ein Glück hat nicht jeder. Das muss man sich bewahren. *Bewahre eine Freundschaft wie dein Augenlicht, denn wenn sie vergeht, stehst du im Dunkel,* wie Gotthelf Balthasar von Klingenburg in seiner Denkschrift - Freundschaft Augenlicht Dunkelheit - treffend bemerkte.

Er spürte, wie langsam die Müdigkeit in seinen Körper kroch, er hatte nun auch gar keine Angst mehr vor der Dunkelheit. Mit so einem Freund brauchte man auch keine Angst haben. Er legte sich bequem auf die Seite, seinen Teddy fest im Arm und schloss die Augen. Langsam dämmerte er in den Schwebezustand zwischen Wachsein und Schlaf. Vor seinem geistigen Auge flog der Turnbeutel direkt in Ulf Gröbers feistes Gesicht. Durch die Wucht des Aufpralls zerbarst der Beutel und die Turnschuhe, mit denen er kurz vorher in Hundekacke getreten war, fielen heraus, und klebten nun im Gesicht von Ulf Gröbers. Alle Kinder der ganzen Schule standen um ihn herum, lachten und zeigten mit dem Finger auf ihn. Ulf Gröbers stand beschämt und voller Scheiße in Mitten der Menge und weinte. Und in dem Moment, als das Fräulein Rost auf Jens Schmidt zutrat um ihm zu gratulieren, hob sich kurz, aber merklich die Matratze um einige Zentimeter.

Jens Schmidt war schon so gut wie eingeschlafen, und bekam daher zunächst gar nicht richtig mit, dass mit seinem Bett etwas nicht stimmte. Etwa 10 Sekunden schien es, als würde er nun endgültig einschlafen. Doch dann riss er wie aus dem Nichts die Augen auf, so wie man es aus Horrorfilmen kennt, wenn die Kamera eine Stunde auf die geschlossenen Augen einer Leiche hält, und plötzlich öffnen sich die Augen, untermalt mit einem gigantischen Orchesterschlag bestehend aus 600 Posaunen und 2000 Pauken. Jens Schmidt blieb mit aufgerissenen Augen regungslos liegen und merkte nicht, wie er seine linke Hand in den Hals seines Teddys krallte. Der an sich braune Teddy und begann sich ins bläuliche zu verfärben. Dabei zappelte er hilflos. Nach einer unbestimmten, aber längeren Zeitspanne spürte Jens Schmidt Kälte, welche ganz langsam, aber unaufhaltsam von den Füßen an, in seinem Körper kroch und sich Richtung Kopf ausbreitete. Mit einer heftigen Bewegung warf er sich auf den Rücken, und die Decke von sich. Seine Augen waren nach wie vor weit aufgerissen, seine Pupillen starr. Mit der Kälte kam die Gänsehaut. Und mit der Gänsehaut spannte sich jedes Körperhaar. Jedes Einzelne gab dabei einen singenden Ton von sich. Der Farbverlauf des Teddys bewegte sich nun ins grünliche. Aber davon bekam Jens Schmidt nichts mit. Sein Herz raste, er war eiskalt und vollkommen erstarrt. Und so zur Eissäule kristallisiert, unfähig seine Augen zu schließen, geschweige denn, auch nur ein Glied zu rühren, ging Jens Schmidt nun in einen Zustand der Schwerelosigkeit über. Wie von unsichtbarer Hand, begleitet von einem eisigen Lufthauch, hob sich Jens Schmidts Körper langsam waagerecht aus dem Bett. Man hätte meinen können, David Copperfield hätte seine Hand im Spiel gehabt. Der Teddy hatte aufgegeben sich gegen den Würgegriff seines Freundes zu wehren. Nach etwa 20 cm verharrte der Körper schwebend über dem Bett. Langsam, ganz langsam öffnete Jens Schmidt seinen Mund. Im hohen Bogen machte der Teddy unter sich. Und während Jens Schmidts Mund immer größer wurde, begann sich sein Körper in die Senkrechte zu begeben. Immer noch vollkommen unbeweglich, wie als wären an seinen Fersen Scharniere angebracht. Eine große kalte unsichtbare Hand richtete Jens Schmidt im Zeitlupentempo auf. Und während er in den senkrechten Aggregatzustand befördert wurde, sammelte sich in seiner Lunge Luft an. Immer mehr blähte sich sein Brustkorb. Sein Mund stand offen wie ein Scheunentor. Ebenso seine Augen. Und endlich befand er sich im 90 Grad Winkel zu seinem Bett. Genau 20 cm in der Höhe. Kerzengerade, die Arme ausgestreckt, in der linken Hand seinen soeben ins Koma gefallenen Teddy, den Kopf leicht nach hinten geneigt, die Haare steif wie Nägel. Und dann überschlugen sich die Ereignisse. Die in der Lunge angestaute Luft suchte einen Ausgang und fand diesen in der Luftröhre. Sie fauchte mit 100 atü durch selbige in den Mund und dann ins Freie. Auf dem Weg dorthin tangierte sie den Kehlkopf und somit die Stimmbänder. Diese wurden somit angeregt zu vibrieren. Was man zu hören bekam war ein Schrei von Weltniveau. Ein Schrei, etwa 40 km lang, 12 Meter hoch und 60 Tonnen schwer. Ein vergleichbarer Schrei wäre vielleicht der von Emilie Ekdahl nach dem Tod ihres Mannes im Film „Fanny und Alexander“ gewesen, nur viel lauter, gigantischer, präziser. Auf jeden Fall wachte der Teddy davon wieder auf, was er aber später bereute. Parallel zum Schrei gingen Jens Schmidt die Augen über. Mit einem Geräusch, ähnlich dem, wenn man die Ballpumpe aus dem Elch zieht, flogen ihm die Augen aus dem Kopf. Nur den kleinen Spiralfedern, an denen sie befestigt waren, war es zu danken, dass sie nicht zu Boden fielen. Sie flatterten nun im Orkan des Schreies in Höhe der Augenhöhlen. Dann begann die Kälte in seinen Füßen einer Wärme zu weichen, die sich schnell in eine große Hitze verwandelte. Seine Füße fingen Feuer. Heißer Dampf schoss zwischen seinen Zehen hervor. Der Schrei wurde noch intensiver, bewegte sich Richtung Ultraschall, welcher jeder physiotherapoltischen Einrichtung zur Ehre gereicht hätte. Mit einem lauten Knall flogen dem Teddy die Trommelfelle aus den Ohren. Die Fensterscheiben bekamen Risse. Der Feuerstrahl aus den Füßen von Jens Schmidt brannte zwei große Löcher in das Bett. Die Scheiben zerbarsten. In diesem Moment legte Jens Schmidt die Arme an die nicht vorhandene Hosennaht und ließ seine Augen wieder einrasten. Diese Handlungen wurden von einem Geräusch begleitet, ähnlich dem, wenn ein Bus seine Bremsen entlüftet. Der Teddy trat insgeheim zum Islam über. Der Feuerstrahl unter Jens Schmidt brannte sich durch das Bett und mit Hilfe seiner enormen Schubkraft ging Jens Schmidt, begleitet von einem sensationellen Zischen und Fauchen, nun durch die Decke.

Über Jens Schmidts Kinderzimmer befand sich die Wohnstube der 76jährigen Frau Reudnitz, welche just in dem Moment, als Jens Schmidt durch ihren Teppich schoss, mit einem Tablett in das Zimmer trat, um den Abendbrottisch zu decken. Also man muss sagen: Frau Reudnitz hatte wirklich schon viel erlebt. Aber dass ein Kind im Schlafanzug, mit einem islamischen Teddy in der Hand, nicht nur durch ihre Auslegware, sondern auch noch mitten durch ihr Abendbrot, rein in den Lampenschirm, und anschließend, ohne zu grüßen, durch ihre Zimmerdecke schoss, dass war dann doch zuviel. Sie erschrak sich dermaßen, dass sie das Tablett mit dem Tee NICHT fallen ließ, sondern nur stumm die rechte Hand mit zittrigen Fingern in Richtung des Loches in ihrer Zimmerdecke streckte. Das Tablett kippte dabei schlapp zur Seite und wippte in ihrer linken Hand, den Arm weiter angewinkelt. Heißer Tee ergoss sich über ihre Hausschuhe. Sie öffnete den Mund, wollte schreien, aber es reichte nur zu einem empörten Gurgeln. Stehenden Fußes drehte sie um, und ging zum Telefon. Das Tablett baumelte weiterhin am angewinkelten linken Arm. Sie senkte den rechten Arm, und wählte die Nummer von Frau Rensenbrink, ihrer langjährigen Freundin, und erzählte ihr, sie hätte gerade eine Marienerscheinung gehabt. Frau Rensenbrink bekreuzigte sich und sagte nur, dass man dies unverzüglich dem Vatikan melden müsse, aber Frau Reudnitz meinte, sie müsse erst mal zum Arzt, weil, sie habe noch ein Tablett am Arm. Und das geht nicht mehr ab.

Im Zimmer über der Frau Reudnitz saß Herr Pichler-Mommsen, 50jähriger Frührentner und ehemaliger Wehrmachtsoffizier, in seinem Sessel und schnitt sich gerade die Fußnägel. Zu diesem Zwecke hatte er einen Fuß auf der Sitzfläche seines Sitzmöbels platziert, und sich mit der Schere über selbigen gebeugt. Er hörte unter sich etwas poltern, dachte sich aber nichts dabei. Er hätte sich aber besser mal was dabei denken sollen, denn im selben Moment schoss Jens Schmidt durch den Sessel an Fuß und Schere vorbei, direkt in das fassungslose Gesicht von Herrn Pichler-Mommsen. Durch die Wucht des Aufpralls flog der, mit samt seinem Sessel nach hinten. Im Fallen konnte er nur noch aus den Augenwinkeln erkennen, wie ein Tier mit einem Turban an ihm vorbei flog. Er glaubte zu meinen, in den Augen des Tieres eine Art Entschuldigung zu erkennen, obwohl er in dieser Schrecksekunde gar nicht einordnen konnte, wofür sich das durch sein Zimmer fliegende Tier entschuldigen wollte. Im Liegen erblickte er ein kreisrundes Loch mit schwarzem Rand in der Decke seiner Wohnung. Entgeistert wanderte sein Blick zum Loch im vor ihm liegenden Sessel. Was war das? Auch im Fußboden war nun ein Loch. Dies sollte dort aber nicht sein. Langsam erhob er sich. Was war passiert? Herr Pichler-Mommsen war nicht religiös. Daher konnte er keine Marienerscheinung gehabt haben. Da blieb nur eine Erklärung: Ihm war der Führer erschienen. Und das Tier war des Führers Schäferhund. Nur die Sache mit dem Turban war ihm unklar. Er fühlte Stolz. So eine Führererscheinung ist eine seltene Sache. Leider konnte er mit niemand darüber reden. Am nächsten Tag ging er zum Arzt, denn er hatte noch eine Schere an der Hand. Und die ging nicht mehr ab.

Über Herrn Pichler-Mommsen wohnte niemand mehr. Also hatte auch niemand mehr eine Erscheinung, welcher Art auch immer. Jens Schmidt flog nur noch durch den Dachboden, vorbei an einem Rattenpärchen, welches grad intensiv mit oralem Verkehr beschäftigt war. Der Rattenmann dachte nicht im Traum daran, seine Rattenzunge aus dem Rattenlöch zu ziehen, als er aus den Augenwinkeln beobachtete, wie ein geschundenes Stofftier, aus dem Koran zitierend an ihm vorbei zischte, direkt durch einen Stapel Mausefallen (klick klack klick, sich an ihn heftend), durch das Dach in den klaren Himmel entschwand. Schnell verlor sich ein kleiner heller Lichtpunkt in der großen Dunkelheit. Viele Messstationen, Observatorien und Hobbyastrologen kamen in dieser Nacht somit zwar nicht zu Erscheinungen, aber zu Erkenntnissen, welche jedoch unterschiedlich interpretiert wurden. Alles war dabei: vom Komet bis Feindbeschuss, vom Ufo bis hin zum Spionagesatellit, von Wetterleuchten bis hin zu einem neuen Stern am Showhimmel der damaligen CSSR. All diese Theorien wurden diskutiert. Nur dass da ein kleiner Junge durchs All flog, dem sein eigener Vater gerade einen mehr als üblen Streich gespielt hatte, darauf kam natürlich niemand. Diese Wissenschaftler: auf das Einfachste, das Naheliegende kommen die immer zuletzt, diese Quantenheinis.

Erst in den Weiten des Alls, kam Jens Schmidt wieder zu sich. Er beendete seinen Schrei, schloss seinen Mund und entspannte seinen Körper. Dann nahm er seinen Teddy, bürstete die arabischen Buchstaben aus seinem Fell, entfernte die Mausefallen, und führte ihn langsam zurück zu seinen christlichen Wurzeln. Sie umkreisten den Mond, mit Hilfe dessen Schwerkraft sie zur Erde zurückkehren konnten. Auf dem Rückflug zeigte Jens Schmidt seinem Freund das Sternbild „Großer Bär". Sie waren sich darin einig, dass zwischen Sternbild und Stofftier nicht die geringste Ähnlichkeit bestand und somit festgestellt werden muss, dass, wer sich auch immer die Sternbilder zusammen gebastelt hat, besoffen, oder offen für abstrakte Kunst war. Sicher beides.

Jens Schmidt sah nun sein Haus auf sich zukommen. Kopfüber steuerte er zielsicher auf das Loch im Dach zu. Er flog hinein, vorbei an den jetzt fickenden Ratten. Der Teddy glaubte etwas zu hören wie: „Das nervt." Dann hinein in ein Zimmer voller Hakenkreuzfahnen und Hitlerbildern, vorbei am Oberleutnant Helmut Pichler-Mommsen, in voller Uniform. Herr Pichler-Mommsen stand in strammer Haltung am Loch in seiner Wohnung und salutierte mit einer Schere in der Hand ernst und nachdenklich, als Jens Schmidt an ihm vorbei flog. Er wollte noch rufen: „Führer! Führe mich!", aber da war Jens Schmidt schon im Zimmer der Frau Reudnitz verschwunden. Ein großer Altar mit der Jungfrau Maria in der Mitte, flankiert von Hunderten von Kerzen schmückte das Zimmer. Weihrauch hing im Raum. Ständig kamen Menschen aus aller Herren Länder, knieten vor dem Altar und bekreuzigten sich. Als Jens Schmidt wieder durch das Zimmer flog, hob die Frau Reudnitz abermals stumm die rechte Hand. An ihrem linken Arm baumelte das Tablett.

Frau Schmidt kam ins Kinderzimmer gestürzt und sah ihren Sohn völlig verstört an der Wand stehen. Seinen Teddy im Arm beobachtete er, ohne wirklich zu begreifen, wie sein Vater sich unter dem Bett hervorquälte. Frau Schmidt rannte zu ihrem Sohn, nahm ihn in die Arme und fuhr ihm zärtlich durch Haar.

„Ist gut", sagte sie, „beruhige dich, es wird alles gut." Dabei schaute sie ihren Mann hasserfüllt in die Augen. Der hatte es inzwischen geschafft unter dem Bett hervor zu kommen und schlich sich aus dem Zimmer. Er wusste eigentlich nicht genau ob, und wenn ja, was er falsch gemacht hatte. Aber der Blick seiner Frau, den er so nicht kannte, gebot ihm, nichts zu sagen und einfach aus dem Zimmer zu verschwinden. Nach langem Zureden und vielen Streicheleinheiten gelang es Frau Schmidt schließlich, ihren Sohn dazu zu bringen, sich wieder ins Bett zu legen. Sie blieb noch bei ihm, bis er eingeschlafen war. Dann ging sie ins Wohnzimmer, und das erste Mal in ihrem gemeinsamen Leben schrie sie ihren Mann an: „Du Teufel, was hast du getan?"

Herr Schmidt wirkte völlig verstört. So kannte er seine Frau nicht. Noch ehe er antworten konnte, packte sie ihn am Kragen und sagte ganz ruhig, aber äußerst eindringlich: „Tu das nie wieder! Hast du gehört?"

Sie sah ihrem sichtlich verwirrten Mann fest in die Augen und wiederholte leise ihre Worte: „Tu das nie wieder!"

Dann ließ sie ihn stehen und ging in die Küche. Herr Schmidt schaute ihr mit großen Augen hinterher. Er dachte nach. Was hatte er bloß falsch gemacht, fragte er sich in einem fort. Er kratzte sich am Kopf und trat von einem Fuß auf den anderen. Allein, er kam zu keinem Schluss. Viele Menschen stehen oft so da und denken nach. Manche stehen sehr lange da, manche nicht so lange. Selten jedoch kommt jemand wirklich zu einem Schluss, oder einer Erkenntnis. Ich meine, eine Erkenntnis, die auch am nächsten Tag noch gilt. So auch bei Herrn Schmidt. Er konnte es drehen und wenden wie er wollte, es wollte sich keine Erkenntnis oder etwas wie ein Schuldbewusstsein einstellen. Freilich, sein Sohn hatte sich erschrocken, aber das wird sich wieder geben, so schlimm kann es doch nicht gewesen sein. Was seine Frau ihn da aber auch so böse angesehen hat. Gut, ich lege mich nicht mehr unter sein Bett, dachte er, bitteschön, kein Problem. Aber deshalb gleich so ein Fass aufzumachen? Versteh einer die Frauen. Mit diesem letzten Gedanken beendete Herr Schmidt die Suche nach der Erkenntnis, und setzte sich wieder auf das Sofa, um sich dem Fernsehgerät zu widmen.

„Bring mir mal ein Bier", rief er seiner Frau in der Küche zu.

Frau Schmidt betrat das Zimmer und stellte es ihm wortlos auf den Tisch.

Das Ehepaar Schmidt hat nie wieder über diesen Vorfall gesprochen.

Für Jens Schmidt hatte die Begebenheit allerdings Konsequenzen. Während andere Kinder in seinem Alter vor dem Zubettgehen Mutmaßungen über die Anwesenheit von Geistern, Kobolden, Märchenfiguren, oder zumindest von Krokodilen unter dem Bett anstellen, und sich, bevor das Licht gelöscht wird, mit einem kurzen und mutigen Blick unter die Schlafstatt davon überzeugen, dass ihre Ängste unbegründet sind, führte Jens Schmidt das Ritual der Menschenkontrolle ein. Jeden nicht sofort einsehbaren Winkel seines Zimmers untersuchte Jens Schmidt fortan auf vorhandene Menschen. Unter dem Bett natürlich, aber auch im Schrank, auf dem Schrank, hinter der Gardine, unter seinem Schreibtisch. Erst wenn er sich absolut sicher war, dass außer ihm kein Mensch in seinem Zimmer war, erlangte er die nötige Ruhe, um ins Bett gehen zu können. Die Menschenkontrolle brachte natürlich den gewünschten Nebeneffekt mit sich, dass auch die ungebetene Anwesenheit von nichtmenschlichen Wesen ausgeschlossen werden konnte.

Und noch eine kleine Veränderung ergab sich im Leben des Jens

Schmidt. Ohne dass er mehr als früher darauf gedrungen hätte, ließ seine Mutter nun öfter das Licht an, und die Tür einen Spalt offen, auch wenn sein Vater zu Hause war. Jens Schmidt hinterfragte dies nicht und stellte auch keine Zusammenhänge her. Er war nur einfach froh darüber. *Die Dinge verändern sich oft auf sonderbarste Weise, unmerklich und scheinbar grundlos,* wie Gotthelf Balthasar von Klingenburg oft zu sagen pflegte.

Carsten Jämlich kannte solche Probleme nicht. Das lag vor allem daran, dass er in einem Elternhaus aufwuchs, in welchem das Wörtchen Freiheit eine gewisse Bedeutung hatte. Die Kindererziehung im Hause Jämlich war geprägt von einer gesunden Mischung aus 68iger Gedenke, Bequemlichkeit, Vertrauen und Liebe. Carsten Jämlich war der Sohn eines Künstlerehepaares. Herr Jämlich war Fagottist und seine Frau Sopranistin, beide am selben Theater. Künstler sind im allgemeinen offener, neugieriger, hektischer, launischer und ruhebedürftiger als Angehörige anderer Berufe. Vor allem aber stehen sie immer unter Strom, bilden sich ständig ein, krank zu sein, nehmen sich unheimlich wichtig und haben niemals Zeit. Aber das geht in Ordnung. Landwirte oder Beamte zum Beispiel, sind verschlossen, desinteressiert, ausgeglichen und gehen nach Schichtschluss sowieso ins Bett. Sie sind die Ruhe selbst, sind kerngesund und gehen trotzdem regelmäßig zum Arzt. Und wichtig nehmen sie sich auch. So hat eben jeder seins, und so lange jeder unter seinesgleichen bleibt, gibt es auch keine Probleme.

Carsten Jämlich jedenfalls profitierte von den Eigenschaften seiner Eltern. Es gab keine festen Essenszeiten, er konnte länger draußen bleiben als andere Kinder, sein Zimmer galt als aufgeräumt, wenn alle Spielsachen unters Bett geschoben waren, und wenn er ein Problem hatte, dann ging er damit zu seinem Vater. Der hörte ihm mit dem Fagott in der Hand zu, und gab dann weltmännische Ratschläge, während er die vor ihm liegende Partitur nicht aus den Augen ließ. Er konnte mit seinen Problemen natürlich auch zu seiner Mutter gehen. Auch sie hörte ihm zu, und sagte dann: „Ach mein Sohn, das verstehe ich, aber mir geht es grad' gar nicht gut." Dabei verdrehte sie leicht die Augen nach oben und legte den Rükken ihrer rechten Hand an ihre Stirn. Auf jeden Fall konnte Carsten Jämlich, im Gegensatz zu Jens Schmidt, bei Festbeleuchtung und ausgehangenen Türen schlafen. Wenn er gewollt hätte. Aber er wollte nicht. Das ist oft so, wenn man etwas hat oder kann, dann will man nicht. Auch musste er, wie Gunnar Brendel, keinen Fisch kaufen, oder so. Carsten Jämlich hatte also im Grunde das Paradies auf Erden zu Hause, bis auf einen Umstand: Er musste jeden Tag eine Stunde Klavier üben. Auf die musische Erziehung ihres Sohnes legten die Jämlichs größten Wert. Die Kunst im Allgemeinen, und die Musik im Besonderen, ist Balsam für die Seele. Musik schärft die Sinne und den Blick für das Schöne im Leben. Gewünschte Nebeneffekte im späteren Leben sind eventueller Ruhm und Reichtum. Unerwünschte Nebeneffekte sind Misserfolge, Depressionen und früher Tod durch Ersticken am eigenen Erbrochenen im Taxi in New York nach unkontrolliertem Drogenkonsum. Für Kinder und Jugendliche aber gilt vor allem auch: Wer Klavier übt, hat keine Zeit Dummheiten zu machen, wie zum Beispiel, kleine Russenkinder in die Pfütze schubsen oder am Pullermann rumspielen. Das alles interessierte Carsten Jämlich nicht. Er hätte auch ohne Klavier keine kleinen Russenkinder in die Pfütze geschubst, und das mit dem Pullermann, na ja, davon wusste ja keiner. Klavier üben war für ihn der Horror an sich. Und Klavierstunden waren der Überhorror. Dieses gerade sitzen und auf Noten starren, die ständigen Versuche, zehn Finger unabhängig von einander, im richtigen Moment auf die richtigen Tasten zu legen, und dabei nicht auf die Hände, sondern auf die Noten zu schauen. Kleine schwarze Punkte, teilweise, man höre und staune, mehrere übereinander, in verschiedenen Schlüsseln, versehen mit Kreuzen und Bs und allerhand anderen kryptischen Zeichen. Öde Tonleitern, immer wieder von unten links nach oben rechts und zurück. Und dann der kalte Atem von Herrn Brögler, des Klavierlehrers, im Rücken. In seiner dunklen, altmodischen, muffigen Wohnung. Eine große Büste des Herrn van Beethoven aus Gips stand neben dem Klavier, und eine noch viel größere Wanduhr an der Wand. Wo sonst. Und immer wenn er sich verspielte und somit ins stocken kam, dann hörte er sie: Tick Tack Tick Tack. Das hatte etwas Beruhigendes. Doch dann legte sich langsam die knöchrige Hand des Herrn Brögler auf seine Schulter. Die Hand krallte sich in seinen Hals, und dann ertönte hinter ihm eine fistlige, aber nachhaltige Stimme: „Fissss!“

Oh ja, Carsten Jämlich hatte ein Kreuz übersehen. Er hatte das weiße F gespielt. Dabei lag das schwarze Fis so nah. Schuldbewusst blickte er nach unten, und dann zur Seite, genau in die Augen von Herrn van Beethoven. Der schaute zurück und formte stumm seine Lippen zu einem Satz: „Komm mein Junge, spiel mir das Lied vom Tod.“

Carsten Jämlich erschauderte und bekam Gänsehaut.

„Noch mal!“, sagte Herr Brögler.

Der Klavierschüler zuckte zusammen und wiederholte die Übung. Der Wind pfiff durch die undichten Fenster: Fissss! Das Licht flackerte. Des Lehrers schwarzer Kater sprang vom Sofa auf den Tisch und bohrte seine gelben Augen in den Rücken von Carsten Jämlich. Dann fauchte er: Fissss! Plötzlich sauste der Rohrstock des Lehrers auf seinen Rücken: Fissss! Und in der Küche suchte sich das kochende Wasser des Teekessels einen Ausgang durch das Ventil: Fissss! Doch Carsten Jämlich biss sich auf die Lippen bis sie blau anliefen und spielte weiter. Er spielte und stockte und überlegte und versuchte es aufs neue. Eine ganze Stunde lang. Und dann aber, dann kam die Erlösung. Der unverzichtbare Freund des Klavierschülers trat auf den Plan: die Wanduhr. Mit vier Gongschlägen gab sie das Zeichen. Die Klavierstunde war beendet. Am liebsten hätte Carsten Jämlich die Wanduhr umarmt, wie man das eben macht mit einem Freund, wenn er einem aus der Patsche hilft. Aber die Wanduhr stand ja an der Wand. Man kann nichts umarmen was an der Wand steht. So ist das Leben. Aber er blickte der Uhr dankbar ins Ziffergesicht und stand auf. Von Herrn Brögler empfing er noch die neuen Aufgaben für die nächste Stunde, er verabschiedete sich erleichtert und verließ den verhassten Raum, nicht ohne dem Herrn van Beethoven noch kurz und heimlich die Zunge heraus zu stecken.

Zu Hause angekommen legte er seine Notenmappe im Flur ab und begrüßte seine Mutter. Sie gab ihm einen Kuss auf die Wange und fragte: „Na mein großer Künstler, wie war's?"

„Schön Mama", log er, „ich hab mich gar nicht verspielt", log er weiter, „und Herr Brögler hat auch gar nicht mit mir geschimpft", setzte er noch einen drauf.

Er wusste, dass seine Mama so etwas gern hörte und Frau Jämlich wusste, dass ihr Sohn leicht in Richtung Unwahrheit abdriftete. Aber das ging in Ordnung.

„Na das ist ja prima", streichelte sie ihrem Sohn durch das Haar, „hast du Hunger?"

„Nö, ich geh raus, ja?"

„Geh nur."

Carsten Jämlich wohnte im Erdgeschoss, deshalb sagte er: Ich geh raus. Seine Kumpels wohnten alle höher, daher sagten sie: Ich geh runter. Ob runter oder raus, man traf sich unter dem Balkon der Jämlichs. Der Balkon wurde von zwei Ziegelpfeilern gestützt. Rechts und links standen Büsche, sodass man von beiden Seiten keine Einsicht hatte, nur von vorn. Der Boden war feste trockene Erde und die Kinder hatten sich Hölzer besorgt, auf denen sie sitzen konnten. Die perfekte Bude, hier konnte man auch im Regen sitzen, und laut machen konnte man auch, weil die Jämlichs für laute Kinder Verständnis hatten. Nur einen Nachteil hatte die Behausung. Direkt in der Wand befand sich ein Kellerfenster. Allerdings ohne Fenster mehr. Ein schwarzes Loch also, aus dem kühler modriger Geruch drang. Und auch von seltsamen Geräuschen war die Rede. Noch nie hatte es einer der Jungs gewagt, sich in das Loch zu beugen und hinein zu schauen. Es wurde schon des Öfteren darüber diskutiert, ob man nicht einmal mit einer Taschenlampe hinein leuchten sollte, aber keiner besaß eine Taschenlampe.

Man hätte also eine beim jeweiligen Vater ausborgen, oder heimlich mitgehen lassen müssen. Aber dazu war es bisher nicht gekommen. Sicher auch, weil im Grunde niemand wirklich in dieses Loch schauen wollte. Man hört ja so manches über schwarze Löcher. Da hausen sie, die Verdammten und Verruchten, die Geister und Untoten, riesige Ratten und böse alte Männer, vor allem aber der Allgemeingolum. Und die schwarzen Löcher haben die unangenehme Eigenschaft, alle Materie die ihnen zu nahe kommt, in sich aufzusaugen. Und je mehr Materie in den schwarzen Löchern verschwindet, umso größer und gieriger werden sie. Die Einen sagen, das liegt an der großen Masse der schwarzen Löcher. Die dadurch erzeugte Gravitation zieht alles an, sogar das Licht. Alles Quatsch, meinten die Kinder. Schuld sind der Butzemann und der Mummum. Die sitzen beide im schwarzen Loch und holen sich was sie brauchen. Auch Carsten Jämlich war von der Butzemanntheorie überzeugt. Er hatte ihn nämlich gesehen. Eines Tages saß er allein unter dem Balkon und stocherte mit einem Stock in der Erde. Er wartete auf seine Kumpels. Zum Loch hielt er den genormten Sicherheitsabstand für 6jährige. Es war Winter und kalt, und es begann bereits dämmrig zu werden. Und wie er so vor sich hin stocherte, hörte er plötzlich ein hohes Pfeifen. Das Pfeifen war keine bekannte Melodie, aber es hörte sich an, als würde jemand eine Melodie andeuten. Sie klang wie ein Lockruf. Carsten Jämlich musste das Pfeifen schon eine Zeit lang gehört haben, aber erst nach einer Weile nahm er es wahr. Und als er es wahrgenommen hatte, da wusste er auch plötzlich wo es her kam. Nein, er wollte da nicht hinsehen. Überall hin, aber nicht in das schwarze Loch. Aber das Pfeifen hörte nicht auf. Es wurde immer eindringlicher, es kam immer näher, schien es. Er kommt mich holen, durchfuhr es Carsten Jämlich. Nein, ich drehe mich nicht um, sagte er zu sich. Dabei drehte sich sein Kopf langsam wie von selbst in die Richtung der verführerischen Melodie, die keine war. Er wollte die Augen schließen, aber es gelang ihm nicht. Und dann sah er ihn. Ein Kopf mit einer großen, hoch stehenden roten Mütze, die in der Mitte umgeklappt war und an deren Ende eine Schelle baumelte, welche aber nicht schellte. Die Augen waren listig auf ihn gerichtet, und der Mund zu spitzen Lippen geformt, welche unverdrossen diese Melodie pfiffen. Der Kopf wippte leicht im nicht vorhandenen Takt hin und her und vor und zurück. Das konnte er auch, denn der Kopf schwebte im Kellerloch. Einfach so. Ohne Hals. Also das verwunderte Carsten Jämlich schon. Was sollte denn das? Nur ein Kopf. Der Butzemann konnte das jedenfalls nicht sein. Jedes Kind weiß, der Butzemann ist ein Mann und kein Kopf. Sonst würde er ja Butzekopf heißen. Carsten Jämlich hatte nun gar keine so große Angst mehr, was sollte ein Kopf ihm schon anhaben. Irgendwie kam ihm der Kopf sogar bekannt vor. Er schaute ihm jetzt direkt in die Augen. Ja, dieses Gesicht hatte er schon einmal gesehen. Und plötzlich viel es ihm wie Schuppen aus den Haaren. Dieses Gesicht war eine gelungene Symbiose aus Herren Brögler und van Beethoven mit einem kleinen Hitlerbärtchen. Das wird mir jetzt zu blöd, dachte Carsten Jämlich, stand auf und ging nach Hause.

Das wird mir jetzt zu blöd, dachte auch der Autor, klappte den Laptop zu und ging in die Kneipe.

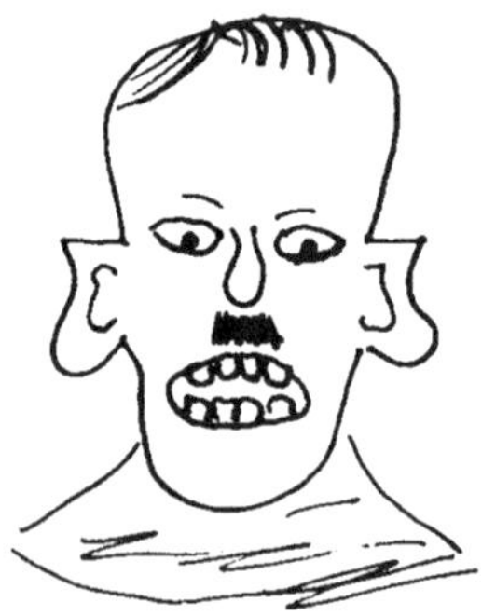

Seit über einer Stunde sitze ich nun vor meinem Bildschirm und rauche oder knabbere an meinen Nägeln. Ab und zu stehe ich auf und gehe aufs Klo oder zum Fenster oder so. Das Fenster steht weit offen, so wie der Klodeckel. Ich hasse es, wenn der Klodeckel geschlossen ist. Die Klobrille schon, die muss freilich runtergeklappt sein. Aber der Deckel? Nein, niemals! Warum? Das weißt du doch nicht. Das Fenster steht offen, weil es draußen warm ist. Deshalb steht das Fenster offen. Es ist grad Ende August. Wenn ich vom Klo oder vom Fenster die Schnauze voll habe, dann setze ich mich wieder. Es ist 3 Uhr in der Nacht. Ich habe schon zwei Monate nicht geschrieben, aber immerhin habe ich schon manche Nacht mit Starren auf den Bildschirm verbracht. Mir juckt der Sack. Ich meine, er ist nicht dreckig, wenn du verstehst. Aber meine Frau ist nicht da. Leider, denn wenn sie da wäre, würde sie mir den Sack kratzen. Aber Hallo!

Warum sitze ich hier vor meinem Computer und starre auf diesen gottverblödeten Bildschirm? Kann mir das einer sagen? Wieso gehe ich nicht ins Bett und telefoniere mit Pamela Anderson? Wieso glaube ich, dieses bescheuerte Buch schreiben zu müssen? Fühle ich mich verpflichtet, der Welt etwas mitzuteilen? So der ganze Quatsch mit innerer Stimme und Berufung, und so? Nein, das kann ich ausschließen. Dieses Buch ist mitnichten eine Mitteilung an die Welt. Das ist völlig abwegig. Dann schreib ich also bloß so? Ja, das könnte stimmen, aber dann sollte man doch wenigstens Lust haben zu schreiben, oder? Nein, ich habe keine Lust. Wozu aber habe ich eigentlich Lust? Eine wirklich gute Frage. Na gut, auf Sackkratzen. Jeder Mann hat immer Lust auf Sackkratzen. Diese Lust ist genetisch bedingt. Die Lust wurde dem Mann ins Hirn gebrannt, auf dass er seine Art erhalte. Deshalb gehen auch DIE Männer fremd, die eigentlich glücklich sind mit ihrer Frau. Die Frauen gehen natürlich auch fremd, aber erst wenn sie nicht mehr glücklich sind mit ihrem Mann. Davon kriegt der Mann aber nichts mit, denn WANN eine Ehe unglücklich ist, bestimmt immer noch die Frau. Schwamm drüber, weiche nicht aus, Schriftsteller! Wozu hast du Lust? Ich weiß es nicht. Ganz ehrlich. Also so temporäre Lust könnte ich schon benennen. Ich hab manchmal Lust, nicht nur Appetit, auf eine bestimmte Speise. Dann setze ich Himmel und Hölle in Bewegung, diese Speise auch zu bekommen. Wenn sie dann vor mir steht, schlinge ich sie in mich rein, bis ich kurz vorm Kotzen bin. Und dann schleppe ich mich zum Bett, zünde mir eine Zigarette an und gucke auf n-tv Naturkatastrophen.

Auch habe ich manchmal Lust, meine Katze zu ärgern. So am Schwanz ziehen und so. Ich meine, ich brauch gar nicht ziehen, ich muss den Schwanz nur festhalten, dann zieht sie von allein. Katzen sind so. Ich halte den Schwanz fest und sie zieht und zieht, und fängt dann an zu fauchen. Meist lasse ich sie dann los. Manchmal aber nicht, dann kreischt sie vor Wut, will mir ins Gesicht springen, es zerkratzen und so. Ja, ich glaube, solche Dinge gehen dann in einer Katze vor. Aber so weit lasse ich es nicht kommen. Ich lasse sie dann immer los. Ihrer Zugrichtung folgend, fällt sie dann nach vorn und guckt bedropst. Bevor sie aber abhauen kann, packe ich sie, nehme sie in den Arm und kraule ihr das Fell und rede ihr gut zu. „Böse Hand, die dich gezogen hat“, sage ich. Dann drücke ich meine Nase an ihren Hals und atme Katze. Eine Katze riecht herrlich. Ich meine Katzenscheiße ist das Schlimmste was es gibt, und aus dem Maul stinkt eine Katze auch, dass es Gott erbarmt. Aber das Fell..... Damit hier aber eines klar ist: Meine Katze und ich sind ein Team! Sie darf mietfrei bei mir wohnen und fressen, dafür darf ich sie riechen. Ja, und ab und an, darf ich sie auch ärgern.

Lust? Ich meine, das klingt jetzt vielleicht ein bisschen weicheimäßig, aber manchmal habe ich Lust, meine Wohnung aufzuräumen. Ich kann mir das leisten, meine Wohnung ist sehr klein. Ich bestücke gern den Geschirrspüler und sehr gern setze ich mich vor den Frontlader und schaue zu wie sich die Wäsche dreht. Dann schließe ich Wetten mit mir ab, ob sich die Waschmaschine genug

Wasser gepumpt hat, oder ob sie sich noch was holt. Sie muss es ja nicht bezahlen, die hochfeine Frau Waschmaschine.

Natürlich hätte ich auch manchmal Lust jemanden umzubringen. Und zwar möglichst qualvoll. Zum Beispiel die Angestellte hinter dem Postbankschalter, welche mir einen 500 Euro Schein nicht wechseln wollte. Dazu muss man wissen, ich bin nicht irgendein Dahergelaufener. Nein, ich BIN bei der Postbank. Das habe ich ihr mit meiner ec Karte auch zu verstehen gegeben. Das hat ihr nur ein gähnendes Lächeln entlockt. „Wir sind hier keine Wechselstube", hat sie gesagt. Meine eigene Bank wechselt mir also kein Geld. Also habe ich gesagt: „Dann zahle ich den Schein jetzt ein und dann zahlen sie mir bitte 500 Euro in Fünfzigern wieder aus." Man stelle sich vor, das war dann kein Problem. Ich meine, die hat's mir gezeigt, diese Osttusse: So rum dreht sich das Riesenrad! Ich habe mir diesen Kontoauszug einrahmen lassen. Ich hatte einen echten Picasso. Den hab ich danach weg gehauen. Stattdessen hängt jetzt dieser Kontoauszug goldgerahmt über meinem Bett. Na gut, am Ende war die Geschichte eher lustig, aber der Mordgedanke war kurzzeitig Fleisch. Zu recht, wie ich meine.

Aber ich weiche wieder aus. Wozu habe ich Lust, war die Frage. Ich glaube, ich weiß warum ich immer wieder ausweiche: Ich befürchte, ich kann diese Frage nicht beantworten. Oder noch viel schlimmer: Ich habe Angst zuzugeben, zu Nichts richtig Lust zu haben. Ja gut, verfluchtes Ding aber auch, dann hab ich eben zu Nichts Lust. Wenn man aber die Welt nicht verändern will und auch keine Lust zum schreiben hat, warum schreibt man dann ein Buch? Was weiß ich. Ich stelle nur eben fest, dass das kein gutes Gefühl ist, zu Nichts richtig Lust zu haben. Allerdings scheint es auch nicht wichtig zu sein, denn ich schreibe ja trotzdem. Wenn wir uns jetzt gegenüber stehen würden, würde ich dich jetzt fragen: Hör mal zu Großer, wozu hast DU eigentlich Lust? Schick mir eine mail.

Der will berühmt werden, hör ich es plötzlich rufen. Nein, dass will ich nicht! Also, ich gebe zu, es gab durchaus eine Zeit als Musiker, wo sich die Ruhmsucht als Triebfeder für Kreativität durchaus als förderlich erwies, aber diese Zeiten sind wirklich vorbei. Alles was ich will, ist von der Kunst leben zu können. Alles was ich nicht will, ist vorm Joghurt-Regal in der Kaufhalle gemustert oder gar angesprochen zu werden. Freilich freue ich mich über positive Resonanz, aber das hat mit Ruhmsucht nichts zu tun.

Bleibt dann aber der Ausspruch von Gotthelf Balthasar von Klingenburg, welchen ich an den Anfang meines Buches gestellt habe. Nun, den kann man ja auch auslegen, nach dem Motto: Von nichts, kommt nichts! Aber nein, es ist schon so: Etwas ist in mir, was mich dazu treibt, etwas zu tun, was bleibt. Und so ein Buch bleibt nun mal, zumindest wenn es um die nächste Bücherverbrennung herum kommt. Aber das mit dem „Damit etwas bleibt", ist wirklich nur für mich, so in der Art: Irgendeinen Sinn muss mein Dasein doch gehabt haben. Für viele besteht dieser Sinn in ganz einfachen Dingen: Eine Familie, ein Haus, ein Boot, viele Weiber, Erfolg im Beruf, eben halt ein irgendwie erfolgreiches Leben. Leider ist es bei mir nicht ganz so einfach. Mein persönlicher Sinn sollte irgendwie nicht austauschbar sein, wenn du verstehst. Es muss nicht das Riesending sein, aber es sollte unverwechselbar sein. In drei großen Kategorien kann man sich da hervor tun: Kunst, Wissenschaft und Krieg. Die letzteren beiden Gebiete scheiden für mich aus. Mir fehlen einfach die wissenschaftlichen Grundlagen, um einen Krieg zu gewinnen. Und in der Kunst? Ich glaube da ist nicht mehr viel Spielraum, um wirklich Revolutionäres zu leisten. Musik, Malerei, bildende Kunst, Mode, Architektur? Die Schriftstellerei ist, denk ich, die einzige Kunst, wo noch halbwegs die Möglichkeit besteht, einen individuellen und unverwechselbaren Stil zu entwickeln. Du kannst kein Lied mehr schreiben, ohne dass jemand sagt: Das klingt wie......., und du kannst kein Bild mehr malen, ohne dass jemand sagt, das sieht aus wie.........usw., und du kannst auch kein Buch schreiben, ohne dass irgendwann jemand auftaucht und sagt, na ja........., aber einen Schriftsteller in eine Schublade zu stecken, ist schon schwieriger. Das Schreiben ist die persönlichste Art, sich mitzuteilen. Und die Unverrückbarste, weil nicht veränderbar. Was steht, das steht! Das Schreiben ist somit wohl auch die polarisierendste Kunst.

Na gut, neben dem nebulösen inneren Drang etwas zu hinterlassen, bleibt folglich dann nur ein Grund warum ich schreibe: Ich möchte dich, lieber Leser, unterhalten. Ich möchte, dass du Spaß hast und eine gute Zeit beim Lesen. Ich möchte, dass es dir gut geht. Ich möchte, dass du am Strand liegst und mit unterhaltsamer Lektüre ausgestattet bist. Ich möchte, dass du nach dem Lesen, zufrieden einschläfst. Dafür schlage ich mir die Nächte um die Ohren, rauche mir die Lunge löchrig, starre Löcher in meinen Bildschirm, leide an Schlaflosigkeit und Sackjucken, knabbere an meinen Nägeln und stelle letztendlich zu allem Überfluss noch fest, dass ich eigentlich zu Nichts Lust habe. Lieber Leser, ich würde mir für dich das Leben nehmen, nur damit du es gut hast.

Nein, nein, entspann dich! Das war alles Quatsch. Natürlich habe ich Lust zu schreiben, natürlich will ich die Welt verändern. Und berühmt will ich auch werden. Normal.

Warum ich das dann jetzt hier geschrieben habe? Na ja, ich wusste nicht weiter und brauchte einen geschickten Übergang. Wenn du jetzt weiter liest, wirst du feststellen, dass es mir in keinster Weise gelungen ist, auch nur ansatzweise einen Übergang, geschweige denn einen geschickten, zu erzeugen. Aber das geht mir jetzt mal am Arsch vorbei, um es mal ganz zurückhaltend zu formulieren.

Die Schüler des Fräulein Rost befanden sich alle im Klassenzimmer. Die meisten saßen auf ihren Plätzen und ordneten ihre Schulsachen auf dem Tisch. Einige wenige liefen noch durch die Bankreihen. Der eine hatte sein Taschentuch im Mantel vergessen, der andere kam noch rasch von der Toilette. Im Prinzip herrschte schon jetzt, bevor der Unterricht überhaupt begonnen hatte eine Ruhe, als wäre das Fräulein Rost schon im Raum. Nur hier und da wurde noch verhalten geflüstert. Die Klassenzimmertür stand einen Spalt offen. An diesem Spalt stand Marie-Luise Wolters. Marie-Luise Wolters war die Klassenbeste. Alles Einsen. Sie war aber auch die Oberpetze, damit unverzichtbar für das Fräulein Rost. Auch fungierte sie als Vorsitzende des Pionierrates. Das war so was Ähnliches wie eine Mädelschaftsführerin 30 Jahre früher. Heute würde man vielleicht Klassensprecherin sagen, oder die, die den Drogenhandel unter ihrer Kontrolle hat. Aber vor allem war sie unglaublich hübsch. Die Jungen schmolzen nur so dahin, was natürlich keiner zugab. Aber mancher stellte mit Absicht irgendwelchen Blödsinn an, nur um von Marie-Luise Wolters verpetzt zu werden. So dämlich sind Kerle. Das ändert sich im Alter nicht, das wird eher noch schlimmer. Sie hatten aber auch keine andere Wahl, denn anders hätten sie die Aufmerksamkeit der Klassenschönsten nicht erregt. Denn Marie-Luise Wolters war wie alle hübschen Mädchen natürlich auch eingebildet. Sie war sozusagen auch die Klasseneingebildetste. Ihren Kopf zierte ein langer blonder Zopf, jeden Tag mit einer anderen Schleife versehen. In ihren Ohrläppchen steckten, damals nicht gerade üblich, kleine glänzende Ohrstecker. Eine kleine gerade Nase zwischen ihren blauen Augen und ein wunderschöner Mund, mit tadellosen weißen Zähnen fügten sich zu einem Gesicht, welches bei den Jungs ein eindeutiges, aber natürlich noch nicht zu definierendes Gefühl erzeugte. Aus dem Mund kamen natürlich nur Gülle und Gemeinheiten, aber das ist bei den meisten hübschen Mädchen nun mal so. Es ist halt nicht immer alles beieinander. Marie-Luise Wolters war außerdem die Klassenbestangezogenste. Allerdings zuweilen auch sehr eigenwillig. Wenn es ihr in den Sinn kam, konnte es schon vorkommen, dass sie in einem rosa Spitzenkleid in die Schule kam, oder in einer Jungenlederhose und geringelten Söckchen nebst einem bunten Pullover. Meist trug sie aber eine Bluse und einen Rock und fast immer ihr blaues Pionierhalstuch. Außer zum rosa Spitzenkleid, da passte das Halstuch ja nun wirklich nicht. Da zierte eine Kette mit großen Perlen ihren Hals. Das Fräulein Rost war mit der Kleidung von Marie-Luise Wolters nicht immer wirklich einverstanden, aber sie nahm es hin. Schließlich war die Schülerin in jeder Hinsicht die Beste.

Pionierkleidung, also Halstuch, Pionierbluse, blaues Käppi und blauer Rock oder Hose, war ohnehin nur zu bestimmten festlichen Anlässen vorgeschrieben. Nichts desto Trotz erschienen manche Schüler auch unaufgefordert in Pionierkleidung zum Unterricht. Manche aus Stolz, andere, um dem Fräulein Rost zu gefallen, und wieder andere wurden von ihren Eltern in die Pionierkleidung gesteckt, weil sie billig war. Umgerechnet würde man heute für das gleiche Geld eine kleine Senfpackung an der Raststätte „Freienhufen" bekommen. Das gibt zu denken und man kommt wiederholt unweigerlich zu dem Schluss, dass mit dem damaligen, wie mit dem heutigen System was nicht in Ordnung ist. Denn in Umkehrschluss würde das ja bedeuten, dass man für das Geld, welches man heute für einen Satz Pionierkleidung, so es sie noch geben würde, ausgeben müsste, umgerechnet damals eine mittlere Kleinstadt ca. 15 Jahre mit Senf hätte versorgen können. Das wäre aber, nebenbei bemerkt, sinnlos gewesen, denn die Produktion von Bockwurst war nicht stabil und Senfsuppe schmeckt Scheiße.

Pünktlich um 7.30 Uhr ertönte die Schulklingel. Jene Kinder, welche noch nicht auf ihrem Platz saßen, stürzten in Panik auf ihre Stühle und hielten den Atem an. Und fast im gleichen Moment betrat das Fräulein Rost das Klassenzimmer. Und sowie die Lehrerin durch die Tür erschien, erhoben sich alle Schüler, lautlos und schnell, und stellten sich neben ihre Stühle. Mit einem kurzen Blick durch den Raum, stellte die Lehrerin mit Befriedigung fest, dass alles seine Ordnung hatte. Die Kinder standen in Habachtstellung an ihrem Platz, die Tafel war sauber, es herrschte die gespannte Ruhe, die sie so liebte. Sie stellte sich mit ihrer Tasche in der Hand vor das Lehrerpult und blickte in die Klasse. Marie-Luise Wolters hatte die Tür hinter der Lehrerin geschlossen, trat nun auf einen Meter an das Fräulein Rost heran, hob die rechte Hand zum Pioniergruß und sprach laut und deutlich: „Fräulein Rost, ich melde, Klasse 3 ist zum Unterricht bereit. Es fehlen Martin Rosenbreit."

Die Lehrerin nickte leicht und rief in die Klasse hinein: „Für Frieden und Sozialismus – seid bereit!"

Und die Kinder antworteten laut und schnittig, wie mit einer Stimme: „Immer bereit!"

„Guten Morgen, liebe Kinder."

„Guten Morgen, Fräulein Rost."

Mit einem kurzen: „Setzen", quittierte die Lehrerin die Bereitschaftserklärung und die Begrüßung.

Während sich die Schüler lautlos setzen, zog das Fräulein Rost ihren Stuhl etwas zurück und stellte ihre Tasche darauf ab. Sie öffnete sie und entnahm ihr das Klassenbuch, ein Kästchen mit Kreide, eine Mappe mit Stiften und einige andere Bücher und Hefte. Sie legte all diese Dinge fein sortiert auf ihrem Lehrerpult ab. Dann stellte sie ihre Tasche unter das Pult und setzte sich. Sie zog den Stuhl etwas näher an das Pult, lehnte sich leicht zurück und faltete ihre Hände. Dann sah sie in die Klasse.

„So", begann sie, „in der heutigen Deutschstunde wollen wir uns mit unserem Jahr 1970 beschäftigen. Und mit Politik. Weiß jemand, was Politik ist?"

„Politik ist Scheiße", sagte Gunnar Brendel.

„Nein", antwortete das Fräulein Rost kurz, „nein Gunnar, das ist sie nicht. Wieso bist du dieser Meinung?"

Gunnar Brendel zuckte mit den Schultern: „Das sagt mein Vater immer."

Fräulein Rost machte sich eine Notiz: „Soso", meinte sie, während sie schrieb, „so was sagt dein Vater also."

Sie legte den Stift weg und schaute in die Runde: „Bei wem zu Hause wird noch gesagt, dass Politik Scheiße ist?"

Alle Schüler meldeten sich.

„Gut", sagte die Lehrerin, „aber auch wenn jemand sagt, dass Politik Scheiße ist, so ist es doch nicht die richtige Definition. Wer weiß die?"

„Politik ist die Fortsetzung des Krieges mit anderen Mitteln", meinte Steffen Müller.

„Oh, da hast du einen Satz von Carl von Clausewitz aber ein wenig fehlinterpretiert. Er hat gesagt: Krieg ist die Fortsetzung der Politik mit anderen Mitteln."

„Das ist eine Frage, in welchem Aggregatzustand sich die Menschheit gerade befindet. Eben haben wir grad mal Frieden, ergo setzen wir den Krieg mit anderen Mitteln fort. In Kriegszeiten ist es halt umgedreht."

Marie-Luise Wolters meldete sich.

„Marie-Luise?"

„Politik ist die Lehre von der Staatsführung. Sie beinhaltet Maßnahmen zur Führung, Erhaltung und Verwaltung eines Gemeinwesens. Man spricht auch von Staatskunst."

„Kunst kommt von Können!", rief jemand aus den hinteren Reihen.

„Sehr gut Marie-Luise", meinte das Fräulein Rost, und fügte etwas lauter hinzu: „Ja wir können es, denn bei uns hat das Volk die Macht. Wir führen, erhalten und verwalten uns selbst. Und da nützt es dem westdeutschen Staat einen Dreck, wenn er seinen

Angestellten seit dem 1. 1. 1970 den Lohn im Krankheitsfalle fortzahlt. Das gibt es bei uns schon lange. Die wollen sich doch nur anbiedern, sich mit uns auf eine Stufe stellen. Gut, sollen sie gleichziehen", fuhr die Lehrerin fort, „die werden sich wundern. Denen werden wir zeigen wo der Hammer hängt! Im Notfall werden wir mit unserer Nationalen Volksarmee...."

„Aber Fräulein Rost", hörte man die Stimme von Markus Krummbein, „am 22. Januar hat doch der westdeutsche Bundeskanzler Willi Brandt unserer Regierung Verhandlungen über den Austausch von Gewaltverzichtserklärungen angeboten."

„Abgelehnt", rief das Fräulein Rost, „jetzt wo der tschechische Ministerpräsident und Landesverräter Oldrich Cernik zurücktreten musste. Jetzt hat sich der Prager Frühling in Luft aufgelöst. Jetzt haben wir wieder Moskauer Sommer und wieder alles in der Hand. Da soll nur einer kommen, der da heißt wie Zwieback."

„Aber der von ihnen erwähnte Herr Zwieback, Fräulein Rost, hat sich am 19. März in Erfurt mit unserem Staatsratsvorsitzenden Willi Stoph getroffen, und er wurde von Tausenden begeisterten DDR-Bürgern stürmisch gefeiert."

„Lieber junger Freund", antwortete die Lehrerin, „aber dieses sogenannte erste innerdeutsche Gespräch hat doch nichts gebracht. Und diese Leute, die da so gejubelt haben, das waren natürlich alles Angehörige unserer Staatssicherheit. Sie wollten den Herrn Brandt in Sicherheit wiegen." Dann bekam sie große Augen. „Viel schöner ist doch das Eingeständnis des amerikanischen Präsidenten Richard Nixon, der am 18. 2. gesagt hat, man solle die Sowjetunion als Weltmacht anerkennen und fürderhin mit ihr in Frieden leben."

Die Klasse stand auf und klatschte minutenlang Beifall. Marie-Luise Wolters brachte dem Fräulein Rost einen Riesenstrauß Blumen. Die Lehrerin nahm diesen gerührt und fuhr dem Mädchen durchs Haar. Dann stand sie auf und hob ihre gefalteten Hände über den Kopf: „Danke, vielen Dank, liebe Kinder. Danke!"

„Aber wisst ihr was noch viel schöner ist?", rief sie in den langsam verebbenden Beifall, „genau dieser amerikanische Präsident hat in der gleichen Rede auch gesagt, dass die USA von ihrer Rolle als Weltpolizei abrücken wollen."

Für eine kurze Zeit herrschte Ruhe im Klassenzimmer. Alle schauten fassungslos auf die Lehrerin. Viele glaubten, sie hätten sich verhört. Der amerikanische Präsident hat 1970 vor dem Kongress gesagt, die USA wollen keine Weltpolizei mehr sein. Das ist ein Ding. Die Ruhe im Klassenzimmer schwoll zu einer Art Überruhe an. Aus der Überruhe wurde eine Art Grundmoräne der Stille. Dann ward es ein Sander im Ruhestand. Aber dann, urplötzlich brach es aus den Schülern heraus. Sie bekamen einen kollektiven Lachanfall. Sie bogen sich in ihren Lachkrämpfen, sie liefen blau an, sie übergaben sich, Lachtränen flossen in Bächen über die Bänke, sodass am Boden liegende Schüler drohten, jämmerlich zu versaufen. Das war der ultimative Hammer: Die USA wollten keine Weltpolizei mehr sein! Dass das Fräulein solch lustige Dinge erzählen kann! Das ist eine Kunst, wenn man im richtigen Moment den Richtigen gucken lässt. Die USA keine Weltpolizei. Den muss ich mir merken, dachten viele bei sich.

Langsam kehrte wieder Ruhe ein. Die Kinder und die Lehrerin setzten sich wieder und wischten sich ihre Tränen aus den Gesichtern. Die zwei Schüler, die sich tot gelacht hatten wurden vom Hausmeister entsorgt. Indirekt hatte der amerikanische Präsident Richard Nixon 1970 die Klasse vom Fräulein Rost durch seine Äußerungen dezimiert. Das hat das Fräulein Rost ihm übel genommen, weil sie der Meinung war, wenn hier einer dezimiert, dann bin ich das!

„Fräulein Rost", meldete sich Karin Schremmler, „was sagen sie dazu, das ARD und ZDF seit dem 29. März 1970 beim Wetterbericht Deutschland nicht mehr in den Grenzen von 1937 zeigen?"

Schlagartig herrschte wieder Ruhe im Raum. Das Fräulein Rost bekam den starren Blick. Ihr Mund formte sich zu einem Strich. Dann machte sie wieder eine Notiz und fragte ohne aufzuschauen: „Karin, woher weißt du das? Guckt ihr bei euch zu Hause Westfernsehen?“

Eigentlich hatte Karin Schremmler schon während ihrer Frage gemerkt, dass sie eben den Kardinalfehler begangen hatte. Nun war Vorsicht geboten. Auf die Frage ihrer Lehrerin reagierte sie nur mit einem leichten Pfeifen. Dabei reckte sie ihren Kopf schräg nach oben. Sie wünschte sich jetzt einen Besen, ähnlich den Römern, wenn Freiwillige gesucht wurden, im Kampf gegen ein bestimmtes Dorf in Gallien.

„Bei wem zu Hause wird noch Westfernsehen geguckt?“, fragte die Lehrerin mit scharfem Unterton in die Klasse.

Nun standen alle Schüler auf und kehrten mit schrägem Kopf leise pfeifend das Klassenzimmer. Nie ward es sauberer.

„Liebe Kinder“, begann das Fräulein Rost, „kommen wir zunächst zum Westfernsehen. Das Westfernsehen macht dumm. Ich rate davon ab. Geht raus in die Natur, lernt euren Körper kennen, lest, singt, tanzt, geht verdammt noch in die Kirche, wenn euch nichts Besseres einfällt, aber guckt kein Westfernsehen! Ihr verblödet, ihr stumpft ab, ihr werdet zu willfährigen Werkzeugen, eure Kreativität verflüchtigt sich ins Nichts, ihr werdet faul und fett.“ Sie machte ein bedeutungsvolle Pause: „Alles, liebe Kinder, alles, nur kein Westfernsehen“!

Das Fräulein Rost schaute in die Runde. Ihre Worte hatten, zumindest für den Moment Wirkung gezeigt. Die Kinder schauten betroffen und nachdenklich. Man konnte ja im Nachhinein über das Fräulein Rost sagen was man wollte, aber in diesem einen Punkt hatte sie wirklich recht. Und das ist ihr um so höher anzurechnen, weil sie damals unmöglich eine Ahnung von Sendungen wie „Vera am Mittag“, „Big Brother“, „GZSZ“, „Pokemon“, „Deutschland sucht den Superstar“, „Arabella Kießbauer“, „Lenßen & Partner“,

„Kommissar Rex“ und dem MDR-Fernsehen im allgemeinen, haben konnte. Damals in dieser denkwürdigen Deutschstunde, und nur dieses eine Mal, hatte das Fräulein Rost einen Geistesblitz. Für diesen einen kurzen Moment war sie visionär. Freilich, gebracht hat es nichts. Die oben genannten Sendungen sind heutzutage äußerst beliebt. Man könnte sagen: Dumme Redakteure machen für ein dummes Volk, dummes Fernsehen. Soweit so gut, aber da stellt sich die hochphilosophische Frage: Was war zuerst da? Diese Frage ist, wie alle philosophischen Fragen, nicht eindeutig zu klären.

„Und jetzt zu den Grenzen, liebe Kinder“, fuhr die Lehrerin fort, „es ist der Friedenspolitik der Sowjetunion und ihrer Bruderstaaten zu schulden, dass die Grenzen von 1937 von den Wetterkarten von ARD und ZDF verschwunden sind. Das ist ein großer Sieg!“

„Warum war denn Deutschland mal EIN Land, und so groß?“, fragte Uwe Zimmermann.

„Nun, das ist ein weites Feld“, antwortete die Lehrerin. „Geschichte ist Geschichte, man kann sie von oben betrachten oder von unten, man kann sie drehen und wenden, wie man will. Man kann sie sich zurecht biegen, man kann sie kalt dengeln und warm brämen. Dann wird man immer eine für sich befriedigende Antwort finden. *Geschichte ist wie Gummi, man kann sie in alle Richtungen ziehen,* wie Gotthelf Balthasar von Klingenburg 1865 in seinem Werk - Richtungsvorgaben der Geschichte - treffend bemerkte.

„Soweit ich weiß“, fuhr die Lehrerin fort, „gab es ganz früher, so vor 4 Milliarden Jahren, überhaupt kein Deutschland.“

„Mach kein Scheiß“, riefen die Kinder, „so ein Quatsch aber auch.“

„Ja, kein Mist, aber dann sagten sich ein paar Affen, so geht das aber nicht an, und machten sich von Afrika aus, über Kleinasien und Bukarest auf den Weg und gründeten, inzwischen weiß, unbehaart und bekleidet, im Harz das Städtchen Wernigerode. Nach und nach dann bauten sie um den Harz herum weitere Städte wie Pasewalk, Wuppertal und Aue. Daraus entwickelte sich dann das Deutsche Reich. Deutschland wurde immer größer, weil immer mehr Städte hinzukamen. Danzig, Königsberg und Karlsbad. Und 1937 war Deutschland dann eigentlich groß genug. Aber vielen hat das nicht gereicht, und sie erläuterten einem bis dato bedeutungslosen und schwachbrüstigen Österreicher die Sachlage, und baten ihn, selbige nachhaltig zu verändern. Mit den bekannten Ergebnissen."

„Das war alles?", fragten die Kinder, „das ist die ganze deutsche Geschichte?"

„Ja", antwortete das Fräulein Rost kurz, und zuckte dabei leicht mit den Schultern, „die Kurzform zwar, aber im Prinzip war das so. Man spricht in diesem Fall von der berühmten deutschen ABA - Geschichtsform: Affe – Bukarest – Aue. Das werdet ihr später noch genauer im Geschichtsunterricht lernen."

Aha, dachten die Schüler, so war das also.

„Und warum ist Deutschland nun geteilt?", bohrte Uwe Zimmermann weiter.

„Nun ja, es gibt Leute, die sagen, Deutschland ist geteilt worden, weil Deutschland den Krieg verloren hat. Andere wieder behaupten, weil Deutschland den Krieg überhaupt begonnen hat. Die nächsten sagen; es lag am Versailler Vertrag. Auch gibt es welche, die sagen, durch die Schlacht am Amselfeld 1389 haben sich die Dinge so entwickelt. Bestimmte Theorien belegen auch einen Verknüpfung mit der Schlacht im Teutoburger Wald im Jahre 9 nach Christus. Auch den Affen wurde Schuld teilhaftig. Unveröffentlichte albanische Studien beweisen hingegen auch einen Zusammenhang zwischen der Teilung Deutschlands und der Umwandlung bestimmter Aminosäuren zum Pantoffeltier."

Das Fräulein Rost machte eine Pause, dann erhob sie leicht ihre

Stimme und sagte: „Ich denke, Deutschland ist geteilt, weil die revanchistischen Kreise der Bundesrepublik Deutschland eine Wiedervereinigung verhindert haben." Sie stand auf und rief in die Klasse: „So haben sich die Dinge nun mal entwickelt. Aber die Deutsche Demokratische Republik wird es in tausend Jahren noch geben, unter der Führung der ruhmreichen Sowjetunion!"

Nun, das Fräulein Rost hatte das ihr überlassene Kontingent an Visionen mit ihrer Warnung vor dem Westfernsehen bereits aufgebraucht. Und vielleicht hätte sie ihren schönen Mund nicht ganz so voll genommen, wenn sie Gotthelf Balthasar von Klingenburg etwas genauer gelesen hätte. Er schrieb nämlich im oben genannten Buch weiter: *Es gibt zwei Dinge auf dieser Welt die ständig versprochen und beschworen werden. Das ist zum einen die ewige Liebe, und zum anderen sind das Tausendjährige Reiche inklusive endgültiger Landesgrenzen. Wenn überhaupt, dann ist das eine wie das andere nur durch unermüdliche Arbeit zu erreichen und zu erhalten. Bevor man sich aber dieser Arbeit widmet, sollte man im Voraus genau prüfen, ob das eine wie das andere die Mühe wert ist.*

Aber darüber macht sich der Mensch keine Gedanken. Er möchte nur das Versprechen hören. Das Versprechen an sich genügt ihm. Und mit der Unfehlbarkeit jeglicher Naturgesetze fallen die Menschen immer wieder auf diese Versprechen rein. Und dann gehen sie in die Kneipe und saufen sich voll und lallen: „Jetzt hat man uns schon wieder beschissen", bzw. „Jetzt hat die mich doch wirklich verlassen." Wäre Gotthelf Balthasar von Klingenburg nicht so ein gebildeter Mensch gewesen, hätte er geschrieben: Die Menschen wollen beschissen werden, die brauchen das wie Mist. Aber er war ein gebildeter Mensch, so hat der Autor diesen Satz eingefügt.

„Carsten Jämlich, was ist mit dir los, warum guckst du so traurig?", fragte das Fräulein Rost.

„Ach na ja, im Juli 1970 haben sich die Beatles aufgelöst. Deshalb bin ich traurig."

„Wegen der Ono, der alten Fotze", ertönte es wieder leise von hinten.

„Aber da solltest du eigentlich nicht traurig sein", ermunterte ihn die Lehrerin, „diese Beatles. Handlanger antikultureller Kreise. Kommen ungepflegt daher und kreischen ohne Noten übermotiviert vor sich hin. Keine Melodien die ins Ohr gehen. Autodidakten. Ehemalige Rowdys. Sie liebt mich, yea yea yea. Amateure mit Wunschgebaren. Spielen den Bass links herum. Nein nein, das ist kein Verlust. Zum Weltkulturerbe werden die nicht gehören. Die nicht!"

Carsten Jämlich zuckte mit den Schultern.

„Weißt du Carsten, da möchte ich mit Bertolt Brecht sprechen. Er sagte einmal: Was ist der Einbruch in eine Bank, gegen die Gründung einer Bank? Und jetzt frage ich dich: Was ist die Auflösung der Beatles gegen die Gründung der Puhdys letzten Jahres, hm?"

„Aber die Puhdys machen Scheißmusik."

„Sag nicht so was, die Puhdys machen Musik für unsere Jugend. Optimistisch wie unsere Partei, dynamisch wie unsere Arbeiter und Bauern, rhythmisch wie die Stanze im Werk deines Vaters......."

„.........mein Vater arbeitet in gar keinem Werk."

„Das sind doch Nebensächlichkeiten", schrie die Lehrerin, „die Puhdys jedenfalls werden in 40 Jahren noch singen, da wird kein Schwein mehr von den Beatles grunzen!"

Carsten Jämlich glaubte seiner Lehrerin. Ein Teil ihrer Behauptung sollte sich ja auch bewahrheiten. Trotzdem fand er es ungerecht, dass die Beatles sich aufgelöst hatten und die Puhdys weiter spielen durften. Man hätte einen Weg finden müssen, die Ono auch bei den Puhdys einzuschleusen. Das wäre dann wenigstens ausgleichende Gerechtigkeit, dachte er so bei sich. Aber die Ono hätte da nicht mit gemacht, das spürte er. Die alte Zeefe.

Wieder ruhiger geworden, fragte das Fräulein Rost in die Klasse: „Welchen Geburtstag feierten wir am 21. April 1970?"

„Meine Schwester wurde drei", rief Reiner Klimm.

„Und meine Oma 65", meldete sich Angela Ludwig.

„Unser Hamster wurde 15 Jahre“, warf Marie-Luise Wolters ein.

Ruhe trat ein. In die Ruhe meinte dann Gunnar Brendel: „So alt wird kein Hamster nicht!“

„Wetten doch!“, gab Marie-Luise mit giftigen Blick zurück.

„Du träumst! Ein Hamster wird vielleicht 8 oder so, aber niemals 15.“

„Meiner schon.“

„Du hast sie nicht mehr alle“, winkte Gunnar ab.

„Und ob ich sie noch alle habe.“

„Woher willst du denn wissen, wie alt dein Hamster ist? Warst wohl dabei, als er geschlüpft ist?“

„Ein Hamster schlüpft nicht! Ist doch kein Küken“, gab Marie-Luise wissend zur Antwort.

„Was kümmert's mich, ob dein Hamster ein Küken ist.“

„Ignorant!“

„Dann sag mir eins: Wenn er nicht schlüpft, was macht er dann?“

„Er wird geworfen.“

„Er wird geworfen“, äffte Gunnar Marie-Luise nach, „wie weit wird er denn geworfen.“

„Nicht so weit wie ein Schwein scheißt“, giftete Marie-Luise zurück.

„Wenn einer bei der Geburt geworfen wird, knallt er vielleicht mit dem Kopf an was Hartes.“ Gunnar blickte in die Runde. „Rumms, Matsch ist der Kopf. Und dann soll einer noch 15 werden? Mit einem Dachschaden vielleicht?“

„Er wurde halt auf was Weiches geworfen, da achtet das Muttertier schon drauf.“

„Was kümmert mich dein Muttertier, 15 ist dein Hamster jedenfalls nicht.“

„Ist er doch“, rief Marie-Luise angriffslustig und stand auf.

Gunnar Brendel ging in Deckung. Trotzdem fragte er: „Und, bohnert dein Hamster noch?“

Marie-Luise Wolters sprang über die Bank und haute Gunnar Brendel eine in die Fresse. Die Angelegenheit war damit erledigt. Fräulein Rost trug bei Gunnar Brendel einen Tadel ins Klassenbuch ein, und bei Marie-Luise Wolters eine Eins in Sport. Dann sagte sie feierlich: „Nein, liebe Kinder, am 21. April feierten wir den 100. Geburtstag von Wladimir Iljitsch Lenin."

Mit Pathos im Gesicht blickte sie in ihre Klasse. Die Gesichter ihrer Schüler hingegen spiegelten Skepsis.

„Ein Hamster wird keine 15, und ein Arbeiterführer keine 100", sprach Gunnar Brendel allen aus der Seele, während er sich etwas Blut vom Mund wischte.

„Nun, prinzipiell kann jeder Mensch 100 Jahre alt werden, auch ein Arbeiterführer. Aber Wladimir Iljitsch Lenin ist natürlich schon lange tot."

„Hat sich beim Arbeiterinnenführen den Syph geholt", ertönte wieder leise eine Stimme aus dem Off. Einige blickten verschämt zu Boden.

„Wie feiert man denn mit einem Toten Geburtstag?", fragte Gunnar Brendel, „die Kerzen kann der ja selbst wohl kaum mehr ausblasen, oder?"

Das Fräulein Rost wurde rot vor Zorn. Sie sprang auf und schrie: „Du Bourgeoissöhnchen, was denkst du denn, wozu unsere ruhmreichen Führer der Arbeiterklasse alles fähig sind! Natürlich bläst unser ehrenwerter Lenin noch die Kerzen aus. In 1000 Jahren bläst der noch! Der bläst in 1000 Jahren noch! Der schon!"

Gunnar Brendel zog es jetzt vor, seinen Mund zu halten. Einerseits wollte er nicht noch eine rein kriegen, und wer weiß, vielleicht hatte das Fräulein Rost ja Recht. Er kannte Lenin nicht persönlich. Er wusste nicht, wie so ein Geburtstag mit toten Arbeiterführern abging. Vielleicht ja ohne Kerzen und so. Vielleicht liegt er ja bloß da, und lässt blasen. Da gibt es viele Möglichkeiten. Er musste das Thema wechseln: „Fräulein Rost, ich hätte da noch was zum Thema Weltpolizei: Am 30. April sind amerikanische Truppen auf Befehl von Präsident Nixon in Kambodscha eingefallen."

Die angespannte Stimmung entschärfte sich, und allgemeine Heiterkeit brach sich wieder Bahn. Der Hausmeister kam und holte abermals einen totgelachten Schüler ab. Der bläst auch keine Kerzen mehr aus, dachte er so bei sich, der wäre aber auch kein Arbeiterführer geworden, bemerkte er noch an.

Als wieder Ruhe in die Klasse eingekehrt war, stand das Fräulein Rost auf und fragte in die Klasse: „Nun, was gab es denn 1970 Erwähnenswertes im Bereich Sport zu berichten?"

„Borussia Mönchengladbach ist Meister geworden", rief die geheimnisvolle Stimme.

Die Lehrerin stemmte die Fäuste in die Seiten: „Also bitte, das interessiert doch hier wirklich niemanden ...."

„Ja", schauderte da plötzlich ein Schrei durch das Klassenzimmer und unterbrach die Lehrerin abrupt. Steffen Müller war aufgesprungen und wiederholte mit weinerlicher Stimme und schmerzverzerrtem Gesicht: „Ja, das mögen sie glauben, dass das hier keinen interessiert, aber an dem ist es nicht! Ich", und er klopfte sich dabei auf die Brust, „ich wäre gern ein Mönchengladbacher. Nicht im politischen Sinn", fügte er schnell hinzu, als er in das Gesicht des Fräulein Rost blickte, „nein, im sportlich-patriotischen Sinne. Auf die Borussia kann man sich wenigstens verlassen. Aber was macht Dynamo Dresden? Verliert in der laufenden Saison gegen Mannschaften wie FC Carl Zeiss Jena, BSG Stahl Riesa und FC Hansa Rostock. Spielt unentschieden gegen BSG Chemie Leipzig und FC Vorwärts Berlin. Was soll die Scheiße?", fragte Steffen Müller mit tränenerstickter Stimme in die Runde. „Ich frage euch erneut: Was soll die Scheiße? Borussia Mönchengladbach wird Erster. Dynamo Dresden wird nur Dritter. Diese Thüringer Bratwurstheinis aus Jena sind DDR-Meister geworden. So sieht's aus! Hol mich der Teufel!"

In der Klasse war es mucksmäuschenstill. Alle Jungen waren aufgestanden, auch einige Mädchen. Marie-Luise Wolters nicht. Das Fräulein Rost ging auf Steffen Müller zu, und nahm ihn in den Arm. Sie streichelte ihm über sein Haar. Steffen Müller schluchzte unter der Brust seiner Lehrerin. Sie roch gut, er bekam einen Steifen und schluchzte noch mehr. Das Fräulein Rost begann leise zu summen und wiegte dabei ihren Schüler sanft hin und her. Langsam stimmten die Schüler in die Melodie mit ein. Das Summen wurde zum Gesang, und schwoll langsam zu einem mächtigen Chor: „Dyyynamooo - Ho - Ho - Ho – Hooo..........”

Dann klatschten alle Beifall und setzten sich wieder. Steffen Müller hatte den Geruch seiner Lehrerin noch lange in seiner Nase. Diese ging wieder nach vorn und sagte: „Man soll die Hoffnung nie aufgeben. Die Hoffnung stirbt zuletzt. Irgendwann, vielleicht so in 35 Jahren wird Dynamo Dresden Meister werden.“

Falsch, Fräulein Rost, sehr falsch! (Anm. des Verfassers)

„Brasilien ist in Mexiko Fußballweltmeister geworden“, warf Jens Schmidt ein.

„Sehr gut“, lobte ihn die Lehrerin, „und gegen wen?“

„4 : 1 gegen Italien.“

„Und genau das ist es, was ich meine. Die Entwicklungsländer sind auf dem Vormarsch und schlagen mit Hilfe der sozialistischen Staatengemeinschaft, ihre ehemaligen Kolonialstaaten nun mittlerweile selbst im Fußball.“

„Brasilien war aber portugiesische Kolonie“, gab Jens Schmidt zu bedenken.

„Was soll das denn jetzt“, empörte sich das Fräulein Rost, „wo ist da der Unterschied? Portugal, Italien. Alles imperialistische Blutsaugerstaaten.“

„Aber ich gebe zu bedenken, dass die Sowjetunion, Rumänien, Bulgarien und die CSSR alle in der Vorrunde ausgeschieden sind.“

Das Fräulein Rost bemühte sich um Fassung: „Na und, das sind

Kleinigkeiten. Die Schiedsrichter, die FIFA, die Hitze........", sie winkte ab, „alles Kleinigkeiten!"

„Und Westdeutschland ist Dritter geworden."

Das war dann doch zuviel für die Lehrerin.

„Was soll das jetzt, Hundsfott", schrie sie Jens Schmidt an, „willst mich wohl provozieren, was? Ich werd dir gleich! Da soll mich doch......, gib mir mal dein Muttiheft. Das gibt wieder eine deftige Mitteilung an deine Eltern. Solln sie merken, was sie sich da ran gezogen haben." Geduckt übergab Jens Schmidt sein Muttiheft.

„So eine Frechheit", brummelte das Fräulein Rost noch vor sich hin, als sie wieder zu ihrem Pult ging. Während die Lehrerin Jens Schmidt einen Eintrag ins Muttiheft verpasste, meldete sich Rudi Marenke: „Jochen Rindt ist Formel 1 Weltmeister geworden."

„Formel 1?", die Lehrerin schaute auf. „Ich fragte nach Ereignissen im Sport, und nicht in der Mathematik."

„Na, Formel 1 ist doch Sport und so."

„Wie man's nimmt", flüsterte die geheimnisvolle Stimme.

Das Fräulein Rost hatte die Stimme nicht gehört, aber auch mit dem Begriff Formel 1 konnte sie nichts anfangen. Sie vermutete etwas in Richtung Naturwissenschaften. Wie könnte die erste Formel wohl lauten? $A^2 + B^2 = C^2$? $E=mc^2$? Oder geht es gar um die Formel P(G/I)=A.P(G).P(I/G), welche zu 67 % die Existenz Gottes beweist. Allerdings konnte es ja auch eine gesellschaftspolitische Formel sein: K = S + E! Kommunismus ist gleich Sowjetmacht plus Elektrifizierung. Das hat Lenin gesagt, kurz bevor er aus oben genannten gesundheitlichen Gründen den Staffelstab an Stalin weiter gab. K = S + E könnte eine erste Formel sein, das wäre schön, aber weiß man's, dachte die Lehrerin? Vielleicht meint es auch Karl Marx, der im „Kapital" von „Der allgemeinen Formel des Kapitals" spricht. Wäre auch nicht schlecht. Aber da gibt es noch ganz andere Formeln: Zum Beispiel liest man bei den Gebrüder Grimm: Vom zerbrechlichen Hausrate gelte als umfassende Formel: „krueg und haefen". Von schlechter Ehewirtschaft ist da die Rede, und sie belegen dies mit der Formel: „wir luogent beid, wie es sich fieg, sie bricht haefen, so brich ich krieg."

Ins Neudeutsche übersetzt bedeutet dies ungefähr: Wenn deine Alte spinnt, hau ihr eine Pfanne über den Schädel.

Im Vietnamkrieg generierte General Westmoreland die Formel für den Sieg: Aufspüren und Vernichten! Der Beweis, dass nicht alle Formeln zwingend allgemeingültig sind, und Erfolg verheißen, wenn man sich daran hält. Zuviel geformel, dachte das Fräulein Rost, wenn ich mir nicht sicher bin, dann muss ich meine Kinder beschützen vor diesem Schweinkram. Wenn sich rausstellt, welche Formel die Erste ist, dann finde ich schon einen Weg, einen Schüler wegen Irreführung zu bestrafen.

„Ab sofort wird in meinem Unterricht nicht mehr von der ersten Formel gesprochen!", rief sie energisch.

„Aber Fräulein Rost", sagte zaghaft Rudi Marenke, „die Formel 1 ist eine Rennsportserie. Ich meine, da fahren Rennautos um die Wette. Nicht mehr und nicht weniger. Und in den Autos sitzen Rennfahrer."

Die Lehrerin wollte sich keine Blöße geben: „Freilich, sicher, ich weiß, Rennfahrer und so. Völlig klar. Und dieser Jochen Rindt hat also gewonnen." Die Kinder nickten. Nach einer kurzen Pause fügte Fräulein Rost etwas lauter hinzu: „So ein Quatsch. Rennfahrer! Was soll das? Rennt der nun, oder fährt der schon?"

„Der fährt Rennen."

„So so, er fährt Rennen. Glaubt ihr denn, ich bin blöd?"

Die Schüler nickten.

„So kommen wir nicht weiter", konstatierte die Lehrerin und fragte: „Und dieser Jochen Rindt, der hat also gewonnen?"

„Ja, obwohl er im Training verunglückt ist."

„Selber Schuld", ertönte es wieder leise, „wer sich freiwillig in ein Rennauto setzt, muss damit rechnen, dass er allein nicht mehr rauskommt."

„Oder, wer in den Krieg zieht, muss davon ausgehen, dass sein Gegner ein volleres Magazin hat."

„Wer heiratet, sollte sich auf die Scheidung vorbereiten."

„Und wer geschieden ist, sollte sich nicht wundern, wenn er wieder heiratet."

„Und wenn du in die Schule gehst, vergiss das Muttiheft nicht", riefen die Kinder kreuz und quer.

Das Fräulein Rost hörte sich das Durcheinander an und dachte nur: Und wenn du zum Schüler gehst, vergiss die Peitsche nicht! Langsam beruhigte sich die Klasse.

Karin Schremmler meldete sich und fragte in die wieder eingetretene Ruhe: „Wieso wird ein Toter Weltmeister?"

„Weil er in Punkten uneinholbar vorn lag", gab Rudi Marenke etwas genervt zur Antwort.

„Na ja, aber genützt hat's ihm wohl nichts mehr, oder?"

„Wer weiß, vielleicht sitzt er im Himmel, und auf einer Wolke steht sein Pokal."

„So ein Scheiß", rief Markus Krummbein, „am Ende regnet es und die Siegervase fliegt bei uns in den Gartenteich, sodass am Ende die Goldfische vor Schreck mit dem Bauch nach oben schwimmen." Er schüttelte den Kopf: „Nein, tot ist tot, da soll'n sie lieber so einen Pokal einer Dorfkirche spenden und Gral dran schreiben."

„Nun mach's mal halblang! Keine Wolke hält auf Dauer so einen Pokal aus, deshalb stellen die so Sachen auch nicht auf Wolken ab. Außerdem, wer weiß ob du persönliche Sachen in den Himmel nachgeschickt bekommen darfst. So wegen Zoll und so. Das heißt, wenn was in deinen Teich fliegt, dann hat jemand aus einem Flugzeug geschissen."

„Was natürlich für die Fische den gleichen Effekt hätte."

„Normal!"

„Fakt!"

„Phase!“

Alle nickten.

„Ich meine“, nahm das Fräulein Rost den Faden wieder auf, „das mit den postumen Pokalen und Ehrungen, das ist natürlich für den Toten nicht mehr von Belang. Das ist mehr für die Angehörigen. Es geht ja auch um Pensionen und Preisgelder. Gibt es in der Formal 1 Preisgelder?“

„Ooooch, unbedeutend.......“, schüttelten die Kinder den Kopf.

„Na ja“, die Lehrerin schlug die Hände ineinander, „sonst noch was zum Thema Sport?“

„Ja, am 27. März 1970 springt Bernd Eckstein aus Zella-Mehlis mit 72 Metern Schanzenrekord auf der Vogtlandschanze.“

Das Fräulein Rost klatschte Beifall, die Klasse erhob sich und tat es ihr gleich. Doch mit einem Blick auf ihre Uhr gebot sie den Kindern sich wieder zu setzen. Es war schon eine halbe Stunde vergangen. Sie musste sich nun sputen, um den Rest des Jahres in der Unterrichtsstunde noch abzuarbeiten.

„Wer weiß, was seit dem 31. 7. 1970 in Westdeutschland möglich ist?“

Die Schüler schauten zu Boden.

„Der Klassenfeind hat an diesem Tag sein sogenanntes Grundgesetz geändert und das Wahlalter auf 18 Jahre gesenkt.“

„Na ja, ist doch nichts dagegen einzuwenden.“

„Im Prinzip nicht, aber bei uns in der Deutschen Demokratischen Republik dürfen die Menschen schon seit 1950 mit 18 Jahren zur Wahl gehen. Das ist doch der Punkt! Somit haben wir den Beweis: Die BRD hängt uns 20 Jahre hinterher.“

Triumphierend schaute die Lehrerin in die Klasse. Aber die Gesichter der Schüler blieben leer. Das hatte einen einfachen Grund: Sie waren in der Regel erst 9 Jahre alt, und das Thema Wahlen ist in diesem Alter nur peripherer Gesprächsstoff. Mit anderen Worten: Das war den Schülern Schnitte.

„Aber bedenkt doch..........“

„.........Mein Vater sagt, das mit den Wahlen ist sowieso Quatsch. Es gewinnt eh immer die SED“, fiel die geheimnisvolle Stimme der Lehrerin ins Wort.

Alle Kinder gingen in Deckung, denn sie waren sich sicher: Jetzt zieht das Fräulein Rost blank. Jetzt dreht es bei! Aber sie irrten. Das Fräulein Rost stellte sich nur aufrecht vor ihr Pult, breitete die Arme aus, und sagte leise mit feierlicher Stimme: „Ja.“ Und nach einer kleinen Pause: „Ja, da hast du verdammt noch mal Recht. Natürlich gewinnt unsere Sozialistische Einheitspartei.“ Und die Stimme wurde fester: „Wer sollte denn sonst gewinnen, frage ich euch? Gäbe es denn Alternativen?“

Die Kinder immer noch in der Deckung, bliesen ihre Wangen auf und murmelten so Worte wie: „Äääähmnsrrrffff.“

„Richtige Antwort! Es gibt keine Alternativen“, rief die Lehrerin, „das werden euch eure Eltern bestätigen, denn die wählen die SED ja auch.“

Den Kindern ward mit dieser Feststellung der Wind aus den Segeln genommen, denn da hatte das Fräulein Rost Recht, auch wenn in Punkto Wahlverhalten die meisten Eltern Jahrzehnte später, gewisse Erinnerungslücken aufweisen werden.

„Aber gut, das ist noch nicht alles“, kam die Lehrerin in Fahrt, „am 18. August 1970 hat Westdeutschland die Genehmigungspflicht für über 4700 Waren aus der DDR und den anderen sozialistischen Bruderstaaten abgeschafft.“

„Warum?“, fragte Steffen Müller.

„Warum? Na weil die feinen Herren im Westen auf unsere Waren angewiesen sind. Darum!“

„Welche Waren meinen sie, Fräulein Rost?“

„Na......., also........, hier........., na........, Dings..........hier........“, abrupt winkte die Lehrerin ab, „na das liegt doch wohl auf der Hand, oder wie?“

„Gurken?“

„Genau.“

„Und was sind die anderen 4699 Waren?“

Die Lehrerin lief rot an. Nun zog sie doch blank. Die Kinder hatten aber damit nicht mehr gerechnet. Schutzlos waren sie dem nun folgenden Geifer der Lehrerin ausgeliefert.

„Was soll das denn jetzt?“, schrie das Fräulein Rost, „wohl wahnsinnig geworden, wie? Na eben alle Waren und so. Ich versteh die Frage nicht. Was unsere Mensch eben so haben und die Menschen drüben eben so brauchen. Ist doch klar!“ Die Lehrerin schnappte nach Luft. „Ab jetzt fragt ihr nur noch, wenn ihr gefragt werdet, verstanden?“

Das Schwert mit der ausgestreckten Hand über den Köpfen der Schüler haltend, schaute sie drohend in die Klasse. Die nächste Hand, die sich hebt um eine Frage anzukündigen, ist ab, dachte das Fräulein Rost. Dann soll'n sie mit ihren Stümpfen Schönschreiben üben. Und aus ihren Händen bastele ich mir einen Duschvorhang. Diese Saubande!

Keiner bewegte sich. Alle blickten gespannt auf das Schwert und dachten nur an ihre Hände. Aber da war noch die Marie-Luise Wolters. Sie hatte genug Selbstbewusstsein und zusätzlich einen stillen Vertrag mit der Lehrerin. Sie wusste, sie kann sich melden, ohne dass ihr die Hand abgehackt wurde, zumal, wenn sie die richtigen Worte fand.

„Fräulein Rost“, sagte sie bedeutungsvoll, „am 4. September hat Salvador Allende in Chile die Präsidentschaftswahlen gewonnen. Somit steht nun zum ersten Mal auch in Südamerika ein Kommunist an der Spitze eines Landes. Der Sozialismus ist nicht mehr aufzuhalten.“

Man konnte von Marie-Luise halten was man wollte, aber wäre Taktgefühl ein Unterrichtsfach gewesen, dann hätte sie jetzt zweifellos eine Eins bekommen. Die Lehrerin steckte das Schwert wieder in die Scheide, und Steffen Müller bekam wieder einen Steifen.

„Ja, liebe Marie-Luise, da hast du recht, der Sozialismus ist nicht mehr aufzuhalten“, sagte sie mit Glanz in den Augen.

„Falls sich die USA daran erinnern, nicht mehr Weltpolizei zu sein“, ertönte die geheimnisvolle Stimme.

Diesmal zuckte die Lehrerin leicht zusammen und blickte unauffällig in die Klasse. Diese Stimme. Wo kommt die her? Die kenne ich, aber wem gehört sie?

„Fräulein Rost“, holte Carsten Jämlich die Lehrerin aus ihren Gedanken, „Jimi Hendrix und Janis Joplin sind im Herbst 1970 gestorben.“

„Um wen handelt es sich bei diesem Personenkreis?“, fragte die Lehrerin in einem Tonfall, als wüsste sie es, wollte Carsten Jämlich aber nur testen.

„Na ja, Jimi Hendrix war Gitarrist und Janis Joplin Sängerin, und beide waren ziemlich gut und so. Und jung waren sie außerdem noch.“

„Woran sind sie gestorben?“

„An Alkohol, Drogen, Schlaftabletten und Depressionen.“

„Nun, daran sieht man“, sagte das Fräulein Rost, „das Schwache und Kranke stirbt zuerst. Und konkret auf die westliche Musik bezogen: Was sich nicht von allein auflöst, stirbt von allein. Die Puhdys jedenfalls............“

„..........ja Fräulein Rost, ich weiß“, unterbrach Carsten Jämlich, „aber ich finde es trotzdem ungerecht, dass Jimi Hendrix und Janis Joplin tot sind, und die Puhdys noch leben.“

Das Fräulein Rost trat auf Carsten Jämlich zu, fuhr ihm durchs Haar und sagte mit fast mütterlicher Stimme: „Die Gerechtigkeit, mein lieber Junge, hat ihren Ursprung im Auge des Betrachters.“

„Ich dachte, das gilt nur für die Schönheit.“

„Natürlich“, sie nahm ihre Hand vom Kopf ihres Schülers und ging wieder nach vorn, „natürlich, auch Schönheit.“

Das Fräulein Rost setzte sich mit der rechten Gesäßhälfte auf ihr Pult, und sagte nach einer kleinen Pause mit einem fast festlich zu bezeichnenden Gesichtsausdruck: „Liebe Kinder, kommen wir nun zum wichtigsten Ereignis des Jahres 1970: Dem Kniefall von Bundeskanzler Willi Brandt vor dem Sozialismus."

„Also soweit ich weiß, hat er vor dem Denkmal der Opfer des Warschauer Ghettos gekniet", erwiderte Manfred Krüger.

„Ja schon", meinte die Lehrerin freundlich, „aber Warschau ist die Hauptstadt von Polen, und Polen ist ein sozialistisches Land, also", das Fräulein Rost zog die Augenbrauen leicht in die Höhe, „Kniefall vor dem Sozialismus. Klarer Fall."

„Ich denke, der Herr Brandt, wollte sich nur schuldig bekennen", gab Gunnar Brendel zu bedenken.

„Wofür?", fragte die Lehrerin.

„Na wegen dem Krieg und so."

„Nun, das könnte vielleicht unterschwellig mit eine Rolle gespielt haben. Das wäre aber auch nur gerecht, denn die Westdeutschen haben viel Leid über die Volksrepublik Polen gebracht. Die haben allen Grund, sich zu entschuldigen."

„Vielleicht ist er aber auch nur gestolpert?", meinte Gabi Frohnau.

„Oder man hat ihm was ins Essen gemacht, ihm wurde schlecht und er musste kotzen. Da geht jeder in die Knie", überlegte Gunnar Brendel laut.

„Also jetzt aber, Gunnar", empörte sich die Lehrerin, ohne sich darüber im Klaren zu sein, jetzt für den Bundeskanzler eine Lanze zu brechen, „keiner kotzt auf ein Denkmal nicht."

„Nein nein, Fräulein Rost, ich mein ja nur, wegen dem schlechten Essen. Hätte' ja sein können." Er blickte, Zustimmung heischend, in die Runde. Die Klasse verhielt sich unentschieden. Entschiedener das Fräulein Rost: „Nein, liebe Kinder, der Kniefall war echt. Aber entschuldigen wollte der sich nicht. DER nicht! Einfach, weil sich ein Kapitalist nicht entschuldigt. Einschmeicheln wollte der sich. Anbiedern. Schmeißt sich vor ein Denkmal, von wo er keine Ahnung hat und denkt: Jetzt hab ich das polnische Volk wieder in der Tasche. Aber da hat er die Rechnung ohne Wirt gemacht. Das polnische Volk ist doch nicht auf der Wurstpelle hergeschwommen.........“

„..........die haben aber gute Wurst, Brühpolnische zum Beispiel“, sprach die Stimme aus dem Dunkel.

„Natürlich schmeckt Brühpolnische gut, vor allem zu Spagetti“, antwortete das Fräulein Rost leicht irritiert, „aber Wurst ist zum Essen da und nicht zum Schwimmen.“

„Und sie ist viel zu teuer zum Schwimmen, diese Wurst“, warf Angela Ludwig ein, „erst recht seit dem 12. 12. 1970. Da hat die polnische Regierung nämlich die Preise für Nahrungsmittel erhöht, worauf es zu deftigen Straßenschlachten zwischen Polizei und Volk kam, in deren Folge 20 Menschen getötet wurden.“

„Quatsch!“, rief die Lehrerin.

„Doch“, beharrte Angela Ludwig, „19 Demonstranten wurden erschossen und ein Polizist wurde mit einer Wurst erschlagen.“

„Das polnische Volk wirft nicht mit Wurst! Schon gar nicht in Richtung der eigenen Polizisten nicht“, ereiferte das Fräulein Rost außer sich.

„Vielleicht hat sich der Bundeskanzler Brandt deshalb verneigt, weil er nicht wollte, dass die sich streiten.“

„Oder vor dem Denkmal lag eine Wurst........“

„Lasst mich endlich mit diesem Scheiß Kanzler zufrieden!“, schrie die Lehrerin jetzt voller Panik. Unruhe machte sich in der Klasse breit. Die Lehrerin stieg auf ihren Stuhl: „Das polnische Volk hat genug Geld, dass kann sich Würste leisten, dass es eine Art hat! Wer noch mal Kanzler sagt, dem reiß ich den Arsch auf bis zum Hals. Und wer noch mal Wurst sagt, den stauche ich, bis ihm die Scheiße aus dem Hals quillt!“

Das Fräulein Rost war mittlerweile auf ihr Pult gestiegen, hatte einen Stöckelschuh ausgezogen und hielt ihn drohend über die Klasse. Sie war rot angelaufen und hatte Schaum an den Ohren.

(Das ist ungewöhnlich. Schaum hat man, wenn überhaupt, am Mund, aber das Leben ist eben nicht immer so wie man es sich wünscht. Anm. d. Verf.)

Auch die Kinder waren aufgestanden und diskutierten heftig. Einige überprüften ihre Pausenbrote auf Wurst, insbesondere auf Brühpolnische. Markus Krummbein hatte solche Brote, was Marie-Luise Wolters der Lehrerin meldete. Sie musste laut rufen: „Fräulein Rost, der Markus Krummbein hat Wur............."

Zack, hatte Marie-Luise den Schuh der Lehrerin im Auge. Das war das erste und einzige Mal, dass die Lehrerin und ihre Lieblingsschülerin nicht einer Meinung waren. Mit dem Schuh im Auge, setzte sich Marie-Luise Wolters wieder auf ihren Platz und schmollte, indem sie, die Wange in die linke Hand gestützt, kleine Hakenkreuze in jedes zweite Kästchen ihres Rechenheftes malte.

Die Unruhe in der Klasse hingegen entwickelte sich zu einem Sturm. Alle schrien durcheinander, beschimpften sich mit Worten wie: Du Kanzler, oder: Du Wurst. Hefte, Bücher und Stifte flogen durch die Klasse. Manche trugen sich selbst Tadel in die eigenen Muttihefte. Es kam zu Rangeleien und Raufereien in deren Verlauf es auch zu Blutungen durch spitze Gegenstände, in der Regel durch Zirkel kam.

Das Fräulein Rost stand noch immer auf ihrem Pult. Sie hatte sich den verbliebenen Schuh ausgezogen und fuchtelte damit ziellos durch die Luft. Sie schrie nur noch wirres Zeug, wie „Der Sozialismus siegt", oder „Fumar puede matar"! Und als alles im Chaos zu ersticken drohte, auf dem Höhepunkt des Durcheinanders, ertönte plötzlich die unheimliche Stimme aus dem Nichts, machtvoll und alles überragend rief sie: „Muff raus!"

Urplötzlich ward es still. Alle im Raum, einschließlich der Lehrerin, erstarrten in ihren Bewegungen. Keiner wagte sich zu rühren. Und da war sie wieder, diese Stimme; etwas sanfter aber genauso bestimmt: „Auszieh'n!"

Und die Stimme wiederholte dieses Wort. Erst langsam, dann immer schneller. Zaghaft stimmten die ersten Schüler mit ein:

„Auszieh'n, Auszieh'n, Auszieh'n...........!"

Die ganze Klasse rief nun im Chor und wendete sich langsam zum Lehrerpult, auf dem nach wie vor das Fräulein Rost stand, unbeweglich mit leerem Blick.

„Auszieh'n, Auszieh'n, Auszieh'n...........!", sie hörte die Rufe, und nach einer Ewigkeit, begann sie den fordernden Rufen Folge zu leisten. Sie ließ den Schuh fallen und knöpfte sich die Bluse auf. Sie zog sie aus. Dann öffnete sie den Knopf und den Reißverschluss ihres Rockes und ließ ihn an ihren schönen Beinen herunter gleiten.

„Auszieh'n, Auszieh'n, Auszieh'n...........!", einige Schüler klatschten im Takt in ihre Hände, andere hatten beiden Zeigefinger auf die Lehrerin gerichtet.

Langsam streifte das Fräulein Rost ihre Nylonstrumpfhosen bis zu den Knöcheln ab. Sie richtete sich wieder auf und zog die Strumpfhose mit den Füßen gänzlich von ihren Beinen.

Dann griff sie mit beiden Händen nach hinten und öffnete den Verschluss ihres Büstenhalters. Mit der rechten Hand ließ sie ihn fallen. Ansehnliche Brüste kamen zum Vorschein.

„Auszieh'n, Auszieh'n, Auszieh'n...........!" Alle Schüler waren wie in einer Art Trance. Nur Marie-Luise Wolters saß nach wie vor schmollend an ihrem Platz und schenkte der Szenerie keinerlei Beachtung. Mittlerweile malte sie in die freigebliebenen Kästchen kleine Sowjetsterne. Den Schuh immer im Auge.

Jetzt fiel der Slip der Lehrerin. Splitterfasernackt stand sie auf dem Lehrertisch. Die Schüler johlten, schrieen und klatschten Beifall. Die Stimme rief: „Umdrehen!"

Das Fräulein Rost gehorchte.

„Beine breit!"

Sie gehorchte.

„Bücken!"

Die Lehrerin bückte sich, und reckte der Klasse ihre ansehnliche wie jungfräuliche Scham entgegen. Die Stimme kam näher und rammte ihr von hinten eine rohe Brühpolnische in ihr Löch. Erst langsam, dann immer schneller werdend, fuhr die Wurst in ihren Leib. Das Fräulein Rost wurde geil und begann sich entgegen den Schüben der Wurst zu bewegen. Die Lehrerin stellte ihre Beine noch breiter und stützte sich mit den Händen auf das Pult. Noch nie gekannte Gefühle kamen in ihr hoch. Die Klasse tobte unumwunden. Das Gefühl wurde immer stärker. Es kroch in ihr hoch. Unaufhaltsam. Sie genoss es. Sie wehrte sich nicht. Sie wollte nur eins: Es sollte nie aufhören. „Weiter", schrie sie, „weiter, schneller!"

„Na, wie bin ich?", fragte keuchend die Wurst.

Aber das Fräulein Rost konnte nicht antworten, es schwebte. Und sie spürte, das war noch nicht alles. Da kommt noch was. Jetzt! Gleich! Nur nicht aufhören! Bitte, bitte, bitte!

In diesem Moment ertönte die Schulklingel.

Es dauerte einige Zeit, viel länger als sonst, bis die Lehrerin begriff. Dann, schweißüberströmt ertastete sie ihren Wecker, stellte ihn ab und schaltete das Licht ein.

Das Leben ist sinnlos! Ungefähr 6 %* der Menschen werden jetzt leicht mit dem Kopf nicken und mir zustimmen. Was soll das Ganze, fragen sie sich. Man rackert sich ab, man wird betrogen und belogen, oder man betrügt und lügt selbst und hat ein schlechtes Gewissen dabei. Eine Naturkatastrophe löst den nächsten Terroranschlag ab, man wird krank, Kinder sterben vor den Eltern, Kriege, Aids und Vogelgrippe, man verliert beim Roulette und gewinnt nie im Lotto. Was soll die ganze Scheiße? Wo ist der Sinn? Wofür mache ich das alles? Arbeiten. Oder schlimmer noch: ohne Hoffnung um Arbeit betteln? Wozu setze ich Kinder in die Welt? Damit sie den gleichen Scheiß durchmachen müssen wie ich? Warum schippe ich Schnee oder fege Laub? Es schneit ja doch wieder, und Blätter hängen allemal noch am Baum? Warum lebe ich? Was ist meine ganz spezielle Aufgabe? Und wenn es eine ganz spezielle Aufgabe für mich gäbe, könnte die nicht jeder andere auch erfüllen? Was ist das für ein Leben, in dem man für eine Stunde Glück, 9 Stunden arbeitet, wartet, hofft und bangt? Und das Verhältnis von 1 zu 9 ist ja noch nicht mal das Schlechteste. Schwachsinn! Dreckskacke! Sinnlos!

Das Leben ist schön! Nun werden mir etwa 4 % der Menschen zustimmen. Natürlich ist das Leben schön, aber man bekommt eben nichts geschenkt. Man muss halt etwas tun dafür. Gibt es etwas Schöneres als Kinder zu bekommen und sie mit Liebe ins Leben zu begleiten? Roulette spiele ich sowieso nicht. Und Lotto? Na ja, was soll's, man kann's ja mal versuchen. Es geht die Kunde von unverhofften Millionengewinnen. Aber Geld ist eh nur die eine Hälfte. Ich schippe Schnee, damit der Weg frei ist, und das Laub kommt auf den Kompost. Und Krankheit und Tod? Mein Gott, wir sind Menschen, das gehört dazu. Man muss nur gesund leben. Ich arbeite gern. Ohne Arbeit würde mir die Decke auf den Kopf fallen. Und wenn ich meine Arbeit verliere, suche ich solan-

* *Prozentangaben aus: Rechenschaftsbericht WCCI, New York 2005.*

ge, bis ich eine Neue finde. Der Sinn des Lebens liegt im Leben an sich. Man muss sich an den kleinen Dingen erfreuen. Ein Schmetterling auf einer Sommerwiese, ein Sonnenuntergang am Meer, ein Kinderlachen, ein freundlicher Blick, ein Kleingewinn im Lotto. Man muss dankbar sein, für jeden Tag. Na ja, und Kriege, Terror und Erdbeben, das liegt nicht in meiner Hand. Da würd' ich auch sowieso nicht hingehen. Im Gegenteil, ich unternehme sogar etwas: ich spende für die Armen, ich bin im Elternbeirat, ich demonstriere für Frieden und Freiheit, ich melde einsame Koffer im Bahnhof der Polizei. Und natürlich bin ich ersetzbar, aber ich bin trotzdem einmalig. Und da ich nun mal bin, habe ich auch einen Sinn im Großen und Ganzen, denn das Große und Ganze muss einen Sinn haben, weil, es wäre sonst schlicht und einfach nicht da. Das ist so was von logisch, dass mir gleich das Kotzen kommt.

So, und dann sind da noch die restlichen 90 % der Menschheit. Denen ist die Frage nach Sinn oder Unsinn des Lebens einfach Schnitte. Das ficht sie nicht an. Die meisten von diesen 90 % sind einfach zu blöd und zu einfältig, um sich Gedanken über das Leben zu machen. Es käme ihnen gar nicht erst der Gedanke an einen Gedanken. Und wenn sie aus gänzlich zufälligen Gründen doch mal eine übergeordnete Frage zum Leben hätten, beantwortet sich jene für diese Menschen durch das leichte Überfliegen einer Bildzeitung eines beliebigen Jahrgangs.

Einige wenige dieser 90 % sind aber auch sehr klug. Klug genug, ihre kostbare Zeit nicht mit der Suche nach Antworten von unlösbaren philosophischen Fragen zu vergeuden. Solche fegen Laub aus purer Lust und Freude.

Ich für meinen Teil gehöre zu einer Sorte Mensch, welche die Möglichkeit einer gewissen Sinnlosigkeit des Lebens nicht ausschließen, sich aber trotzdem an den kleinen Dingen des Lebens erfreuen können, vor allem in sexueller Hinsicht, wenn du verstehst, und ab und an auch Bildzeitung lesen, dabei auch gern Laub fegen, lieber aber noch Rasen mähen. Ich bin also sozusagen 100 % Mensch. Allerdings bin ich das nicht immer gleichzeitig. Ich meine, mal tendiere ich zu den 6 %, mal zu jenen 4 %, oder eben auch zu den 90 %. Und wenn ich sage: ich tendiere, so klingt dies harmlos. Wenn ich mich in einem Zustand befinde, dann richtig und voller Leidenschaft. Wie heißt es so schön: Himmel hoch jauchzend und zu Tode betrübt. Ein Arzt würde sagen: Manisch Depressiv. Aber Ärzte sind Scheiße. Sie haben keine Ahnung von deinen Problemen. Sie könnten Ahnung haben, wenn sie sich Zeit nehmen würden, aber sie können sich keine Zeit nehmen, denn sie müssen den Kredit für ihre Praxis abzahlen. Die Anzahl der eingelesenen Chipkarten ist es, was den Arzt interessiert, nicht dein Problem. Ja gut natürlich, es gibt Ausnahmen. Aber solche Ausnahmen sind langweilig, nicht im Leben, aber in der Literatur schon. Über solche Ausnahmen will der Leser nichts lesen.

Jedenfalls, als ich grad mal so mit dem Leben ganz zufrieden war, da kam mir eine Geschichte zu Ohren, die so unglaublich war, dass ich danach sofort zu den 6 %igen überlief. Jeder Mensch, der halbwegs auf dem Damm ist, wird mich verstehen. Zum Beweis werde ich diese Geschichte jetzt mit meinen Worten wieder geben. Leser! Hol dir ein Glas Wein, zünde dir eine Zigarette an, lehn dich zurück und staune. Die Geschichte die du jetzt lesen wirst, ist die beschissenste Scheiße, die du je gelesen hast.

Es geht um eine Expedition unter der Leitung eines gewissen Sir Ernest Shackleton im Jahre 1914. Der gute Mann wollte als erster die Antarktis durchqueren. Jetzt braucht sich hier erst mal niemand zu schämen, ich hab zur Sicherheit auch noch mal nachgelesen: Es handelt sich bei der Antarktis um den Südpol. Der Nordpol nennt sich Arktis. Ich meine, gut, soll er machen. Was manche Menschen dazu treibt, knapp 3000 km durch Eis und Schnee zu laufen, dass ist mir persönlich nicht ergründbar. Muss es ja auch nicht. Vielleicht Ruhmsucht, oder Abenteuerlust? Selbstbestätigung? Sich selbst oder anderen etwas beweisen? Vielleicht auch einfach nur Spaß? Am Ende hat er es gern kalt und er kann Blumen nicht leiden. Wer weiß. Darum geht es aber auch nicht, ist nicht das Problem. Dieser Sir Ernest Shackleton jedenfalls wollte durch den Pol. Er war 40 Jahre alt und kam, wie der Name vermuten lässt, aus England. Eigentlich war er wohl Ire, aber auch das ist nicht relevant. Nur, damit wir wissen, mit wem wir es zu tun haben. Und er muss ein gescheiter, erfahrener und loyaler Mensch gewesen sein. Erfahren, weil er von 1901 – 1903 schon mal an einer Expedition teilgenommen hatte. Und zwar unter der Leitung eines gewissen Robert Scott, welcher tragische Berühmtheit als weinender Zweiter im Wettlauf um den Pol mit Roald Amundsen erlangte. Auch hatte Shackleton versucht, 1908 mit einer eigenen Mannschaft den Südpol zu erreichen. Er gab aber auf Grund schlechten Wetters 160 km vor dem Ziel auf. Das finde ich sehr bemerkenswert, und das spricht für den Mann, was das Gescheite betrifft. Ich kann sehr gut nachvollziehen, wie man sich fühlt, wenn man so kurz vorm Ziel aufgeben muss. Mir ging das mal so bei der Besteigung des „Gänsekragen“ im Ötztal in Österreich. Der „Gänsekragen“ ist nun aber wirklich einer der schwersten Gipfel der Alpen. Man muss erst mal mit dem Auto nach Längenfeld, was vielleicht so 1000 m hoch liegt, dort biegt man ab, und fährt auf einer sehr kurvenreichen Straße bis Gries, was ca. 1600 Höhenmeter aufweisen kann.

Damit hat man den gefährlichsten Teil der Reise hinter sich gebracht. In Gries angekommen, nimmt man sich ein Zimmer, und geht vor dem Schlafen noch zünftig essen. Am nächsten Morgen, aber wirklich dann spätestens gegen Eins, macht man sich auf den Weg. Auf selbigen kommt man an der Winnebachseehütte vorbei, von wegens, man hatte ja nicht richtig gefrühstückt und so. Da ist man dann schon bei 2300 m hoch. Und weiter, und es wird felsiger und steiler. Und Orcs können einem begegnen und der fiese Berggolum. Knappe 3000 ist der Gänsekragen hoch, und 200 m vor dem Gipfel habe ich aufgegeben. Aber nur, weil meine Frau Schiss vor dem Rückweg hatte. Sie dachte, sie kommt da nie wieder runter. Vor Angst hat sie auch nie nach unten geguckt. Versteh einer die Frauen. Was geh ich denn auf einen Berg, wenn ich dann nicht runter gucke? Nun, wahrscheinlich ist sie nur aus Liebe zu mir mitgekommen. Meine Frau ist nämlich eine, die nicht zwingend auf einen Berg klettert, nur um von ihm runter gucken zu können. Da müssten schon stichhaltigere Gründe vorliegen. Ich hab mir damals gesagt, gut Frau, sag ich zu ihr, steigen wir halt wieder ab. Ich meine, ich liebe sie ja auch. Also, wenn mal jemand von euch rauf macht, auf diesen beschissenen „Gänsekragen", dann möge er bitte meinen Namen mit ins Gipfelbuch eintragen und mir ein Foto schicken. Als Begleittext im Gipfelbuch könnte ich mir vorstellen: „Einer der schweren Herzens aus Liebe zu seiner Frau 200 Meter vor dem Gipfel umkehrte, obwohl er eigentlich ganz froh darüber war, weil, es war Scheiße heiß und die Kletterei war ziemlich anstrengend, und man hatte eigentlich auch so einen prima Ausblick." So in der Art.

Was ich aber damit sagen will, Sir Ernest Shackleton hat damals genauso klug gehandelt wie ich. *Sein Ziel den Zwängen zu opfern, ist in der Regel recht gehandelt,* wie Gotthelf Balthasar von Klingenburg in seiner Denkschrift - Der Zwang und die Regel - 1832 schrieb.

Es wird behauptet, dass Herr Shackleton sich diese Zwänge selbst auferlegt hat. Er soll für die Durchquerung ein zu geringes Zeitfenster eingeplant haben, den Nahrungsbedarf unterschätzt, und so Dinge nicht bedacht haben wie, Schlittenhunde und Skier zu benutzen, obwohl keiner seiner Männer Erfahrung im Umgang mit den Tieren hatte, bzw. jemals auf Skiern gestanden hatte. Und Geld war wohl auch knapp. Sei's drum, das ist auch nicht der Punkt.

Der wissbegierige Mensch nehme sich jetzt einen Stadtplan vom Südpol und folge meinen Schilderungen. Geplant war also, dass ein Schiff die Expedition von Südamerika aus, durch das Weddellmeer zur Vahsel-Bucht bringt. Das klingt gut. Wie man auf solche Namen kommt? James Weddell war ein englischer Seefahrer, welcher 1823 in eben dieses damals noch namenlose Meer fuhr. Soweit südlich, wie keiner je vorher. Und die Bucht ist wahrscheinlich nach Richard Vahsel benannt, einem deutschen Kapitän, der um 1911/12 das Schiff „Deutschland" innerhalb der zweiten deutschen Antarktis Expedition befehligte. Ich weiß nicht, ob die Herren sich selbst verewigt haben, oder ob einst ein Namensverteilungskongress tagte, weil, am Südpol war noch was frei. In jedem Fall klingt es sensationell: Wedellmeer und Vahsel-Bucht. Von dort also wollte Sir Shackleton mit fünf Männern, hundert Hunden und zwei Motorschlitten über den Südpol zum Rossmeer (Sir John Ross 1777-1856, ebenfalls ein englischer Seefahrer) gelangen. So einen Motorschlitten von 1914 würd' ich gern mal sehen, nebenbei bemerkt. Ein zweites Schiff bricht gleichzeitig von Neuseeland zum Rossmeer auf, um dort auf dem Festland Versorgungsdepots für die Expedition anzulegen. Im November 1914 sollte der Marsch von der Vahsel-Bucht aus starten. Aber daraus wird nichts. Sein Schiff, die Endurance, verlässt mit 28 Männern (inklusive Shackleton), erst am 5. Dezember die Insel Südgeorgien und gerät am 11. Dezember in dichtes Packeis. Das Packeis erwischt das Schiff ungewöhnlich früh, aber das Wetter, bzw. die Natur, ist ja nun wirklich nicht immer direkt auf den Menschen und seine Betätigungen zugeschnitten. Das gilt für Open Air Konzerte genauso wie für Südpoldurchquerungen. Als die Expedition eigentlich schon einen Monat hätte unterwegs sein sollen, war das Schiff noch ca. 2000 km vom Startpunkt der Reise entfernt. Das Schiff müht sich durch das Eis, macht einen auf Zickzack, sucht Fahrrinnen, wartet auf Wind, der die Eisschollen auseinander treibt. Das zieht sich dann so über zwei Monate, bis am 19. Januar 1915 endgültig Schluss ist mit lustig. Da nämlich wird Endurance gänzlich von Eis eingeschlossen. Rund 100 km vorm Ziel ist Ende Gelände. Das Schiff sitzt fest und ist auf Gedeih und Verderb den Naturgewalten ausgeliefert. Die Legende sagt, die Besatzung hätte sogar versucht, das Schiff frei zu hacken. So mit der Hand und so. Meterdickes Eis. Na ja, wer weiß. Das Schiff kommt jedenfalls nicht mehr frei. Warum die jetzt nicht von da aus zur Vahsel-Bucht aufgebrochen sind, weiß ich nicht. Sie werden ihre Gründe gehabt haben. Sir Shackleton wird jedenfalls keine bessere Gelegenheit mehr bekommen, denn das Eis steht nicht still. Das Packeis driftet im Weddellmeer im Uhrzeigersinn sozusagen um sich selbst. Das heißt, von der Vahsel-Bucht weg. Da hol mich der Teufel, driftet das Eis also so vor sich hin. Man glaubt es kaum. So 0,7 Kilometer in der Stunde. Ich finde, das ist schnell für meterdikke Eisschollen, die ja im Prinzip aneinander kleben. Und so bleibt den Männern nichts anders übrig, als sich mit dem Schiff driften zu lassen, in der Hoffnung unbeschädigt am anderen Ende des Weddellmeeres wieder offenes Meer zu erreichen. Sein eigentliches Ziel, die Durchquerung der Antarktis musste Shackleton abhaken. Und nun ist ja Dezember/Januar sozusagen Hochsommer am Südpol. Aber es ist trotzdem arschkalt. Und die Tage sind kurz. Bei einer Durchschnittsgeschwindigkeit von 0,7 km/h war voraus zusehen, dass man überwintern muss. Und wenn der antarktische Sommer schon Scheiße ist, dann kann man sich ja vielleicht vorstellen, was der Winter so zu bieten hat. Also wird Ende Februar beschlossen, das Schiff für eine Überwinterung umzubauen. Man verlegt die Kabinen ins Innere des Schiffes und die Mannschaft beginnt sich mehr oder weniger mit sich selbst zu beschäftigen. An schönen Tagen wird Fußball im Eis gespielt. Man versorgt die Hunde und lernt dabei nebenbei mit ihnen umzugehen, man entfernt Eis und Schnee vom Schiff, man dreht die ersten Runden auf Skiern. Und man beginnt sich zu bilden. Aus harten Seebären und, das behaupte ich jetzt mal so, einfachen Menschen werden Leseratten, Schauspieler und Sänger. Sicher nicht zwingend, weil man dazu Lust hatte, aber man musste ja die Zeit irgendwie rum kriegen. Ich meine, ich halte es durchaus für möglich, dass aus einem einfach strukturierten Seemann ein Künstler wird. Möglicher allemal, als umgedreht. Und dann kam der Winter. Bedingt durch die Neigung der Erdachse besteht der Winter an den Polen aus völliger Dunkelheit. Am Südpol geht die Sonne Anfang Mai unter und verdrückt sich für drei Monate. Erst im August befleißigt sich die hochfeine Dame wieder am Horizont zu erscheinen. Drei Monate also im Eis, bei völliger Dunkelheit, bei Temperaturen um die Minus 30 Grad und einem Sturm und Schnee, dass es Gott erbarmt. Da bleibt einem nichts anderes übrig, als sich mit Musik, Büchern und Theater zu beschäftigen. Künstler wird man also nicht nur, weil man sich berufen fühlt, nein, Langeweile darf getrost auch als Triebfeder für das Künstlertum gelten (wzbw). Die Jungs nutzen jede Gelegenheit zu feiern, jeden Geburtstag, jeden Jahrestag. Sie veranstalten Lesungen und Theateraufführungen. Sie gründen einen Chor. Bestimmt haben sie aber in Wirklichkeit zwei Chöre gegründet. Ich meine, es macht ja auf die Dauer nur Sinn was zu singen, wenn jemand zuhört. Es wird also einen Dienstagschor und einen Freitagschor gegeben haben. Das ist aber Spekulation.

So weit, so gut. Da leben also auf einem 40 mal 8 Meter großem Schiff, bei Dunkelheit und Kälte, 28 Männer und 100 Hunde.

Und irgendwie gehen die sich nicht auf den Sack. Ich meine, es wird schon mal einer dummes Zeug gelabert haben, vielleicht ist einem auch mal die Hand ausgerutscht, der Chef ist wohl auch mal laut geworden, aber die drehen nicht durch. Es kommt zu keinen größeren Zwischenfällen. Na ja, Künstler eben. Die Not und das Schicksal schweißt zusammen. Genug zu Essen müssen sie dabei gehabt haben, und genug Heizmaterial auch. Selbst Hundefutter. Krank ist wahrscheinlich auch keiner geworden, oder die hatten einen guten Arzt. Aber man muss auch so Fragen stellen, wie: Wie hält man unter solchen Umständen die Grundversorgung an Hygiene aufrecht? Wie wäscht man Wäsche, und vor allem, wie wird sie wieder trocken? Wie geht man bei Minus 30 Grad und Schneesturm Gassi mit 100 Hunden? Wie scheißt ein Mensch unter solchen Umständen, ohne dass die Wurst schon im Darm gefriert? Apropos, ich finde, die Frage: Wie scheißt ein Mensch unter extremen Bedingungen, ist eine völlig unterbelichtete Frage, welche aber mit großer Wahrscheinlichkeit viele Menschen interessiert. Zum Beispiel im Weltraum. Ich meine, die feinen Herren von der NASA und Co. halten sich ja eh sehr bedeckt, von wegens was in so einer Raumstation wirklich abgeht. Ja, sagt man, dieser oder jener ist jetzt ein Jahr da oben und macht Experimente, der Wissenschaft dienlich. Und zum Einsatz kam die Multispektralkamera. Das war's dann aber auch schon. Solln sie machen. Solln sie Gammastrahlen multispektralisieren. Macht nur, sag ich, macht. Was aber den einfachen und daheim gebliebenen Erdenbürger wirklich interessiert, sind doch ganz andere Dinge. Nämlich eben: Wie scheißt ein Kosmonaut? Darüber wird nicht berichtet. Auch in den 10000 Folgen von Enterprise ward Captain Picard nie auf einem Klo gesehen (Jean-Luc Picard, geb. 13. 7. 2305, französischer Kosmonaut im Dienste der Förderation, hat mehrmals die Welt gerettet und 27 Erstkontakte mit Außerirdischen durchgeführt, lebt heute in den USA als Schauspieler). Gut, bei Enterprise hatten die aber auch schon Schwerkraft. Hat was rotiert im Schiff, klarer Fall. Schwerkraftvergaser und so. Normal! Somit wäre nur noch interessant, wie so ein Klo im 24. Jahrhundert auf einen Raumschiff designermäßig ausgesehen hätte. Bleibt aber am Ende die Frage: Wie scheißt ein Mensch heutzutage in der Schwerelosigkeit? Ich kann da jetzt nur Vermutungen anstellen. Hält er sich eine Tüte an den Hintern? Könnte funktionieren. Aber er muss schon mit einem gewissen Druck koten, damit die Kacke eine Geschwindigkeit bekommt, somit in den hinteren Teil der Tüte schießt, welche sich dadurch streckt, und man kann sie dann schnell mit der Hand verschließen. Wenn der Kosmonaut abgelenkt wird, und er die Tüte los lässt, fliegt sie, angetrieben von der Kacke, unkontrolliert durch das Raumschiff und verklebt am Ende die Kamera. Im Farbspektrum wäre braun dann dominant. Aber was ist, wenn ein Kosmonaut einen Katarrh bekommt und am Ende durchfällig ist? Dann sieht's schlecht aus im Spechthaus. Und überhaupt, wie ist das mit dem pinkeln? Da könnte ich mir vorstellen, dass der schwerelose Mensch sich eine Art großes Kondom überhilft. Ja, das wäre möglich. Aber wie pinkelt dann eine Kosmonautin? Streng genommen wäre das eigentlich die Kardinalfrage. Genau, wie pinkelt eigentlich eine Frau im All? Aber auf solche Fragen bekommen wir keine Antwort. Immerhin habe ich sie hiermit in den Raum geworfen. Pampers! Ja, Pampers wären noch eine Möglichkeit. Der befüllte Mensch verdrückt sich in eine ruhige Ecke, zieht seine Hosen runter, legt sich eine Pampers an, und verrichtet sein Geschäft. Das hätte sogar den Vorteil, dass er beim Scheißen weiter den Raum multispektralisieren könnte. Er müsste seine Experimente nicht einmal unterbrechen. Vermutungen und ungeprüfte Möglichkeiten. Aber gut, zurück zur eigentlichen Geschichte.

Unsere 28 Forscher und Seeleute befinden sich also mitten im antarktischen Winter. Drei Monate völlige Dunkelheit, unerträgliche Kälte, fern ab von der Heimat, eisiger Sturm. Karge, eintönige

Kost. Und das ganze Leben spielt sich auf engsten Raum ab, ohne einem Hauch von Privatsphäre auf einem im Eis steckenden Schiff, ausgeliefert den Urgewalten. Und keine Aussicht auf Rettung. Nur Warten und Hoffen. Selbst wenn ich es könnte, es macht keinen Sinn, dieses Leben genauer zu beschreiben. Denn Not, Leid und Entbehrung kann man nicht vermitteln. Und wer es selbst erlebt hat, ergeht sich in Schweigen, weil auch ihm die Worte fehlen.

1983 stand ich in Diensten der Nationalen Volksarmee. Was soll ich sagen. Armee ist Armee. Wer freiwillig hingeht ist entweder geistig behindert, Sadist oder Nazi, was am Ende auf das gleiche hinaus läuft. Ich war nicht freiwillig dort, aber ich musste diese oder jene Nacht Wache stehen. Auch im Winter. Da stehst du dann 2 Stunden auf einem Wachturm, bei Minus 10 Grad, der Wind pfeift dir ins Gesicht, du hast eiskalte Hände und Füße und unerträgliches Heimweh. Du verfluchst alles und jeden, der dich in diese Situation gebracht hat, und du denkst, diese Zeit überlebst du nicht. Ich habe diese Zeit überlebt, es waren ja auch bloß zwei Stunden. Dann wurde ich abgelöst und hatte 4 Stunden Zeit mich zu regenerieren. Und ich hatte immer eine Alternative am Mann: 60 Schuss! Ich hätte mit diesen 60 Schuss diesem Obernazi von sozialistischem Unteroffizier seine wertlose DNA aus seinem Hirn blasen können und mich auf die Philippinen absetzen können. Ich will nicht drum herum reden, ich hab es nicht getan. Weil, ich kann nicht hassen. Ich kann nur verachten. Ein Mensch der nicht hassen kann, kann auch keine Hirne wegblasen. *Die Fähigkeit keinen Hass zu empfinden, macht einen guten Menschen aus, allerdings auch einen Wehrlosen,* schrieb Gotthelf Balthasar von Klingenburg 1891 in seinem Kriminalroman - Hass auf Burg Giebichenstein -.

Was ich aber sagen will: Unsere Forscher hatten keine anderen Möglichkeiten. Sie konnten nur warten und hoffen. Und das nicht 2 Stunden, nein, 3 Monate! Zunächst.

Ende Juli 1915 erscheint die Sonne wieder am Horizont. Die

Sonne erhellt die Gemüter. Aber durch den anbrechenden Frühling kommt auch das Eis in Bewegung. Während das Eis im Winter die Seefahrer in trügerischer Ruhe wähnte, reiben sich nun tausend Tonnen schwere Eisplatten aneinander und türmen sich haushoch auf. Das Schiff wehrt sich mit Hilfe der Besatzung gegen den sicheren Untergang. Die Männer können kaum noch ein Auge zumachen. Das Eis drückt gegen das Schiff, mit lautem Knarren antwortet das Holz. Drei Wochen lang kämpfen die Männer um ihr letztes Stück Heimat. Sie hacken Eis, sie pumpen ununterbrochen eingedrungenes Wasser aus dem Rumpf, sie flicken Löcher und Ritzen. Doch sie wissen, dass sie einen aussichtslosen Kampf führen. Die Hoffnung, der Überlebenswille und das Wissen, dass Nichtstun noch viel schlimmer ist, verleiht ihnen die Kraft. Doch am 27. Oktober 1915 ergibt sich das Schiff seinem Schicksal. Die Eisschollen zermalmen die „Endurance". Die Mannschaft kann sich in Sicherheit bringen. Auch ein Großteil der Ausrüstung, die Hunde und die Beiboote werden rechtzeitig vom Schiff gebracht. Selbiges sinkt aber noch nicht. Es befindet sich, völlig deformiert, fest im Würgegriff des Eises.

Ohne Schiff, darüber sind sich alle einig, wird es über kurz oder lang ziemlich feucht, denn irgendwann wird man ins offene Meer treiben, und sicher nicht bis England. Also trifft Sir Shackleton nach 327 Tagen auf dem Schiff eine Entscheidung. Er beschließt, einen Fußmarsch zur etwa 600 km entfernten Pauletinsel zu wagen (Es gibt einen Wein Namens Paulet, eine englisches Adelsgeschlecht, eine Figur in einem Drama Schillers, einen französischen Pilzberater........., allein, kein Hinweis wie die Insel zu ihrem Namen gekommen ist, aber man kann sie besuchen, innerhalb einer 14tägigen Reise für ca. 5500 Euro. Eine Erlebnis der Sonderklasse! Empfohlen für Hartz IV Empfänger). Auf der Pauletinsel wäre man zwar noch nicht gerettet, aber festen Boden hätte man allemal unter den Füßen. Außerdem, das wusste Shackleton, hatte auf der Insel 1902 eine schwedische Expedition eine kleine Hütte errichtet (Besichtigung noch heute möglich), in der Lebensmittel lagern.

Am 30. Oktober brechen sie auf. Jeder darf nur ein Kilo Gepäck mit sich führen. Die Männer graben Löcher in das Eis und versenken darin Andenken und persönliche Dinge. Also ich meine, bei Licht betrachtet erscheint mir das, vorsichtig formuliert, nicht ganz sinnvoll. Ich will jetzt wirklich nicht einen auf altklug machen, aber wenn ich der Nachwelt was erhalten will, dann vergrabe ich das Zeugs nicht auf einer Eisscholle, die unweigerlich ins Warme treibt. Gut, ich war nicht dabei. Es geht mich auch nichts an. Die große Sinnlosigkeit baut sich auf vielen Kleinen auf. Außer ihrem persönlichen Gepäck führen die Männer Nahrung für 65 Tage, mehrere Schlitten, drei Boote und 45 Hunde mit. An dieser Stelle sei angemerkt, dass es keinen Hinweis über den Verbleib der restlichen 55 Hunde gibt.

600 km durch die Eiswüste. Mal abgesehen von Kälte, Wind, Hunger, Erschöpfung und Müdigkeit, wenn man sich so einen Marsch durch das Packeis vorstellen möge, dann sollte man eingedenk der Tatsache sein, dass man da nicht einfach los marschiert, so wie auf dem Rennsteig, oder so. Meterhohe Eisberge verhindern einen stressfreien Spaziergang, welche es gilt zu umgehen, oder sich durchzuhacken. Diese Eisbarrieren wechseln sich mit meterbreiten Eisspalten ab, die den gleichen Effekt auf das Vorankommen haben. Gerade noch auf Eis gerutscht, steckt man plötzlich in hüfthohen weichen Schnee, welcher das Ziehen von drei Beibooten nicht zwingend zum Winterspass macht. Die Männer leisten übermenschliches, wenn man bedenkt, dass sie trotzdem über 10 km am Tag vorankommen. Effektiv aber, schaffen sie, auf Grund der ständigen Umwege; nur 1,5 km Luftlinie. Kräfteverschleiß ausgenommen würde man bei gleichbleibender Geschwindigkeit so etwa 400 Tage bis zur Paulet-Insel benötigen. Rechtzeitig sieht

Shackleton die Sinnlosigkeit des Unterfangens ein und befiehlt den Rückmarsch zum Wrack der „Endurance". Wenn überhaupt, dann liegt die Rettung nur im Treiben auf dem Eis, welches sie ja nach wie vor langsam zwar, aber unaufhaltsam nach Norden bringt. Also errichten die Forscher unweit der „Endurance" auf einer dicken Eisscholle ein Lager. Zurückgelassene Vorräte werden vom Schiff geholt, und es beginnt wieder eine Zeit des Wartens. Willkommene Zerstreuung, aber auch, auf Grund der zur Neige gehenden Lebensmittel, mittlerweile eine Notwendigkeit, ist die Jagd auf Robben und Pinguine. Jagd im klassischen Sinne konnte man das nicht nennen, denn die Tiere sind völlig arglos. Die Männer ziehen ihnen eins mit den Skiern über und schneiden ihnen die Kehle durch. Aber die Tiere sind überlebenswichtig. Sie liefern Fleisch und das Fett wird für Lampenlicht und zum Heizen verwendet. Wieder wird die Zeit mit Kultur, Diskussionen und Lesen verbracht.

Am 21. November 1915 werden die Reste der „Endurance" endgültig vom Eis verschlungen. Auch wenn das Schiff letztlich nur noch als Feuerholzlieferant nützlich war, die Männer betrachten dies als Schicksalsschlag, wenn auch als unvermeidlichen. Ende Dezember wird erneut versucht, zu Fuß die Paulet-Insel zu erreichen, aber auch dieser Versuch scheitert. Nach 16 km geben sie wiederum auf, und errichten ein weiteres Lager. Das trägt alles nicht zur Moral der Truppe bei, aber Shackleton beweißt Führungsqualitäten. Die Mannschaft reißt sich zusammen, auch als der Chef Mitte Januar aus nahrungstaktischen Gründen alle verbliebenen Hunde töten lässt. Wahrscheinlich erträgt man das alles nur, weil sich im Menschen in Extremsituationen ein imaginärer Schutzschalter umlegt, der Körper und Geist befielt: wenn du überleben willst, dann sei jetzt lethargisch. Anders kann man nicht erklären, das Menschen Knast, Armee, gescheiterte Polarexpeditionen und so manche Ehen überleben.

Die Eisscholle, auf der die Männer leben, treibt unerträglich langsam, aber auch unaufhaltsam nach Norden. Das ist die gute Nachricht. Die Schlechte ist, genauso unaufhaltsam schmilzt sie dahin, wird kleiner und kleiner. Aber noch schwimmen die Schollen zu dicht aneinander. Die Boote können noch nicht zu Wasser gebracht werden.

Am 8. April 1916, am 491. Tag der Expedition, hat die Scholle die Form eines Dreiecks mit einer Kantenlänge von ca. 100 Metern. Die Scholle schaukelt auf den Wellen, stößt mit anderen zusammen. Das Knacken und Krachen der sich aneinander reibenden Schollen raubt den Männern Nerv und Schlaf. Wasser tritt über die Ränder. Der nächste Tag bringt die Gelegenheit, die Boote zu Wasser zu lassen: Eine Fahrrinne tut sich auf. Die Männer reißen in Windeseile das Lager ab, beladen die Boote, und nehmen Kurs auf die knapp 100 km nordwestlich gelegene Elefanteninsel (Der Name erklärt sich aus dem Umriss der Insel). Auch jetzt sollte man nicht dem Fehler verfallen, sich eine mittlere Eine-Seefahrt-die-ist-lustig-Tour im Stralsunder Bodden vorzustellen. Mühsam navigieren sich die Männer durch die Eisschollen, wieder im Zick Zack Kurs. Wenn die kleinen Boote zwischen die Schollen geraten würden, hätte die Besatzung etwa 2 Sekunden Zeit gehabt, um aussteigen zu können. Wäre die Frage geblieben: Wohin? Außerdem versteckt sich die Sonne hinter dicken Wolken und Nebel, somit man die Position nicht exakt bestimmen kann. Das Eis aber wird weniger, die Fahrrinnen größer, das Meer weiter. Eine weitere gute Nachricht. Aber auch hier gibt es freilich eine Schlechte nach zu reichen. Je freier das Meer wird, desto stürmischer wird es auch. Die Männer übernachten auf Eisschollen. In den Überlieferungen steht nichts darüber, wie man eine geeignete Eisscholle findet, wie man eine solche bei stürmischer See betreten kann, wie man die Boote auf diese Scholle zieht, oder ob man sie im Wasser lässt, wie entlädt man die Boote, ohne dass sie an der Scholle zerschellen? Und wenn man über diese Fragen sinniert, sollte man steht's eingedenk der Tatsache sein, dass die Männer nicht eben mal fröhlich, mit 5 Küstennebel intus, ausgeruht und mit trockener, warmer Kleidung am Hals, aus der Gastwirtschaft gekommen sind, und einer gerufen hatte: „He Leute, lasst uns heute mal eben auf einer Scholle übernachten!“, was von den anderen mit Rufen wie: „Feine Sache, das!“, quittiert wurde. Nein, die Expedition war nun knapp 500 Tage unterwegs, die Männer durchnässt, halb erfroren und völlig entkräftet.

Am vierten Tag der Überfahrt zeigt sich die Sonne. Endlich kann die Position genau bestimmt werden. Die Berechnung ergibt, dass sie etwa 50 km nach Südosten, also genau in die entgegengesetzte Richtung getrieben sind. Die Enttäuschung ist unvorstellbar, aber Shackleton ist klug genug, um seiner Mannschaft nicht die ganze Wahrheit zu sagen. Der Kampf mit den Urgewalten geht weiter. Die Männer leiden unter Seekrankheit und unerträglichem Durst. Doch endlich, nach zwei weiteren recht qualvollen Tagen und Nächten erscheint am Horizont die der Elefanteninsel benachbarte Clarence-Insel (man glaubt gar nicht wie viele Clarences Googel ausspuckt, aber keine Hinweise, welche Clarence der Insel ihren Namen gab). Wenig später rückt auch die Elefanteninsel selbst in Sichtweite. Die Männer mobilisieren ihre Kräfte. Zunächst um sich freuen zu können, und dann um schnell die letzten Kilometer hinter sich zu bringen. Aber ein plötzlich einsetzender Nordweststurm verhindert die schnelle Anlandung. So kämpfen sie eine weitere Nacht. Am 15. April endlich wanken alle völlig erschöpft, teilweise dem Delirium nahe, auf einem schmalen Stück Strand der Elefanteninsel, welches nach längerem Suchen zwischen Klippen und Gletschern gefunden wurde. Und die Mannschaft lässt Kapitän Worsley hochleben, ohne dessen Leistung in der Navigation diese Fahrt im sicheren Tod aller geendet wäre. Nach knapp anderthalb Jahren haben er und seine Männer nun das erste Mal wieder festen Boden unter den Füßen. Aber nachdem sich die erste Euphorie gelegt hat, stellten sie fest, dass sie sich auf sehr unsicherem Terrain befinden, denn Flutmarken weisen auf die Gefahr der gelegentlichen Überflutung des Uferstreifens hin. Außerdem droht Steinschlag von den Hängen der Landseite. Nach kurzer Verschnaufpause besteigen die Männer widerwillig abermals die Boote, um einen sichereren Platz für ihr Lager zu finden. Zehn Kilometer weiter werden sie fündig.

Und wieder gibt es eine gute und eine schlechte Nachricht. Gut ist, endlich wieder Land betreten zu haben, in Ruhe seine Sachen trocknen zu können (wie auch immer), wieder schlafen zu können. Die unangenehme Seite dabei ist allerdings: Die Elefanteninsel liegt soweit ab von jeglichen Schifffahrtsrouten, dass mit Hilfe von Außen nicht zu rechnen ist. Auch wenn eine Suchexpedition nach ihnen ausgesandt worden wäre, dann hätte sie keinen Grund gehabt, ausgerechnet auf der Elefanteninsel nach Shackleton und seinen Männern zu suchen. Der Chef berät sich mit seinen Offizieren. Die nächsten Posten der Zivilisation sind Kap Horn (Kap Hoorn, span. *Cabo de Hornos,* der südlichste Punkt Südamerikas. Das Kap wurde erstmals um 1615 von einer Expedition der niederländischen Seefahrer Willem Schouten und Jacob Le Maire umrundet. Es wurde nach Schoutens Geburtsort der im holländischen Teil Flanderns gelegenen Stadt Hoorn benannt), und die Falklandinseln (Ja, die heißen eben so, oder weiß hier jemand warum Sylt Sylt heißt?). Aber in dieser Region beherrschen Stürme aus Nordwest den Ozean. Ein sehr hinderlicher Wind, wenn das Reiseziel im Nordwesten liegt und das Reisegefährt ein kleines Segelboot ist. Relativ günstig jedoch lässt sich dieser Wind nutzen, wenn man die Insel Südgeorgien, der Ausgangspunkt der Reise, als Reiseziel anvisiert. Zwar gibt es ein paar kleinere, leicht zu vernachlässigende Unwägbarkeiten, aber damit wird man schon fertig. Das wird ein Klacks, werden die Männer schenkelklopfend gelacht haben. Gut, es herrschen Stürme bis Stärke 10, das Wasser ist keine 5 Grad warm, es ist meist bewölkt, es regnet oder schneit. Aber dafür sind es ja auch nur 1200 km bis Südgeorgien.

1200 km! Das liest sich so. Man sitzt so da und liest: 1200 km. Na ja, denkt man, allerhand Holz. Aber man sollte versuchen, diese Dinge mal ansatzweise zu verinnerlichen. Vor Jahren habe ich mich mal in Spanien in ein kleines Schlauchboot gesetzt, hab mir zwei Bier rein gepfiffen und mich treiben lassen. Und dann bin ich so leicht eingenickt. Als ich aufwachte, trieb ich vor der Küste Irlands, unweit der Insel Man. Will damit sagen, ich sah zwar noch den Küstenstreifen, aber er war schon schmaler als mir lieb war. Da überkam mich Angst, und Handlungsbedarf schien angebracht. Ich hab gerudert wie's Schwein. Über eine Stunde hat mein Kampf gegen Wellen, Wind, Strömung, Seeschlangen und Wassergolums gedauert. Danach war ich zunächst fertig mit der Seefahrt. Also ich hatte wirklich Schiss. Aber was soll ich sagen, im Gegensatz zu Shackleton und seinen Männern hatte mein Meer 25 Grad, die Sonne schien, ich hatte gegessen und noch ein Bier an Bord, und das Ziel immer vor Augen.

Shackleton ist sich der Möglichkeit des Scheiterns seines Unterfangens durchaus bewusst. Aber er hat keine andere Chance. Auf der Elefanteninsel zu bleiben und auf Hilfe zu hoffen, wäre noch aussichtsloser gewesen. Die Männer wären schon aus psychischen und seelischen Gründen zu Grunde gegangen.

Am 24. April lässt Shackleton ein Boot mit Vorräten beladen, und sticht mit fünf Männern, unter anderem auch mit Kapitän Worsley in Richtung Südgeorgien in See, um Hilfe zu holen. 1200 km durch den Südatlantik in einem Rettungsboot, bei stürmischer See und eiskaltem Wasser. Ein Unterfangen ohne jegliche Erfolgsaussichten, möchte man meinen. Das Boot ist knapp sieben Meter lang und zwei Meter breit, bestückt mit zwei eher kleinen Segeln. Der vordere Teil ist mit Planen abgedeckt, welche das Seewasser abhalten soll, unter denen die Vorräte lagern und die Männer schlafen werden, oder besser gesagt, wo sie versuchen werden zu schlafen.

Zunächst steuern sie das Boot bei mäßigen Wind in Richtung Norden. Doch am nächsten Tag tobt das Meer. Windstärken gegen Zehn. Das Boot ist mehr unter als auf dem Wasser. Nach kurzer Zeit ist alles, ihre Kleidung, die Schlafsäcke, die Planen, einfach alles völlig durchnässt. Durchnässt mit salzigem Meerwasser von knapp über null Grad. Die Männer kämpfen sich durch die Wellenberge, verlieren jegliches Gefühl für die Zeit. Getrieben von einem unbändigen Lebenswillen reduziert sich ihr Dasein auf Wasser pumpen, Wasser schöpfen, im Wasser essen, im Wasser schlafen, bei eisigen Orkanen, meterhohen Wellen. Die Sonne zeigt sich nur selten, ohne Sonne kann aber die Position nicht bestimmt werden. Und nur ein kleiner Fehler diesbezüglich würde den sicheren Tod bedeuten. Zu allem Überfluss müssen die Männer feststellen, dass in ein Trinkwasserfass Meerwasser eingedrungen ist. Das Trinkwasser muss rationiert werden. Zu all den Strapazen kommt nun auch noch der Durst.

Ich will ganz ehrlich sein, mir fehlen die Worte. Ich kann das nicht beschreiben. Ich muss es auf Grund schriftstellerischen Unvermögens, der Fantasie des Lesers überlassen, sich in die Situation der sechs Männer hinein zu versetzen. Aber vielleicht muss ich mich nicht unnötig wenig machen, vielleicht ist es gar nicht möglich, solcherlei Dinge wirklich zu beschreiben, geschweige denn nachzuvollziehen.

Am Rande des Wahnsinns erreichen die Männer nach 15 Tagen Südgeorgien. 15 Tage und Nächte in dieser Hölle! Aber so, als würde die Natur nicht wollen, dass die Männer die Insel erreichen, mobilisiert sie noch einmal all ihre Kräfte und schickt einen Sturm, dass es Gott erbarmt. Das Boot treibt unkontrollierbar vor der Küste. Was mag in den Köpfen dieser Männer vorgegangen sein? So nah das Ziel und doch noch so fern. Noch zwei volle Tage, in denen sie nichts mehr zu trinken haben, treiben sie vor der Küste und immer wieder auf die Küste zu. Manchmal sind sie so nah dran, dass sie damit rechnen müssen, an den Klippen zu zerschellen. Sie rudern, steuern, pumpen und schöpfen. Rudern, steuern, pumpen, schöpfen. Man möge einen Selbstversuch starten: Man lasse sich im Winter in einer stürmischen Nacht mit kaltem Wasser durchnässen, um dann mit einem Boot eine Stunde die Elbe stromauf rudern. Nicht vergessen: Immer wieder mit Wasser bespritzen lassen. Und im Voraus einen Tag nichts essen und trinken. Am Boot müssen rechts und links Seile befestigt sein, an denen vom Ufer aus wechselseitig gezogen wird, um den Wellengang zu imitieren. Außerdem muss man eine ganz dunkle Sonnebrille tragen, um auf dem offenen Meer übliche Finsternis zu imitieren. Und am Ufer müssen 200 Lautsprecher stehen, aus denen Windgeräusche mit 6000 Dezibel erschallen. Jemand muss nebenher fahren und ständig eiskaltes Wasser in das Boot kippen. Und immer wieder den Schlauch in die Fresse. Wer diese eine Stunde durchhält, hat danach vielleicht eine ganz leise Ahnung, was da damals abging. Diesen Selbstversuch wird niemand unternehmen, aber er veranschaulicht die Dinge, wie ich meine.

Am 17. Tag endlich betreten die Männer die Insel Südgeorgien. Völlig erschöpft, völlig am Ende, völlig apathisch, aber am Leben. Da sag einer, es gebe keine Wunder. Und diesmal haben sie Glück. Direkt an ihrer Landungsstelle ergießt sich ein kleiner Bach in das Meer. Gierig löschen sie ihren Durst. Und weiter entdecken sie unweit eine kleine Höhle. Sie finden Treibholz und können Feuer machen, um sich zu wärmen und ihre Sachen zu trocknen. Sie finden Albatrosnester und befreien diese von Küken, welche sie über dem Feuer rösten. Mit Gras legen sie die Höhle aus. Nach 17 Tagen können die Männer zum ersten Mal wieder in Ruhe, in Sicherheit und im Trockenen schlafen. Vier Tage ruhen sie sich von den Strapazen aus.

Und nun kommen wir zum nächsten Punkt. Der einzige Ort der Insel, in dem sich Menschen aufhielten, war die Wahlfangstation Grytviken (jetzt leck mich am Arsch mit diesen Scheiß Namen). Und dieses Örtchen liegt auf der Nordseite der 30 km breiten und ca. 200 km langen Insel. Shackleton aber ist an der Südseite der Insel gelandet. Eine Umrundung der Insel kommt für die Männer schon aus psychologischer Sicht nicht in Frage. Also bleibt nur die Durchquerung der Insel. 30 km, na ja, gottverdammich, was soll's, 30 km, da geh ich früh los und am späten Nachmittag schreib ich eine Postkarte aus dem Wirtshaus. Aber nicht nach dieser Tortur auf See. Außerdem muss man wissen, Südgeorgien ist nicht Rügen. Der höchste Berg auf Rügen ist 2,10 m. Durch ganz Südgeorgien aber, ziehen sich Gletscher bis knapp 3000 Meter Höhe. Auch Wanderwege gibt es nicht. Und wo es keine Wanderwege nicht gibt, da gibt es auch nicht diese Zeichen, die anzeigen wo die Wanderwege verlaufen. So die grünen Balken und die gelben Punkte. Gletscher, Eisfelder, Schluchten, Wetterumschwünge, Schneefall. Drei Männer lässt Shackleton zurück. Er selbst macht sich mit Kapitän Worsley und einem weiteren Seemann auf den Weg. Sie drehen sich Schrauben in die Schuhe, um der Rutschgefahr zu begegnen. Als Bergstöcke dienen Hölzer vom Boot. In kleinen Säcken, an Stricken um den Hals gehängt, nehmen sie Proviant für 3 Tage mit. Einen kleinen Kocher, keine Schlafsäcke. Sie werden eh keine Zeit zum schlafen haben. Sie müssen ihr Ziel in kürzester Zeit erreichen. Anbei haben sie immerhin eine eher ungenaue Karte der Insel aus dem Jahre 1911 von einer deutschen Antarktis-Expedition. Na ja, deutsche Wertarbeit eben.

Ohne Unterbrechung laufen, oder besser klettern, sie 22 Stunden durch die menschenfeindliche Landschaft. Sie suchen sich einen Weg durch unpassierbare Felswände, steile Schneehänge und riesige Gletscher. Sie müssen Brennstoff sparen, daher können sie nicht genug Schnee zu Trinkwasser schmelzen. Wieder kommt zur körperlichen Anstrengung der Durst. Als sie nach den erwähnten

22 Stunden die erste Rast machen, schlafen Shackletons Begleiter sofort ein. Aber er weiß, aus einem längern Schlaf würden sie nicht wieder aufwachen. So weckt er sie nach wenigen Minuten wieder und die Männer marschieren apathisch weiter, getrieben von einer unsichtbaren Macht und von einem unbändigen Überlebenswillen.

Nach 28 Stunden Marsch hören sie plötzlich durch den Wind herangetrieben, den leisen Klang einer Dampfpfeife. Nun haben die drei endlich auch Gewissheit, dass sie sich nicht verlaufen haben. Sechs Stunden später stehen sie oberhalb der Bucht, in der die Wahlfangstation Grytviken liegt. Zum Greifen nah, aber noch haben sie die Strapazen nicht hinter sich. Zwischen ihnen und der Station liegen noch 500 Höhenmeter. Ohne Geländer, versteht sich. Der Schneehang verwandelt sich in Eis, sie müssen durch einen eiskalten Bach waten, am Ende müssen sie sich abseilen. Abseilen an einem morschen Tau, welches sie vom Boot mitgenommen haben. Und da passiert es! Einer der Männer verliert den Halt und zieht die anderen mit sich. Das Tau reißt und schneidet einem der Männer den Hals ab. Der Zweite verliert seinen Stock und stürzt in selbigen, dass die Leber in zwei Stücke zerplatzt. Shackleton selbst, der das Seil hielt, wird durch das nun fehlende Gegengewicht nach hinten geschleudert und findet sein Ende auf einer dicken Eisnadel. So, das war's!

Nein, das war's natürlich nicht. Die Männer haben auch diese letzte Hürde der Natur unbeschadet genommen und erreichen nach 37 Stunden Fußmarsch durch Eis und Schnee, ohne Schlaf, und den vorangegangenen Unannehmlichkeiten, die Station. Nach fast anderthalb Jahren gleichzeitig der erste Kontakt mit der Zivilisation, inklusive einer Dusche, behaupte ich jetzt mal nassforsch. Es ist nämlich nicht überliefert, ob es im Jahre 1916 in Grytviken schon Duschen gab.

Einen Tag später holt Kapitän Worsley die drei zurückgelassenen Kameraden mit einem norwegischen Walfangschiff von der

Südseite der Insel ab. So frisch gewaschen, rasiert und neu eingekleidet wird er von ihnen überhaupt nicht erkannt.

Diese sechs Forscher können also als gerettet betrachtet werden. Aber da waren ja noch die 22 Männer, die seit knapp vier Wochen auf der Elefanteninsel auf ihre Rettung warten. Sie haben sich mittlerweile häuslich eingerichtet. Im Schutz einer Felswand haben sie eine Mauer errichtet und auf diese die beiden Boote kieloben gewuchtet. Aus den verbliebenen Zeltplanen und Steinen haben sie Wände errichtet und Löcher und Risse gestopft. So sind sie halbwegs gegen den Schnee und die Stürme geschützt, die mit Geschwindigkeiten von bis zu 160 km/h über die Insel toben. Die Kleidung, die sie seit Monaten am Leibe tragen, beginnt sich aufzulösen, die Schlafsäcke sind feucht, die Zelte, oder das was davon übrig geblieben ist, werden für den Unterschlupf verwendet. Es ist stockdunkel in ihrer Behausung und es stinkt nach Mensch und Pinguinscheiße. 22 Männer schlafen nun täglich in dieser Behausung. Zehn auf den Ruderbänken, die anderen zwölf auf der Erde, welche aus einem Gemisch von Kieselsteinen, Öl und Pinguinfedern besteht.

Das Kommando trägt ein Seemann Namens Frank Wild. Er hält mit einem strengen Tagesablauf und eiserner Disziplin die Moral der Truppe aufrecht. Um Sieben in der früh gibt es Frühstück, in der Regel Pinguin-Steak. Dann werden die Tagesaufgaben verteilt. Die unterteilen sich im wesentlichen in Email schreiben, Rasen mähen, einkaufen, Golf spielen, kleineren Reparaturen am Toyota Previa, zur Post gehen, Altpapier sammeln, Puffbesuche und die Strandkörbe vom sandweißen Schnee säubern. Aber gelegentlich muss auch die Behausung vom Schnee befreit werden, und sonntags, wenn der Supermarkt geschlossen hat, müssen Pinguine und Robben gejagt werden. Auch wird im eiskalten Wasser nach Schnecken gesucht.

Für mich persönlich, das gebe ich hier unumwunden zu, ist dies der unglaublichste Teil der Geschichte. Ich war bisher der Meinung, Schnecken gibt es nur in wärmeren Gegenden unserer Erde, aber nicht im eiskalten Meer. Na ja, wer weiß, wer weiß. Ich war nicht dabei, aber ich sag's ganz ehrlich, alles glaub ich, aber die Sache mit den Schnecken im eiskalten Meerwasser, also, ich denke das ist Quatsch. So eine Schnecke braucht doch ein bisschen Wärme, oder wie? Die friert sich doch den Arsch ab, vor allem wenn es sich um eine Nacktschnecke handelt. Gut, das ist nicht verbürgt. Vielleicht haben die Schnecken von der Elefanteninsel ein Schnekkenhaus. Aber seien wir doch mal ehrlich: Hat so ein Schneckenhaus eine Heizung? Nein, hat es nicht. Sei es wie es sei, im Winter hab ich bei uns jedenfalls noch keine Schnecke durch die verschneite Landschaft kriechen sehen. Aber gut, in den Überlieferungen steht ja auch nur, dass die Männer nach Schnecken gesucht haben. Dass sie welche gefunden haben, davon ist keine Rede. Diese Erkenntnis beruhigt mich aber jetzt. Wobei, wenn ich einfach so nach was suche, dann doch nicht nach Schnecken, oder? Das würde auch einer unveröffentlichten bulgarischen Studie widersprechen, die besagt, dass Schnecken, nach Kohlehydraten und Ambossen, am wenigsten von Menschen gesucht werden. Ganz oben auf der Liste stehen Brillen, ein gutes Fernsehprogramm und was zu ficken.

Gegen Eins wird Mittag gegessen, in der Regel Pinguin-Steak. Die Nachmittage verbringen die Männer mit Reden, sie versuchen ihre Kleidung zu flicken, sie schreiben Tagebuch.

Gegen Fünf Uhr gibt es Abendbrot. Ich vermute mal Pinguin-Steak. Am Abend wird versucht, die Zeit mit Singen, Lesen und anderen kulturellen Tätigkeiten schneller vorbei gehen zu lassen.

Aber mittlerweile ist der antarktische Winter hereingebrochen. Das Packeis versperrt an neun von zehn Tagen den Eingang zur Bucht. Die Sonne ist verschwunden. Tagelange eisige Stürme hindern die Forscher daran ihre Behausung zu verlassen. Wozu auch? Zu jagen gibt es kaum noch was und draußen ist es genauso dunkel wie drinnen. Wo bleibt Shackleton, ist die meistgestellte Frage unter den Männern. Wenn er es bis Südgeorgien geschafft hat, müsste er längst zurück sein. Die Möglichkeit, dass er es nicht geschafft haben könnte, ziehen die Männer nur heimlich in Betracht.

So harren denn die Männer aus, immer in der qualvollern Zerrissenheit zwischen Hoffnung und Resignation. Im antarktischen Winter, ohne einen Sonnenstrahl, mit merklich schwindenden Nahrungsreserven, und ebenso merklich schwindender Hoffnung.

Einen Monat haben die Männer gerechnet, wird ihr Chef benötigen, um Südgeorgiern zu erreichen und mit einem Rettungsschiff zurückzukommen. Die Männer graben alte Robbenknochen wieder aus, und kochen sie. Sie strecken diese Delikatesse mit Algen und den oben erwähnten Schnecken. Aber dazu äußere ich mich jetzt nicht mehr. Der Glaube an die Rettung bröckelt. So mancher wird in dieser Zeit leise darüber nachgedacht haben, wann die Ordnung, die den Männern das Überleben sichert, zusammen bricht, wann das Chaos die Oberhand gewinnt, und wer dann wohl wen zuerst verspeisen wird.

Aber Sir Ernest Shackleton war alles andere als untätig. Er wusste um die Situation seiner Männer. Drei Tage nach seinem mutmaßlichen Duschgang in Grytviken, chartert er einen Wahlfänger und sticht mit Worsley und einem dritten Expeditionsmitglied in See. Aber nach zwei Tagen stoßen sie auf Eis. Sie suchen eine Lücke, aber sie finden keine. Der Kohlevorrat des Schiffes geht zur Neige. 130 km vor der Elefanteninsel ist Shackleton gezwungen umzukehren.

Auf Südgeorgien ist kein anders Schiff aufzutreiben. So begibt sich Shackleton auf die 900 km entfernten Falklandinseln, um dort sein Glück zu versuchen. Doch auch auf den Falklandinseln ist kein geeignetes Schiff aufzutreiben. Er telegrafiert mit England und bekommt zur Antwort, dass frühestens im Oktober mit einem Schiff zu rechnen sei. Aber dann wäre es zu spät. Enttäuscht setzt er sich mit anderen Ländern in Verbindung. Schließlich wird er in Uruguay fündig. In wenigen Tagen wird ein kleiner Trawler aus Montevideo auf den Falklandinseln eintreffen.

Am 17. Juni 1916 macht sich der Trawler mit den drei Männern auf in Richtung Süden. Nach drei Tagen erscheinen am Horizont die Gipfel der Elefanteninsel. Shackleton ist voller Anspannung und Vorfreude. Haben seine Kameraden überlebt? Gleich wird er es wissen. Pustekuchen! 35 km vor der Küste ist erneut kein Durchkommen. Die Eisbarriere erlaubt keine Rettung. Auch auf diesem Schiff geht der Kohlevorrat zu Ende. Ja steh ich denn im Wald, frage ich da erbost? Die müssen doch gewusst haben, worauf sie sich einlassen? Kann man da nicht ein Brikett mehr als üblich mitnehmen? Wie auch immer, was ein kleines Segelboot geschafft hat, bekommen zwei relativ große, maschinengetriebene Schiffe nicht auf die Reihe. Das erinnert mich ein wenig an den Unterschied zwischen einem Handheald mit allumfassenden, aber störungsanfälligen Organizer, und dem schönen alten Halbjahreskalender aus Pappe, für den man zwar Bleistift und Radiergummi benötigt, der aber noch nie abgestürzt ist.

Mit der letzten Schaufel Kohle, verlieh der Heizer des uruguayischen Schiffes, dem Dampfkessel die nötige Kraft, um wieder in den Hafen auf den Falklandinseln einlaufen zu können. Dort angekommen stiegen die Männer sofort in ein gerade auslaufendes Postschiff nach Punta Arenas, einer kleinen Stadt im äußersten Süden Chiles um. Damals noch britische Kolonie. Sie werden dort herzlich empfangen, denn die Expedition Shackletons war in aller Munde. Binnen kürzester Zeit sammeln die Bewohner 1500 britische Pfund, mit denen Shackleton die „Emma“, einen 40 Jahre alten Zweimastschoner chartert. Ein 40 Jahre altes Schiff aus Holz mit zwei Segeln. Das macht den Männern Mut. Zwar hat das Schiff auch eine auf Kohle angewiesene Hilfsmaschine, aber davon lassen sie sich nicht beirren.

Am 12. Juli verlässt die „Emma“ im Schlepp des Dampfers „Yelcho“ Punta Arenas. Den Dampfer hatte die chilenische Regierung freundlicherweise zur Unterstützung der Rettungsaktion zur

Verfügung gestellt. Inklusive Kohlen. Doch kaum hat der kleine Konvoi das offene Meer erreicht, zeigt sich der winterliche Südatlantik um Kap Horn erwartungsgemäß von seiner Schokoladenseite. Man schätzt, dass im Laufe der Zeit ca. 800 Schiffe, beim Versuch in diesen Breiten das Meer zu befahren, Bekanntschaft mit dem Meeresgrund gemacht haben. Inklusive von ca. 10.000 Seefahrern. Das ist eine Menge Holz. Soviel Zigaretten kann man sich gar nicht an einer Kerze anzünden, wie dort unten untergegangen wird. Im Sturm reißt das Schleppseil, mit dem die „Emma" mit der „Yelcho" verbunden ist. Die „Yelcho" dreht daraufhin bei, Richtung Heimat. Es ist jetzt nicht verbürgt, ob die Kohlen gereicht haben. Neun Tage kämpft sich das Segelboot durch die aufgewühlte Wasserwüste, doch 185 km vor dem Ziel ist wiederum Schluss. Shackleton versucht sich als Eisbrecher, aber das Schiff ist zu leicht. Die Hilfsmaschine gibt ihren Geist auf (ich weiß nicht warum, aber ich hätte da mal eine Vermutung). Mehrere Versuche startet die Mannschaft, aber am Ende sehen alle ein, dass unter diesen Bedingungen kein Herankommen an die Insel möglich ist. Und somit bricht Shackleton verzweifelt seinen dritten Rettungsversuch ab. Er schließt sich in seine Kajüte und ergibt sich das erste Mal seit Beginn der Expedition dem Whisky. Er hat seine Männer von einer schmelzenden Eisscholle an Land gebracht, ist auf einer Nussschale nach Südgeorgien gesegelt, hat eine eigentlich unmögliche Durchquerung der Insel geschafft, und sich letztlich den Urgewalten rund um das Kap Horn gestellt – Alles für umsonst!?

Am 14. August läuft die „Emma" wieder in den Hafen von Punta Arenas ein. Natürlich haben die Männer darüber diskutiert, jetzt auf das für Oktober von der britischen Regierung in Aussicht gestellte Schiff zurückzugreifen. Aber Shackleton wäre nicht Shackleton, um noch zwei Monate untätig zu warten. Seinen Berechnungen zu Folge würde es jetzt schon an ein Wunder grenzen, wenn seine Männer noch am Leben wären. Zwei weitere Monate würden sie sicher nicht überleben. So bittet er die chilenische Regierung ein zweites Mal, ihm die „Yelcho“ zu Verfügung zu stellen. Zwar ist das Schiff nicht wirklich für solch eine Aktion konzipiert, es ist altersschwach und auf Kohle angewiesen, aber der Wille, seine Männer aus der Isolation zu befreien, ist für Shackleton Fleisch geworden.

So verlässt die „Yelcho“ am 25. August den Hafen von Punta Arenas zum vierten Rettungsversuch. Vielleicht hatte Shackleton ja den richten Riecher, oder auch das Glück des Tüchtigen, vielleicht war es aber auch nur Zufall, jedenfalls herrschte nun plötzlich gutes Wetter. Leichte See und klares Wetter. Unter solchen Bedingungen kommt auch ein Dampfschiff gut voran. Kinderspiel, sag ich. Nach fünf Tagen nur sind sie bis auf 100 km an die Elefanteninsel heran gekommen. Nach wie vor verhält sich die See ruhig, und auch kein Packeis ist in Sicht. Das will ich jetzt mal nicht weiter hinterfragen, wieso einen Monat früher kein Durchkommen war, und jetzt plötzlich freie Fahrt für freie Bürger angesagt war.

Am Morgen des 30. August 1916 dampft die „Yelcho“ entlang der Küste der Elefanteninsel. Gespannt halten die Männer Ausschau nach dem Lager der Kameraden. Aber es ist Nebel aufgezogen. Als sich der Nebel lichtet, bemerkt Worsley, dass sie schon über das Ziel hinaus gefahren sind. Sie drehen bei, und am Mittag erspäht der Kapitän das Lager der Gestrandeten.

Dort verteilt Frank Wild gerade das oben beschriebene Mittagessen, als ihn der aufgeregte Ruf eines Matrosen ereilt: „Ein Schiff!“

Zunächst reagiert niemand. Leicht zu verstehen, dass unter den Lebensumständen, unter denen die Männer so lange Zeit gelebt haben, die Möglichkeit einer Sinnestäuschung oder Wahnvorstellung eher zutreffend erscheint, als dass da wirklich ein Schiff vor der Küste kreuzt.

Aber der Matrose gibt keine Ruhe. Und plötzlich kommt Leben in die Menschen. Sie stürzen aus ihrer Behausung, der Suppentopf wird umgestoßen, am schmalen Eingang kommt es zum Stau. Frank

Wild schlägt ein Loch in die letzte Petroleumdose und tränkt Handschuhe und Socken, ja sogar Mäntel damit und entfacht ein qualmendes Leuchtfeuer. Die Männer laufen zum Strand, sie schreien, winken, springen in die Luft, gestikulieren. Voller Angst, die Besatzung des Schiffes könnte sie nicht bemerken. Schließlich wissen sie zu diesem Zeitpunkt noch nicht, dass das Schiff von Shackleton gechartert und nur ihretwegen hier ist. In Anbetracht der brennenden Kleidung, ist ihre Angst in jeder Hinsicht berechtigt. Mit großer Erleichterung und unbändiger Freude, sehen sie, wie der Dampfer den Anker fallen lässt, und ein Boot zu Wasser gelassen wird. Als das Boot näher kommt, sehen die Männer im Bug einen Mann stehen: Sir Ernest Shackleton. Und die ersten Worte die Shackleton, kaum in Hörweite, vom Boot den Männern zuruft, waren: „Sind alle wohlauf?"

Und Frank Wild antwortet: „Ja, alle gesund, alle wohlauf!"

Noch ehe das Boot aufläuft, wirft Shackleton seinen Männern Zigaretten zu. Geradezu eine Wohltat für ihre geschundenen Lungen, denn der Tabak war schon lange ausgegangen und die Männer hatte seit Monaten in ihrer Not Tang, Gras und kleingehacktes Holz geraucht.

Normalerweise würde man jetzt schreiben: Der Jubel kannte keine Grenzen, aber der Augenblick hatte auch eher etwas Erhabenes, er war schlicht und einfach ergreifend. Die Männer haben gleichzeitig gelacht und geweint. Das ist möglich bei Männern, vor allem unter solchen Umständen. Ihr Chef hatte versprochen, ihnen Rettung zu bringen, und er hat sein Versprechen gehalten. Nach über vier Monaten auf der Elefanteninsel und nach insgesamt 635 Tagen, das sind, nur um es noch einmal zu verdeutlichen, 21 Monate, waren alle 28 Männer gerettet. In größter Eile packen die Männer die wenigen wichtigen Dinge auf das Boot, und nur eine Stunde später sind alle auf der „Yelcho" auf dem Weg nach Norden. Shackleton hatte sich nicht einmal die Behausung der Männer angeschaut. Er hatte zur Eile getrieben, um das nach wie vor erstaunlich gute Wetter zu nutzen.

Am 3. September 1916 läuft der Dampfer unter großer Anteilnahme der Bevölkerung im Hafen von Punta Arena ein. An Bord auch noch ein nicht gering zu schätzender Haufen Briketts.

Seiner Frau schreibt Shackleton: „Ich habe es geschafft. Nicht ein Leben verloren, und wir sind durch die Hölle gegangen. Bald werde ich zu Hause sein, und dann will ich mich ausruhen."

So endet die Geschichte, lieber Leser, die ich eingangs als die beschissenste Scheiße, die du je gelesen hast, betitelt habe. Was aber, wirst du dich jetzt fragen, ist denn daran nun so beschissen? Man könnte jetzt vermuten, dass ich das eher positiv meine. Im Sinne von: Unglaublich! Stimmt ja auch, die ganze Geschichte ist ja nicht zu fassen oder nachzuvollziehen. Aber sie muss sich so zugetragen haben. Es existieren authentische Literatur und auch Fotos. Vielleicht wollte ich ja aber auch nur damit sagen, zu was für sinnlosen Aktionen Menschen fähig sind, und was sie für Energien dabei freisetzen können.

Nein, ich finde die ganze Story äußerst spannend, und ich ziehe den Hut vor diesen Menschen, auch wenn ich mich persönlich nicht solchen Strapazen wie einer Südpoldurchquerung aussetzen würde, selbst wenn sie gelänge und ohne Zwischenfälle ablaufen würde.

Ich möchte hier noch einmal aus dem Brief von Shackleton an seine Frau zitieren: „Bald werde ich zu Hause sein, und dann werde ich mich ausruhen."

Shackleton und seine Männer sind zu Hause angekommen. Aber sie haben sich nicht ausgeruht. Sie sind ein paar Wochen später in den Krieg gezogen. Ob freiwillig oder nicht, dies ist das Beschissene an dieser Geschichte! Menschen, die eine derartige Odyssee überlebt haben, die bewiesen haben, wozu Menschen, vor allem seelisch und moralisch, in der Lage sind; die den Beweis geliefert haben, dass man auch unter extremsten Bedingungen, Mensch im positivsten Sinne sein und bleiben kann, diese Menschen haben nichts anderes zu tun, als kurz nach den überstandenen Qualen und Entbehrungen in einen Krieg zu ziehen? Da fällt mir nichts mehr ein. Da bleibt mir nur eines: Den eben vor Achtung gezogenen Hut wieder aufzusetzen.

Heldentum – Ich scheiß drauf!

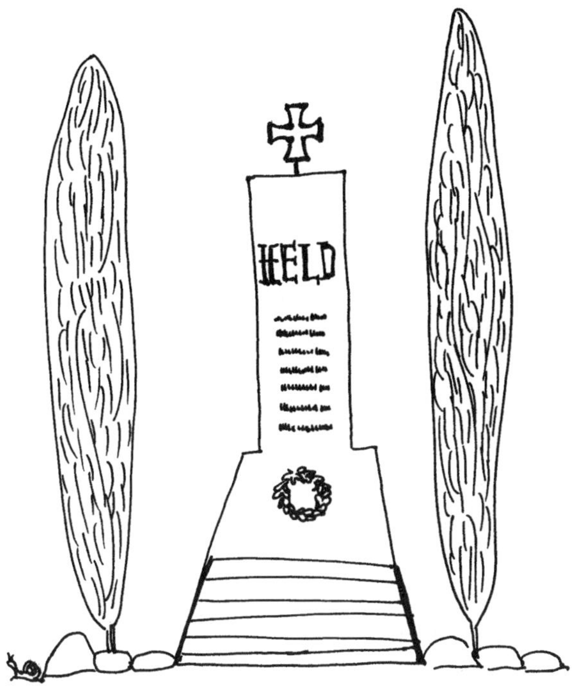

In der dritten Klasse wurde das Weltbild des Fräulein Rost, die Schule betreffend, zum ersten Mal in seinen Grundfesten erschüttert. Ein Weltbild, das bis dato relativ einfach war: Sie war der Chef, ihre Schüler waren ihre Untergebenen. Zwar hatte sie ihren Schülern gegenüber auch Pflichten, wie das Vermitteln von Wissen und Tugenden, aber wichtiger erschienen ihr die Pflichten der Schüler, und die bestanden im Wesentlichen darin, dieses Wissen und diese Tugenden in Demut anzunehmen. Schließlich, so argumentierte sie mit sich selbst, gibt es eine Schulpflicht. Daraus resultiert eine Pflicht der Schüler sich dem Lehrplan und vor allem der Lehrkraft unterzuordnen. Von einer Lehrerpflicht hingegen konnte keine Rede sein. Schließlich hatte das Fräulein Rost den Lehrerberuf freiwillig ergriffen. Ergo ist es doch wohl legitim, eine gewisse Grunddisziplin, eine Umschreibung der Lehrerin für Unterwürfigkeit, von den Schülern verlangen zu können.

Nun wollen wir die Kirche aber mal im Dorf lassen. Den meisten Lehrkräften der Neuzeit würde es Tränen in die Augen treiben, wenn sie die Klasse des Fräulein Rost erlebt hätten. Nach wie vor saßen ihre Schüler mucksmäuschenstill in ihren Bänken, und lauschten ihrer Lehrerin, bzw. verrichteten die ihr angetragenen Aufgaben. Mehr oder weniger erfolgreich, aber sie verrichteten. Ein Direktor einer heutigen Schule, würde umgehend die Polizei verständigen, wenn er an so einem Klassenzimmer gelauscht hätte. Da wäre nämlich nichts zu hören gewesen, wenn die Kinder vor sich hin verrichteten. Also müsste betreffender Direktor von einem sich gerade im Gange befindlichen Amoklaufs, oder einer Geiselnahme ausgehen. Was sonst? Gut, in den Ferien herrscht auch Ruhe. Aber da lauscht kein Direktor an einer Klassenzimmertür. So blöd ist doch kein Direktor nicht.

Natürlich, das musste das Fräulein Rost mit einem gewissen leichten Unmut feststellen, waren auch ihre Schüler zwei Jahre älter geworden, will sagen, es wurde mittlerweile schon manchmal geschwatzt. Man höre und staune! Gepopelt wurde sowieso von Anfang an. Auch kam es nun zuweilen vor, dass mit einer gewissen Dreistigkeit mit dem Stuhl gekippelt wurde. Auch aus dem Fenster wurde manchmal geguckt. Aber das waren eher Ausnahmen und vor allem immer wieder dieselben Pappenheimer. Die werden schon sehen, was ihnen das bringt, dachte sie. Zumindest erst mal schlechte Kopfnoten und somit später schlechte Berufschancen, also Kriminalität und folglich Gefängnis oder Todesstrafe. Vor allem Letzteres beruhigte das Fräulein Rost sehr.

Die Kopfnoten waren Zensuren, mit denen der Betrachter des Zeugnis, in der Regel die Eltern und andere nähere Verwandte, sich in kürzester Zeit einen Überblick über den Stand der Haupteigenschaften ihres Kindes verschaffen konnten. Diese waren: Betragen, Fleiß, Ordnung, Mitarbeit und Gesamtverhalten. Man kann ja von der Bewertung solcher Attribute menschlichen Verhaltens in der Schule denken was man will, in jedem Fall setzt die Benotung selbiger eine stringente Subjektivität des Lehrkörpers voraus. Da musste man sich bei dem Fräulein Rost aber keine Gedanken machen. Das Fräulein Rost war das Subjekt an sich. Nicht nur, dass man sich bei der Beurteilung der Schüler nur seinem eigenen Lehrergewissen etwas schuldig war, die zu benotenden Eigenschaften waren ja auch dehnbar wie Gummi. Ein Schüler hat sein Bonbonpapier auf den Schulhof fallen lassen. Na bitte, der schreit nach einer 5 in Betragen! Ein anderer Schüler haut seinem Mitschüler die Fresse grün und blutig, weil der aus Versehen sein Halstuch ins Schulessen getaucht hat. Zack, hat der Schläger eine 1 in Ordnung! Und die beiden, die den Dreckspatz fest gehalten haben, bekommen eine 2 in Mitarbeit. Sie haben ja nur gehalten, daher auch nur eine 2. Eine 1 in Fleiß konnte man sich erarbeiten, im wahrsten Sinne des Wortes. Oder man konnte sie sich erpetzen. Alle Petzen hatten eine 1 in Fleiß, alle Arbeiter nicht. Und dann dieses schöne schwammige Wort: Gesamtverhalten. Spätestens, wenn das Fräulein Rost an einem lauschigen Juniabend zu Hause an ihrem Schreibtisch vor den Zeugnisheften saß, und sich die Spalte Gesamtverhalten vor ihr ausbreitete, wurde sie feucht. Gesamtverhalten. „Na, dem können wir eine 1 geben, doch halt, der hat mich im März mal nicht sofort gegrüßt, hmm na ja, aber er kommt immer mit Halstuch in die Schule und er kippelt nie. Allerdings, seine Eltern sind nicht in der Partei. „Ach ist das schwierig", seufzte sie beglückt.

Wenn sich das Fräulein Rost überhaupt nicht einigen konnte, nahm sie einen Würfel zur Hand, auf dem die 4, die 5 und die 6 mit einem großen Z abgeklebt war. Das ist wie folgt zu erklären: Die 6 als Zensur gab es damals nicht. Und 4en und 5en konnte es bei ihr nicht geben, denn das hätte ja bedeuten können, dass sie ihre Schüler nicht im Griff gehabt hätte. Das Z bedeutete: Im Zweifel gegen den Schüler. Wenn sie sich nicht zwischen 2 und 3 entscheiden konnte, und es erschien beim Würfeln eine 1, dann schummelte sie ein wenig und drehte heimlich, ohne dass sie es bemerkte, den Würfel zu einem Z. Also 3! Normal.

Aber zu den Kopfnoten gab es dann noch eine schriftliche Gesamteinschätzung. Und hier war das Fräulein Rost ungeschlagen. Hier stieg sie auf, in ungeahnte Höhen des Gesamteinschätzungsolymp. Hier konnte sie ihre Abneigungen gegen bestimmte Schüler zwischen die Zeilen verpacken. Diesbezüglich war sie perfekt. Auf dem Endjahreszeugnis der 3. Klasse war bei Carsten Jämlich zu lesen:

Carsten gibt sich außerunterrichtlich lebhaft und aufgeschlossen. Diese Munterkeit muss er im kommenden Schuljahr auf seine Mitarbeit übertragen, denn er weiß oft mehr, als er mündlich zum Ausdruck bringt. Durch stete Lernbereitschaft und entsprechende Konzentration könnte Carsten seine Leistungen noch verbessern. Gestellte Forderungen erfüllt Carsten ordentlich.

Übersetzt meint das: Carsten Jämlich hat ein vorlautes Mundwerk, er rennt im Schulhaus und tobt auf der Hofpause. Wenn er das Maul im Unterricht mal aufmachen soll, ist er verstockt.

Und wenn er sich nicht ständig mit anderen Dingen beschäftigen würde, dann hätte er auch bessere Zensuren. Und „gestellte Forderungen erfüllte Carsten ordentlich“ bedeutete nichts anderes als: Der kleine Kacker macht doch wirklich nur das Nötigste. Kein Wunder bei den Eltern. Künstler eben.

Immer wenn das Fräulein Rost so eine Gesamteinschätzung fertig geschrieben hatte, lehnte sie sich befriedigt zurück. Auch sie war eine Künstlerin. Aber ihre Kunst machte Sinn. Das war Mozart! Kein sinnloses Jazzgehupe auf Eierschneidern. Und heimlich war sie froh, dass sie Schüler wie Carsten Jämlich in ihrer Klasse hatte, denn nur bei solchen konnte sie ihre Kreativität voll ausschöpfen. Bei den Petzen war es viel zu einfach und langweilig. Was sollte sie bei denen groß schreiben? Da war kein Platz zwischen den Zeilen, da konnte man nur auf die Zeilen schreiben.

Doch zurück zur Eingangs erwähnten Weltbildzerstörung des Fräulein Rost.

Es trug sich zu, an einem wunderschönen Dienstagmorgen Ende Mai, als das Fräulein Rost in der Deutschstunde ihre Klasse unangekündigt zum Diktat einlud. Was gibt es Schöneres, als an einem sonnigen Maitag um 7.30 Uhr in der Früh Schreiben zu üben, fiel den Kindern die Begeisterung nur so aus dem Gesicht. Ein Diktat war so einfach nicht, denn man musste auf vielerlei Dinge achten. Zum einen durfte man den Anschluss nicht verpassen, dass Fräulein Rost konnte recht schnell diktieren, wenn sie wollte. Zum Zweiten sollte man möglichst Rechtschreibfehler vermeiden; nicht zu vergessen: Kommas und die Strichchen über dem „ä“. Die Hauptsache aber war: Es musste zu lesen sein. Stichwort: Schönschreiben. Liebevoll wurde das Diktatheft auch Schönschreibheft genannt. Das normale Deutschheft war folglich das Schlechtschreibheft, zu vergleichen etwa mit dem heute noch gebräuchlichen Wort „Leergut", welches ja eigentlich „Leerschlecht" heißen müsste, weil, wie kann etwas gut sein, wo nichts drin ist. Aber das interessiert die Verantwortlichen offensichtlich überhaupt nicht.

Schnell richtig schön schreiben, da waren einige Schüler dann doch ein wenig überfordert. Doch was sollte es. So stand es nun mal im Lehrplan geschrieben. Und wenn da einige Schüler nicht hinterher kamen, ja mein Gott, das ist natürliche Auslese. Wer's jetzt nicht packt, der packt es später auch nicht. Wir brauchen ja auch Arbeiter für die Produktion von Konsumgütern, war sich das Fräulein Rost einig. Und wer Gieskannen feilt, braucht nicht schnell richtig schön zu schreiben. Aber ganz so einfach war der Sachverhalt dann doch nicht. Schließlich hatte das Fräulein Rost auch eine Vorgabe, was den Zensurendurchschnitt ihrer Klasse betraf. Also diktierte sie langsamer als sie vielleicht gewollt hätte, aber schnell genug, dass ja keiner ihrer Spezis auf die Idee gekommen wäre, sie wären hier im Erholungsheim.

Nach der üblichen „Für Frieden und Sozialismus" usw. Begrüßung, inkl. „Es fehlt Martin Rosenbreit", eröffnete die Lehrerin die Deutschstunde: „So liebe Kinder, nehmt euch mal eure Schönschreibhefte vor, denn heute wollen wir ein Diktat schreiben." Sie lächelte in die Klasse. Und mit zusammengekniffenen Augen beobachtete sie ihre Schüler dabei, aber alle lächelten zurück. Und als sich das Fräulein Rost dann davon überzeugt hatte, dass allgemeine Schreibbereitschaft hergestellt ward, begann sie zu diktieren: „Der Leiter der Arbeitsgemeinschaft „Junge Gastronomen des Kreises Ribnitz-Damgarten, Bogumil Strawchik-Mälbestryhb, setzte sich stringent für die Beibehaltung von kulinarischem Genuss auf hochwertigen Niveau durch konsequente Bekämpfung trichinöser Auswüchse in der sozialistischen Tierproduktion ein."

Die Kinder senkten ihre Köpfe und fingen an zu schreiben. Die meisten seufzten erleichtert auf: Heute dann wohl doch nicht so schwierig, dachten sie. Die Lehrerin verschränkte ihre Arme auf dem Rücken und ging langsam durch die Bankreihen. Sie blickte abwechselnd rechts und links auf die schreibenden Schüler und wiederholte dabei nun in Absätzen ihren ersten Satz: „Der Leiter der Arbeitsgemeinschaft“, kurze Pause, dann „Ar-beits-ge-mein-schaft“, und links ein Blick, und etwas leiser: „Der Leiter....“, und plötzlich fuhr ihr Kopf herum, „...was macht deine Hand unter der Bank“; der beim Gedanken an einen Versuch zu spicken erwischte Schüler lief rot an, und verfluchte seine Hand, ... „Junge Gastronomen aus Ribnitz-Damgarten, ...gut so“, streichelte sie einer der Petzen übers Haar, „....Dam-gar-ten, Bogumil Strawchik-Mälbestryhb, habt ihr das?“, fragte sie mit etwas lauterer Stimme in die Klasse. Einige schüttelten unmerklich den Kopf, so dass es die Lehrerin nicht sehen konnte. „Gut also“, fuhr sie fort, „setze sich stringent, ... string-ent“ – in diesem Moment klopfte es.

Die gesamte Klasse und auch das Fräulein Rost erhoben ihre Köpfe, und blickten zur Tür. Das Schreiben wurde augenblicklich eingestellt. Man konnte nicht schreiben, wenn man gleichzeitig zur Tür schaute. Es war sehr ungewöhnlich, dass während des Unterrichtes geklopft wurde. Das Fräulein Rost begann nachzudenken. Wer könnte das sein? Der Direktor? Aber was will er? Hospitieren? Aber dann wäre er nach dem Klopfen schon eingetreten. War am Ende Martin Rosenbreit von den Toten auferstanden? Der traut sich aber was. Na soll er kommen, der wird nicht lange bleiben. Die Lehrerin sah immer noch zur Tür. Die Blicke der Kinder wanderten von der Tür zur Lehrerin und zurück. Na was soll's, dachte sie und rief: „Herein!“

Doch nichts tat sich. Da hat sich doch nicht etwa irgend so ein Tunichtgut einen Scherz erlaubt, begann ihr der Kamm zu schwellen. Abrupt drehte sie auf dem Absatz um und begab sich entschlossenen Schrittes zur Tür. Sie war sich sicher, wenn hier kein sehr ernstes Problem anlag, dann bekam jetzt jemand ein sehr ernstes Problem. Vor der Tür hielt sie einen Moment inne, dann drückte sie entschlossen die Klinke, warf die Tür auf, und hielt mit großen Augen inne. Was sie sah, ließ keine eindeutigen Schlüsse zu. Vor ihr stand ein kleiner schmutziger Junge, barfuss und mit recht schäbigen Sachen bekleidet. Das Fräulein Rost hatte diesen Jungen noch nie gesehen, was sie schon ein wenig verunsicherte. Was macht ein wildfremder Junge an meiner Klassentür, war ihr Hauptgedanke. Der wildfremde Junge hielt seine Hände in den Taschen und grinste. Das Fräulein Rost stand etwas schräg, denn sie hielt die Türklinke noch in der Hand. Eine Zeit lang blickte sie dem Fremdling ins feiste Antlitz. Noch wusste sie nicht was hier lief, ergo war sie noch nicht im Vollbesitz ihres Selbstbewusstseins. Der Bursche hielt ihrem Blick stand und feixte übers ganze Gesicht. Langsam, ohne den Jungen aus dem Blick zu lassen, ließ die Lehrerin die Klinke los und stellte sich gerade vor ihm auf. Dann stemmte sie die Hände in die Hüften und zischte durch die fast geschlossenen Lippen: „Was willst du?“

Doch der Junge strahlte sie weiter unentwegt an, ohne auch nur im Ansatz zu erkennen zu geben, weshalb er geklopft hatte. Das Fräulein Rost begann rot anzulaufen. Nach einer Ewigkeit wiederholte sie ihr Zischen. Es waren die gleichen Worte, nur lang gezogener und zischiger: „Was! Willst! Du!“

Doch der Knabe dachte nicht daran, die Frage zu beantworten. Er machte den Eindruck vollster Zufriedenheit. Vielleicht hatte er die Laute des Fräulein Rost auch gar nicht verstanden. Unbeweglich stand er da, und grinste die Lehrerin an. Die begann jetzt Antimaterie in ihrem Körper zu produzieren. Sie spürte, hier war etwas anders. Das bekamen auch die Kinder in ihrer Klasse mit. Dass ein Schüler sich in der Tür irrt und dummerweise an ihr klopft, soll schon vorgekommen sein. Aber das er einfach so da steht und grinst, sich nicht entschuldigt, am Ende einen auf verstockt macht, also, meine Herren, das kommt nicht alle Tage vor. Aber niemand konnte voraussehen, wie die Sache ausgehen würde. Also verhielten sich alle Schüler still und blickten voller Interesse, die Stifte noch in der Hand, auf den Jungen in der Tür. Der grinste unverändert, als ob er im Finale der Grinsolympiade stand. Das Fräulein Rost spürte jetzt auch noch etwas anderes. Und zwar den Drang, die Sache nun ordnungsgemäß zu beenden. Die Hände immer noch in den Seiten, trat sie einen Schritt auf den Jungen zu, beugte sich etwas zu ihm herab und wiederholte ihre Frage, nun aber etwas deutlicher artikuliert: „Was willst du? Warum hast du geklopft?"

Was sie zur Antwort bekam, war eine Art glückliches Glucksen, welches aus dem unverändert breit grinsenden Mund hervortrat. Große runde Augen, voller Glück und Zuversicht, strahlten die Lehrerin an. Die war sich nach wie vor nicht sicher, wie sie der Situation begegnen sollte. Wenn sie allein gewesen wäre, dann hätte sie das schon gewusst: Den Rotzer am Schlawittchen gepackt und rechts und links paar in die Backen! Normal! Aber sie war nicht allein, knapp 50 Augenpaare beobachteten sie. Am Ende hätte sie darauf geschissen, aber solange sie nicht wusste, mit wem sie es zu tun hatte, musste sie versuchen, irgendeinen diplomatischeren Weg zu finden. Wer auch immer dieser Bengel war, alles würde sich aufklären, doch bis zu einer Aufklärung konnte noch viel Zeit vergehen, und die musste sie nutzen, die Situation zu ihrem Gunsten zu klären, weil, es konnte doch nicht angehen, dass hier so eine Rotznase ihren Unterricht stört. In Gedanken ging sie zur Tafel, fraß ein großes Stück Kreide, kehrte zurück, kauerte sich vor den Jungen, tätschelte seine Wange und sagte in ungewöhnlich sanften Ton: „Na mein Junge, wie heißt du denn, hm?"

Die Reaktion des Jungen war nicht die Erhoffte. Er nannte seinen Namen nicht. Stattdessen neigte er seinen Kopf leicht zur Seite und klemmte somit ein wenig die Hand der Lehrerin zwischen seine Wange und seine Schulter. Seinem breiten Grinsen tat diese Verlagerung seines Kopfes keinen Abbruch. Seine großen Augen leuchteten unbeirrt. Das Fräulein Rost glaubte etwas zu hören, was dem Schnurren einer Katze gleichkam. Aber was sie glaubte zu hören, nützte ihr einen alten Scheißdreck. Die Situation war nun noch verfahrener als vorher. Eben konnte sie sich noch vor dem Kind aufstellen und praktisch ihre Körpergröße mit ins Feld führen. Jetzt aber kniete sie fast vor dem Kind, ihre Hand war mehr oder weniger eingeklemmt, sie hatte mit Güte nichts erreicht. Jetzt gab sie wirklich kein souveränes Bild mehr ab, zumal vor ihrer Klasse. Es galt nun, dem Treiben ein Ende zu setzen. Sie kniff die Augen etwas zusammen und begann wieder zu zischen. Und diesmal leiser, aber drohender: „Junge, lass meine Hand los und sag mir endlich was du hier willst."

Dabei versuchte sie, ihre Hand, unter der Wange des Kindes hervor zu ziehen. Doch parallel zu ihrer Anstrengung, erhöhte der Junge seinen Druck auf die Hand der Lehrerin, ohne freilich dabei auf sein Grinsen zu verzichten. Das Fräulein Rost begann sich auf das Platzen ihrer Hutschnur vorzubereiten. Ich hab ja schon viel erlebt, schoss es ihr durch den Kopf, und mit mir kann man ja so manches machen, aber was zuviel ist, ist zuviel. Ein Gefühlscocktail, aus je einem Teil Wut, Verzweiflung, Ohnmacht und je zwei Teilen Hass und Selbstmitleid, begann sich in ihrem Kopf selbst zu mixen. Jetzt war sie gleich soweit! In wenigen Sekunden würde sie diesen grinsenden Wechselbalg in seine Einzelteile zerlegen. Fein säuberlich sortiert, können diese dann von wem auch immer abgeholt werden. Das war ihr jetzt klar. Und als sie sich erheben wollte, um mit aller Kraft ihre Hand zu befreien, und um folglich den Jungen am Kragen im hohen Bogen aus dem Schulhaus zu befördern, da geschah das Unglaubliche. Als hätte der Knabe geahnt, was sich im Fräulein Rost zusammenbraute, kam er ihr um Sekundenbruchteile zuvor. Unglaublich schnell verformten sich seine großen runden Augen zu schmalen schrägen Schlitzen. Sein grinsender Mund öffnete sich, und es verließ ihn ein spitzer und lauter Schrei. Gleichzeitig richtete er seinen Kopf wieder auf und gab somit die Hand der Lehrerin frei, die dadurch ihren einzigen Halt verlor, der ihrer Hockstellung eine gewisse Stabilität verlieh. Dann spannte sich kurz sein kleiner Körper um sofort mit all seiner Kraft zum Sprung gegen das völlig verdutzte Fräulein Rost anzusetzen. Die Lehrerin hatte keine Chance gegen den kurzzeitig zum Kinderwehrwolf mutierten Jungen. Aus ihrer, für einen Kampf Lehrerin gegen unbekannten Jungen, völlig ungeeigneten Körperhaltung, fiel sie wie ein nasser Sack nach hinten auf den Rücken und blieb dort hilflos, die Gliedmaßen gen Himmel gerichtet, liegen. Augen und Mund weit aufgerissen. Doch gemessen an dem erhaltenen Schlag, war das Fräulein Rost schnell wieder auf den Beinen. Keuchend stand sie mit hängenden Armen an der Stelle ihres Niederschlags und suchte den Jungen mit wirrem Blick. Das Kostüm war verrutscht und ihr Dutt war kaum noch als solcher zu erkennen. Während sie versuchte beides wieder in Form zu bringen, schrie sie in den Raum: „Was bildest du dir ein, du verfluchter Dreckskerl! Komm her, du Mistkäfer! Meinst du, du kommst hier ungestraft wieder raus!“

Der Junge machte den Eindruck, dass er durchaus der Meinung war, ungestraft wieder aus dem Zimmer zu kommen. Und er wusste wohl auch wie: Durch Schnelligkeit. Während sich das Fräulein Rost mit halbwegs wieder in Form gebrachtem Outfit in seine Richtung bewegte, drehte er sich um und ließ sich auf allen Vieren nieder. Dann streckte er die rechte Hand nach vorn und drehte sie halb nach rechts. Dabei presste er die Lippen leicht aufeinander und ließ Luft durch sie strömen, worauf ein blubberndes Geräusch zu hören war. Die Lehrerin war fast wieder bei ihm, als das Auto ansprang. Er legte den Gang ein und mit den Worten: „Ich bin ein Trabant-Kombi“, drehte er jetzt auf seinen, zu Räder mutierten Gliedmaßen seine Runden durch das Klassenzimmer. Das Fräulein Rost hinterher.

Das war ein Bild, welches sich unlöschbar in die Festplatte der mehr als erstaunten Schüler einbrannte: Ein unbekannter, heruntergekommener Junge in ihrem Alter robbte auf allen Vieren durch die Bankreihen ihrer Klasse und rief dabei immer wieder: „Ich bin ein Trabant-Kombi“! Und ihre fassungslose Lehrerin hinterher. Die Augen der Schüler waren fest auf den Trabant fixiert. Die Hälse der Schüler mutierten zu einem Gewinde, und mit jeder Runde die der Junge durch die Klasse fuhr, schraubten sich ihre Köpfe ein paar Zentimeter nach oben.

Schließlich bog das Fahrzeug nach links ab und verschwand in der Tür. Erschöpft blieb das Fräulein Rost schließlich stehen. Der unangenehme Geruch von Abgasen lag in der Luft. Ihr war schlecht. Sie sah zur offenen Tür, aus der soeben ein kleiner Junge in Form eines Autos verschwunden war. Sie wankte und musste sich auf einer Bank abstützen. Mit der anderen Hand fasste sie sich an die Stirn. Was zuviel ist, ist zuviel, dachte sie erneut, dafür sind wir doch gar nicht ausgebildet worden. Was war das? Der Klassenfeind? Eine Erscheinung? Die zu Fleisch gewordenen Fünf im Gesamtverhalten? Nein, was zu viel ist, ist zuviel! Und dann mussten ihre Schüler mit ansehen, wie ihre Lehrerin, die immer und überall stark und unantastbar schien, langsam ohnmächtig zu Boden sank.

Der Trabant-Kombi hieß in Wirklichkeit Frank Büttner. Er war das jüngste Mitglied eines neunköpfigen Kindersegens einer Assifamilie, in der das nicht gering zu schätzende staatliche Kindergeld ausnahmslos für den überlebenswichtigen Alkohol verwendet wurde. Genauso ausnahmslos waren alle neun Kinder in dieser Familie mit einer gewissen kognitiven Benachteiligung ausgestattet, welche teils in den Genen der Eltern, teils in den Lebensumständen zu begründen waren. Frank Büttner hatte einen größeren Treffer als üblich mitbekommen. Im Prinzip von allen aufgegeben und auf sich allein gestellt, wurde er von einer Schule zur nächsten gereicht. So kam es, dass er auch in der Parallelklasse des Fräulein

Rost auftauchte. Nach etwa 10 Minuten in der neuen Klasse war Frank Büttner der Meinung, dass es jetzt erst mal reicht, und er machte los, sich die Beine zu vertreten. Schließlich hatte er extra neue Reifen aufgezogen. Seine neue Lehrerin, die wusste mit wem sie es zu tun hatte, machte nur einen zaghaften verbalen Versuch, ihn am Verlassen der Klasse zu hindern. Am Ende aber war sie froh, den Schüler Frank Büttner wieder los zu sein. Der pure Zufall also führte den Kloppi schließlich zur Tür des Fräulein Rost. Den Rest kennen wir.

Die Lehrerin wurde später über die Umstände des Überfalls informiert. Keiner machte ihr Vorwürfe, niemand unterstellte ihr Versagen. Alle sprachen ihr Mut zu und rieten, die Sache einfach zu vergessen. Selbst ihre Klasse solidarisierte sich mit ihrer Lehrerin. Marie-Luise Wolters kam mit einem großen Strauß Blumen und einige Schüler studierten extra für sie eine abgespeckte Pioniertheaterversion von „Einer flog übers Kuckucksnest" ein. Von Markus Krummbein bekam sie das Buch „Trabant-Kombi – Wie helfe ich mir selbst". Aber das alles konnte ihr nicht über ihre Verbitterung hinweg helfen. Ein kleiner Junge hatte sie besiegt, sie gestürzt, sie vor versammelter Mannschaft zum Affen gemacht. Es war ihr dabei völlig egal, ob sie dem geplanten Attentat einer Intelligenzbestie, oder dem unvoraussehbaren Verhalten eines geistig benachteiligten Hosenscheißers unterlegen war. Sie war unterlegen! Nur das zählte. Unterlegen einem Gegner, dem sie als reife Frau, als studierte Pädagogin und als Führungspersönlichkeit nicht hätte unterlegen sein dürfen. Das Weltbild des Fräulein Rost ward somit zum ersten Mal in seinen Grundfesten erschüttert und die Schüler ihrer Klasse mussten ab sofort den Unterricht ohne ihre geliebte Lehrerin ableisten, denn das Fräulein Rost sah keine andere Möglichkeit, als bein Arzt zu gehen und sich krankschreiben zu lassen. Eigentlich wollte sie nur ein oder zwei Wochen krank machen, aber sie verliebte sich in ihren Psychiater und alles kam, wie es kommen musste. Sie wurde schwanger und fürderhin Frau Dr. Möbius. Zwei Jahre später beschloss das Ärztepaar, in den Westen abzuhauen. Sie wurden geschnappt, aber die Frau Doktor schob alles auf ihren Mann. Der kam in den Knast und sie heuerte bei der Stasi an. In Anlehnung an ihren Beruf umfasste ihr Aufgabengebiet vor allem das Anwerben von jungen Menschen als Spitzel gegen ihre Eltern. Nach der Wende ging sie wieder in ihren alten Beruf als Lehrerin. Die Untersuchungen der Bundesbehörden auf Stasitätigkeit ergaben nichts. Für die wenigen Tage der Untersuchungshaft nach ihrem Fluchtversuch, bekam sie eine Entschädigung. Heute arbeitet das Fräulein Rost als stellvertretende Direktorin an einem Gymnasium in Wuppertal.

Die oberflächig zugezogenen Vorhänge schafften es nicht, das kräftige morgendliche Sonnenlicht vom Eindringen in den Raum abzuhalten. Zumal sie auch noch diverse Löcher aufwiesen. Zu Strahlen gebündelt, warf das Licht mehr oder weniger kleine Punkte auf die gegenüberliegende Wand. In diesen Strahlen tanzte träge der Staub. Und auch gegen die Wärme konnten die zerschlissenen Vorhänge nichts ausrichten. Obwohl noch früh am Morgen, machte die Sonne schon erbarmungslos auf sich aufmerksam. Das Zimmer war keine 4 mal 4 Meter groß und spartanisch eingerichtet. Wie in einem Blockhaus üblich, bestand der Raum komplett aus Holz: Die Wände aus waagerechten runden Stämmen, durch die teilweise der Wind pfiff, der Fußboden aus ausgetretenen Brettern, die Decke, welche gleichzeitig das Dach war, aus gebogenen Schindeln. Rechts von besagtem Fenster befand sich die Eingangstür. Gegenüber der Tür stand ein Schrank und ein Tisch, nebst einem Stuhl, entgegengesetzt dem Fenster befand sich ein Bett. Einziger Gegenstand, nicht aus Holz gefertigt, war ein eisernes Gestell inklusive einer weißen emaillierten Schüssel, in der nicht mehr ganz frisches Wasser stumm darum zu flehen schien, nicht mehr benutzt zu werden. Ansonsten kein Zierrat, nichts Überflüssiges, kein Schmuck. Neben der Tür war ein Nagel eingeschlagen, an dem ein neuer und unbenutzter Mantel hing.

Auf dem Bett lag ein Mann Namens Mr. Fletscher. Er war groß und kräftig und ca. 30 Jahre alt. Er trug eine braune Wildlederhose, ein blaues Hemd und einen grünen Hut. Er trug diese Kleidung immer. Auch im Bett. In der ganzen Gegend hatte man ihn noch nie in anderen Sachen gesehen. Vielleicht zog er sie zum Waschen aus, das mag sein, aber noch nie wurde er dabei beobachtet. Wahrscheinlich besaß er mehrere Hosen, Hemden und Hüte der gleichen Machart. Überall kannte man ihn nur unter dem Namen „Greenfist". Niemand wusste warum. „Greenhat", wäre wohl logischer gewesen, aber es ging die Kunde, Mr. Fletscher hätte mal jemand grün und blau geschlagen. Auch da wusste niemand Genaueres. Jenseits der Grenze nannte man ihn zuweilen auch „Bluefist“, was gerecht erscheint. Bleiben wir jedoch bei seinem bürgerlichen Namen.

Mr. Fletscher lag AUF dem Bett, nicht unter der Decke. Er schlief nie unter der Decke. Und er hielt in jeder Hand einen Revolver. Was er auch tat, nie tat er es ohne seine beiden Kanonen. Nie legte er sie aus den Händen. Auch bei Tätigkeiten, die, einer landläufigen Meinung zu Folge, ohne Pistolen einfach flüssiger von der Hand gehen, wie essen oder Arsch wischen, behielt er die Waffen in den Händen. Jedenfalls ging so die Kunde. Freilich hatte noch nie jemand gesehen, wie sich Mr. Fletscher den Hintern putzte, das schickt sich schließlich nicht. Und auch durfte noch nie jemand seiner Nahrungsaufnahme beiwohnen. Aber was soll’s, wenn eine Kunde geht, dann geht sie. Keiner kann sie aufhalten. Aber nicht nur, dass Mr. Fletscher seine Revolver nie aus der Hand legte, er hielt sie auch immer in einer bestimmten Stellung. Wie er überhaupt immer in einer bestimmten Körperhaltung zu verharren schien. Den rechten Fuß leicht nach vorn gestellt, den linken Arm nach oben ausgestreckt, den rechten Arm angewinkelt. So konnte er gleichzeitig in die Luft und aus der Hüfte schießen. Und in dieser Körperhaltung lag Mr. Fletscher nun auf dem Bett. Sicher, manchmal ward er diesem Zustand überdrüssig, aber er konnte nichts dagegen tun. Außerdem, so tröstete er sich immer wieder, war diese Körperhaltung seiner Aufgabe sehr zuträglich. Und diese Aufgabe bestand im Wesentlichen in der Verteidigung des Fort Laramie gegen angreifende Indianer. Indianer waren Abfall. Ein Haufen geist - und gewissenloser Halunken, die vor nichts zurückschreckten und denen nichts heilig war. Sie waren blutrünstig und skalpgierig, aber Gott sei Dank auch nicht besonders klug, was ihre Kriegsstrategien betraf. Auch waren sie schlecht bewaffnet, allerdings in der Überzahl. Zwar war Mr. Fletscher davon überzeugt, dass es diesen nichtswürdigen Rothäuten nie gelingen würde, das Fort einzunehmen, aber er wusste, dass man seinen Feind nie unterschätzen sollte. Daher war er immer auf der Hut. Und daher schlief er immer in Sachen und mit seinen Pistolen. Und letztlich hielt er deshalb auch immer den einen Colt schussbereit in die Luft und den anderen in der Hüfte. Er und seine Männer würden Fort Laramie beschützen, bis zum letzten Blutstropfen. Das war die Aufgabe und diese Aufgabe galt es zu erfüllen.

Seine Männer waren Mr. Gunfire, Mr. Bloodbuster und Mr. Tundersnake. Vier Leute, so mag man annehmen, sind wohl ein bisschen wenig, um ein ganzes Fort gegen eine permanent angreifende Horde Indianer zu verteidigen. Aber da kannte man die oben aufgeführten Herren nicht. Sie waren ausnahmslos geübte Kämpfer und ausgezeichnete Schützen. Und absolut verlässlich. Auch sie sahen es, wie ihr Chef Mr. Fletscher, als ihre ureigenste Aufgabe an, das Fort zu verteidigen. Auf Leben und Tod. Und deshalb ordneten sie genauso ihr gesamtes Leben dieser Aufgabe unter. Auch sie legten ihre Waffen nie aus den Händen und auch sie hatten ihre Körperhaltung ganz ihrer Aufgabe angepasst.

Mr. Gunfire trug ein weißes Hemd, einen schwarzen Hut und eine schwarze Hose. Über dem Hemd leuchtete eine rote Weste. Er hielt sein doppelläufiges Gewehr immer im Anschlag, und bei Angriffen ging er immer hinter dem Schornstein auf dem Dach des Saloon in Stellung. Da der Schornstein aber nicht allzu hoch war, hatte sich Mr. Gunfire auf sein linkes Knie begeben. Mit seinem rechten angewinkelten Bein stabilisierte er diese Körperhaltung. Ja, sein Knie schmerze schon zuweilen, wiegelte er ab, wenn er daraufhin angesprochen wurde, aber so könne er nun mal am besten zielen.

Mr. Bloodbuster trug ein grünes Hemd, einen grauen Hut und eine schwarze Hose. Auch Mr. Bloodbuster hielt sein Gewehr immer im Anschlag und er lag auf dem Bauch. Das ist zum gezielten

Abschießen angriffswütiger Indianer eine ideale Pose. Lange hatte Mr. Fletscher nach einem guten Liegendschützen gesucht, einem, der sein Leben seiner Aufgabe unterordnet. Mr. Bloodbuster war die Idealbesetzung. Wann immer die Rothäute zum Angriff bliesen, Mr. Bloodbuster war an seinem Platz, bevor der erste Tomahawk in Richtung Fort geworfen wurde. Und sein Platz war das Dach des Pferdestalls.

Mr. Tundersanke ging vollständig in Brauntönen und auch er hielt sein Gewehr immer im Anschlag. Er stand einfach nur da. Somit war er universell einsetzbar an den Schießscharten der Palisaden. Je nach dem, aus welcher Richtung die Indianer angriffen, Mr. Tundersnake stand schon an der richtigen Seite und gab dem Affen Zucker. Was die Kollegen auf den Dächern nicht erwischten, erledigte Mr. Tundersnake, denn der war ja besonders schwer zu entdecken.

Sicher, es war kein einfaches Leben, wenn wir nur an den Schlaf unserer vier Herren denken. In seiner gehockten Haltung konnte Mr. Gunfire nur auf der Seite schlafen, und Mr. Fletscher nur auf dem Rücken. Mr. Tundersnake konnte zwischen Rücken und Seite wählen. Auf dem Bauch konnte er freilich nicht schlafen, das funktioniert einfach nicht mit einem Gewehr im Anschlag. Er hatte es versucht, aber das ging ins Auge. Mr. Bloodbuster hingegen konnte nur auf dem Bauch schlafen. Eigentlich schlief er relativ gut. Probleme hatte er nur, überhaupt ins Bett zu kommen. Auf dem Bauch ist es ein langer Weg, vom Dach des Pferdestalls in die Schlafstadt. Jeder hatte so seine Probleme bei den verschiedensten Handlungen. Der eine mehr, der andere weniger. So hatte Mr. Gunfire weniger Probleme beim Verrichten seines Geschäfts. Dafür konnte sich Mr. Bloodbuster besser vom Dach abrollen. Mit Messer und Gabel zu essen, war für alle vier sehr gewöhnungsbedürftig. Aber das kam im wilden Westen ja relativ selten vor. Aber all diese Probleme nahmen sie in Kauf, denn es ging um die Sache. Sie hatten eine Aufgabe zu erfüllen. Und Aufgaben kann man sich in der Regel nicht aussuchen.

Denn nur wenige Menschen suchen sich eine Aufgabe. Meistens suchen sich die Aufgaben einen Menschen, wie Gotthelf Balthasar von Klingenburg in seinem Traktat – Aufgabe Suche Mensch - , im Jahre 1835 schrieb.

Mr. Fletscher wendete den Kopf zum Fenster. Er kniff die Augen zusammen, als ihn ein Sonnenstrahl durch den zerschlissenen Vorhang traf. Er zog seine Uhr aus der Tasche und betrachtete sie gelangweilt. 8.30 Uhr. In einer halben Stunde werden sie angreifen, diese Rothäute. Seit Jahr und Tag dasselbe. Jeden Sonntag gegen 9.00 Uhr beginnt das Kriegsgeschrei. Etwa 15 Minuten werden sie gegen das Fort anrennen und wir werden sie abknallen wie räudige Hunde. Dann werden wir uns wieder hinlegen und auf den nächsten Sonntag warten. Was für ein Leben! Anfänglich war es ja noch interessant. Aber jetzt, nach all den Jahren? Eigentlich nervt es nur noch, dachte Mr. Fletscher weiter, aber was soll's, man hat eine Aufgabe, und die wird erfüllt. Da muss man Persönliches hintan stellen. Da interessiert nicht, was man denkt. Aber wenn die Rothäute wenigstens mal eine andere Taktik anwenden würden. Das gäbe der Aufgabe mal ein wenig Würze. Aber davon verstehen die nichts. Was soll's, erhob sich Mr. Fletscher seufzend von seinem Lager und begab sich auf den Wachturm. Das war sein Platz. Von da aus hatte er den besten Überblick. Hier gab er seinen Signalschuss ab und konnte seine Männer dirigieren. Der Wachturm war nur etwa 30 Meter von seiner Hütte entfernt, aber er benötigte schon eine knappe halbe Stunde um in Position zu gelangen. Denn einfach war es nicht, mit zwei Pistolen in der Hand einen 10 Meter hohen Wachturm zu besteigen, zumal die Erbauer von Fort Laramie aus unverständlichen Gründen gänzlich auf Leitern verzichtet hatten. Aber wie immer in solchen schwierigen Situationen half die Hand Gottes. Anfänglich hatten sich die Männer gewundert, wenn die Hand Gottes unvermittelt eingriff und ihnen bei der Einnahme ihrer Kampfstellung behilflich wurde. Schließlich waren sie nicht unbedingt als gottesfürchtige Menschen zu bezeichnen. Aber später gewöhnten sie sich daran, und die Große Hand wurde Teil ihres Lebens und ihres Kampfes. Mittlerweile wussten sie genau, was sie selbst zu tun hatten, und ab welchen Punkt sich die Hand Gottes einklinkte.

Als Mr. Fletscher kurz vor 9.00 Uhr seinen Platz auf dem Turm erreicht hatte, ließ er seinen Blick schweifen. Noch war nichts von den Rothäuten zu sehen. Sie werden nicht lange auf sich warten lassen, dachte Mr. Fletscher bei sich, während er seine Revolver munitionierte. Dann hob er wieder seinen Blick und überprüfte, ob seine Kampfgefährten in Stellung gegangen waren. Er wusste, dass er sich das eigentlich sparen konnte, denn auf seine Männer war Verlass, aber auch das gehörte nun mal zu seinen Aufgaben. Mr. Gunfire kniete hinter dem Schornstein auf dem Dach des Saloon, Mr. Bloodbuster lag auf dem Dach des Pferdesstalls und Mr. Tundersnake stand an der ersten Schießscharte neben dem mittlerweile verschlossenen Tor des Fort Laramie. Alle hielten ihre Gewehre fest im Anschlag. Stumm nickte Mr. Fletscher seinen Männern zu. Stumm grüßten sie zurück. Mr. Fletscher zog abermals seine Uhr aus der Tasche. 9.00 Uhr, gleich wird es losgehen. Und siehe da, als er seine Uhr in die Tasche zurück gleiten ließ, ging es auch los. Pünktlich wie die Maurer.

Zur Kampftaktik der Indianer gehörte es, ihren Angriff mit allerhand Tamtam anzukündigen. Damit war der Überraschungsmoment nicht auf ihrer Seite, aber den benötigten die Indianer auch nicht, denn sie waren der irrigen Meinung, ihre Trommeln und ihr Kriegsgeschrei würden den Gegner einschüchtern. Und sie hatten einen dabei, der sich da gut auskannte. Doch über derlei Schwachsinn konnte Mr. Fletscher nur müde lächeln. Die Erde flimmerte schon in der morgendlichen Hitze, da tauchte die Horde am Waldrand auf. Mr. Fletscher kniff die Auge zusammen, um besser sehen zu können. Ja, alle da, überzeugte er sich. Alle 17 Indianer schickten sich an, ihrem sonntäglichen Tod entgegen zu treten. Mr. Fletscher kannte die Angreifer alle mit Namen, einschließlich ihrer Bewaffnung und den ungefähren Zeitpunkt des Ablebens. Nachfolgend hier eine Aufzählung der wilden Horde:

Name	Art	Bewaffnung	Überlebenschance
Butting Sill	Krieger	Lasso	10 sec
Blinde Kuh	Krieger	Lasso	10 sec
Tecumseh	Krieger	Lasso	10 sec
Großer Bär	Krieger	Lasso	10 sec
Stinkendes Schwein	Krieger	Lasso	10 sec
Osceola	Krieger	Lasso	10 sec
Stehender Schwanz	Krieger	Lasso	15 sec
Xavir Naidoo	Signalgeber	Trommel	genau 3 sec
Riechender Mund	Krieger	Messer	3 min
Chingachgook	Krieger	Messer	3 min
Schwule Ratte	Krieger	Speer	2 min
Falsche Aussage	Krieger	Speer	2 min
Ulzana	Krieger	Speer	2 min
Weißer Falke	Späher	Fernglas	offen
Kreuzende Otter	Krieger	Bogen	4 min
Margitta Gummel	Krieger	Bogen	4 min
Gojko	Häuptling	Gewehr/Pferd	10 min

Wenn man sich die Aufstellung der indianischen Armee mal in Ruhe zu Gemüte führt, wird einem schnell klar, warum Mr. Fletscher den Angriffen der Indianer mit einer gewissen Gelassenheit entgegen sah. Zumal die Invasoren immer nach demselben

Schema vorgingen. Zunächst also ward das Geschrei und Gezeter von Xavir Naidoo zu hören, und kurze Zeit später war er auch zu sehen. Er hatte sich in Rage gebläkt, und wagte sich, unter dem Einfluss reichlich konsumierten Feuerwassers, als erster aus der Deckung. Anfänglich hatten die Verteidiger im Vorfeld geknobelt, wer dem Quälgeist als Erster eine vor den Latz geben durfte, aber dies Spiel wurde langweilig mit der Zeit, und so legten alle vier gleichzeitig an. Es gab einen ordentlichen Knall, synchron aus vier Waffen, und dann war erst mal Ruhe im Schiff. Xavir Naidoo flog in einem hohen Bogen 10 Meter nach hinten durch die Luft und blieb auf dem Rücken liegen. Er konnte nur noch kurz den Kopf heben und die Heide betrachten, welche durch das große Loch in seinem Bauch mürbe vor sich hin blühte. Seine Trommel lag unweit neben ihm, aber auf der trommelt keiner mehr, dachte Mr. Fletscher befriedigt, AUF DER NICHT! Die Krieger beobachteten leicht irritiert den schnellen Abgang ihres Signalgebers, und erste Konfusion machte sich breit. Nicht das ihnen dieser Xavir Naidoo besonders ans Herz gewachsen war, aber ohne Signalgeber ist schlecht Kirschen essen im Kampf. Einem Krieger muss ja gesagt werden wo es lang geht, und vor allem wann. In dieser kritischen Situation trat Häuptling Gojko auf den Plan:

„Was soll das, ihr Luschen?“, schrie er, „vorwärts und nicht vergessen! Lassowerfer vor!“

Zwar wussten seine Untergebenen nicht direkt, was sie nicht vergessen sollten, aber man konnte es ja mal versuchen. Die Krieger mit den Lassos verließen das Unterholz und stürmten auf das Fort. Mr. Fletscher war nie so richtig klar geworden, was seine Gegner mit einem Lasso wollten. Ein Fort war kein Pferd, soviel stand fest. Aber er verschwendete nicht allzu viel Zeit, darüber nachzudenken. Wenn welche versuchen mit einem Lasso ein Fort einzunehmen, dann sollen sie machen. Viele Menschen machen Dinge, die man nicht nachvollziehen kann. Aber sie werden nicht mal dazu kommen ihr Lasso auszuwerfen, dachte er. Und da hatte er Recht. In der Folge entwickelten sich kurze, aber intensive Beziehungen zwischen Mr. Tundersnake und Butting Sill und Blinde Kuh. Zwischen Mr. Bloodbuster und Tecumseh und Großer Bär. Stinkendes Schwein und Osceola machten Bekanntschaft mit Mr. Gunfire. Die Beziehungen beschränkten sich auf kurze Dialoge.

Mr. Tundersnake an der Schießscharte: „Na komm schon, du Nuss."

Butting Sill: „Arr!"

Blinde Kuh: „Arr!"

Mr. Bloodbuster auf dem Dach des Pferdestalls: „Los, ihr Säcke, ohne Hast. Aber Hallo!"

Tecumseh: „Arr!"

Großer Bär: „Arr!"

Mr. Gunfire hielt die Spannung ein bisschen am kochen. Er wartete bis sich seine beiden Probanten in einer Schusslinie befanden. Durch sein Visier blinzelnd grunzte er nur leise: „Gut, fein, sehr schön!"

Worauf Stinkendes Schwein und Osceola im Gleichklang: „Arr!"

Jetzt war von der Lassoabteilung nur noch Stehender Schwanz übrig. Den überließen die drei Schützen ihrem Chef. Aus so großer Entfernung einen Menschen mit der Pistole aus der Hüfte zu erledigen, war eine große Nummer. Stehender Schwanz, der das zeitige Ableben seiner Gefährten aus den Augenwinkeln beobachtet hatte, rannte nun mit Vollgas in Richtung Fort. Das er noch rennen konnte, gab ihm Mut. Und es gab ihm die Sicherheit. Jetzt war es an ihm.

„Naaa", schrie er, „Muffengang, was?"

Er schwang sein Lasso und schrie weiter: „Ruhm und Ehre dem ......Arr!"

Über Mr. Fletschers Gesicht huschte ein Lächeln.

Für Häuptling Gojko war nun guter Rat teuer. Nachdenklich

kratzte er sich am Kinn. So ein Mist aber auch. Jeden Sonntag dieselbe Scheiße. Das geht mir vielleicht auf den Kranz. Wie gern hätte er sein Gewehr an den Nagel gehängt. Was hätte er darum gegeben, sonntags mal auszuschlafen. Einmal in seinem Wigwam den Pabst einen frommen Mann sein lassen. Aber schnell wischte er diesen Gedanken von sich. Nicht nur Mr. Fletscher und seine Männer hatten eine Aufgabe. Nein auch er und seine Kämpfer. Mr. Fletscher musste sein Fort verteidigen und er musste es angreifen. So sind die Regeln. Er hatte sie nicht gemacht, er musste sich nur daran halten. Da geht's den Menschen wie den Leuten. Er scharte seinen kläglichen Rest um sich und gab neue Anweisungen: „Also. Schwule Ratte, Ulzana und Falsche Aussage, ihr nehmt euch den Mann im Wachturm vor. Das scheint ihr Anführer zu sein." Er hielt inne: „Wo ist eigentlich Weißer Falke?"

Schwule Ratte zuckte mit den Schultern: „Also vorhins hab ich ihn noch gesehen."

„Das gibt's doch nicht!", schrie Häuptling Gojko außer sich, „was bildet der sich denn ein?"

„Du hast ihn doch zum Spähen geschickt, großer Häuptling", warf Ulzana ein.

„Ja freilich, er ist ja auch unser Späher, du Dummbatz, warum soll ich ihn dann nicht zum Spähen schicken. Willst wohl klüger als die Henne sein, du Ei? Aber warum ist er noch nicht zurück vom spähen und gibt Bericht?"

„Na ja, so ein Spähen zieht sich halt", meinte Falsche Aussage.

„Ein Späher kommt nie zu spät", rief dann aber Kreuzende Otter und feixte. Alle feixten mit.

„Schluss mit dem Gezeter, los jetzt!", mahnte der Häuptling, „ab geht er!"

Ulzana, Schwule Ratte und Falsche Aussage stürzten sich mit Getöse in den Kampf. Dreimal „Arr!" erschütterte die Prärie. Ihre Speere hatten sie noch am Mann. Jetzt waren sie noch zu fünft.

Von Weißer Falke mal abgesehen. Entweder er späht noch, oder er schaukelte sich irgendwo die Eier. Aber darauf konnte Häuptling Gojko jetzt keine Rücksicht mehr nehmen. Sollte sich das mit den Eier schaukeln bestätigen, dann würde er sich Weißen Falken später vornehmen, denn: Ein Späher der nicht späht, späht nichts!

„Gut, wir ändern die Taktik. Chingachgook und Riechender Mund, ihr schleicht euch jetzt leise ran, versteht ihr. Ranschleichen und vor allem leise."

„Und wie weiter?", fragte Chingachgook, „selbst wenn wir es bis zum Fort schaffen, was sollen wir dann tun?"

„Was sollen wir dann tun! Was sollen wir dann tun!", äffte Häuptling Gojko seinen Krieger nach, „du nimmst dein Messer und stichst alles ab, was sich dir in den Weg stellt. Und wenn dir keiner im Weg steht, dann schnitzt du dir einen Uller, du Anfänger!"

„Und ihr", deutete er auf Margitta Gummel und Kreuzende Otter, „ihr geht an den Rand der Lichtung und schießt mit euren Bögen Löcher in dieses verdammte Fort."

„Von der Lichtung wird das nichts, Chef", meinte Margitta Gummel, „zu weit weg."

„Dann geht ihr eben näher ran, Nichtsmerker! Klar?" Alle nickten. „Also los!"

Mr. Fletscher wartete bis Margitta Gummel und Kreuzende Otter in bequeme Schussweite eintauchten. Dann gab er Mr. Bloodbuster ein Zeichen. Zwei gekonnte Schüsse aus seiner Doppelläufigen beendeten die Bemühungen der Bogenschützen. Mr. Fletscher vernahm befriedigt ein zweifaches „Arr" zur Kenntnis. Während er leise das Lied von den 17 kleinen Indianerlein vor sich hin pfiff, knickte er Daumen sowie den Kleinen und den Ringfinger seiner erhobenen Hand nach innen, und streckte die verbliebenen zwei Finger in die Höhe. Dies ist gar nicht so einfach, wenn man dabei noch einen Revolver in der Hand hat. Aber Mr. Fletscher hatte viel Zeit, dies zu üben. Es war das Zeichen für seine Männer: Noch

Zwei! Die Mannschaft entspannte sich. Alles lief wie immer. Wie jeden Sonntag hatten sie ihre Aufgabe mit Bravour erfüllt. Noch nicht ganz, klar, aber der Häuptling hatte noch 5 Minuten. Das war so sicher wie das Amen in der Kirche. Und dann wird es, wie immer diesen ewigen Streit um diesen bescheuerten Späher geben. Aber das soll dann nicht mehr unser Problem sein, dachten die Männer.

Auch Häuptling Gojko wusste um seine Situation. Aber was sollte er tun? Er hatte ein Gewehr im Anschlag. Das war ein gutes Pfund, mit dem man hätte wuchern können, aber er saß auch auf einem Pferd, was nach vorn drängte. Er konnte nicht einfach absteigen und sich heran schleichen, um aus sicherer Distanz diesem verhassten Mr. Fletscher ein Loch ins Ohrläppchen zu blasen. Wie sollte er denn in der Reiterstellung schleichen können. Die Beine breit, das Gewehr im Anschlag, so kann keiner schleichen nicht. So wie die Körperhaltung seines Erzfeindes auf Verteidigung, so war seine auf Angriff fixiert. Und dieser Angriff war untrennbar mit seinem Pferd verbunden. Er hatte nur eine Chance: Augen zu und ab durch die Mitte. Er atmete tief durch und gab seinem Pferd die Sporen. Das Tier gab alles und im nächsten Moment sprengte er auf das Fort zu. Häuptling Gojko wusste, dass er bei dieser Schaukelei auf dem Pferderücken beim Zielen etwas im Nachteil war. Allerdings war ein Pferd samt Reiter ein beweglicheres Ziel als ein lärmender Signalgeber oder Lassowerfer, und somit sicher schwerer zu treffen. Also gab es für beide Parteien nur eine Taktik: Das Ziel so gut wie möglich anvisieren und dann ballern, was das Zeug hält. An diese Taktik hielt sich der Häuptling auch. Ohne auf das gegnerische Sperrfeuer zu achten, gab er seinem Gewehr Zunder in Richtung Mr. Fletscher. Er fasste den Entschluss um das Fort herum zu reiten. So konnte er zunächst wenigstens Mr. Tundersnake aus der Schusslinie entkommen, denn zu Fuß war es nicht so einfach immer an der richtigen Schießscharte zu sein. Auch Mr.

Bloodbuster und Mr. Gunfire mussten sich nun immer im Kreis mit dem Reiter bewegen, was kniend und liegend, und dabei schießend, so einfach auch nicht war. Einzig Mr. Fletscher in seinem Wachturm, konnte der Bahn von Pferd und Reiter relativ problemlos folgen. Daher galten die Angriffsbemühungen des Häuptlings auch in erster Linie ihm. Er drehte seine Runden um das Fort und schoss aus allen Rohren, als er plötzlich bemerkte, wie Mr. Fletscher ins Wanken kam. Schon wollte er in indianischen Freudentaumel verfallen. Hatte er ihn getroffen? Diesen vermaledeiten Hurensohn! Endlich, nach so vielen Sonntagen! Doch noch war keine Zeit zum Jubeln. Noch hatte er nicht gewonnen. Und als er sich abwandte, um sich auf den nächsten Widersacher zu konzentrieren, kickte ihn die Hand Gottes vom Pferd. Er flog etwa 30 Meter durch die Luft und blieb dann regungslos liegen. Breitbeinig in seiner Reiterstellung, auf dem Rücken, das Gewehr im Anschlag, schickte er mit offenen Augen seinen letzten Lebenshauch in die ewigen Jagdgründe.

Ruhe senkte sich über die Prärie. Die Sonne schickte unerbittlich ihre Strahlen über die verbrannte Erde. Keine Wolke bis zum Horizont. Selbst der Wind hatte sämtliches Blasen eingestellt. Der Pulverrauch hatte sich verzogen. Die Armee der Indianer lag verteilt um Fort Laramie und verweste vor sich hin. Bedächtig und langsam wischte sich Mr. Tundersnake den Schweiß von der Stirn. Sein Blick fiel auf Mr. Fletscher, der tatsächlich etwas schräg in seinem Wachturm stand. Aber er stand noch, seine beiden Pistolen fest im Griff und ließ seinen Blick über die Prärie gleiten. Kein Vogel in der Luft, kein Laut, keine Bewegung, nur Stille. Absolute Stille. Und in diese Andacht erschall es plötzlich trotzig: „So, dass kotzt mich jetzt an!"

„Was kotzt dich an?", tönte es ebenso trotzig retour.

„Na, ich hab ihn doch getroffen, deinen Obermacker im Wachturm."

„Quatsch, hast du nicht!"

„Hab ich doch!“

„Nein, hast du nicht!“

„Du bist gemein“, schrie der 6jährige Michael Brendel, „so was von gemein. Immer bestimmst du, wer zuerst stirbt. Immer willst du gewinnen.“

„Wie im Leben, so im Spiel.“

„Da spiele ich eben nicht mehr mit.“

Gunnar Brendel wusste, dass dies eine leere Versprechung seines Bruders war. Außerdem war das Spiel im Prinzip sowieso beendet. Häuptling Gojko lag im Staub des Schlachtfeldes.

„Ich habe genau gesehen, wie dein blöder Mr. Fletscher in seinem blöden Wachturm gewackelt hat“, fuhr Michael Brendel unbeirrt fort, „also hab ich ihn getroffen. Und wenn einer getroffen ist, da kann er meinen Häuptling Gojko nicht treffen. So!“

„Das ist Oberquatsch“, giftete Gunnar Brendel zurück. „Mein Mr. Fletscher“, und dabei deutete er mit seinem rechten Zeigefinger auf seine Brust, „mein Mr. Fletscher hat sich bloß gedreht, und ist dabei ein bisschen aus dem Gleichgewicht geraten. Nur weil du wie ein irrer um mein Fort galoppiert bist............“

„...........das ist ja gar nicht nur dein Fort. Mama und Papa haben uns das beiden geschenkt!“

Gunnar Brendel überhörte diese Bemerkung. „Jedenfalls bist du um das Fort gerannt, wie eine angestochene Wildsau. So schnell rennt kein Pferd nicht!“

„Doch, so schnell rennt ein Pferd. Allemal!“

„Niemals!“

„Meins schon.“

„Nie im Leben.“

„Woher willst du denn das wissen?“

„Aus der Schule, ich bin schließlich schon in der Fünften!“

„Na und, du kannst mir viel erzählen“, verschränkte Michael Brendel trotzig die Arme vor der Brust, „man lernt bestimmt erst in der Achten oder so, wie schnell ein Pferd rennt." Er wurde zusehends aufgeregter. Tränen sammelten sich in seinen Augen. „Ich kenne schon alle Buchstaben, und ich kann schon bis 100 zählen."

„Trotzdem ist dein Pferd zu schnell gerannt."

„Steht hier ein Schild mit Tempo 30, oder was?"

„Hier brauch kein Schild nicht stehen, weil man nichts verbieten muss, was eh nicht geht."

Diese Diskussion wurde Michael Brendel jetzt zu theoretisch. Außerdem überkam ihn eine Angst, dass der Bruder unter Umständen Recht haben könnte. Daher hob er leicht seine Stimme: „Na und, mein Häuptling musste schnell reiten, denn er war ja nur noch zu eint."

„Am Anfang hattest du aber eine ganze Armee. Wenn du zu blöd bist, kann ich doch nichts dafür."

Das war dann doch ein bisschen viel für den kleineren Bruder. Er sprang auf den Größeren zu und versuchte ihn zu treten, zu kratzen und zu beißen, das ganze Programm eben, was einem 6jährigen halt zur Verfügung steht. Er fing an zu heulen, was den Klängen seines Signalgebers sehr nahe kam. In den Heulpausen spuckte er um sich. Der Kampf um das Fort schien sich nun verlagert zu haben. Und zwischen Heulen und Spucken sprudelte es immer wieder Tränen erstickt und Wut verzerrt aus ihm heraus: „Du bist so gemein……….du bist so gemein!"

Aber Gunnar Brendel, immerhin fast doppelt so alt wie sein Bruder konnte sich ohne größere Probleme den Angriffen erwehren. Er nahm ihn in den Schwitzkasten, und ließ seinen Bruder noch einige Minuten zappeln. Dessen Widerstand wurde zunehmend schwächer, und nach einiger Zeit schluchzte er nur noch: „Immer willst du gewinnen. Du bist so gemein, so unmenschlich brutal gemein. Ich hasse dich!"

Gunnar Brendel spürte, wie seines Bruders Energien langsam einer Resignation wichen, und lockerte den Griff: „Wie auch immer“, antwortete er, „Mr. Fletscher ist unverletzt. Nicht mal ein Streifschuss.“

„Du bist gemein. Ich spiele nie mehr mit dir! So, damit du's merkst!“

Der kleine Michael war wirklich im Eimer. Und das zu Recht, denn Mr. Fletscher war wirklich angeschossen. Aber was eine richtige Kämpfernatur ist, die lässt sich so eine kleine Verletzung nicht anmerken. Was, dachte Mr. Fletscher, Durchschuss in die linke Lunge. Abfatz! Dann atme ich eben mit der rechten Hälfte! Was Mr. Fletscher allerdings nicht wusste: Die Kugel stammte nicht von Häuptling Gojko, sondern war das Ergebnis einer unkontrollierten Querschlägerei, die ihren Anfang in Mr. Gunfire's Büchse nahm. Aber die Wahrheit über den Krieg wird im Fernsehen nicht gesendet. Wie auch immer, Mr. Fletscher wäre um ein Haar im Frendlyfire über die Klinge gesprungen, und Gunnar Brendel war sich seiner Fast-Niederlage durchaus bewusst. Das behielt er selbstredend für sich, aber die Zeit schien gekommen, die Laune seines Bruders wieder etwas aufzufrischen, auch in Anbetracht des nächsten Sonntag.

„Na komm Michi, ist doch nur ein Spiel“, dabei stupste er seinen Bruder leicht gegen die Schulter.

„Du hast gut Lachen, du gewinnst ja immer“, erwiderte der.

„Ja, aber wenn ich nun mal die Cowboys habe.“

„Dann nehme ich eben mal die Cowboys.“

Dieser Vorschlag ging Gunnar Brendel dann aber doch zu weit. Bruderliebe hat ihre festen Grenzen: „Die Cowboys kannst du nicht kriegen.“

„Warum nicht?“

„Darum nicht.“

„Das ist keine Antwort!“

„Das ist sehr wohl eine Antwort!“

„Aber keine befriedigende.“

„Sacktreter!“
„Pillemann!“
Beide drehten sich den Rücken zu und verschränkten die Arme. Beide bedauerten in diesem Moment den reichlich übertriebenen Sexualtrieb ihrer Eltern, welcher letztlich zur Entstehung des jeweilig anderen führte; der jeweilig andere, einzig existent um den anderen zu ärgern, zu piesacken, Platz und Schokolade streitig zu machen, in der Sonne zu stehen. So standen die beiden Brüder Rücken an Rücken und schmollten vor sich hin. Der Unterschied war nur, dass Gunnar Brendel nicht wirklich schmollte, eher durchlebte er so eine Art Gefühl des angewidert seins. Schließlich war er der entschieden Ältere, er wusste eben wo's lang ging im Leben. Der Kleine spielt halt noch mit Indianern, und wundert sich hinterher, wenn er verliert, dachte er. Das ist ja nicht so schlimm, aber seine Niederlagen muss er doch nicht an mir auslassen. Was der Kleine noch nicht weiß: Es wird nicht seine letzte Niederlage sein, grad auch in Richtung Frauen und so. Von späteren beruflichen Rückschlägen ganz zu Schweigen. Nun, da muss er noch viel lernen. Na ja, schau'n wir mal, der wird schon noch gekrochen kommen.

Michael Brendels Gedanken hingegen, auf Grund seines Alters, lebensphilosophisch noch nicht auf dem neuesten Stand, waren durchaus pragmatischer: Das dumme Schwein, dachte er, immer spielt er sich auf, als würde er die Miete für das Kinderzimmer schon selbst bezahlen, dieser Großkotz. Na warte, wenn ich 10 bin, dann pfeift hier ein anderer Wind! Geflissentlich vergessen 6jährige, dass, wenn sie um 4 Jahre älter geworden sind, auch ältere Brüder um die gleiche Zeit nicht nur älter, sondern auch stärker, gerissener und noch gemeiner geworden sind. Eigentlich, so dachte Michael Brendel weiter, müsste man petzen gehen. Den Streithammel mal so richtig reinreiten beim Vater. Aber die Frage stand im Raum: Was soll ich petzen? Papa, Mr. Gunfire schießt etwas schneller, als Butting Sill sein Lasso wirft. Oder, du Papa, der Gunnar lässt meinen Häuptling nicht um das Fort reiten, und zwar in einer Geschwindigkeit, von wo man in der 5.Klasse noch nichts gehört hat. Nein, das ging nicht. Nachdenklich geworden senkte er seinen Blick. Und plötzlich durchfuhr es ihn. Er glaubte, etwas gesehen zu haben. Sicher war er sich nicht. Daher machte er einen kleinen Schritt nach vorn, um bessere Sicht hinter den Bettpfosten zu bekommen. War da eine Hand? Er beugte sich noch ein klein wenig nach vorn, und da sah er ihn: Gut versteckt, unter einem ferngesteuerten Polizeiwartburg, welcher unter dem Bett parkte, lag Weißer Falke. Der Späher hatte nur darauf gewartet, dass Michael Brendel ihn entdeckte. Nun blinzelte er ihm zu und legte den Zeigefinger auf den Mund. Dann deutete er auf die hinter dem Auto liegende Fernbedienung und dann in Richtung Fort. Dann auf sich und wieder auf das Polizeiauto. Michael Brendel durchfuhr es heiß und kalt. Sein Häuptling war tot, aber sein Späher lebte noch. Und so lange einer seiner Krieger noch am Leben war, so lange war der Kampf noch nicht verloren. Und er verstand auch sofort, was der Späher ihm zu verstehen gegeben hatte: Weißer Falke wollte unbemerkt in den Wartburg klettern, und Michael sollte sich die Fernbedienung schnappen, um dann unter Blaulicht auf das Tor des Fort zu zurasen. Das Tor würde unter dem Aufprall zweifelsohne umfallen und damit den hinter dem Tor stehenden Mr. Tundersnake unter sich begraben. Somit wären es nur noch 2einhalb Gegner gewesen, den Mr. Fletscher war ja nur noch bedingt einsatzfähig. Vielleicht würde der Schwung ja reichen, um das Tor gegen den Saloon zu drücken und dadurch Mr. Gunfire aus dem Gleichgewicht zu bringen. So hätte als letztes wirkliches Problem nur noch Mr. Bloodbuster auf dem Dach des Pferdestalls im Raum gestanden. Michael Brendel bekam leuchtende Augen. Seine schlechte Laune war einem neuen Selbstvertrauen gewichen. Siegeswille brach sich Bahn. Sicher, er hatte eine Schlacht verloren, aber der Krieg, der war noch zu gewinnen. Er musste nur alles so machen, wie Weißer Falke es vorgeschlagen hatte. Da konnte eigentlich nichts mehr schief gehen. Eigentlich! Denn plötzlich durchfuhr es ihn wiederholt, nur anders herum. Es durchfuhr ihn sozusagen negativ. Der Plan von Weißer Falke war trefflich, aber er bedurfte Batterien. Ein ferngesteuertes Polizeiauto fährt nicht ohne Batterien. Das war damals im Osten so. Und mit der Batterie im Osten an sich, war das so eine Sache. Da war keineswegs sicher, ob sie überhaupt als Stromquelle zu gebrauchen war, und wenn ja, wie lange sie als solche Dienst tun würde. Westliche Agenten haben oft versucht heraus zu bekommen, woraus eine DDR-Batterie ihren Strom bezog. Ganz ist das nie aufgeklärt worden, aber es geht die Kunde, dass eine geschickte Mischung aus angereichertem Uran und Russenkacke aus Omsk, Taschenlampen zum Leuchten brachte. Vor allem aber die Halbwertzeit von Russenscheiße war unberechenbar, daher waren auch Lebenszeit und Leistung von Ostbatterien nicht voraus zu berechnen. Fieberhaft versuchte sich Michael Brendel zu erinnern, wann er das letzte Mal mit dem Auto gefahren war. Er konnte sich nicht erinnern, aber selbst wenn, sein Bruder hätte ja auch damit gefahren sein können. Gesagt hätte er ihm das sicher nicht. Aber selbst wenn niemand damit gefahren wäre, gab es keine Garantie, dass die Batterien noch genug Tinte auf dem Füller gehabt hätten, um bis zum Fort zu gelangen, das Tor umzustoßen, und Mr. Gunefire ins Trudeln zu bringen. Stell dir vor, der Hauptmann befiehlt seinem Soldaten: Da, nimm diese Granate und wirf sie in den gegnerischen Schützengraben, damit unsere Truppen nachrücken können. Ich weiß zwar nicht ob die Granate scharf ist, ...aber ich muss es versuchen, dachte Michael Brendel. Was bleibt mir weiter übrig?

Die Brüder standen immer noch Rücken an Rücken. Nach einigem Zögern bückte sich Michael Brendel, und tat so, als würde er sich einen Schuh binden. Zwar war ihm schon bewusst, dass seine Hausschuhe nicht mit Schnürsenkeln gesegnet waren, aber auch in einem Bruderkrieg heiligt der Zweck die Mittel. Michael Brendel zwinkerte Weißem Falken zu, der nickte zurück. Beide wussten, was sie zu tun hatten. Und in dem Moment, wie sich Michael Brendel auf die Fernbedienung stürzte, sprang Weißer Falke in den Polizeiwartburg. Die Fernbedienung zu handhaben war nicht einfach, denn sie war ungefähr so groß und so schwer wie das Auto selbst, und durch ein ca. ein Meter langes Kabel mit dem Wartburg verbunden. In der Fernbedienung befanden sich schätzungsweise 24 bis 28 Batterien von je 1 Volt, jede so groß wie ein fetter Frauenarsch. Auf der Fernbedienung waren Schalter für Blinker, Martinshorn, Blau - und Abblendlicht. Ein Schieberegler für vor und zurück. Das Herzstück ein kleines Lenkrad, mit dem man die Richtung des Wagens ändern konnte. Nun ging alles sehr schnell. Michael Brendel legte alle Schalter auf an bzw. vor, und der Polizeiwagen schoss mit Weißer Falke an Bord auf das Fort zu. Die Räder drehten durch und hinterließen schwarze Streifen in der Auslegware. Weder Gunnar Brendel noch Mr. Fletscher und seine Männer wussten wie ihnen geschah, als das Auto gegen das Tor der Festung prallte. Wie erhofft fiel das Tor nach hinten um und begrub Mr. Tundersnake unter sich. Jetzt überschlugen sich die Ereignisse. Zwar reichte der Schub des Wagens nicht aus, um das Tor noch gegen den Saloon zu drücken um somit auch Mr. Gunefire aus dem Rennen zu nehmen, aber das hatte einen triftigen Grund. Der Wagen war einfach schneller als Michael Brendel. Und die Fernbedienungsschnur war zu kurz. So kam der Wagen abrupt zum Stillstand und Michael Brendel verlor das Gleichgewicht. Er hätte die Fernbedienung ja auch loslassen können, aber alles ging so schnell. Er fiel kopfüber und begrub das halbe Fort samt Mr. Gunfire und Mr. Bloodbuster unter sich. Sie kamen nicht mal dazu an ihre Waffen zu denken. Weißer Falke war so schnell er konnte aus dem Auto gesprungen, aber auch er wurde von Michael Brendel begraben. Dieser Trottel, dachte Weißer Falke. Aber er war unverletzt und kroch unter Michael Brendel hervor. Während des Kriechvorgangs kam er an Mr. Gunefire vorbei. Der schien tot. Zur Sicherheit sengelte Weißer Falke Mr. Gunefire noch mal sein Fernglas an die Omme. Dann rannte er im Liegen auf den Wachturm zu, in dem nach wie vor der angeschossene Mr. Fletscher stand. Und als Weißer Falke mit seinem Fernrohr zum finalen Schlag ausholte, drehte der im ersten Moment zugegebenermaßen sicher überraschte, aber viel zu kriegserfahrene Gunnar Brendel seinen Befehlshaber in Richtung Weißer Falke und machte zwei mal: „Piu Piu!“ Und Weißer Falke machte einmal „Arr!“ Michael Brendel hatte also wieder verloren. Scheißspiel! Aber so ist das nun mal: Der kleine Bruder zieht immer die Arschkarte, jedenfalls im Kinderzimmer und in der Politik. Michael Brendel ließ die Sache diesmal aber nicht auf sich beruhen. Er malte mit Tinte kleine Hakenkreuze auf das Bettlaken seines Bruders. Der große Bruder kam daraufhin ins Heim, die Ehe der Eltern zerbrach, ein angedachter dritter Bruder kam in die Stammzellenforschung, Saddam Hussein bestückte fürderhin seine Giftgasgranaten mit DDR-Batterien, ja und schließlich dann die Sache mit der Wende 1989. Vorher aber schrieb Heinrich Heine noch das wohl beste Gedicht seines Lebens:

In jeder Frau da steckt
ein Sexualobjekt.
Das muss der Mann entdecken,
sonst bleibt es in ihr stecken.

Worauf der Mann sagt: Du kannst mir einen blasen. Und sie bläst. Nach einiger Zeit sagt der Mann: So jetzt ist er kalt genug, jetzt kannst du ihn in den Mund nehmen.

Und sie nahm ihn in den Mund, während bei Capri die rote Sonne im Meer versank. Na ja, Schwamm drüber. Mein Wein ist alle und mein Rücken schmerzt. Außerdem bin ich schon wieder geil. Das ist jetzt schon das dritte Mal in zwei Jahren, dass ich geil bin. Wo soll das bloß noch hinführen? Aber ich bin froh, dass ich den Witz mit dem Blasen hier noch unterbringen konnte, sowie das Gedicht von Herrn Heine. So ein Schlawiner, dieser Heine, wer hätte das gedacht? Hat wahrscheinlich heimlich rumgemacht in seinem Wintermärchen. Die ganze Zeit hab ich überlegt, wo ich das verwursten kann, verfluchtes Ding aber auch, und nun? So einfach. Viele gucken heute Fußball. Italien gegen Frankreich. Das ist so ungefähr das sinnloseste Finale, was es bei einer WM geben kann. Was soll's, soll der Zidane dem Buffon ins Knie ficken oder umgedreht, ich geh dann mal ins Bett und lass den lieben Gott einen frommen Mann sein.

Ach so, hier noch ein wichtiger Hinweis: Die Postfiliale im Konsum auf der Salzburger Straße hat von 13-14 Uhr Mittagspause.

Der verlustreiche, aber in seinem Ausgang letztlich eindeutige, Kampf um Fort Laramie fand im Jahre 1972 statt. Die Auseinandersetzungen begannen Anfang 1970, als der gerade mal 3jährige Michael Brendel alt genug schien, um die kleinen Gummiindianer von den Gummicowboys unterscheiden zu können, und somit als kriegsdienstverwendungsfähig einzustufen war. Damals war der Kampf innerhalb von Sekunden entschieden. Der kleinere Bruder verlor bald das Interesse, aber Gunnar Brendel machte ihm scheinheilig immer wieder Mut, von wegen: nächsten Sonntag klappt es bestimmt. Wenngleich er überhaupt nicht daran dachte, seinen Bruder auch nur einmal gewinnen zu lassen. Soweit geht die Bruderliebe ja nun doch nicht. Das ging so an die vier Jahre, jeden Sonntag, wenn sich die Eltern der Brüder zum Mittagsschlaf nieder ließen, tobte im Kinderzimmer der Schlachtenlärm. Aber dann kam die Zeit, als Gunnar Brendel seinerseits das Interesse am Spiel verlor, und so entstand die Legende von der uneinnehmbaren Festung Fort Laramie. Aber die Legende sagt, wie alle Legenden, nur die halbe Wahrheit, denn Jahre später wurde das Fort doch eingenommen, und zwar von einer vereinigten Armee von Indianern und Cowboys. Die Brüder rüsteten die Angreifer mit Spritzen aus, die sie mit Spiritus befüllt hatten. Dann erteilen sie Befehl das Fort zu beschießen. Eine weggeworfene Zigarettenkippe von Mr. Fletscher tat dann sein Übriges. Das Fort brannte bis auf die Grundmauern herunter. Allerdings kam niemand zu Schaden, den die ganze Aktion fand im Freien statt. Nur Stehender Schwanz und Stinkendes Schwein wurden zu Anschauungszwecken in den Wachturm gestellt. Übrig blieben zwei kleine schwarze Klumpen, worüber sich die beiden Brüder sehr amüsierten. Die verkohlten Überreste von Stinkendes Schwein und Stehender Schwanz sind heute im Berliner Museum für Frühgeschichte zu bestaunen, und gehen dort als versteinerte Reste von gegorenem Kinderkot aus der Jungsteinzeit durch.

Geschichtlich gesehen ist mit der Erwähnung der Kämpfe um Fort Laramie, das Jahr 1972 im Prinzip ausreichend beschrieben, aber natürlich passierten noch andere nebensächliche Dinge. Zum Beispiel bezeichnete Erich Honecker auf einer Rede vor Soldaten der NVA Westdeutschland als „imperialistisches Ausland". Soviel Weitsicht hätte man dem Burschen doch gar nicht zugetraut, denn in gewisser Hinsicht hatte er ja Recht, teilweise bis heute. Und weil dieser Honecker mit Imperialisten nichts zu tun haben wollte, wurde 1972 die Pass- und Visafreiheit für DDR-Bürger mit der CSSR eingeführt. Im Ergebnis verlor der Honza 2006 dann gegen Ghana.

Großbritannien, Norwegen und Dänemark treten der EG bei. Bedingung war: Kein Euro! Klug gehandelt. Der Vollständigkeit halber sei erwähnt, dass auch Irland beitrat. Bedingung: Rauchverbot in Pups. Das ist ungefähr dasselbe, als wenn du dich beim Ficken nicht mehr ausziehen darfst. Na, das wird auch noch kommen.

Die Bundesregierung unter Willy Brandt erlässt den sogenannten Radikalenerlass. Der beinhaltete unter anderem, dass Mitglieder extremer Organisationen nicht im öffentlichen Dienst beschäftigt werden durften. Die Skorpions durften aber weiter singen.

Richard Nixon trifft als erster US-Präsident in China ein und trifft sich dort unter anderem mit Mao Tse-tung. Damit begegnen sich die nachweislich am meisten geistig behindertsten Menschen des Jahres 1972 ihrer Länder. Sie sprechen über den Abbau der Spannungen zwischen ihren Staaten und spielen sich während einer Pressekonferenz gegenseitig heimlich am Bullermann herum. Ein Fotograf schoss Bilder dieser Handlungen, welche um die ganze Welt gingen. Die Fotos wurden auf Anweisung der UNO später unter strengster Geheimhaltung ca. 30 cm tief in Äthiopien vergraben. Man hofft, im Jahre 2030 daraus Dichtungsringe für Elektrorasenmäher fertigen zu können.

Weiterhin gründen einige sozialistische Staaten die Organisation „Interatominstrument". Dazu muss man ja wohl hier nichts weiter erwähnen. Dieser Gründungsakt ist allen Menschen noch tief ins Gedächtnis gebrannt. Aber auch aus persönlichen Erwägungen heraus, möchte ich zu diesem speziellen Thema hier nichts weiter darüber schreiben. Dazu ist mir die „Interatominstrument“ viel zu wichtig und, darauf muss ich hier an dieser Stelle explizit hinweisen, die „Interatominstrument“ ist mir auch zu schön. Es ist die vom Design her gelungenste Organisation die es bis dato gab, von der „Intermumpitzpraktika“ mal abgesehen. Aber das ist hier nicht der Punkt, denn streng genommen kann auch die „Intermumpitzpraktika“ der „Interatominstrument“ nicht das Wasser reichen. Höchstens noch die „Afterinlandshafe“, aber das gehört jetzt wirklich nicht hier her.

Im März des Jahres 1972 beschließt die Volkskammer der DDR die Legalisierung des Schwangerschaftsabbruchs in den ersten 12 Wochen. Es ist die erste Abstimmung seit Gründung der Volksvertretung, die nicht einstimmig getroffen wurde. Es gab 14 Gegenstimmen und 8 Enthaltungen. Diese 22 Abgeordneten wurden nach der Sitzung sogleich verhaftet und unverzüglich vor Gericht gestellt. In einer 4minütigen Verhandlung wurden die 8 Enthalter dazu verurteilt, alle zukünftigen Kinder abtreiben zu müssen. Die 14 Abgeordneten, die dagegen gestimmt hatten, wurden verurteilt, ihre schon lebenden Kinder nachträglich abzutreiben. Daraufhin kam es zu tumultartigen Szenen im Gerichtssaal. Unter dem Druck der Öffentlichkeit wurde das Urteil präzisiert: Die Kinder der Verurteilten wurden auf der Elbe ausgesetzt und die Eltern mussten immer ganz laut rufen: Hilfe, mein Kind ist abgetrieben. Bei Schönebeck wurden die Kinder aus dem Wasser gefischt und ins Heim gesteckt. 1990 wurde das Urteil aufgehoben und ebenfalls in Äthiopien vergraben. Aber erwähnenswert sollte doch bleiben, dass Westdeutschland erst 2 Jahre später den berühmten § 218 reformiert hat, mit deutlich mehr Gegenstimmen. Die westdeutschen Gegner der legalen Abtreibung sind aber straffrei ausgegangen. Die wahren Verbrecher kommen eben immer ungestraft davon. Warum ich für das Recht auf Abtreibung bin? Angesichts – Also das gibt es doch nicht: Jetzt wollte ich schreiben, dass jährlich soundso viele Menschen verhungern, aber im Internet schwanken die Zahlen auf diversen Hungerseiten zwischen 9 und 100 Millionen, da vergeht einem doch das Schreiben. Gut, einigen wir uns auf Millionen – Also angesichts von Millionen Kindern, die jährlich verhungern, und genauso vielen Kindern, die in unglücklichen Verhältnissen aufwachsen müssen, sollte man sich doch erst mal um die Lebenden kümmern. Fest steht: DIE haben eine Seele und ein Gefühl. Ein Fötus hat vielleicht auch schon eine Seele, aber ab wann? Wenn schon, dann ab dem Punkt, wo sich Samen und Eizelle vereint haben und nicht nach 5 Tagen oder 12 Wochen, oder sonst einer willkürlich gesetzten Zeitspanne. Und dass das ungeborene Leben nicht den Stellenwert besitzt, wie das Geborene, sieht man ja schon daran, dass es bei komplizierten Geburten immer heißt: Im Zweifel für die Mutter. Das sehen wohl auch die Abtreibungsgegner so. Wie die das wohl mit ihrem Gewissen vereinbaren? Eine Frau, die einen Grund hat, sollte abtreiben dürfen. Für die Assiweiber, die zu blöd oder zu faul zum Verhüten sind, habe ich allerdings kein Verständnis. Aber bei denen ist Abtreibung wichtiger denn je, denn Assis bringen in der Regel auch Assis zur Welt. Ich meine, muss ja nicht sein, oder? Jedenfalls, was ich damit sagen will: Liebe Abtreibungsgegner, ihr rettet die Welt nicht. IHR nicht! Ihr seid typische Problembastler, weil ihr zu feige und zu träge seid, euch den wahren Problemen dieser Welt zu stellen. Und die sind nun mal Hunger, Familienpolitik, Umweltschutz usw. Ich meine, ich stelle mich diesen Problemen auch nicht, aber ich gehe anderen Menschen auch nicht auf den Sack. Meine Bücher muss ja niemand lesen, falls das jetzt kommt.

Da hab ich mich aber jetzt aufgeregt. Zurück zum Stoff. Was war denn sonst noch so los im Jahre 1972?

Der damalige Chef der Sowjetunion, Leonid Breschnew erkennt in einer Rede auf dem 15. Gewerkschaftskongress die Europäische Wirtschaftsgemeinschaft als Realität an. Im Gegenzug billigt der US-Senat einen Zusatzartikel der Verfassung der USA, der die Gleichberechtigung der Frau festschreibt. Gut, die beiden Vorgänge haben wirklich nichts miteinander zu tun, zeigt aber, auf welchem Niveau sich die damaligen Supermächte bewegten. Auf einem sehr hohen, versteht sich, denn Realitätsverlust kann man beiden nicht vorwerfen. Der Zusatzartikel wurde übrigens nie ratifiziert. Von Alice Schwarzer wurde damals der Spruch geprägt: Von den USA lernen, heißt siegen lernen.

Im April unterzeichnen über 70 Staaten die UN-Konvention über das Verbot der Entwicklung, Lagerung und Produktion von chemischen und biologischen Waffen. Da aber über die Jahre schon Millionen von Tonnen dieser effektiven Mittelchen hergestellt waren, kam man mit der Vernichtung nicht hinterher. Auch waren die Lager voll. So bot sich der Irak an, die überschüssigen Bestände von Chemiewaffen temporär bei sich zu lagern. Dies freundliche Angebot wurde dankbar angenommen. Beim Transport in ein Endlager in Kurdistan muss was schief gegangen sein. Mittlerweile haben aber noch viele andere Staaten dieses Abkommen unterzeichnet, nur Holland weigert sich kategorisch mit Hinweis auf seine Tomatenproduktion.

Die SED, der ostdeutsche Gewerkschaftsbund und der Ministerrat beschließen sozialpolitische Maßnahmen in der DDR. Dabei geht es vor allem um Verbesserungen für berufstätige Mütter und kinderreiche Familien. Heute, fast 30 Jahre danach, versuchen derzeitige Regierungen an diese Maßnahmen anzuknüpfen, weil, das deutsche Volk wird knapp. Aber man tut sich schwer. Einerseits wohl, weil das Volk langsam genug knapp wird, es also offensichtlich nicht pressiert, andererseits suchen diverse Regierungsmitglieder nach Geld, um die sozialpolitischen Maßnahmen finanzieren zu können, nichts ahnend, dass mit den Fotos der Pullermänner von Nixon und Mao auch eine nicht gering zu schätzende Summe Geldes in Äthiopien vergraben wurde. Nur tiefer eben.

Im Mai gibt das Bundesverteidigungsministerium einen Erlass heraus, demnach das Haar der Bundeswehrsoldaten künftig weder die Uniform noch den Hemdkragen berühren darf. Diese im Ernstfall sicher kriegsentscheidende Verfügung löst einen Erlass aus dem Jahre 1971 ab, der langhaarigen Soldaten das Tragen eines Haarnetzes vorschrieb. In seiner Denkschrift: - Das Haar im Krieg -, schrieb Gotthelf Balthasar von Klingenburg schon 1845: *Der Gegner, sei er noch so brutal, hat nichts gegen lange Haare, wenn sie gepflegt sind.* Aber diese Denkschrift schien niemand im Verteidigungsministerium gelesen zu haben. Frisörgeschäfte schossen wie Pilze aus dem Boden. Hervorzuheben wären da vor allem: „Haargenau" in Stuttgart-Degerloch, „Haarlekin" in Berlin-Spandau, „Haarlem" in New York und „Hair rein" in Döbeln-Ost.

Richard Nixen besucht als erster US-Präsident die Sowjetunion, und trifft dort auf Leonid Breschnew (siehe oben unter Treffen mit Mao, Fotos wurden allerdings nicht gemacht, die nicht gemachten Fotos wurden aber trotzdem an bekannter Stelle vergraben, nur noch tiefer).

Ende Mai unterzeichnen Egon Bahr und Michael Kohl (Schwippschwager von Hannelore) in Ostberlin einen Verkehrsvertrag mit der DDR. Darin geht es vor allem um den Abbau von Hemmnissen im innerdeutschen Reiseverkehr, sowie um die Festschreibung der Nichteinführung des „Grünen Pfeil" in Westdeutschland im Falle einer möglichen Wiedervereinigung im Zeitraum Oktober 1990. Außerdem wurden ein Verbot des Rechtsabbiegens in der DDR und ein Linksabbiegeverbot in der BRD vertraglich festgelegt. Bei Zuwiderhandlungen wurden die Verkehrssünder mit Haarnetzen aus Beständen der Bundeswehr, nicht unter 10 Stück, belegt.

Ab Juni gilt in Westdeutschland auf Landstraßen Tempo 100. Gern hätte die DDR da mitgezogen, aber dafür fehlten einfach die entsprechenden Autos. Daher wurde auf der damals noch einspurigen Autobahn A4 Dresden – Görlitz bei Ohorn, eine Versuchsstrecke mit Tempo 10 eingeführt. Schneller hätte man diesen Streckenabschnitt aber auch wirklich nicht passieren können.

Am 17. Juni werden fünf Männer bei einem Einbruch in das Wahlkampfhauptquartier der US-amerikanischen Demokratischen Partei im „Watergate-Hotel" in Washington ertappt und festgenommen. Wie sich herausstellt, handelt es sich um Helfer des Komitees für die Wiederwahl des republikanischen Präsidenten Nixon. Im Laufe der „Watergate-Affäre" geraten immer mehr Mitarbeiter des US-Präsidenten - und schließlich er selbst - ins Zwielicht. Nixon aber erkennt die Gefahr und schiebt die Schuld geschickt auf in Äthiopien vergrabene Exil-Kubaner.

Westdeutschland wird Europameister im Fußball. Die DDR legt daraufhin pauschalen Protest ein. Dieser wird ebenso pauschal abgelehnt. Das Jahr 1972 kann somit getrost als das Geburtsjahr der Pauschalreise gelten.

Im Kampf der Systeme gelingt im Juni 1972 der Bundesrepublik der entscheidende Schlag, der dann knapp zwei Jahrzehnte später zum Niedergang des Sozialismus führte. Beide Systeme waren mittlerweile klug genug um zu wissen, dass der Kampf nicht auf dem klassischen Schlachtfeld entschieden werden konnte, sondern mit anderen Maßnahmen. Zum einen waren das wirtschaftliche Mittel, bei denen der Sozialismus mit sowjetischen Matrjoschkas, ungarischer Salami und Dresdner Christstollen den Westen fest im Würgegriff hatte. Der Westen glänzte mit sozialpolitischen Gegenmaßnahmen wie Weihnachtsgeld und Beamtentum auf Lebenszeit, und hielt so mit Ach und Krach die Waage. Aber dann reduzierte die Bundeswehr den Wehrdienst von 18 auf 15 Monate. Das ging der DDR-Führung dann aber doch ein bisschen zu weit. Der damalige Verteidigungsminister der DDR, Heinz Hoffmann, ließ sich daraufhin entrüstet mit dem damaligen Verteidigungsminister der BRD, Helmut Schmidt verbinden. Das Telefonprotokoll wurde zwar später in einem nicht näher benannten Land am Horn von Afrika vergraben, aber dem Autor liegt ein unter abenteuerlichen Umständen wieder ausgegrabenes, beglaubigtes Duplikat vor:

„Hallo?“

Rauschen.

„Hallo?“

Knistern.

„Ja?“

Pause.

„Hallo?“

„Ja, wer ist denn dort?“

„Hallo?“

„Ja, gottverdammich, wer ist denn Hallo?“

„Hallo?“

„Ja?“

„Hören Sie mich?“

„Nein, ich verstehe Sie sehr schlecht!“

„Wie bitte?“

„Hallo?“ Pause. „Haalloooo?“

Längere Pause, Knistern, starkes Rauschen, dann plötzlich Stille.

„Hallo Helmut, bist du's?“

„Ja, hier Helmut Schmidt, wer ist denn dort?“

„Nu der Heinz, Mensch, jetzt bist du aber fein zu hören.“

„Welcher Heinz?“

„Hallo?“

„Ja?“

„Jetzt bist du wieder zu hören, hier ist Heinz Hoffmann, dein Feind aus der Zone.“

Beiderseitiges Lachen.

„Ach der Heinz, Mensch und ich dachte schon wieder so ein Krüppel von der CDU. Die gehen mir vielleicht auf den Sack, du."

„Na komm Helmut, das ficht dich doch nicht an. Du weißt doch, der wahre Feind steht immer in den eigenen Reihen. Wenn du Probleme hast, weißt doch, für dich hab ich immer ein offenes Ohr."

„Nee nee Heinz, alles im Griff. Und bei dir so? Truppenstärke noch die selbe, was?"

„Ja ja, alles beim alten, Helmut. Du weißt doch, wenn sich was ändert bei uns, dann erfährst du es als erster."

„Ja, ich weiß Heinz, wir Verteidigungsminister halten doch zusammen. Klaro! Und, zu Hause alles in Ordnung, und so? Was macht die Verehrteste?"

„Nü ja, muss ja, muss ja. Weißt ja, wir werden all nicht jünger. Kriegt jetzt `ne neue Hüfte, na ja, wenn sie sich verbessern kann."

„Hallo?"

Pause.

„Ja?"

„Hallo? Ach da bist du ja wieder, warst grad wieder weg. Und bei dir Helmut? Alles im Lot? Was macht'n der Große?"

„Na ja, weißt ja wie's ist. Lässt sich doch nichts mehr sagen, der Lulatsch. Will nicht in die Wirtschaft, will nun in die Kunst."

„Na, da hört mir doch aber alles auf, Helmut....."

„Hallo?"

..........dem würd' ich aber zeigen wo der Papst scheißt, wir sind doch hier nicht auf der Fritz Heckert!"

„Eben, Heinz, eben."

Pause.

„Sag mal Heinz, ihr habt da wieder an der Mauer was abgeknallt. Tat das Not?"

„Tja, was heißt Not. Anweisung von ganz oben, einerseits. Andererseits, wozu ist ein Soldat denn da, wenn nicht zum Abknallen?"

„Da hast du wahr, Heinz. Ich beneide dich. Ich hätt' auch gern so eine Mauer, da könnte ich auch gern mal einen auf Alarm machen."

„Tja Helmut, man kann nicht alles haben im Leben. Dafür hast du doch einen ganzen Haufen Terroristen, mit denen könntest du doch mal ein kleines Feuerwerk abschießen?"

„Nee Heinz, geht nicht. Demokratie und so, wenn du verstehst."

„Ja ja", seufzte Heinz, „verstehe, verstehe."

Pause. Man hörte, wie sich Helmut eine Pfeife anzündete.

„Und Heinz, weshalb ruftst'n an?"

„Na ja Helmut, was meine Frage ist, was soll denn der Scheiß mit der Dienstzeitverkürzung? Schafft ihr jetzt in 15 Monaten, wofür wir 18 brauchen? Das kann doch nicht die Norm sein, oder wie, oder was?"

„Du hast ja recht, Heinz, mir gefällt das auch nicht. Es wäre mir schon lieber, wenn die Krüppel 18 Monate geschliffen werden, aber was soll ich machen? Anweisung von ganz oben."

„Gut, verstehe, aber versteh auch mal mich! Wenn meine Krüppel spitz kriegen, dass in der feindlichen Armee 3 Monate weniger zu dienen sind, werden die aufmüpfig und gehen stiften."

„Na das ist doch schön für dich, da kannst du an deiner Mauer wieder was abfackeln."

„Hm, so gesehen, aber ich darf's nicht übertreiben, weißt doch, UNO-Menschenrechte und der ganze Plunder."

„Aber Heinz, so kenne ich dich doch gar nicht, wirst wohl sentimental auf deine alten Tage?"

„Nö nö, das passt schon, ...aber bei 15 Monaten bleibt es erst mal, versprochen?"

„Versprochen."

„Du bist ein Kumpel, Helmut."

„Du aber auch, Heinz."

„Na ja, aber du mehr."

„Hallo?"

„Ja!"

„Du mehr."

„Alles klar, Helmut! Und bei dir so? Immer noch die gleiche Anzahl Atomraketen?"

„Ja ja, das bleibt erst mal bis zum Doppelbeschluss."

„Alles klar. Da weiß ich erst mal Bescheid. Also dann, wenn's wieder mal so klappt."

„Klar, du weißt ja: Da könn' mir so was eben ni mehr machen!"

„Harhar, der war gut, den muss ich mir merken. Also dann, ich ruf dich wieder an."

„Alles klar, ich hab ja deine Nummer."

„Karl May, es sei."

Aber trotzdem, das gute Verhältnis der beiden Vereidigungsminister hat den Auflösungsprozess der DDR nicht aufhalten können. Außerdem wurde Helmut Schmidt kurze Zeit später Finanzminister und hatte fürderhin gute Gespräche mit dem Finanzminister der DDR, Siegfried Böhm. Erstaunlich ist doch, nebenbei bemerkt, das sich ein Land wie die DDR, in dem es eigentlich gar kein Geld gab, einen Finanzminister leisten konnte. Ohne Geld konnte man den Finanzminister auch gar nicht entlohnen. Daher beging Siegfried Böhm 1980 Selbstmord. Helmut Schmidt war zu diesem Zeitpunkt schon Bundeskanzler und konnte somit nur Erich Honecker kondolieren. Der übergab den Fall an Erich Mielke, und der fackelte was ab. Siegfried Böhms Suizid ging übrigens als der erste Selbstmord eines Finanzministers aus finanziellen Gründen in die Geschichte ein.

Im Juli wird Kuba in den Rat für gegenseitige Wirtschaftshilfe, kurz RGW aufgenommen. Der RGW war eigentlich nur dazu da, soviel Länder wie möglich in den sowjetischen Machtbereich einzugliedern. Ein Land wie Kuba war da, durch die Nähe zur USA, nicht unwichtig, auch wenn es sich schon in den 60er Jahren zur Aufstellung von Atomraketen als ungeeignet erwies. Zu sandiger

Untergrund. Mit der Mitgliedschaft im RGW entwickelte sich Kuba zum Hauptlieferanten von Orangen für die anderen Ostblockstaaten. Denn trotz intensiver politischer Repressalien wollten im Osten Europas keine Orangen gedeihen. Aber auch auf Kuba wollten sie nicht so richtig. Trotz eingeflogener sowjetischer Experten, die eigentlich auch keine waren, denn sie kamen aus der Birnenbranche, weigerte sich die kubanische Erde beharrlich, saftige Orangen hervor zu bringen. Was die Erde hervor brachte und somit dann auch letztlich unterm ostdeutschen Weihnachtsbaum landete, waren schrumplige, knochenharte, fasrige Tennisbälle, voller Kerne, ohne Saft und Geschmack. Dafür bekam die Insel Öl aus der Sowjetunion und LKW W50 aus der DDR. Öl bekommt Kuba nun nicht mehr, aber die W50 sind noch allgegenwärtig. Der Autor war auf Kuba, um Urlaub zu machen. Der Autor braucht keinen Luxus in der Dritten Welt, der Autor ist bescheiden. Der Autor will nur in Ruhe was zu fressen kaufen, seine Eier am Strand in den Sand hängen und eine halbwegs passable Unterkunft für sein Geld. Das war Wunschgebaren in diesem Urlaubsparadies. Der Autor hat diesen Urlaub vorzeitig beendet, und rät allen tunlichst davon ab, Kuba individuell zu bereisen. Man kann in einem sozialistischen Land keinen Urlaub machen, es sei denn, man liebt den Verfall, die Korruption, die Armut, die Lügen, den Dreck, die Abgase und völlig überhöhte Preise. Sollte Fidel Castro mal abdanken und der darauf folgende Bürgerkrieg von der Insel noch was übrig gelassen haben, dann könnte man ja noch mal dahin fahren. „Perle der Karibik" – da könnte man Paris Hilton auch als „Botschafterin der Menschheit für bildende Künste" durchgehen lassen.

Im August 1972 führt der schwedische Automobilkonzern Volvo die Arbeitsgruppenfertigung anstelle von Fließbandarbeit an. Mit der Konzeptänderung soll die Monotonie bei der Arbeit und die dadurch bedingte hohe Unzufriedenheit der Arbeiter beendet werden. Das klingt gut, heißt aber am Ende nichts anderes, als dass die

Arbeiter über kurz oder lang durch Roboter ersetzt werden. Somit wird das Ziel erreicht: Es gibt keine unzufriedenen Arbeiter mehr. Dafür unzufriedene Arbeitslose. Diese werden sich später aus langer Weile erheben und ein bisschen Bambule veranstalten. Nach dem Krieg gibt es wieder genügend Arbeit, weil man ja alles wieder aufbauen muss. Bis dann der Chef eines Automobilkonzerns wieder eine Idee hat. Somit hat der Autor mit drei Sätzen die Welt, respektive die von Karl Marx aufgestellten Thesen über die Zyklen des Kapitals erklärt.

Und dann beginnen Ende August 1972 die 20. Olympischen Sommerspiele in München, die von der blutigen Geiselnahme israelischer Sportler durch arabische Terroristen überschattet werden. Der Spielbergfilm „München" stellt die Ereignisse plastisch nach. Ich meine, mir fällt dazu nicht mehr viel ein. Wer Gewalt an andere dran macht, hat Scheiße im Hirn, das ist der Punkt. Das gilt für alle Arten von Gewalttätern. Was mich aber am meisten aufregt, ist die jeweilige Rechtfertigung der Gewalttaten mit Gott. Welcher Gott auch immer, das kann er nicht gemeint haben. In keinem Koran, in keiner Bibel, in keinem was weiß ich, steht geschrieben: Du sollst feige und hinterlistig Unschuldige, auch Glaubensbrüder wegbomben. Terroristen sind einfach nur Kriminelle oder Geisteskranke oder beides. Sie haben Sexfrust oder Langeweile oder weiden sich sadistisch am Leid anderer. Der Terrorist als solcher steht in der Rangordnung noch unter dem Mehlwurm, und so sollte man ihm auch begegnen. Damit will ich sagen: Lebenslange freie Kost und Logis in Guantanamo ist doch das mindeste, was man einem überführtem Terrorristen zukommen lassen sollte.

Denn was unter dem Mehlwurm steht, ist nicht therapierbar, schrieb schon 1852 Gotthelf Balthasar von Klingenburg in seinen Thesen: - Theorien über die Therapierbarkeit gewaltbereiter Insekten -.

Vor allem aber sollte man nicht versuchen, etwas zu verstehen, etwas hinein zu interpretieren oder irgendeine Logik im Tun des

Terrors zu entdecken. Wie heißt es so schön: Warum leckt sich der Hund die Eier? Weil er es kann! Und warum legt der Terrorist eine Bombe? Weil er eine hat! Wem diese Erkenntnis zu profan erscheint, dem empfehle ich Gunnar Heinsohn: „Söhne und Weltmacht". Recht erstaunliche Erkenntnisse über das Phänomen des Terrors werden in diesem Buch aufgezeigt.

Äthiopien holt bei der Olympiade jedenfalls zwei Bronzemedaillen. Wir spekulieren jetzt mal nicht, was damit geschah. Nur soviel: Beim Vergraben der Medaillen kamen brisante Fotos zum Vorschein.

Bundeskanzler Willi Brandt verliert im September eine Vertrauensabstimmung im Deutschen Bundestag, sehr zur Freude von Fräulein Rost, und in Dresden öffnet Anfang Oktober die VII. Kunstausstellung der DDR mit Werken von Grobian Baftsch-Bautschik, Mölben Trummsky, Falben Öre-Summo und Fips Asmussen. Letzterer überzeugt mit seinen Monumentalgemälden „Rudimentäre Phantomschmerzen" und „Mürbeteig III", beide in einer Mischtechnik Öl und Aspik gemalt.

Ebenfalls im Oktober 1972 beschließt der Staatsrat der DDR eine umfassende Amnestie für politische und kriminelle Straftäter, und die Entlassung zahlreicher Häftlinge in die Bundesrepublik. Ein lobenswertes, wenngleich sinnloses Unterfangen, denn aus Sicht der DDR-Führung war jeder DDR-Bürger ein potentieller Straftäter. So hätte man konsequenterweise das ganze Land in die BRD entlassen können, was ja 1990 dann auch geschah. Zunächst jedoch begnügte man sich mit der Abschiebung der schlimmsten Kriminellen. Diese lebten sich gut in Westdeutschland ein, und bekamen Kinder wie Olli P., Franz Josef Wagner, Barbara Schöneberger, Friedrich Merz und Tatjana Gsell. Im Gegenzug nahm, wie später bekannt wurde, die DDR westdeutsche Terroristen auf der Flucht bei sich auf, unter anderem in einem Neubaugebiet in Frankfurt/Oder, sagt man. Na ja, ich wäre lieber im Westen in den Knast gegangen.

Außerdem aberkennt die DDR allen Bürgern, die vor 1972 das Land verließen, die Staatsbürgerschaft. Es kommt zu millionenfachen kollektiven Weinkrämpfen am Rhein. Der 72er Rheinländer Weißwein ist der fröhlichste und lustigste Wein, der je in deutschen Landen erweint wurde.

In Paris kommen erstmals die Vertreter der erweiterten Europäischen Gemeinschaft zusammen. Sie bekunden ihren Willen bis 1980 die Europäische Union errichten zu wollen. Desweiteren einigt man sich auf diverse geheime kleine Zusatzvereinbarungen, wie den inoffiziellen Umtauschkurs D-Mark zum Euro von 1:1 und dessen Verschleierung. Der damalige Bundesinnenminister Hans Dietrich Genscher glänzt mit dem legendären Spruch: „Man muss über die Dinge nur ein demokratisches Mäntelchen hängen, den Rest vom Beschiss macht das Volk dann selbst. Und ehe es dahinter kommt, ist der Prozess unumkehrbar." Später hat er diese Aussage relativiert: „Ich kann mich nicht erinnern, dass eine solche Aussage stattgefunden hätte." Unter dem Druck der Presse verwies er auf einen Satz von Konrad Adenauer: „Was kümmert mich mein Geschwätz von gestern." Ein schöner Satz, auf den auch der Autor gegebenenfalls zurückgreifen wird.

Im November wird Richard Nixon als US-Präsident wieder gewählt. Trotz oder genau wegen der Watergate-Affäre. Und die SPD wird bei den Bundestagswahlen erst mal stärkste Partei. Auch da kann nie richtig geklärt werden, ob trotz oder wegen.

Das bekannteste politische Kabarett, die Münchner Lach- und Schießgesellschaft löst sich auf. Es gab einfach nichts mehr zu tun. Die kapitalistische Gesellschaftsordnung erwies sich schon damals als perfekt. Es gab einfach nichts mehr, worüber man sich hätte lustig machen können. Aus einem ähnlichen Grund wurde 1972 auch kein Friedensnobelpreis vergeben. Die Welt war einfach schon zu friedlich, keiner musste für den Frieden mehr kämpfen, ergo brauchte man auch keinen Preis mehr vergeben. Damals wurden

Überlegungen angestellt, einen Kriegsnobelpreis ins Leben zu rufen, um die vergeblichen und untauglichen Versuche vereinzelter kleiner Kriegstreiber zu honorieren. Doch es blieb bei den Versuchen der Etablierung.

Das Jahr 1972 wird versöhnlich abgerundet mit dem Erscheinen des 4. Olsenbande Filmes: „Die Olsenbande und ihr großer Cup". Und damit hat der Autor auch einen unglaublichen Übergang zurück zu unseren Freunden kreiert. Der Autor gibt zu: Diese wirklich sehr gelungene Überleitung eröffnet sich allerdings erst später. Das findet die Leserschaft jetzt vielleicht nicht besonders originell, aber das ficht den Autor nicht an. Er ist der Kreateur! Und er muss das Buch nicht lesen, er muss es nur schreiben. Keine Ahnung, was schwieriger ist.

Im Jahr 1972 befanden sich unsere drei Protagonisten nebst Nebendarstellern im 11./12. Lebensjahr, und dies bedeutete: Sie waren mittlerweile fast erwachsen. Fast erwachsen bedeutet in diesem Fall: Bis dato nie gekannte Daseinszustände wie, langsam aufkeimendes Interesse am anderen Geschlecht, und parallel dazu, langsam abkeimendes Interesse an der Schule, sowie Langeweile und der damit verbundene Drang, neue, möglichst verbotene oder Aufsehen erregende Dinge zu tun, überkamen unmerklich unsere Pre-

Pubärtanten. Und dies wirkte sich auf die Freizeitaktivitäten und auf das Verhalten in der Schule aus.

Ein bis dato sehr beliebtes Freizeitspiel war das Versteckspiel. Durch geschickte Reime, wie zum Beispiel:

Eine kleine Mickymaus - hängt den Arsch zum Fenster raus.
Hängt ihn wieder rein – und du musst's sein!

wurde einer bestimmt, welcher die anderen suchen musste. Natürlich war dieser Reim ideologisch nicht ganz korrekt, aber die Partei hatte schon reagiert und diesen Reim „als gerade noch duldbar" eingeschätzt. Freilich auch, weil man sicher gehen konnte, dass viele Kinder nicht genau wussten, in welchem Land die Geschichte der Mickymaus ihren Ursprung hatte. Aus dem gleichen Grund rutschte auch der Reim:

Auf einer grünen Wiese, da saß der Donald Duck,
da kam die Donaldine, und kratzte ihm am Sack.

durch das ideologische Raster der Machthaber.

War also einer bestimmt, lehnte der sich an einen Baum und begann laut zu zählen, je nach absolvierter Schulzeit bis 10 oder 2453920. Dann rief er „Ich komme!" Die zu Suchenden blieben in ihren Verstecken, bis der Suchende sie entdeckte, an den Baum rannte und „Angebrannt" rief! Der Entdeckte konnte nun auch aus seinem Versteck stürzen, und wenn er eher am Baum gewesen wäre und „Erlöst" gerufen hätte, dann wäre das gleichbedeutend mit nicht gefunden gewesen. Jener welcher als Erster entdeckt wurde, und sich nicht erlösen konnte, musste dann als Nächster suchen. Somit war eine gewisse Tristes vorprogrammiert, denn es ging eigentlich nur darum, nicht als Erster entdeckt zu werden und somit als Nächster suchen zu müssen. Wer suchen musste, war nämlich der Trottel. Also wurde das Spiel „Gedoppeltes E" erfunden. Im Prinzip ging es hierbei um dasselbe, aber es war praktisch ein Endlosspiel mit nur einem Suchenden. Im Unterschied zum gemeinen Versteckspiel wurde bei „Gedoppeltes E" nicht ausgezählt, sondern bestimmt, wer als Erster suchen muss. Ausgewählt wurde immer entweder der Kleinste oder Jüngste, bzw. der Spielplatztrottel oder kürzlich Zugezogene. Diese Personengruppe kannte das Spiel noch nicht, oder hatte vergessen wie es funktionierte, oder hatte es noch nie verstanden. Das war wichtig. Der Auserwählte musste zunächst 7 kleine Stöcke suchen, welche er dann in Form eines nach rechts und links zeigenden „E“ auf den Boden vor dem Angebranntbaum auslegen musste. Dieses Doppel-E war der Schlüssel im Spiel. Dann musste er, wie beim Versteckspiel, seinen Kopf in den an den Baum gelehnten Arm legen und laut zählen. Da der oben genannte Personenkreis in der Regel nicht weit, also lange zählen konnte, wurde festgelegt, dass der jeweilig Suchende so weit zählen sollte, wie es ihm möglich war und dann noch einmal von vorn beginnen sollte. Da es aber auch Experten gab, die wirklich nicht bis zur berühmten 3 zählen konnten, wurde auch die Reihenfolge der Zahlen freigestellt. Es konnten auch Buchstaben, Wörter, Wortgruppen, Zitate aus der Bibel, oder Lebensläufe berühmter tschechischer Komponisten des 17. Jahrhunderts mit eingefügt werden. Wichtig war nur, dass das Zählen laut und lange ging, damit alle genug Zeit hatten ein gutes Versteck zu finden. Dann rief der Suchende, nennen wir ihn jetzt mal Ronny: „Wer hinter mir steht, wer über mir steht, wer neben mir steht, wer unter mir steht, wer vor mir steht, muss es drei mal hintereinander sein! Ich komme!“

Dann drehte sich Ronny vorsichtig um. Es könnte ja sein, das er was vergessen hatte. Vielleicht, dass jemand seitlich hinter ihm stand. So hätte dieser sich sofort erlösen können und Ronny hätte noch mal zählen müssen. Das war nämlich ein beliebter Scherz der anderen, sich direkt hinter ihn zu stellen, während er zählte, um ihn dann fürchterlich zu erschrecken. Aber es war keiner zu sehen. Nun begann die Suche. Oft geschah es, dass sich mancher nur oberflächlich versteckte, somit schnell entdeckt wurde. Auch machte der Entdeckte selten Anstalten schnell zum Erlöserbaum zu rennen, obwohl es ihm ein leichtes gewesen wäre, Ronny zu überholen. Sie ließen sich anbrennen und lachten dabei. Ronny lachte mit. Noch einen, frohlockte er, als sich die Sucherei dem vermeintlichen Ende näherte. Die anderen wussten natürlich wo der Letzte sich verborgen hielt, und sangen:

„Bleib wo du bist und rühr dich nicht."

Mit geheuchelter Anteilnahme lockten sie Ronny dann, mit dem schönen Heiß/Kalt Spiel, in die falsche Richtung. Und als Ronny weit genug vom Baum war, gaben sie Zeichen und der Letzte stürzte zum Baum und erlöste sich. Und jetzt kommen wir zum gedoppelten „E": Wenn das nämlich von einem Erlösten zerstört wurde, musste Ronny es wieder aufbauen und alle Angebrannten konnten sich in dieser Zeit wieder verstecken. Man konnte sich Zeit lassen, denn Ronny musste zunächst wieder zum Baum rennen und dann musste er die Stöcke auch erst mal wieder zusammen suchen, denn das Doppel-E wurde nicht einfach so zerstört, sondern mit geübten Füßen in alle Himmelsrichtungen verteilt. So ein Spiel dauerte in der Regel 3 – 4 Wochen, und nie musste ein anderer als der bedauernswerte Ronny suchen. Nach wenigen Stunden begann Ronny zu heulen, doch mit aufmunternden Worten wie „Komm schon, jetzt schaffst du es", oder liebevollen Hinweisen wie, „Wir lassen dir die Luft vom Roller", gelang es immer wieder, Ronny zum Halten der Stellung zu animieren. Ja ja, der arme Ronny. Ronny schaffte später mit Ach und Krach die 8. Klasse, wurde Hilfsarbeiter und heiratete Mandy Büttner, die ältere Schwester von Frank Büttner, jener welcher zu seiner Zeit das Fräulein Rost aus dem Rennen genommen hatte. Mit Horst Büttner, nun sein Schwager und ebenfalls eine Intelligenzbestie, überfiel er eines Nachts einen Getränkekiosk. Die beiden betranken sich noch am Tatort heillos und konnten so ohne Probleme verhaftet werden. Weil Horst Büttner seine Beteiligung am Einbruch vehement bestritt und behauptete, Ronny hätte ihn betrunken in den Kiosk gelegt, musste Ronny allein büßen und bekam 4 Jahre aufgebrummt. Während seiner Knastzeit gebar seine Frau drei Kinder, die nun wirklich nicht von ihm sein konnten. Aber sie behauptete, die Kinder wären trotzdem vom ihm. Ronny glaubte ihr und trat eine Stelle bei der Transportpolizei an. Mit der Begründung, er wäre ihr nicht treu, trennte sich seine Frau später von ihm. Natürlich zahlte er weiter für die Kinder. Das war auch kein Problem, denn mittlerweile arbeitete er auf Provisionsbasis bei der GEZ. Nebenbei sammelt er Überraschungseier und fährt einen gebrauchten Suzuki Swift. Nun ja, der macht seinen Weg.

Eine Frage wird aber immer ungeklärt bleiben: Warum ein gedoppeltes „E"? Warum kein perinatales Oktaeder? Das sind ZWEI Fragen. In diesem Fall verhält es sich ähnlich wie in der Quantenphysik. Dort heißt es ja: Licht und Licht ergibt Dunkelheit! Übertragen auf unsere zwei Fragen: Frage und Frage ergibt Antwort. Ein typischer Fall von Quantengrammatik. Gunnar Brendel, Jens Schmidt und Carsten Jämlich waren sich mit den Jahren näher gekommen. Über die alte Frage zu sinnieren, warum sich Menschen in Beziehungen, welcher Art auch immer, zusammen finden, ist dem Autor zu müßig. Genauso müßig wie die Frage, warum des Öfteren, meist unter Schmerzen und Streit, diese Beziehungen wieder aufgelöst werden. Man sollte sich darüber keine Gedanken machen. Zwar kann man im Nachhinein viele Gründe finden, aber was nützt es? Beim nächsten Mal ist wieder alles ganz anders, was nicht bedeutet, dass man dieselben Fehler nicht wieder macht. Beim Kennen lernen, wie beim Auseinandergehen. Unsere drei Jungs haben an solcherlei Kram natürlich auch keinen Gedanken verschwendet. Sie waren in einer Klasse, man hatte den gleichen Schulweg und im Laufe der Zeit entwickelte man gleiche Interessen.

Im Prinzip spielte sich das Freizeitleben bei Carsten Jämlich ab. Bei ihm zu Hause, oder bei ihm im Hof. Der Hof war licht und groß, mit vielen Bäumen und dem Treffpunkt unter dem Balkon der Jämlichs. Und bei den Jämlichs zu Hause ging es sehr unkonventionell zu. Man konnte die Schuhe anlassen, im Stehen pinkeln und wenn man Durst hatte, konnte man sich einfach ohne zu fragen am Kühlschrank bedienen. Das war für Gunnar Brendel und Jens Schmidt durchaus nicht selbstverständlich. Schon deshalb waren sie gern bei Carsten Jämlich zu Gast. Der hingegen gefiel sich in seiner Rolle, als Sohn toleranter Eltern. Auch war immer was los bei den Künstlern. Ständig fagottierte, sopranierte oder pianoierte es in allen Räumen. Hektisch wurde ständig hin und her gelaufen, meist war Besuch anwesend, es wurde geredet, gestritten, diskutiert. Und die Kinder waren irgendwie immer willkommen, auch wenn keiner der Erwachsenen so richtig Zeit für sie hatte. Das vermissten unsere Jungs aber auch nicht. Im Gegenteil, sie waren froh, wenn ihnen niemand auf den Sack ging.

Wichtig für eine Jungmännerfreundschaft war zunächst die Vergabe von Spitznamen.

Auf Grund seiner Fähigkeit, dem Klavier mittlerweile einige erkennbare Töne zu entlocken, fing sich Carsten Jämlich den Beinamen „Fisse“ ein. Den Namen bekam Carsten Jämlich übergeholfen, als er seinen Freunden von seinen Klavierstunden mit Herrn Brögler erzählte. Mit „Fisse“ konnte er sehr gut leben, denn eine kurze Zeit hatten ihn seine Freunde „Taste“ genannt. Das klang wirklich Scheiße und nach Ostrock. Wer will denn so heißen? Allerdings war er damals noch froh Klavier zu spielen, denn hätte er Tuba gespielt, dann hätte man ihn wahrscheinlich „Mundstück“ geheißen. Und bei Flöte? Flöte ist kein Instrument. Bei Flöte hätte er gar keinen Namen bekommen und später auch keine Freundin.

Gunnar Brendel war eher der ruhige Typ. Er konnte nicht mit außergewöhnlichen Fähigkeiten aufwarten, so ergab sich für ihn der eher unspektakuläre Spitzname „Brendl“.

Jens Schmidt hingegen hatte sich seinen Spitznamen erarbeitet. Unfreiwillig sicher, aber im Nachhinein stand er dazu.

Am Stadtrand befand sich ein ziemlich großes Gelände, genannt „Der Acker“, welches nur teilweise urbanisiert war. Ein paar Baracken, ein paar Schrebergärten, eine kleine Kiesgrube und ein Sportplatz. Ansonsten Bäume, Sträucher, Wiese, verschlungene lehmige Wege. Hier trafen sich im Sommer Mopedfans um ihre Maschinen zu Schrott zu fahren, und im Winter wurde auf dem Schrott Schlitten gefahren; genügend Schnee vorausgesetzt. Hier wurde heimlich die erste Zigarette geraucht, das erste Mädchen gefickt, oder anderweitige erste Freilandversuche in sexueller Hinsicht absolviert. Außerdem sagten sich hier Fuchs und Igel Gute Nacht, Käpt'n Silver hatte hier eine Kiste versteckt, auf der ca. 15 Mann mit einer Buddel voll Rum hockten und weit nach Mitternacht legte hier der Stadtgolum seine Eier in die Petersilie eines braven Bürgers. Das Gelände war etwas abschüssig, oder ansteigend, je nach Standpunkt, sodass man von hier aus weit über die Stadt blicken konnte.

An einem schönen Sonntagabend nun, zogen die drei Jungs durch eben jenen Acker. Jens Schmidt hatte, unter Einsatz seines Lebens, von seinem Vater ein paar Sylvesterknaller mitgehen lassen. Warum Vater Schmidt diese aufgehoben hatte, wusste niemand. Vielleicht für den Fall, dass es mal zu Versorgungsengpässen mit Knallern kommen würde. Außerdem hatte Jens Schmidt ein leeres Marmeladenglas mit Schraubverschluss am Mann. Er wollte einen Versuch machen. Doch davon wussten Brendl und Fisse noch nichts. Sie liefen ziellos durch das Gelände und redeten über dies und das. Worüber sonst? Sie überquerten den ziemlich heruntergekommenen Sportplatz und erklommen auf einem kleinen Pfad eine recht steile, etwa 5 Meter hohe Böschung. Von hier oben konnte man fast über die ganze Stadt schauen. Die breitete sich friedlich in der Sonntagabendruhe vor ihnen aus. Ein leichter Wind wehte von der Anhöhe in Richtung Stadt. Die Jungs gingen nach links am Rand der Böschung und da stand es plötzlich vor ihnen: Ein Sofa.

„He Spitze“, rief Jens Schmidt, rannte los und ließ sich mit einem gewagten Hechtsprung auf das Sitzmöbel fallen. Im gleichen Moment sprang er wieder auf und schrie: „Iiiiiiii, Scheiße... verpisste Jauche."

„Was ist denn los?", fragte Fisse.

„Das Teil ist total nass", fluchte Jens Schmidt.

„Ja ja, so was kommt von so was", lästerte Brendl.

„Was soll die Scheiße?", giftete Jens Schmidt zurück. Er blickte vorsichtig an sich herunter.

„Denkt ihr auch, was ich denke?"

„Klar", nickte Fisse.

„Nee", schüttelte Brendl den Kopf.

„Da hat einer draufgepisst, oder?"

„Har har har", schlugen sich Fisse und Brendl die Schenkel.

Jens Schmidt fuhr sich mit der Hand über den Bauch und roch daran.

„Nee, Pisse ist das nicht."

„Hat es geregnet gestern Nacht?"

„Weiß nicht, vielleicht hat es geregnet?"

„Hm ja, könnte sein."

„Tja, das würde einiges erklären."

„Und wenn's nun was andres ist?"

„Was soll's denn sein?"

„Na,............Regen?"

„Ja, wäre eine Möglichkeit."

Jens Schmidt ging zum Rand der Böschung blieb dort stehen und hielt seinen Bauch in die dem Untergang geweihte Abendsonne, die aber wärme - und lichttechnisch noch nicht ans Aufgeben dachte. Nach wenigen Sekunden wurde ihm der Versuch einer Luftschnelltrocknung aber dann doch zu langweilig. Er drehte sich zu den anderen und rief: „Los Männer, lasst uns Käfer suchen."

Und schon war er in gebückter Haltung in Richtung nächstem Gebüsch unterwegs.

„Wozu brauchst'n Käfer?", fragte Brendl, der sich aber ohne die Antwort abzuwarten an der Suche beteiligte.

„Will experimontieren."

„Was willst du?"

„Experimontieren."

„Was'n das?"

„Kennst du experimontieren nicht?"

„Nee", schüttelte Brendl den Kopf, „du?"

„Klar."

Brendel schaute Fisse beunruhigt an. Doch der schüttelte nur mit dem Kopf. Jens Schmidt erhob sich und rief: „Was glotzt ihr denn so blöde? Ich will was ausprobieren. Versteht ihr jetzt? Eine Versuchsreihe starten. Gucken, wie's g'schieht."

Brendel und Fisse entspannten sich.

„Ach du willst experimentieren?", fragte Fisse.

„Na ja, sag ich doch."

„Du hast experimontieren gesagt", beharrte Brendel.

Jetzt schien Jens Schmidt die Hutschnur zu platzen. Er stützte die Fäuste in die Seite und rief erregt: „Was läuft jetzt Männer? Helft ihr mir beim Suchen, oder diskutieren wir jetzt über Selbstlaute? Sind wir hier in der Schule, oder was? Ich glaube wohl, es geht los, wie?"

Nein nein, dachten die anderen beiden, natürlich sind wir hier nicht in der Schule, wir sind hier auf dem Acker, ergo geht es auch nicht los. Es war auch nicht ihre Aufgabe, mit Jens Schmidt Fragen der Rechtschreibung zu klären, vor allem eben nicht hier und jetzt. Sie beruhigten ihn und widmeten sich nun alle drei gemeinsam der Käfersuche. Trotzdem interessierte sich Brendl nach wie vor für den Sinn der Suche. Er formulierte seine Frage um: „Was für ein Experimont willst'n du machen?"

Jetzt war es Jens Schmidt, der ungläubig drein schaute: „Hää?"

„Was du für ein Experimont machen willst?"

„Bist du jetzt völlig neben der Schiene? Du meinst Experiment, oder?"

„Ja ja", versicherte Brendl schnell.

Jens Schmidt bekam ein Leuchten in den Augen.

„Also passt mal auf." Brendl und Fisse passten.

Jens Schmidt zauberte jetzt sein Marmeladenglas und einen Knaller hervor und begann mit seiner Erläuterung: „Ich habe hier ein Glas mit Deckel. In den Deckel machen wir ein Loch und in das Loch stecken wir einen Knaller, sodass er nur ein wenig mit der Zündfläche rausguckt. Wir suchen jetzt einen Käfer, stecken den in das Glas, schließen es, stellen es auf den Boden und zünden den Knaller an. Dann gucken wir mal, wie der Käfer mit dem Knall zurechtgekommen ist. OK?"

„Na ja", meinte Fisse, „suchen wir einen Käfer und dann schau'n wir mal."

„Was'n jetzt?", fragte Jens Schmidt, „ich reiß mir den Arsch auf, um Aktion zu organisieren, und ihr meint: schau'n wir mal. Ist das die Norm?", schaute er Brendl fragend an.

„Nee, is ja gut, ich meine, ich kann mir schon vorstellen, was der Käfer dazu sagt, wenn's geknallt hat, aber wenn du meinst.....also los."

Nun wissend worum es ging, machten sich die drei auf die Suche nach einem geeigneten Versuchsobjekt. Aber wie es der Teufel will, kein Käfer nirgends. Normalerweise hätten zu dieser Zeit und bei diesen Temperaturen noch einige Insekten durch die Gegend fleuchen und kreuchen müssen. Aber es herrschte plötzliche Insektenarmut. Das war nicht erklärbar. Natürlich, die DDR war hinlänglich bekannt für ihre Mangelwirtschaft. Aber Insekten? Insekten gab es in der DDR. Darauf weisen auch immer wieder diverse PDS-Abgeordnete im Bundestag hin, worauf ihnen erzürnte CSU-Abgeordnete immer verächtlich zuriefen: „Ach Sie!"

Aber wo waren sie plötzlich abgeblieben, die Käfer? Die Jungs erweiterten ihren Suchkreis um mehrere Kilometer, aber nichts. Erschöpft gelangten sie wieder an den Ausgangspunkt ihrer Suche. Mit hängenden Armen und ratlosen Gesichtern schauten sie sich an.

„Es hat wohl nicht sollen sein“, sagte Fisse.

„Quatsch“, meinte Jens Schmidt, „wir finden schon noch welche, oder steht mein Schlitten am Strand?“

„Na ja, komisch ist das schon“, warf Brendl in die Runde, „haben wohl Lunte gerochen.“

„Doppelquatsch, kein Käfer kann was riechen, und Lunte schon gar nicht.“

„Und was, wenn doch?“

„Nein“, gebot Fisse plötzlich Ruhe, indem er die Hand hob und sich umblickte, „merkt ihr nichts?“

Die anderen beiden drehten sich um. Und in der Tat. Es war ungewöhnlich ruhig. Kein Wind, kein Vogel, kein Laut. Etwas beklemmend war den Jungs schon zu Mute, was natürlich keiner zugab. Sie standen da, schwiegen und schauten in die Runde. Plötzlich meinte Fisse: „Sagt mal, das Sofa, ich meine, hat das nicht vorhin hier gestanden?“

Dabei zeigte er auf die Stelle, wo das Sofa seiner Meinung vorher gestanden hatte. Jens Schmidt und Brendl blickten in die vorgegebene Richtung.

„Na ja, wenn du mir so kommst......“

„He guckt doch mal“, ertönte in diesem Moment Brendls Stimme, „da läuft einer.“

„Ha ha, ich hab's doch gewusst“, schrie Jens Schmidt, „Attacke!“

Er wollte los rennen, hielt aber inne und rief: „Wo?“

„Na hier“, entgegnete Brendl, „ist genau unters Sofa gerannt.“

„Da schau einer an, als wüsste er worum es geht.“

„Also los, kippen wir das Ding zur Seite!“

Gesagt getan. Und auf „Zugleich“ hoben sie das Sitzmöbel an einer Seite an, und durch die ihm zugeführte Energie fiel es auf die

Oberseite. Was die drei Jungs nun zu Gesicht bekamen, war so nicht zu erwarten.

„Wow, das sind ja Orcs“, fand Jens Schmidt als erster seine Sprache wieder.

„Scheiße, ich dachte die sind längst ausgestorben.“

„Tja, scheinbar nicht.“

„Oh Orcs, lass uns abhauen!“, meinte Brendl mutig.

„Kommt gar nicht in Frage!“

„Wir sind doch hier nicht in Draenor, oder?“

„Nein, Azeroth.“

„Hm.“

„Kommt, lass uns abhauen, ihr wisst doch, dass die mehr Units und sehr viel Lebensenergie haben..........“

„............ja, ja..........“

„........und außerdem, guck mal dort, ein Tauren Häuptling, der hat bestimmt schon Stufe 10, der beherrscht den Kampfrausch.“

„Sag bloß.“

„Und die Schockwelle.“

„Ach wie.“

„Und den Kriegsdonner.“

„Jetzt hör aber auf, denkst du das weiß ich nicht?“ Brendl nickte.

Aber auch Jens Schmidt war nachdenklich geworden. Die Orcs waren eine nicht zu unterschätzende Käferrasse. Sie waren grün, etwa 2,50 Meter groß, und aus ihren Mündern ragten meist lange Säbelzähne. Mit denen war nicht zu spaßen. Und es waren viele. Und sie hatten das Sofa verrückt, was zwar taktisch unklug war, aber von gewisser Kraft zeugte.

„Eh, du Weichkeks“, tönte es plötzlich aus der Käfermasse, „willst du bei die Schnauze haben, oder wie?“

Die Stimme gehörte dem Tauren Häuptling, der möglicherweise wirklich schon die 10. Stufe erreicht hatte.

Jens Schmidt fühlte sich irgendwie angesprochen. Sein Kampfeswille war aber größer als seine Angst. Also antwortete er mit erhabener Stimme: „Tauren Häuptling! So wisse denn: Er spricht mit Jens Schmidt. Er möge sich somit etwas in seiner Wortwahl befleißigen. Der heilige Knaller komme über ihn."

Der Tauren Häuptling trat durch eine Gasse von Peons, Grunzern und Trollkopfjägern etwas näher an Jens Schmidt heran: „Erdling! Du hast wohl den Schuss nicht gehört! Meinst du, du kannst mir drohen?"

Zur Untermalung seiner Worte stampfte er mit dem linken Fuß auf den Boden, und löste damit seinen mächtigen Zauber aus, den Kriegsdonner. Der Kriegsdonner erschüttert den Boden und löst damit Schäden bei seinen Feinden aus. Eine sehr wirkungsvolle Waffe. Allerdings gehört schon eine gewisse Übung dazu, den Kriegsdonner auch in die richtige Richtung zu lenken. Der Tauren Häuptling hatte diese Übung offensichtlich nicht, denn die drei Jungs spürten nur ein kleines Beben. Dafür stürzte hunderte Kilometer weiter in Dresden die Frauenkirche ein. Erschrocken blickte sich der Tauren Häuptling um: „Tut mir leid Jungs, hab erst seit gestern Stufe 10."

Jens Schmidt stemmte die Arme in die Seite.

„Eh du grüner Schleimbeutel, bist du total irre? Jetzt kommst du ins Glas!"

„So redest du nicht mit einem Häuptling der Tauren, Nichtswürdiger!"

Jens Schmidt beugte sich etwas vor, wies mit dem Zeigefinger auf seine Brust, und sagte langsam und deutlich: „Ich, mein lieber Freund und Kupferstecher, ich rede schon lange so. Und vor allem, mit wem ich will. Geht das in dein Hirn, du Lutscher? Zieh den Finger, Hustensaftschmuggler!"

„So wisse denn: Hustensaft schmuggelte ich nie! Aber ich ziehe in Erwägung, dir eine Wendeltreppe in den Arsch zu schieben, dann scheißt du nur noch in Spiralen!"

Jens Schmidt drehte sich zu Fisse und Brendl um, und schüttelte dabei leicht den Kopf. Er zeigte in Richtung Tauren Häuptling, und sagte: „Hat der Typ sie noch alle? Mal ehrlich Jungs, hat der mit Kernseife geduscht? Oder hat der den Schirm nicht aufgespannt?“

Brendl und Fisse zuckten mit den Schultern. Das Zucken war ehrlich, sie wussten es wirklich nicht.

Entschlossen drehte er sich wieder um, und sagte:

„Also gut, du Homo. Jetzt ist Schluss mit lustig, jetzt kommst du ins Glas!“

Der Tauren Häuptling nahm die Kampfansage an und mit einem kräftigen: „Auf ihn mit Gebrüll!“, stürzte er sich auf Jens Schmidt.

„Zu Befehl, Meister“, rief die Horde, und verschwand behend in alle Himmelsrichtungen.

Mit einem diesmal gezielteren Kriegsdonner wollte der Häuptling der Tauren Jens Schmidt sofort aus dem Gefecht nehmen, aber sein Mana hatte sich noch nicht wieder aufgefüllt, so packte Jens Schmidt den Käfer, steckte ihn in das Glas und schraubte es zu. Dann bohrte er mit einem Taschenmesser, welches er ebenfalls von seinem Vater hatte mitgehen lassen, ein kleines Loch in den Dekkel. Als er damit fertig war, hielt er mit der linken Hand das Loch zu, während er mit der rechten das Messer zusammenklappte, es in die Tasche steckte und aus selbiger einen Knaller hervor holte. Den führte er vorsichtig in das Loch, bis die Reibefläche noch einen Zentimeter aus dem Deckel hervor ragte. Dann stand er auf, und schaute befriedigt auf sein Werk. Fisse und Brendl waren nicht ganz so begeistert, aber ein bisschen neugierig waren sie schon.

„Also dann“, sagte Jens Schmidt, „ich beginne mit dem Experiment. Geht lieber in Deckung.“

Während sich Fisse und Brendl leicht zurückzogen, ließ Jens Schmidt geschickt eine Reibefläche über den Knaller fahren, stellte schnell das Glas auf den Boden, und ging voller Erwartung hinter dem Sofa in Deckung. Aber seine Erwartungen wurden enttäuscht.

Es gab zwar einen ordentlichen dumpfen Knall, aber ansonsten war das Glas unbeschädigt geblieben, von etwas Rauch und etwas grünlicher Doxyribonucleinsäure innenseitig mal abgesehen. Jens Schmidt nahm das Glas, schaute es an und sagte: „Das ist ja so was von langweilig, darüber schreibt mal keiner ein Buch."

Er warf das Glas weg und rief: „Los Jungs, lasst uns das Sofa abfackeln."

„Na das ist doch mal was", riefen Brendl und Fisse fast im Gleichklang.

„Und außerdem", fügte Brendl hinzu, „es ist förmlich dein Recht."

„Genau", nickte Jens Schmidt, „und warum?"

„Na, es hat dich doch angepisst."

„Au Kacke, also los!"

Das Anzünden eines feuchten Sofas ist eine so einfache Sache nicht. Diese Erkenntnis bekamen die drei nun am eigenen Leib zu spüren. Nachdem fast alle Streichhölzer aufgebraucht waren, änderten sie die Taktik. Sie gingen auf die Suche nach brennbarem Material. Das war nicht leicht zu finden, denn es hatte nicht nur auf das Sofa geregnet. In einer alten verfallenen Gartenlaube wurden sie fündig. Ein paar alte Obstkisten und ein Stapel Zeitungen erwiesen sich als ideal. Sie zündeten die Zeitungen an, legten die Kiste in das Feuer und als es gut durchgebrannt war, kippten sie das Sofa über den Brandherd. Doch das Sitzmöbel war zu nass. Es wollte nicht brennen. Aber es begann zu rauchen. Jedes Feuer erzeugt Rauch, aber wenn ein feuchtes Sofa über einem Feuer steht, dann produziert es keinen schnöden Rauch mehr, dann entstehen Rauchschwaden. Keine schnöden Schwaden nur, es erzeugt Nebel, Dämpfe. Große schwere rauchgeschwängerte, dampflokmäßige, kumuluswolkenartige Nebelschwaden entstehen. Fasziniert schauten die Jungs zu, wie sich die Wolke langsam in Richtung Stadt bewegte, und in selbiger allerhand Unordnung anrichtete. Die Sirenen ertönten, die Feuerwehren löschten wahllos um sich herum, die Kampfgruppen der Betriebe kämpften in Gruppen. Die Rauchwolke, groß wie ein Kürbis aus der Sicht einer Amöbe, verdunkelte die Sonne und machte somit den Tag zur Nacht. Menschen gingen schlafen oder zur Nachtschicht, obwohl es grad mal gegen 18 Uhr war. Panik erfasste die Menschen. Sie wollten die Stadt verlassen, und blieben im Verkehrschaos stecken. Die sowjetische Besatzungsmacht wurde um Hilfe gebeten. Man schickte Wodka und Getreide. Der ständige Vertreter der Bundesrepublik Deutschland in der Deutschen Demokratischen Republik, Günter Gaus, wurde einbestellt. Er bekannte sich als „Nicht schuldig", was ihm aber nicht geglaubt wurde. Langsam verschwand die Stadt von der Landkarte. Sie löste sich buchstäblich im Rauch auf. Das Schlimmste aber war, niemand wusste wo der Rauch seinen Ursprung hatte.

Die unfasslichen Bilder vom Untergang der Stadt haben jeden von uns erschüttert und jeder wird angesichts solcher Bilder nach Erklärungen suchen. Das ist begreiflich. Öffentliche, vor allem, vorschnelle Erklärungen können allerdings auch die Angst und Unsicherheit steigern, vielleicht Panik hervorrufen: Wer in einem vollbesetzten Kino Feuer ruft, darf sich nicht wundern, dass er für die Folgen verantwortlich gemacht werden kann. Solche Panikmache war zu jener Zeit in allen Medien präsent: Es wurden unterschiedliche Weltverschwörungstheorien herumgereicht. Aber die Menschen prüfen offenbar weder den Wahrheitsgehalt noch fragen sie kritisch nach der Motivation der Journalien und - was das Schlimmste ist - sie geben die Pamphlete gedankenlos weiter. Dabei sind Motive meist einfach zu erkennen: Extremisten aller Couleur versuchen im Windschatten der großen Verunsicherung ihre eigenen Ziele zu verfolgen. Regierungen oder Behörden werden Lügen unterstellt oder bestimmte Bevölkerungsgruppen zu den Schuldigen erklärt. Aber was die Menschen nicht wussten: Nostradamus hatte den Untergang der Stadt vorausgesagt! Und Nostradamus ist bekanntermaßen ein Großoheim vom Laden.

Die Jungs bekamen von der ganzen Sache nichts mit, sie hatten einfach nur einen Mordsspaß, der sich noch erhöhte, als das Sofa letztlich doch noch richtig Feuer fing. Da hörte es aber auch auf zu qualmen und die Flammen schossen meterhoch in den Himmel. Besonders Jens Schmidt tanzte wie Rumpelstilzchen um das Feuer herum und konnte sich nicht satt sehen am kleinen privaten Inferno. Aber dann nötigten ihn die anderen Beiden zum geordneten Rückzug, denn erwischt werden wollten sie nicht. Auf Grund seiner pyromanischen Veranlagung wurde Jens Schmidt fürderhin der Spitzname „Brenner“ übergeholfen.

Die drei machten sich also auf den Heimweg. Brenner immer noch schwärmend vom soeben Erlebten. Fisse und Brendl waren auch angetan, wenngleich Fisse auch froh war, dass er Brenners Experiment ohne Glassplitter in seinen Händen überlebt hat, und Brendl, ohne eine Antwort zu erwarten, eher für sich selbst, die Frage in den Raum stellte: „Aber das mit dem Käfer, ich meine, tat das Not?“

Nun ja, die lieben Kleinen. Und ihr Verhältnis zu Insekten. Da wird eben mal wo drauf getreten, oder einem Käfer ein Knaller in den Arsch gesteckt. Das muss man wohl nicht überbewerten. So sind sie eben. Aber Gunnar Brendel, seit seinem Sylvesterkarpfenkauf etwas verwirrt, das Verhältnis seiner Umwelt zum Tier betreffend, wirft da eine grundlegende Frage in den Raum: Tut das Not? Und der Autor, man möge ihm verzeihen, nimmt diese Frage auf: Ist dieses Verhältnis von uns Menschen zur Natur im Allgemeinen, und zum Tier im Besonderen nicht leicht überdenkenswert?

Der Mensch ist die Krone der Schöpfung, alles hat sich seinem Wohl unter zu ordnen, sagen die einen. Als Krone der Schöpfung hat er aber auch für den Schutz des niederen Lebens zu sorgen, sagen die anderen.

Das Leben besteht aus Fressen und Gefressenwerden, sagen die einen. Wir leben aber nicht mehr in der Steinzeit, und das Gleichgewicht von Fressen und Gefressenwerden, ist längst aus dem Ruder geraten, sagen die anderen.

Nur weil der Mensch zu Urzeiten von pflanzlicher auf tierische Ernährung umgestellt hat, konnte sich sein Gehirn weiter entwikkeln, und er konnte zu dem werden, was er jetzt ist. Sagen die Einen. Nach dieser Theorie müsste meine Katze eine Intelligenzbestie sein, denn die frisst keine Körner. Die nicht! Aber meine Katze kann nach wie vor nicht lesen, oder selbstständig Auto fahren. Vielleicht ist sie aber auch nur zu faul. Also faul ist die allemal, das kann ich bezeugen.

Ich meine, was soll's. Es gibt 7 Milliarden Menschen auf der Welt, also gibt es auch 7 Milliarden Meinungen. Zu diesem, wie auch zu allen anderen Themen. Wenn ich ganz ehrlich bin, mir persönlich sind das ein paar Milliarden zu viel, das überfordert mich ein wenig, doch das ist wohl mehr mein Problem. Und jeder hält etwas anderes für wichtig. Die einen kämpfen für Gott, die anderen gegen den Hunger, andere kämpfen für oder gegen eine Brükke, gegen die USA und/oder gegen Al Kaida, welche setzen sich für Opfer von Gewalt ein, für Behinderte, gegen Nazis, gegen Abtreibung, für mehr Überwachung auf öffentlichen Plätzen, gegen Kindesmissbrauch, für deutsche Grenzen aus dem Jahre 1937. Und andere wieder halten den Kampf für Umwelt – und Tierschutz für den wichtigsten.

Und jedweder Kampf wird eher mehr als weniger unsachlich geführt, und in der Regel wird vergessen, wie vernetzt die Probleme unserer Welt sind. Selbstredend endet bei all diesen Kämpfern der Humor, wenn IHR Thema zum Gegenstand des Selbigen wird. Was soll's, ich bin sicher kein Kämpfer. Ich bin schon deshalb kein Kämpfer, weil sich jeder Kampf von selbst in Luft auflöst, wenn man zulässt, die Dinge vom „gegnerischen" Standpunkt aus zu hinterfragen. Es gibt sie halt nicht, die unumstößliche Wahrheit. Das wäre auch ein bisschen viel verlangt: EINE Wahrheit für 7 Milliarden Menschen.

Ein Kampf macht nur dann Sinn für den Kämpfer (und eventuell auch für die Sache), wenn man ein Extremist ist, und ab einem bestimmten Punkt einfach, selbst wider besseren Wissens, keine Gegenfragen mehr zulässt. So ein Kampf endet in der Regel im Steuern eines Flugzeuges in ein Hochhaus.

Jeglicher Kampf ist nichtswürdig, abgesehen vom schwersten Kampf den Menschen je führen können: Der Kampf um die Suche nach einem Kompromiss.

Gut, aber auch wenn ich mich in keinster Weise als einen aktiven Kämpfer bezeichnen würde, so hege ich doch Sympathien für gewisse Kämpfe. Der Tierschutz gehört dazu, ebenso wie der Kampf für höhere Buchpreise. Zu beiden Themen möchte ich Gotthelf Balthasar von Klingenburg zitieren. Allerdings existieren zum Thema Buchpreise keine schriftlichen Zeugnisse von von Klingenburg. Es ist nur überliefert, dass es erst mit seinem dritten Verleger Josephus Morgenrot zu einer leidlichen Zusammenarbeit kam. Seine ersten beiden Verleger gelten als unter mysteriösen Umständen vermisst.

Der Tierschutz wird von Gotthelf Balthasar von Klingenburg umfangreich in seinem Essay - Der Mensch / Das Schwein - behandelt. Inspiriert wurde er durch ein Erlebnis, welches er auf seiner zweiten Weltreise 1901 auf den Falklandinseln hatte. Er musste dort mit ansehen, wie Walfänger für die Gewinnung von Walöl, in Ermangelung von Brennmaterial, alternativ, lebende Pinguine in die Öfen warfen. Er schrieb auf Seite 284: *Das grundlegende Problem des Menschen ist die Nichtachtung der Kreatur, oder um mit*

Albert Schweizer zu sprechen: Die fehlende Ehrfurcht vor dem Leben!

Ich will mal hier nur ein paar Reizworte aufreihen: Tierversuche, Tiertransporte, Massentierhaltung, Zirkus, Zoo, Pelzfarmen - alles Dinge, die völlig unnötig sind. Fleisch, Medikamente, Kosmetik, Kleidung und das Bedürfnis Tiere zu beobachten, wäre auch alternativ möglich, bzw. herzustellen. Sogar in besserer Qualität. Das würde freilich in der Regel etwas mehr kosten und/oder größeren Aufwand bedeuten. Am Ende muss jeder für sich selbst entscheiden, was ihm dieser Mehraufwand wert ist.

Doch die meisten Menschen sind nicht bereit, über einen Mehraufwand diesbezüglich auch nur nachzudenken. Vom Finanziellen mal abgesehen, gibt es dafür auch eine ziemlich einfache Erklärung: Wie willst du dem Menschen, der ohne Gewissensbisse tagtäglich sich selbst massakriert und Angehörige seiner eigenen Art zu Millionen in KZ steckt, wie willst du diesem Menschen erklären, dass es unmoralisch ist, Hühner im KZ zu halten? Das ficht ihn nicht an. Tierschutz würde sich von selbst erledigen, wenn der Menschenschutz funktionieren würde. Ein alter Scheiß funktioniert hingegen.

Gotthelf Balthasar von Klingenburg nimmt zu diesem Thema weiterhin Bezug auf das Buch Genesis und schreibt auf Seite 326: *Im Buch Genesis steht geschrieben: Seid fruchtbar und vermehrt euch, bevölkert die Erde, unterwerft sie euch und herrscht über die Fische des Meeres, über die Vögel des Himmels und über alle Tiere, die sich auf dem Land regen. Kein Wort darüber, WESHALB sich der Mensch die Natur unterwerfen soll, WARUM er sie beherrschen soll, warum er nicht stattdessen versuchen sollte, im Einklang mit ihr zu leben.*

Interessanter aber noch ist folgender Absatz: *Dann sprach Gott: Hiermit übergebe ich euch alle Pflanzen auf der ganzen Erde, die Samen tragen, und alle Bäume mit samenhaltigen Früchten. Euch sollen sie zur Nahrung dienen. – Frei übersetzt möge man meinen, Gott hätte gewollt, der Mensch sei Vegetarier.* Soweit Gotthelf Balthasar von Klingenburg.

Nun ja, nur Gott allein weiß, was Gott wirklich wollte. Und man kann ja von Gott halten was man will, aber einen kleinen Kritikpunkt hätte ich da schon: Wieso legt er sich am 7. Tag auf die Matte und lässt an diesem hochkritischen Punkt das Schöpfen sein? Wenn er an diesem Tag keinen auf Feiertag gemacht hätte, sondern sich hingesetzt hätte, und seine Anweisungen noch einmal konkretisiert, sprich für uns Normalsterbliche juristisch einwandfrei und nicht in tausend Richtungen auslegbar, überarbeitet hätte; jegliches Unbill bliebe uns erspart.

Zum Beispiel schuf er ja am 5. Tag die Vögel und das Wassergetier. Erst am 6. Tag schuf er die Landtiere. Der Unterschied zwischen einem Hamster und einer Amsel oder einem Stachelrochen eröffnet sich mir zwar nicht, aber er hat sich sicher was dabei gedacht. Aber was? Nun vielleicht war am 5. Tag keine Zeit mehr für Landtiere. Das Gott das Landgetier UND den Menschen an einem Tag geschaffen hat, birgt natürlich allerhand Zündstoff in sich: Zum einen könnte man meinen, dass Mensch und Säugetier, wenn schon nicht gleich auf einer Stufe stehen, so doch aber aus dem gleichen Material geknetet wurden. Und zum anderen: An einem Tag wird schnell mal ein Affe zum Menschen, da sind wir uns einig. Zumal niemand so richtig sagen kann, wie lang eigentlich so ein Tag in der Hauptschaffensperiode Gottes war. 24 Stunden? Oder 24 Millionen Jahre? Weiß man's?

Nein nein, Darwin war schwul. Oberschwul war der, aber Hallo! Evolution, so ein Quatsch. Gott hat's gemacht, Gott wird sich auch drum kümmern und der Mensch ist raus.

Einmal noch möchte ich Gotthelf Balthasar von Klingenburg aus oben genannten Buch zitieren: *Die Doppelmoral des Menschen zeigt sich nicht nur darin, dass 92 % aller männlichen Katholiken mindestens einmal in ihrem Leben im Puff waren, sondern unter anderem auch darin, dass 89% aller in Europa lebenden Menschen auf eine Bockwurst verzichten würden, wenn sie das Schwein selber schlach-*

ten müssten. Der Autor fügt hinzu, dass sie nicht verzichten WÜRDEN, sondern verzichten MÜSSTEN, weil ihnen sonst das große Kotzen kommen würde. *Nur durch die wundersame Gabe der Verdrängung, ist es dem Menschen möglich, eine Bockwurst zu verzehren,* schreibt von Klingenburg weiter. Na ja, vielleicht trägt er jetzt ein bisschen dick auf, der feine Herr Philosoph, aber ich weiß von Eltern, die den Lehrer ihrer Kinder beim Elternabend steinigen wollten, weil der vorgeschlagen hatte, mit der Klasse einen Besuch im Schlachthof zu organisieren, um gemeinsam zu erkunden wie die Kindergesichtspastete und die Bärchenwurst hergestellt werden.

Der Autor fühlt, wie er Gefahr läuft, emotional zu entgleiten. Das geht nicht an. Am Ende vertilgt der werte Leser gerade in diesem Moment nichtsahnend eine Currywurst beim Lesen. Er verbindet sozusagen just Literatur mit Kulinarität. Und jetzt bleibt ihm die Wurst im Halse stecken, und er denkt: Was für ein Scheißtyp dieser Schreiberling, macht mir die Wurst madig, dieser Körnerfresser. Der Autor weist aber alle Schuld von sich, und überantwortet selbige an Gott. Denn mit dem Menschen schuf er auch Autoren und Leser und somit die Möglichkeit der verschiedenen Sichtweisen. Der Autor möchte dieses Thema trotzdem hier nicht weiter strapazieren. In seiner ganz persönlichen Hackordnung aber, dies sei noch hintan gefügt, steht der Sportangler nicht nur unter dem Fisch, nein er steht noch unter dem Köder. Und wenn ein Jäger, auf Grund von Nachtblindheit und/oder permanenter geistiger Behinderung einen Kollegen mit einem Wildschwein verwechselt, und daraufhin seinem Waidgenossen mit einer gewürzten Ladung Schrot das restliche Hirn aus der Verschalung brezelt, nun, ich will mal so formulieren: „Wat mutt, dat mutt!"

Unsere drei Helden jedenfalls beschlossen bei ihrer Verabschiedung begeistert, auch das nächste dafür geeignete, und ihnen zur Verfügung stehende Sofa abzufackeln. Schließlich war das eine große Sache. Aber dazu sollte es nie mehr kommen. Die DDR war ein armes

Land. In der Regel wurden Sofas sehr lange benutzt und nie zur Verbrennung frei gegeben. War es durchgesessen, wurden die Federn gewechselt und neu bezogen. Wenn kein Geld dafür vorhanden war, wurde es einfach nicht mehr benutzt. Es wurde dann eine Decke drauf gelegt und im Stehen fern geguckt. Ja, so war das damals. War ja auch kein Problem weiter. Gegen 23 Uhr war eh Sendeschluss. Wie dann das eine Sofa auf den Acker kam? Die Stasi, vermutlich. Es war damals Gang und Gäbe, unliebsamen Bürgern die Sofas wegzunehmen. Es war eine schwere Zeit. So manchem wurde auch der Tisch weggenommen. Oder Geschirr. Quirle und so. Und Siebe. Auch Pferde, fragten die Dorfbewohner ängstlich? Auch Pferde? Natürlich, auch Pferde. Wie gesagt, eine schwere Zeit, das.

Für Fisse, Brenner und Brendel war es aber keine schwere Zeit. Ein schöner Tag neigte sich dem Ende. Der Rauch hatte sich verzogen. In der Stadt ging alles wieder seinen gewohnten Gang. Das feurige Erlebnis war so gut wie verarbeitet. So gut wie. Denn schon im Gehen fragte Fisse plötzlich: „Und sagt mal, Männer, die Sache mit der Frauenkirche, das waren gar nicht die Amis?"

„Nö, das war'n die Orcs", antwortete Brenner.

Ach da schau her, dachte Fisse, wer hätte das gedacht.

Unter dem Balkon der Jämlichs abhängen, Gedoppeltes „E“ spielen und Sofas abfackeln waren aber nun bei weitem nicht die einzigen Freizeitaktivitäten, auf die die Kinder zurückgreifen konnten. Sehr beliebt war das Spiel „Russe und Nazi“, landläufiger auch bekannt als „Räuber und Gendarm“. Wer auch damit nichts anfangen kann, dem sei erklärt: Zwei Gruppen werden gebildet und dann wird Krieg gespielt. Nur ohne Verletzte und so. Und ohne Tote natürlich. Man benutzte ja auch keine richtigen Waffen. Scheinwaffen sozusagen. Dadurch aber mit Scheintoten schon, und mit Scheinverletzten. Kommandeur war in der Regel der Älteste mit der besten Bewaffnung, sprich echter Spielzeugschusswaffe. Mit Hieb und Stichwaffen, oder gar selbst gebastelten Kriegsgerät hatte man keine Chance auf einen Posten mit Befehlsgewalt.

Sehr stolz ist der Autor auf den nun folgenden Satz: Für Scheinwaffen braucht man keinen Waffenschein.

Bei dem Spiel war Streit immer vorprogrammiert, weil Scheinwaffen ja logischerweise auch nur mit Scheinmunition funktionierten. So musste immer laut angesagt werden, wenn man der Meinung war, einen Gegner getroffen zu haben. Man war oft der Meinung. Der vermeintlich Getroffene bestritt natürlich genauso oft seinen virtuellen Tod. Nicht dass das Spiel damit zwingend für ihn zu Ende gewesen wäre, aber niemand wollte tot sein. Normal! Bestandteil des Spiels waren somit Dialoge folgenden Inhalts, die immer in geschriener Form dargereicht wurden.

„Eh, getroffen!“

„Quatsch, wo denn?“

„Bauch!“

„Ich merke nichts!“

„Du merkst doch sowieso nichts!“

„Kotzbrocken!“

„Milchreisfresser!“

Kurze Pause. Die Gegner gehen ein paar Schritte auf sich zu.

Die Kriegshandlung um sie herum tritt in den Hintergrund.

„Ich habe aber genau gezielt!"

„Wenn du genau gezielt hättest, dann würde diese Unterhaltung jetzt nicht stattfinden!"

„Hörst dich wohl gern reden, was?"

„Pffffff!"

„Also was jetzt!"

„Also was jetzt, also was jetzt! Nichts mit, also was jetzt! Du hast nicht getroffen, ich bin nicht tot. Das ist das Faktum!"

Zwischen den Nasen der Kontrahenten passt nun kein Blatt mehr.

„Min Hör", schnauft jetzt der Scheinschütze, „min Hör, gehen sie mir aus dem Licht!"

„Sag mal, drehst du jetzt völlig bei", schreit der Scheintote, „du hast wohl neben der Sparkasse gezeltet, oder wie?"

Beide nun Purpur im Gesicht.

„Du bist tot, du Kasper! Kriegst du das nicht in dein verdammtes Hirn!"

„Hast du mit Konfliktlösung geduscht, oder was?"

„Pffffff."

An dieser Stelle verzweigt sich die weitere Handlung. Entweder der Scheintote lässt den Gegner mit den Worten: „Wäre ich tot, würde ich jetzt nicht weg rennen, du Nuss", einfach stehen. In diesem Fall ist der Gegner verdutzt und kotzt kurzzeitig ab, versucht aber beim nächsten Mal besser zu zielen.

Oder aber der Scheintote fällt um und tut tot. In diesem Fall wendet sich der Scheinschütze sogleich triumphierend ab und stürzt sich wieder ins Kampfgetümmel. Sobald er aber verschwunden ist, ruft der Tote nach dem Sanitäter. Den Part des Sanitäters mussten immer die Jüngeren übernehmen, welche von den Älteren als noch nicht kriegsdienstverwendungsfähig eingestuft wurden, oder weil sie noch nicht im Besitz einer Waffe waren. Sie selbst waren unverwundbar, und hielten sich immer in der Nähe ihrer kämpfenden Truppe auf. Wenn sie zum Einsatz gerufen wurden, rannten sie zu dem Scheinverletzten oder Toten, und träufelten ihm aus einer imaginären Flasche eine Flüssigkeit über den Körper. Dabei murmelten sie immer leise vor sich hin: „Lebenswasser, Lebenswasser…" Das zeigte unglaubliche Wirkung. Binnen Sekunden war der Beträufelte wieder einsatzbereit, und auf ging's wieder mit Gebrüll.

Das Spiel erfreut sich auch heute noch großer Beliebtheit und wird allerorts intensiv gespielt. Allerdings heißt es heute Counter Strike oder Battlefield.

Interessant bei diesem Spiel damals war allerdings, dass es sehr schwer war überhaupt erst mal zwei Armeen aufzustellen. Keiner wollte nämlich Gendarm sein. Alle wollten zu den Räubern gehören. Das war nur mit dem Reiz des Verbotenen zu erklären. Mit dem Begriff Gendarm, sprich Polizist, konnte jeder etwas anfangen. Jeder hatte schon mal Bekanntschaft mit einem gemacht, zumindest einen gesehen. Aber ein Räuber? Wer kannte schon einen Räuber? Wie sah der aus? Wie und wo lebte dieser? Den Polizisten zu geben, mag wohl rechtens gewesen sein, aber zu langweilig. Respektive wollte keiner zu den Russen gehören.

Die Nazis waren die Räuber, die Bösen. Soviel wusste man, mehr aber auch nicht. Von nebulösen und unglaublichen Legenden wurde hinter vorgehaltener Hand berichtet, aber keiner wusste was Genaues nicht. Es traute sich aber auch keiner zu fragen, und wenn doch, traute sich keiner zu antworten. Und dann war da dieses Hakenkreuz an der Garagenwand. Waren das die Nazis, oder hat da einer unter Einsatz seines jungen Lebens nur eine Mutprobe bestanden? Nun, die Frage ob Russe oder Nazi war eine Temporäre, denn das Interesse an dem Spiel verflog mit den Jahren. Aber Brenner handelte sich einmal mächtigen Ärger zu Hause ein. Als er nämlich eines Sonntagnachmittag im August über den ganzen Hof schrie: „He, lasst uns Krieg spielen. Ich gehöre zur SS!"

Die Familie Schmidt wohnte in einem Wohnblock, erbaut in den 60ern, mit weitläufigem, fast parkähnlichem Hof. Jede Wohnung war mit einem Balkon ausgestattet, und zum Block gehörten 24 Wohnungen. Wie gesagt, es war ein schöner Sonntagnachmittag im August. Dies bedeutete: Alle Balkone waren mit den Tag genießenden Familien, ihren Gästen und Freunden aus aller Herren Stadtbezirke besetzt. Nichtsahnend reichten sie sich gegenseitig Teller mit selbstgebackenen Kuchen, sie schlürften Kaffee, noch ein Stückchen Zucker bitte sehr, ach nein danke, ich muss doch auf die Linie achten, sie unterhielten sich zwanglos über das Wetter und beobachteten die netten Kinder, die unter ihnen im Hof friedlich vor sich hin Krieg spielten. Die Vögel zwitscherten. Der Wind fuhr leise durch die Apfelbäume.

Und dann, unvermittelt dieser Ruf: „Ich gehöre zur SS!“

Die eintretende Stille legte sich augenblicklich über das ganze Land. Fast 100 Augenpaare schauten erstarrt auf Jens Schmidt. Die Vögel hörten auf zu singen und blieben mit offenen Schnäbeln regungslos auf ihren Ästen sitzen. Kaffee, der in diesem Moment ausgeschenkt wurde, ergoss sich über Tassenränder. Kuchenstücke parkten kurz vor offenen Mündern. Streichhölzer brannten sich in Finger. Zigarettenasche schwebte unkontrolliert in die Zuckerdose. Eine für das Jahr 2176 in Afrika vorhergesagte Sonnenfinsternis disponierte sich selbst um, und hüllte die Geschehnisse in Dunkelheit.

Die Reaktionen nach dem Schock waren recht unterschiedlich. Von vorsichtigen Fragen wie: „Ach, es geht wohl wieder los?“, über belustigtes Kopfschütteln, bis hin zu wütenden Flüchen, wie: „Das gibt’s doch nicht, solche hätte man früher...aber Hallo“, war alles vorhanden.

Frau Rensenbrink, zu Gast bei Frau Reudnitz, lehnte sich leicht über die Balkonbrüstung, und fragte ihre Freundin: „Ach, und das ist jetzt wohl der junge Grass, nicht wahr?“

Frau Reudnitz zog nur die Schultern hoch und die Mundwinkel nach unten. Sie war sich nicht sicher: „Nein Marianne, ich glaub nicht. Ich meint, das ist der junge Schmidt aus der Zweiten."

„Aaah ja", nickte Frau Rensenbrink bedeutungsschwanger, „aaaah ja."

Den gewaltigsten Schock jedoch erlitt Frau Schmidt. Sie spürte förmlich körperlich, wie die Blicke der gesamten Hausgemeinschaft durch die Balkonmarkisen unter ihr Kleid krochen, sich verstofflichten, und dann in ihrem Gehirn zu großen eitrigen Blasen mutierten. Ein Gemisch aus Scham und Angst machte sich in ihr breit. Sie hatte nur einen Gedanken: Wie krieg ich jetzt ohne viel Aufhebens meinen Sohn vom Hof. Ihren Mann konnte sie nicht fragen, denn der war grad scheißen.

„Jens", rief sie gequält freundlich über die Balkonbrüstung, „Je-ens!"

Auf allen Balkonen ward es mucksmäuschenstill.

„Was is'nää?", rief Jens Schmidt zurück.

„Jens, kommst du mal eben hoch."

„Warum'dnää?"

In Frau Schmidt begann es zu kochen. Das war die gefürchtete Frage. Blitzschnell ging sie alle möglichen Varianten durch.

„Abendbrot ist fertig", log sie. Auf den Balkonen wurden die Armbanduhren bemüht. Es war kurz nach 15 Uhr. Sicher gibt es Menschen mit Sonderheiten, oder abartigen Gewohnheiten, abscheulichen Neigungen und unvorstellbaren Hobbys, aber eines war allen klar: Kurz nach 15 Uhr ist nirgends kein Abendbrot nicht fertig! Auf der ganzen Welt niemals nicht! Da beißt die Maus keinen Faden ab, und sei er noch so dick! Auch Jens Schmidt wusste das mit dem abgebissenen Faden. Auch erinnerte er sich an ein kryptisches Gedicht, welches aus der Feder des Großmeisters der Rosenkreuzer Sir Johann Renigald van Moersefalh entstammt, und von Gotthelf Balthasar von Klingenburg bei seinen umfangreichen Studien über den Templerorden auf das Jahr 1152 datiert wurde:

Esgi ltse itÄo nenv onJa hren
undi nLän dern weit hint erde rSon nero t
Erst inde rZei tder Dämm erun g
Kred enze mand asAb endb rot

Die Quersumme der Anzahl der Buchstaben ins Quadrat gesetzt, geteilt durch die Anzahl der Vierersilben, abzüglich 2,5 (in Stunden gerechnet), was der durchschnittlichen Zeit entspricht, die man benötigt, um den Text zu entziffern, ergibt 365, also ein Erdenjahr. Doch am Ende sehr erstaunlich, wie geschickt die Tempelritter ihr Wissen an der Kirche vorbei an die Menschen weiter gegeben haben, so Gotthelf Balthasar von Klingenburg. (Zieht man übrigens die 2,5 nicht ab, erhält man die PIN meiner alten ec-Karte. Anm. d. Verf.)

„Wieso'dn jetzt schon?", rief Jens Schmidt also zurück.

„Na, wir wollten doch heute ein bisschen zeitiger essen, du weißt doch", antwortete Frau Schmidt, sichtlich um Fassung bemüht.

„Nö Mutti, ich weiß nicht."

Auch auf den Balkonen wusste es niemand. Woher auch? Leise wurden erste Mutmaßungen geäußert.

Frau Schmidt war nun mitten drin, im befürchteten Dilemma. Sie liebte ihr Kind, aber es musste vom Hof. Soviel war klar. Wie aber bekommt man ein Kind vom Hof, was man liebt, was aber nicht vom Hof will? Man muss andere Saiten aufziehen. Das wollte sie aber nicht. Also rief sie betont freundlich:

„Jens, komm doch einfach bitte hoch, wenn ich es sage."

„Aber Mutti, ich will noch bisschen unten bleiben. Wir spielen doch grad Krieg, und ich bin bei der............"

„Himmelkeuzdietürkennocheinmal", schrie Frau Schmidt nun aus vollem Hals, „du elender Bengel! Bewegst du deinen Hintern jetzt nach oben, oder soll ich dich holen kommen?"

„Hehe", murmelte man auf den Balkonen.

Frau Schmidt hatte sich in ihrer Not letztlich doch der anderen Saiten bedient. Sie war sichtlich erregt. Sie hatte sehr schnell drehende, blau-grüne Spiralen vor den Augen und kochend heißer Dampf zischte aus ihren Ohren. Ihre Haare standen ihr zu Berge und jedes einzelne bewegte sich wie ein Aal im Wasser. Fast wäre sie über die Balkonbrüstung gestürzt, wenn Herr Schmidt, vom Scheißen zurück, sie nicht am Rock gefasst hätte.

„Was geht denn hier ab?“, fragte er vorsichtig.

Frau Schmidt ließ ihn ohne Antwort stehen, und ging zur Tür, um ihren Sohn zu empfangen.

Der hatte zerknirscht, und sichtlich erschrocken ob der Reaktion seiner Mutter, den Weg nach oben angetreten.

„Junge“, zog Frau Schmidt, jetzt wieder ohne Spiralen und Dampf, aber immer noch erregt, ihren Sohn in die Wohnung, „Junge, bist du denn von allen guten Geistern verlassen? Du kannst doch nicht solches Zeug über den ganzen Hof schreien! Du bringst uns noch um Kopf und Kragen. Was sollen denn die Leute von uns denken? Am Ende melden die das in der Schule, und Papa verliert seine Arbeit. Junge, schau mich an: So etwas will ich nie wieder hören! Hast du mich verstanden?“

Jens Schmidt nickte verstört, aber verstanden hatte er nichts.

„Und jetzt ab in dein Zimmer, und da bleibst du heute!“

Und Jens Schmidt tat wie ihm geheißen. Geknickt warf er sich auf sein Bett und lauschte dem Kriegsgeschrei seiner Spielkameraden, welches durch das offene Fenster drang. Auf einen Mann kam es wohl in diesem Scharmützel nicht an.

Nach diesem Vorfall wurde trotzdem weiterhin Krieg gespielt, nur einigte man sich auf unverfänglichere Parteien. Man nahm sich den angolanischen Bürgerkrieg zum Vorbild. Das hatte mehrere Vorteile: Er war weit weg, man musste nichts bewältigen oder erklären, MPLA und Unita kannte niemand und bis heute weiß nur der Wind allein, wer da der Gute und wer der Böse war.

Natürlich wurde auch friedlicherer Freizeitbeschäftigung nachgegangen, wenngleich auch bei diesen Spielen Ärger unter Umständen vorprogrammiert war. Da war zum Beispiel das Spiel „Buddelzeiger“. Das Spiel ist einfach zu erklären, war jedoch schwer zu spielen. Im Prinzip ging es darum, nackt eine Runde um den Hof zu rennen, ohne dass dies von der Umwelt registriert wurde. Ein Spiel der Lebensfreude also, ohne Kriegsgeschrei, voller Anmut jedoch und Waghalsigkeit, gepaart mit einem Schuss Körperertüchtigung.

Die Idee für das Spiel wurde bei den Jämlichs unter dem Balkon geboren, und fürderhin auch nur in Carsten Jämlichs Hof gespielt. Dort wo Gunnar Brendel wohnte, gab es keinen Hof, und Jens Schmidt meinte, mit diesem Spiel würde er seine Mutter dann vollends aus dem Rennen nehmen. Das könne er nicht verantworten. Ausschlaggebend für die Idee war pure Langeweile. Ein schöner Beweis dafür, dass sich Langeweile durchaus als innovativ auf die Kreativität junger Menschen auswirken kann. Man muss sicher nicht erwähnen, dass schon eine gewisse Überwindung dazu gehörte, sich unter dem Balkon die Hose auszuziehen und dann eine Runde um den Hof zu rennen, zumal der Hof von Carsten Jämlich auch recht groß war. Die zu rennende Strecke war ca. 400 Meter lang, in der Form eines Quadrats. Je 100 Meter also an jeder Hofseite. Der Weg führte direkt an der Häuserfront entlang. Wenn also im Erdgeschoss jemand auf der Balkonbrüstung lehnte, hätte er sich die Nacktärsche direkt greifen und ihnen selbige gehörig versohlen können. Aber dazu sollte es nie kommen. Das lag zum einen daran, dass der Betreffende, welcher per Losentscheid den Buddelzeiger geben musste, vor seinem Lauf das Gelände erkunden konnte. War niemand auf den Balkonen und Fenstern zu sehen, und keiner unterwegs zur Mülltonne oder zum Wäscheplatz, war die Chance relativ groß, den Parcours unentdeckt zu überwinden. Erschien die Luft rein, hieß es geschwind die Hosen runter gelassen und dann Fersengeld, unterstützt von den anfeuernden Rufen der Freunde. Die 400 Meter wurden sehr schnell gerannt, auch getrieben von der, allerdings unbegründeten Angst, man kommt am Balkon der Jämlichs an und die Freunde waren weg – mit der eigenen Hose. War der Proband im Ziel wurde er unter Kichern und Gegröle gefeiert. Anerkennend wurde auf die Schulter geklopft und mehrfach auf die Größe der Tat hingewiesen.

Aber wie alles im Leben, verlieren die Dinge oft schnell ihren Reiz. Um den Reiz zu erhalten, bzw. zu erhöhen wurde das Spiel „Bobsstecker" erfunden, eine Erweiterung von Buddelzeiger, sozusagen. Und diese sah so aus, dass man sich zusätzlich noch ein Stück Grünzeug zwischen die Arschbacken klemmen musste. Ein Grasbüschel oder ein Kastanienblatt. Das sah dann so aus, als hätte man den Frühling im Hintern stecken. Da man beim Rennen die Backen zusammenpressen musste, damit einem das Grünzeug nicht entglitt, konnte man natürlich auch nicht mehr so schnell laufen. Außerdem sah es aus, als hätte man eingeschissen. Aber kein Mensch kackt Huflattich oder Klee im Ganzen. Fisse war der Erste, der als Bobsstecker um den Hof hasten musste. Als er los rannte, schmissen sich die anderen vor lachen weg. Sie krümmten sich vor Lachschmerzen und bekamen keine Luft mehr. Das sah ja aber auch wirklich bekloppt aus: Ein junger Mensch, der in zwei Jahren Jugendweihe haben sollte, rennt nur mit Sandalen und Hemd bekleidet, mit Gras im Arsch um sein Leben. Und der Rennstil erinnerte eher an eine behinderte Ente, welcher die Krankenkasse die Krücken nicht bezahlt hatte. Der Lachanfall steigerte sich aber zur Lachorgie, als Fisse um die Ecke bog und hinter ihm plötzlich eine ältere Dame, ihre Handtasche schwingend, auftauchte.

Sie schrie immer solche Sachen wie: „Du verdammter Lausebengel, ich zieh dir meine Tasche über den Latz! Was fällt dir ein, alte Leute so zu erschrecken!"

Die Alte kam Fisse ziemlich nah, erreichte ihn aber nicht. Fisse sah nicht entspannt aus. Einerseits wollte er keine Bekanntschaft mit der Handtasche machen, andererseits sah er aber auch in keinster Weise ein, sich vor dem Überqueren der Ziellinie des Grünzeugs zu entledigen. Er war doch kein Weichei. Erst im Ziel, riss er sich die Wiese aus dem Arsch und schrie: „Los, abhauen!“

Die anderen beiden hatten schon reagiert und nun rannten alle drei, um sich vor der Handtasche in Sicherheit zu bringen. Als sie die Alte abgeschüttelt hatten, kannte die Freude keine Grenzen mehr. Der Ohnmacht nahe und mit Tränen in den Augen suhlten sich die drei Freunde mit nicht enden wollenden Lachanfällen im Gras.

„Große Sache, das“, quiekte Brenner, nach Luft heischend, „die Alte sah aus, als wäre ihr der Wahrhaftige erschienen.“

„Und du hast das Gesicht verzogen, als hättest du unter dich gemacht“, meinte Brendl zu Fisse.

„Quatsch, hab geguckt wie immer“, log Fisse, „die alte Schreckschraube hätte mich nie gekriegt. DIE stank doch total nach Orin.“

„Urin!“

„Klar voll die Pisse!“

Nachdem sich Bobsstecker auch erledigt hatte, wurden kurzzeitig die Spiele Schnippelschleifer und Blindenhund erfunden. Bei Schnippelschleifer wurde ein 5 Kilo Gewicht an den Sack gebunden und Glasscherben auf dem Weg verstreut. Dann mussten die 400 Meter in 20 Sekunden gerannt werden. Barfuss, versteht sich. Wenn das Gewicht den Boden berührte, hatte man verloren.

Bei Blindenhund wurde der Spieler mit alter Ölfarbe gelb angemalt und mit einem Brenneisen schwarze Punkte auf den Leib gebrannt. Außerdem wurden ihm die Augen zugetackert. Dann musste er auf allen Vieren bei Rot über die Straße kriechen.

Blindenhund und Schnippelschleifer wurden aber nur je einmal gespielt. Manche Spiele erschöpfen sich eben halt schnell. Das liegt an der geistigen Versteppung unserer Jugend. Keine Fantasie mehr.

Nur noch Konsum und Handys im Kopf. Keine Ideen mehr, keine Originalität. Nur Rumhängen und Weibern auf den Arsch starren. Nur Assis und Asylanten! Pfui!

An dieser Stelle möchte der Autor auf seine Behauptung von Seite 209 zurückkommen. Dort erklärte er, mit der Erwähnung der Olsenbande einen „unglaublichen Übergang zurück zu unseren Freunden" kreiert zu haben. Das ist natürlich so überhaupt nicht nachvollziehbar, aber, und hier beginnt der Molch zu ertrinken, trotzdem geschickt gemacht.

Auch Fisse, Brendl und Brenner waren nämlich nach einer langen Zeit der Beratung der Meinung, eine Bande gründen zu müssen. Es war notwendig. Nicht dass diese Notwendigkeit jetzt unbedingt sofort zu erkennen war, ich meine, mit bloßem Auge oder so, nein, soweit sollte man nicht gehen. Aber wichtig war eine Bande allemal, soviel stand fest. Was gab es nicht alles zu erledigen! Zum Beispiel, die Verteidigung musste organisiert werden. Diese Organisation der Verteidigung ging einher mit der nicht als unhitzig zu bezeichnenden Diskussion, gegen wen man sich eigentlich verteidigen sollte. Aber das sind Kleinigkeiten, das nähe ich ihnen an, sagte der Autohändler, als man ihn auf einen defekten Sicherheitsgurt hinwies. Also vertagte man diese Debatte alsdann, und widmete sich zunächst der Wahl eines Anführers. Ohne Anführer war eine Bande handlungsunfähig. Auch, und vor allem, im Verteidigungsfall. Aber die Wahl verlief ergebnislos, weil bei jeder Abstimmung jeder immer nur eine Ja - und zwei Nein - Stimmen für sich verbuchen konnte. Die Wahl war zwar geheim, aber aus gut informierten Kreisen sickerten gute Informationen kreisförmig an die Öffentlichkeit. Somit war schnell klar, dass man auf diese Weise nie zu einem Anführer kommen würde. Also einigte man sich auf die Verschiebung der Wahl und formulierte zunächst einen 20 Punkte Katalog, welcher später als allgemeine Grundlage für Bandentätigkeit in die Geschichte eingehen sollte.

1. Nacheifern und experimentieren mit dem Bandenimage mit Schwerpunkt: Gruppenzugehörigkeit und Identitätsfindung.
2. Unregelmäßige Gelegenheitsdiebstähle und Mobben von Mitschülern.
3. Freiwillige Teilnahme an Bandenaktivitäten ohne ernsthafte Konsequenzen.
4. Identitätsbildung in der Bande.
5. Häufiger Drogen und Alkoholmissbrauch.
6. Kriminelle Aktivitäten wie Erpressung, Diebstahl und Einbruch.
7. Abwenden von Elternhaus und Schule.
8. Anzetteln von kleineren Reibereien mit anderen Banden. Kein Bandenmitglied geht mehr allein auf die Straße!
9. Die Mitgliedschaft in der Bande als Kernidentität.
10. Drogenmissbrauch und echte Kriminalität stehen im Mittelpunkt.
11. Anspruch auf eigenes Gebiet, z.B. Schlesien, Sudetenland
12. Schulschwänzen bis hin zum Rauswurf.
13. Erste Haftstrafen.
14. Klarmachen, dass wer aus der Bande aussteigen will, stirbt.
15. Einsatz von Schusswaffen bei Auseinandersetzungen.
16. Kriegsähnlicher Zustand mit der Polizei.
17. Standrechtliche Erschießung von Lehrern und Mitarbeitern des Post- und Fernmeldewesens.
18. Einsatz von Giftgas und Flächenbombardements.
19. Absetzung des Den Haager Kriegsverbrechertribunals.
20. Konvertierung zum Islam.

Mit diesen Vorgaben konnten alle drei gut leben. Allein, die Frage nach dem Chef war noch nicht geklärt. Am meisten wollte Brenner Chef sein. Im Grunde war es Brendl und Fisse egal, wer den Chef geben sollte, aber hier ging es ums Prinzip. Es konnte einfach nicht einer Chef werden, nur weil er mehr Lust hatte Chef zu sein als andere. Da mussten schon stichhaltigere Gründe her. Die aber konnte Brenner nicht vorweisen. Die Bande drohte sich schon vor ihrer eigentlichen Gründung wieder aufzulösen, womit man dann aber wirklich weit unter dem damaligen 14,2tägigen Lebensdauerdurchschnitt von Banden vergleichbarer Art jener Zeit gelegen hätte. Das wollte nun auch wieder keiner. Mürrisch und entnervt stocherten die drei unter Fisses Balkon im Dreck herum, als Brendl die rettende Idee hatte. Er schlug vor, die Bande gemeinsam und gleichberechtigt zu leiten. Fisse fand den Vorschlag nicht schlecht. Auch Brenner freundete sich zunächst mit dem Gedanken einer kollektiven Leitung der Bande an, gab aber dann zu bedenken, dass, wenn bei drei Bandenmitgliedern, alle drei in der Leitungsebene tätig sind, es sicher ein Problem bei der Ausführung der Anordnungen des Cheftrios geben würde, weil es schlicht und einfach an vollziehenden Bandenmitgliedern fehlen würde. Er solle nicht so kleinlich sein, forderte Fisse ihn auf, konnte sich aber der gewissen Logik des Einwandes nicht erwehren. Also, rief Brendl in das wiederholte nachdenkliche Schweigen, also brauchen wir vollziehende Bandenmitglieder. Wie jetzt, fragten Fisse und Brenner? Nun, im Normalfall gibt es eine Basis, aus welcher sich im Laufe der Zeit ein Überbau heraus kristallisiert. In unserem Fall ist das ein wenig anders, denn der Überbau, also wir, ist schon vorhanden. Was uns fehlt, ist die Basis. Das klingt gut, war die einhellige Meinung. Einzig, wer soll die Basis sein? Die drei waren sich nämlich im Prinzip einig, ihre Bande nicht weiter aufzustocken. Außerdem war die Sache zweischneidig: einerseits stand fest, ein Überbau ohne Basis ist auf Dauer langweilig und man muss auch alles alleine machen. Andererseits, eine nichtexistente Basis kann auch nicht aufmotzen, oder anderweitigen Ärger verbreiten. So Zeugs skandieren wie: Meuchelt den Überbau! Oder: Zukunft jetzt! Oder: Wir sind das Volk! Ergo, da die Mitgliedschaft in einer Bande nicht langweilig sein sollte, eine Basis also unverzichtbar erschien, man gleichzeitig aber auch keinen Ärger haben wollte, blieben nur zwei Möglichkeiten. Entweder die Basis wird von vorn herein an der kurzen Leine gehalten, zum Beispiel mittels Gewalt, Einschüchterung und leeren Versprechungen, oder die Basis wird zahlenmäßig so klein angesetzt, dass sie leicht überschaubar und somit ebenso leicht kontrollierbar ist. Nach langer und intensiv geführter Diskussion, entschied sich der Überbau für beide Varianten in Kombination. Die Basis der Bande sollte Martin Rosenbreit stellen.

Martin Rosenbreit eignete sich hervorragend als Basis. Er war nicht nur ruhig in seiner Art geblieben, sondern konnte mit der Zeit auch als zurückhaltend, ja schüchtern bezeichnet werden. Außerdem war er sehr harmoniebedürftig. Aber nie hätte er aus eigenem Antrieb heraus um die Mitgliedschaft in einer Bande gebuhlt, wohl aber würde er das Angebot einer Bande anzugehören, freudig annehmen. Gleichzeitig aber, und dies schien das wichtigste Kriterium, war Martin Rosenbreit durchdrungen von einer gewissen, sagen wir, Schlichtheit im Gemüt. Er war nicht dumm im Sinne von bekloppt, seine Schulnoten konnten sich sogar sehen lassen, aber man konnte ihn schon als leicht dreifältig bezeichnen. Er hatte die größten Füße seiner Altersklasse in der Schule. Vielleicht hatte er auch die größten Füße überhaupt, einschließlich vom Mond und so, aber wer weiß das schon. Seine großen Füße hatten aber eine wichtige Funktion. Martin Rosenbreit hatte nämlich die Angewohnheit, sich im Musikunterricht beim Singen vor der Klasse nach vorn zu beugen. Und zwar mit dem ganzen Körper, der steif war wie eine Schranke vorm Puff. Kein Schüler, beiderlei Geschlechts sang gern vor der Klasse solo zur optimistischen, aber miserablen Klavierbegleitung der Musiklehrerin bescheuerte Volkslieder. Aber bei keinem sah das so abgefahren aus, wie bei Martin Rosenbreit. Und es klang auch so. Es war einfach die Verlegenheit. Andere schwanken hin und her, manche haben Schweißausbrüche oder laufen rot an, welche nesteln an ihren Taschen oder am Rocksaum, andere wiederum umgehen das Vorsingen durch gezielte Krankschreibung. Martin Rosenbreit kippte beim Singen eben nach vorn. Im Extremfall, zum Beispiel bei längeren Liedern erreichte er einen Neigungswinkel von bis zu 45 Grad. Nur auf Grund seiner unglaublich großen Füße, fiel er nicht nach vorn über. Er konnte beim Singen auch niemand ansehen. Sein Blick war immer streng nach oben gerichtet, sodass das Weiße unten aus den Augen quoll. Wenn er aber die 45 Grad erreichte, hätte man denken können, er schaue einen an. Doch sein Blick war leer. Brenner, Fisse und Brendl fanden die Sangeshaltung des Martin Rosenbreit sensationell. So einer könnte Basis werden, da waren sich die drei einig.

Ausschlaggebend für die Aufnahme in die Bande aber war letztendlich die Geschichte mit dem Fahrrad von Martin Rosenbreit. Es war ein einfaches Fahrrad und alt. So einfach und alt, dass es 1945 von den Russen nicht mal geklaut wurde. Das Rad wartete praktisch jahrzehntelang hoffnungsvoll im Keller auf seinen Einsatz bei der Tour de France, bis sich Martin Rosenbreit ein Herz fasste und es zumindest erst mal ans Tageslicht holte. Nicht zu übersehen war, dass das Rad nach all den Jahren ein wenig der Pflege bedurfte. Er wechselte also diverse Verschleißteile und entrostete es mit einer Drahtbürste. Dann nahm er seinen Schulmalkasten und strich das Fahrrad mit seinem Halbzentimeter breiten Schulpinsel mit knallgrüner Wasserfarbe. Besonders Brenner war begeistert. Ich meine, sagte er, man kann auf verschiedene Art kundtun, dass man neben der Schiene läuft, aber sein Fahrrad mit Wasserfarbe anzupinseln, das ist dann schon die höhere Schule. Die anderen beiden stimmten ihm zu. Wer so durchgeknallt ist, ob bewusst oder nicht, sollte Bandenbasis werden.

Die drei warteten also einen verregneten Tag ab und fragten Martin Rosenbreit nach der Schule, ob er Lust hätte mit ihnen einen kleinen Ausflug mit dem Rad auf den Acker zu machen.

Martin Rosenbreit stimmte freudig erregt zu. Und also ab ging's. Es regnete nicht allzu sehr, aber die Wege waren doch aufgeweicht genug, dass man manche Steigung im Gelände nicht mehr per Pedalkraft bewältigen konnte. Das Fahrrad musste somit getragen werden. Dies wiederum strengte an. Oben angekommen, musste man sich den Schweiß von der Stirn wischen. Auch lies es sich nicht vermeiden, dass das Fahrrad beim Tragen an der Hose scheuerte. Nach einer Stunde wäre Martin Rosenbreit tarnungsmäßig ohne Probleme als GI im Vietnamkrieg durchgegangen. Oder als Laubfrosch mit rostigem Fahrrad. Brenner, Brendl und Fisse hielten sich die Bäuche vor lachen und die Zeit für gekommen, Martin Rosenbreit die Bandenmitgliedschaft anzubieten. Der lachte mit, nicht zwingend wissend worum es ging, aber er nahm das Angebot gern an.

Im Vorfeld hatten sich die drei über ihre Dienstgrade geeinigt. Klar war, alle drei würden gleichberechtigt zur Leitungsebene gehören. Also wurden alle drei Hauptmann. Martin Rosenbreits Dienstgrad sollte fürderhin Pampel sein. Pampel war kein Dienstgrad im eigentlichen Sinne, aber man wollte sich auch vom Namen her deutlich von der Basis abgrenzen. Pampel ward somit auch der Spitzname von Martin Rosenbreit. Erwähnen sollte man aber an dieser Stelle, dass weder Fisse, noch Brenner oder Brendl charaktermäßig so drauf gewesen wären, dass sie einen anderen Menschen bösartig hätten ausgenutzt. Und Pampel war trotz seiner Dreifalt keiner, der sich auf Dauer hätte ausnutzen, oder gar erniedrigen lassen. Er wollte halt gern dazu gehören, und unsere drei Protagonisten wollten Spaß. Es war also in keinster Weise so, dass Pampel von den drei anderen permanent ausgenutzt wurde, eher war es so, dass er sozusagen gezielt eingesetzt wurde, wenn es darum ging, irgendeinen Schwachsinn auszuhecken. Weil, auch Pampel war im Grunde kein Kind von Traurigkeit, aber er bedurfte einer gewissen Anleitung.

Eine Aufgabe hatte der Pampel allerdings immer auszuführen. Dies wurde bei der Aufnahmezeremonie schriftlich fixiert. Wenn die Bande unterwegs war, musste der Pampel vor der nächsten Kreuzung, oder einer unübersichtlichen Stelle, immer nach vorn laufen und spähen, ob da wer ist. Es gab keinen Grund, dies zu tun, denn man hatte keine Feinde, etwa eine andere Bande oder so. Es war auch sonst völlig sinnlos, weil, auch wenn da jemand um die Ecke gekommen wäre, wäre es nicht von Belang gewesen. Aber man war sich in der Leitungsebene einig, dass ein Pampel wenigstens EINE feste Aufgabe haben müsse. Martin Rosenbreit willigte ein und setzte diese seine Obliegenheit jedes Mal gewissenhaft in die Tat um. Das war eine feine Sache, wenn sich Pampel 20 Meter vor jeder Kreuzung mit seinen großen Füßen grinsend und behäbig in Bewegung setzte, vorsichtig in alle Richtungen schaute, und dann erleichtert winkte. Dabei formten seine Lippen die Worte: Alles klar, könnt kommen! Eigentlich hatte man im Überbau beschlossen, weitere strukturelle Maßnahmen durchzuführen. Der Einsatz eines Schriftführers und eines Schatzmeisters wurde angestrebt. Aber zum Schreiben hatte keiner Lust und ein Schatz war nicht zu verwalten, da nicht vorhanden. Also erübrigte sich die Sache mit der Bande recht schnell, aber ansonsten waren die drei jetzt vier.

Eine große Leidenschaft der Bande wurde das Bergsteigen. Das war eine äußerst aufregende und gefährliche Angelegenheit. Man beschränkte sich aber auf einen Berg, den Mont Pietsch. Der Mont Pietsch war eine knapp zwei Meter hohe, aber steile, mit kleinen

Bäumen und Sträuchern bewachsene Böschung, angrenzend an das Grundstück von Herrn Pietsch. Das Anwesen des Herrn Pietsch befand sich an einer Straßenkreuzung unweit der Schule. Vor dem Krieg stand hier ein ansehnliches Wohnhaus aus der Jugendstielzeit, aber aus wohldurchdachten strategischen Gründen in Bezug auf die wirkungsvollere Bekämpfung der deutschen Wehrmacht, wurde es 1945 von angloamerikanischen Bombern in einen Rohbauzustand zurückversetzt, der Jahre später einen kompletten Abriss nach sich zog. Aus dem Nichts auftauchende Alteigentümer dritten Grades aus Neuseeland ließen nach der Wende wieder ein Haus auf dem Gelände errichten, was aber architektonisch mitnichten an das ursprüngliche Gebäude heran reichte. Heutige Anwohner hoffen nun wieder sehnlichst auf die Bomber, aber wenn man mal jemand braucht, wartet man meist vergeblich.

Zu DDR-Zeiten hatten Alteigentümer schlechte Karten. Das Grundstück war für alle Zeiten enteignet, und wurde von der Stadt verwaltet. Was aber will eine Stadt, die kein Geld hat, keine Handwerker und kein Material, mit einem verwahrlosten Grundstück? Nichts. Also wurde es für 90 DDR Pfennig pro Jahr an Herrn Pietsch verpachtet. Der baute darauf eine kleine Holzhütte, legte sich vom Nachbarhaus eine illegale Wasserleitung und übte sich fürderhin im Züchten von Gurken und Tomaten. Auch Huflattich und Spitzwegerich gedieh gar prächtig. Aber in der DDR wurde ja alles gegessen. Es gab ja nichts.

Herr Pietsch war ein etwa 60jähriger, drahtiger Eigenbrödler, der den Eindruck machte, als dass er sich nur von den Produkten seines Gartens ernährte. Und er hatte was gegen Kinder. Ein Umstand, den unsere Bande später geschickt zu nutzen wussten.

Die Böschung, in der Länge ca. 80 Meter, fing unten am Fußweg an und endete oben am Zaun, wenn man das Konglomerat aus Latten, Eisenstangen, Draht und Gestrüpp als solchen bezeichnen konnte. Der Schulweg führte in der Regel am Grundstück des

Herrn Pietsch vorbei, und irgendwann hatte Brenner die Idee, diese 80 Meter auf der Böschung in Höhe des Zaunes zurückzulegen. Wir müssen das schaffen, war die Antwort auf die Frage nach dem „warum" der anderen. Das schien einleuchtend. Pampel wurde zunächst an die Kreuzung geschickt, um nach zu sehen ob wer kommt. Es kam zwar wer, aber das interessierte nicht. Dann wurde er abkommandiert, um auf die Schulranzen der Bergsteiger aufzupassen, und falls jemand kommt der interessiert.

Die Böschung entlang zusteigen wäre nicht möglich gewesen, wenn man sich nicht an den vielen Bäumen hätte fest halten können. Somit konnte die Besteigung des Mont Pietsch als durchaus anspruchsvoll bezeichnet werden. Interessant war auch, vom oberen Ende durch die Lücken des Zaunes ins Innere der Welt des Herrn Pietsch zu spähen. Mehrere große Zinkbadewannen, gefüllt mit brackigem Regenwasser standen scheinbar wahllos auf dem Gelände. Ein Gewächshaus mit nur noch als sporadisch zu bezeichnender Verglasung versehen, umrankt von großen undefinierbaren Pflanzen hielt sich mühsam aufrecht neben dem ebenfalls nicht sehr vertrauenswürdig erscheinenden Gartenhaus. Ein rostiges Fahrrad lehnte an selbigen. Am hinteren Ende kämpften Sonnenblumen und Goldregen einen erbitterten Existenzkampf. Ein Berg grünspaniger Ziegel türmte sich neben einem Klohäuschen, welches den Eindruck machte, dass, wenn man es benutzten würde, der Scheißegolum einem die Eier abbeißen würde. Das ganze Grundstück schien ein Biotop, menschlichem Einfluss gänzlich abhold, doch vereinzelte rote Punkte, die man nach längerem Hinsehen als Tomaten identifizieren konnte, verwiesen darauf, dass einst Herr Pietsch hier zu Gange gewesen sein musste. Auch ein von Unkraut erstaunlich frei gehaltener Weg, vom Haus zur Straße führend, zeugte von der Anwesenheit eines Menschen. Der Weg endete an einem mit mehreren Schlösser gesicherten überdimensionierten Eisentor, welches möglicherweise zum in den 50er Jahren gesprengten Berliner Stadtschloss gehörte. Das Tor befand sich zur anderen Straße, also im 90 Grad Winkel zum Mont Pietsch. Am Tor hing auch ein handgeschriebenes Schild mit der Aufschrift „W. W. Pietsch“, worauf hin der Mont seinen Namen bekam.

Die ersten Besteigungen des Mont Pietsch erwiesen sich, wie erwähnt, als schwierig, doch mit der Zeit erschöpfte sich die Angelegenheit. Schnell fand man heraus, wo man sich am besten festhalten konnte, um den Parcours hurtig und sicher zu absolvieren. Und die Jungs hätten sich sicher bald eine neue Herausforderung gesucht, wenn nicht eines Tages Fisse eine Erscheinung gehabt hätte.

Fisse war der Letzte bei der Besteigung. Brenner und Brendl waren schon bei Pampel angekommen. Auf den letzten Metern hielt Fisse kurz inne, um noch einmal einem Blick ins Innere des Gartens zu werfen, als er nah hinter dem Zaun etwas großes Blaues erblickte. Und ehe er realisieren konnte, worum es sich handelte, kam das große Blaue auf ihn zu, und kaum dass er sich versah, hatte Fisse schon eine ordentliche Backpfeife gefangen. Im Fallen erkannte er, dass das große Blaue die Arbeitsjacke des Herrn Pietsch war. Die Ohrfeige zwiebelte nachhaltig, und der Schock saß tief, aber geistesgegenwärtig fing sich Fisse am nächsten Baum und konnte so größeres Verletzungsmalheur verhindern.

Fisse taumelte rückwärtig zu seinen Freunden auf die Straße, die die Sachverhaltslage schnell mitbekommen hatten. Allgemeine Sprachlosigkeit machte sich zunächst breit. Einige Mont Pietsch Besteigungen hatte man nun hinter sich, aber noch nie ward der Herr Pietsch gegenwärtig. Somit war man schon überrascht.

„Du Satansbraten“, ertönte die kratzige Stimme des Herrn Pietsch, „reicht dir das, oder soll ich noch eine nachlegen?“

Die Jungs, und vor allem Fisse, waren nicht in der Lage zu antworten. Zu tief saß der Schreck. Sie packten ihre Schultaschen und machten sich zunächst aus dem Staub. Aber sie hatten nicht umsonst eine Bande gegründet, um diesen Sachverhalt einfach auf sich beruhen zu lassen.

„Was machen wir nun?", fragte Fisse auf dem Nachhauseweg am nächsten Tag. Er hatte ja nun ein direktes Interesse, es dem Herrn Pietsch irgendwie heimzuzahlen. Schließlich hatte er eine Ohrfeige von ihm bekommen. Das war eine völlig neue Erfahrung für ihn, denn noch nie wurde er von einem Erwachsenen geschlagen. „Ich finde, das hat der alte Knacker nicht drauf, oder?"

„Nee, das hat der nicht drauf", stimmten Brendl und Brenner zu.

„Und außerdem haben wir doch gar nichts Schlimmes gemacht", fügte Pampel hinzu.

Die anderen nickten.

„Passt auf Jungs", blieb Brenner stehen, „wir gehen folgendermaßen vor. Zunächst müssen wir rauskriegen, wann das Arsch in seinem Garten ist."

„Und wie willst du das rauskriegen?"

„Ganz einfach, wir klettern den Mont Pietsch hoch und rufen was."

„Da kann ja Pampel mal mit hoch klettern, ich pass derweil auf unsere Sachen auf", meinte Fisse.

Pampel strahlte: „Klar, kein Problem."

„Und was rufen wir?", fragte Brendl.

„Tja", überlegte Fisse, „irgendwas, was den Alten ärgert, damit er sich zeigt."

Die vier gingen weiter und überlegten, was den Herrn Pietsch ärgern könnte.

„Na gut", unterbrach Fisse die allgemeinen Überlegungen, „was ist, wenn wir was gefunden haben?"

„Na, dann rufen wir das, und wenn er da ist, schmeißen wir ihm Stinkbomben in den Garten, und dann schau'n wir mal, wie sich der Krieg entwickelt."

„Die Stinkbomben können wir doch auch so in seinen verblödeten Garten werfen", meinte Fisse.

„Quatsch, dann kriegt der doch nicht mit, wie's stinkt."

„Auch wahr", gab Fisse zu, der auf keinen Fall den Eindruck erwecken wollte, Schiss vor einer erneuten Begegnung mit Herrn Pietsch zu haben.

Also waren alle mit diesem Plan einverstanden.

Die Jungs durchforsteten nun fieberhaft ihren jugendlichen Wortschatz nach einer Formulierung, mit welcher man den Herrn Pietsch aus der Reserve hätte locken können. Gleichzeitig lieferten alle ihre Plastelineale und Dreiecke bei Pampel ab, der sie in kleine Stücke zerbrach und in Silberpapier einwickelte, welches vom Schulfrühstück übrig geblieben war. Eine kleine Ecke ließ er jeweils frei. Wenn man die anzündete, dann entwickelte das alufolieummantelte Plaste mangels Sauerstoff eine ordentliche Rauchwolke, ohne Schaden anzurichten. Diese als Stinkbombe bekannte Schülerwaffe, sollte dem Herrn Pietsch einen gehörigen Schrecken einjagen.

„Und wenn wir einfach seinen Namen rufen?", meinte Brendl.

„Hm, wie könnte der heißen? Was meint W. W. ?"

„Vielleicht Walter Wilhelm?"

„Wilfried Werner?"

„Oder Wladimir Wunsiedel?"

„Wunsiedel? Ist doch kein Name?"

„Weißt du's?"

„Hm."

„Vielleicht ist es ja auch kein Name, sondern eine Berufsbezeichnung, wie Wichtiger Wächter?"

„Oder Warmer Weihnachtsmann?"

„Was weiß ich, am Ende nichts von alle dem. Dann könnte es nämlich auch Wuchtiger Wurmfortsatz bedeuten."

„Vielleicht Fidel Carsten?"

„Das fängt doch nicht mit W an."

„Ja ja, ich weiß, aber weiß das auch Herr Pietsch?"

„Weiß nicht."

„Vielleicht ist der Pietsch ein Perverser und es bedeutet Wagina Wixer?"

Alle feixten, am meisten Pampel, der dabei verschämt zu Boden schaute.

„Dann schreibt man das aber nicht an sein Namensschild."

„Wenn er aber doch ein Perverser ist?"

„Hm, na ja, dann schon."

„Siehste."

Allgemeine Ratlosigkeit machte sich breit. In selbige meinte Brenner, der die ganze Zeit überlegt hatte: „Im Albanischen gibt es zwei Namen mit W. Einmal Wartel und zum anderen Wister."

„Wartel und Wister sind doch keine Namen."

„Im Albanischen schon."

„Und wie kommst du darauf, dass der Pietsch so heißt?"

„Weil es bei dem im Garten so aussieht wie bei Hempels unterm Sofa."

„Und was haben die Hempels mit Albanien zu tun?"

„Hempel war einst ein weit verbreiteter albanischer Familienname. Bei denen sah es immer fürchterlich unordentlich aus. Daher das Sprichwort. Alle Hempels haben sich durch Blutrache selbst ausgerottet. Und viele Hempels übrigens hießen Wartel und Wister."

„Der Pietsch heißt aber nicht Hempel, sondern Pietsch."

„Freilich heißt er Pietsch. Würde er Hempel heißen, wäre er ja ausgerottet."

„Vorausgesetzt, er wäre Albaner."

„So wie es bei dem aussieht, muss der Albaner sein."

„Es gibt aber zum Beispiel auch liederliche Griechen."

„Genau, in Griechenland gibt es auch viele Hempel", meinte Pampel.

„Du meinst Tempel, oder?"

„Wen interessiert's?"

„Kennst du einen liederlichen Griechen?"

„Nein."

„Wieso behauptest du dann, dass es auch liederliche Griechen gibt?"

„Du behauptest doch auch, dass es unordentliche Albaner gibt. Kennst du einen?"

„Klar, den Pietsch."

„Wenn der Pietsch Albaner wäre, dann müsste er doch Hempel heißen, hast du gesagt, oder?"

An dieser Stelle kam das Gespräch zum Erliegen. Den Diskutanten waren die Argumente ausgegangen. Niemand wusste nichts genaues, aber eine Entscheidung musste her. Also sagte Brenner: „Passt auf Männer. Wir gehen jetzt auf den Mont Pietsch und rufen im Chor: Wartel Wister Pietsch. Und dann werden wir ja sehen."

In Ermangelung von Alternativen und weil man der Meinung war, dass es nun irgendwie vorwärts gehen musste, nickten alle den Vorschlag ab. Pampel blieb bei den Schultaschen an der Kreuzung und Brenner, Fisse und Brendl erklommen den Mont Pietsch. Lautlos arbeiteten sie sich zum Zaun vor und lugten vorsichtig hindurch. Kein Herr Pietsch war zu sehen, alles schien ruhig. Wenn er auf dem Grundstück war, dann hatte er sich entweder gut versteckt, oder befand sich in seiner Hütte. Brenner schaute nach links zu Brendl und dann nach rechts zu Fisse. Dann hob er die rechte Hand und zeigte den Daumen, dann den Zeigefinger. Als er den Mittelfinger spreizte, riefen alle drei aus Leibeskräften: „Wartel Wister Pietsch! Wartel Wister Pietsch! Wartel Wister................"

Nach etwa fünf Minuten flog im gegenüber liegenden Haus ein Fenster auf, und eine erboste Stimme schrie: „Könnt ihr Kloppis mal die Schnauze halten, ich hatte Nachtschicht!"

Und rumms, flog das Fenster wieder zu. Der Nachtarbeiter hatte alles Wichtige was ihm auf dem Herzen lag, auf den Punkt gebracht.

Die drei hielten abrupt inne. Mit einem Zweifrontenkrieg hatten sie nicht gerechnet. Außerdem waren sie dafür auch nicht ausgerüstet und ausgebildet. Enttäuscht zogen sie sich von ihrem Vorposten zurück und gingen zu Pampel. Der hielt mit aufgeregtem Gesichtsausdruck die Stinkbomben in der Hand und meinte: „Und, war wohl nichts, was?“

„Nö, war nichts. Der Pietsch ist wohl nicht zu Hause“, gab Brenner zur Antwort.

„Oder er heißt nicht Wartel Wister“, frotzelte Fisse.

„Das ist nicht bewiesen“, ging Brenner in Stellung.

„Ist ja gut Männer“, schlichtete Brendl, „fest steht, dass wir so nicht weiter kommen. Wir müssen uns eine andere Strategie ausdenken.“

„Genau, eine andere Strategie“, pflichtete Pampel ihm bei.

„Und wie soll die aussehen?“

Die Jungs sahen sich an, und wieder weg, dann die Straße hinunter und zuckten dabei mit den Schultern. Dann ließen sie die Köpfe hängen. Ja, jetzt war guter Rat teuer. In einem Comic wäre jetzt das Bild dran, in dem vier Jungs mit ratlosen Gesichtsausdruck abgebildet sind, über deren Köpfen so Fragezeichen, Gewitterwolken, Blitze und kleine Totenköpfe in den Sprechblasen zu sehen wären.

Und in dem Moment, als die vier so vor sich hin resignierten, und der Verkehr in der Stadt seinen gewohnten Gang ging; die Sonne das Land wärmte, dass man meinen könnte, sie täte dies schon seit 4 Milliarden Jahren; Frau Schmidt das Mittagessen für ihren Sohn bereitete, ebenso wie Frau Brendel und Frau Rosenbreit, hingegen Frau Jämlich entnervt von einer Probe in ihrer Theatergarderobe saß; in Afrika ein paar Kinder verhungerten und das Wasser des Atlantiks warm und friedlich den Strand von Salvador de Bahia umspülte; in Leipzig eine Taube im Fluge scheinbar gezielt die Motorhaube eines knallroten Skoda S100 bekotete; in China ein Sack Basmatireis umkippte, der vor einem Puff stand, welcher brannte; Frau Rensenbrink gerade bei Frau Reudnitz schellte, die beflissentlich mit dem Tablett am Arm zur Tür eilte, um sie zu öffnen; der oben erwähnte Nachtschichtler von gegenüber sich im Einschlafen am Sack kratze; und der Halleysche Komet sich noch etwa 2,8 Millionen Kilometer vom sonnenfernen Scheitelpunkt seiner sinnlosen Ellipse befand - in diesem Moment bemerkten die Jungs plötzlich, wie sich etwas recht schnell auf sie zu bewegte.

Dieses Etwas war Herr Pietsch, der auf dem alten Fahrrad, welches eben noch an seinem Schuppen lehnte, auf die verdutzten Jungs zu raste. Herr Pietsch lenkte es nur mit der rechten Hand, in der Linken hielt er, wie Ulzana in seinen besten Zeiten, eine dreizinkige Mistgabel. Sein Gesichtsausdruck war eine Mischung aus fester Entschlossenheit, ähnlich dem eines Selbstmordattentäters eine Stunde vor der Zündung der Bombe, und hämischer Selbstzufriedenheit, drei Sekunden vor der Detonation der selbigen dann. Seine ansonsten nach hinten gekämmten, ergrauten Haare hingen ihm wild in die Stirn, so wie bei Bruno Ganz, wenn er mit seinen Generälen sehr unzufrieden war. In den Augen des Herrn Pietsch war ein Leuchten und Blitzen; Zeichen für animalische Lust, als wäre er der Leibhaftige, der in einem unbeobachteten Augenblick die heilige Jungfrau Maria von hinten besteigt. Seine sehnigen Beine, ebenfalls in einer blauen Arbeitshose steckend, malträtierten die Pedale und trieben das unter der ungewohnten Belastung ächzende Rad gegen seine Feinde. Den Mund auf einen Strich reduziert, schniefte er dabei durch die Nase, wie ein Pampasmastkalb im Hochsommer, auf der Flucht vor einer Herde zufällig dahergekommener Mastodone auf Koks.

Erst als Herr Pietsch auf wenige Meter an die Jungs heran war, löste sich deren Schock, und der gleichzeitig in Millisekunden auftauchende Fluchtgedanke wurde Fleisch. Eine Flucht war in dieser Situation aber auch dringlichst anzuraten gewesen, denn Herr

Pietsch machte den Eindruck, eines wirklich entschlossenen Amokläufers, bzw. Fahrers. Herr Pietsch bediente sich halt ganz persönlicher Methoden, die illegalen Besteigungen des Mont Pietsch zu beenden. Im buchstäblich letzten Moment stoben die Jungs auseinander. Fast im gleichen Augenblick fuhr Herr Pietsch mit der Mistgabel in die aus Zeitnot zurückgelassenen Schultaschen. Er erwischte aber nur den Turnbeutel von Martin Rosenbreit. Der aber rannte, wie die anderen, um sein Leben und dachte in diesem Moment an alles, nur nicht an sein Schulzeug. Das erste Mal in ihrem jungen Leben hatten die vier wirklich Angst. Schiss hatten sie schon des Öfteren, aber jetzt verspürten sie richtige schweißtreibende Angst. Vielleicht nicht direkt vorm Sterben, aber die auf sie zukommende fahrende Mistgabel, die sie zwar nur für Bruchteile von Sekunden wahrgenommen hatten, umgab trotzdem eine durchaus beunruhigende Aura. Sie rannten um ihr Leben, mindestens jedenfalls um ihren Arsch. Und im Unterbewusstsein taten sie etwas, was ihnen am Ende zusätzliche Löcher im Hintern ersparte: Sie rannten alle in verschiede Richtungen.

Herr Pietsch, voll in Trance, legte das unbewusste Handeln seiner Feinde als Taktik aus. Dies erforderte von ihm eine Entscheidung. Trotz seiner Verfassung war er sich schon darüber im Klaren, dass er unmöglich hinter allen Vieren auf einmal hinterher fahren konnte. Er musste sich also auf einen Delinquenten konzentrieren. Und dies tat er auch. Zunächst ging jeder Einzelne der vier Jungs davon aus, dass der Gehörnte mit der Mistgabel genau hinter ihm her wäre. Nach wenigen Sekunden jedoch vernahm Jens Schmidt Rufe, wie: „Lauf, Brenner lauf", oder „Brenner mach Druck!" Wieso haben die Zeit zu rufen, fragte er sich. Mit einem kurzen Blick hinter sich, wusste er warum. Herr Pietsch hatte sich zunächst für ihn entschieden. Brenner realisierte die Situation und rannte weiter die Straße hinunter. Dicht hinter ihm die Mistgabel, mit dem daran baumelnden Turnbeutel, dann der aufgebrachte Herr Pietsch auf seinem alten Fahrrad. Der Abstand zwischen dem Jäger und seiner Beute blieb im Groben konstant. Zum einen kann ein 12jähriger Junge schon relativ schnell rennen, zumindest wenn Luzifer persönlich hinter ihm ist, und zum anderen lenkte Herr Pietsch das Rad nur mit der rechten Hand, denn in der Linken hielt er ja unverdrossen seine Waffe. Erstaunlich, wie er das Gefährt einhändig so gut auf Kurs hielt. Mit beiden Händen am Lenker, hätte er sicher noch ein paar Meter gut gemacht, und die hätten wahrscheinlich gereicht, dem Rotzer die Gabel samt Turnbeutel bis zum Magenausgang in seinen Hintern zu rammen. Drittehandläden gab es aber in der DDR nicht.

An der zweiten Straßenkreuzung, begann sich Brenner Sorgen in der Hinsicht zu machen, dass er nicht ewig wird rennen können. Zweifelsohne musste der Tag kommen, an dem er rein aus Ausdauergründen, Bekanntschaft mit dem zweckentfremdeten Arbeitsgerät machen würde. Er musste sich was einfallen lassen. Eine Änderung der Laufrichtung könne vielleicht eine für ihn positive Wendung in dieser delikaten Angelegenheit nach sich ziehen, dachte er in seiner Panik. Also bog er an der Kreuzung unvermittelt nach rechts ab, in der Hoffnung das Böse so abzuschütteln. Doch nach wie vor drang hinter ihm das Schnaufen Satans und das Quietschen seines Höllengefährts an sein Ohr. Ich muss von der Straße runter, durchfuhr es ihn plötzlich in Form einer klugen Eingebung. Von der Straße runter und in irgendeinen Hof, wo der Bekloppte mit seinem Rad nicht weiter kommt. Also lief er, nun mittlerweile vor Anstrengung langsam ähnliche Geräusche von sich gebend wie sein Verfolger, schräg nach rechts über die Straße auf den Fußweg. Der Bordstein war an die 20 cm hoch, frohlockte Brenners Unterbewusstsein, jetzt kann Herr Pietsch höchstens noch neben mir herfahren, aber direkt von hinten aufspießen, das ist nicht mehr. Denn hier kommt er ohne wirksamen Geschwindigkeitsverlust nicht hoch. Doch da hatte er die Rechnung ohne den Wirt gemacht. Im gleichen Winkel, und auch in der gleichen Geschwindigkeit wie Brenner auf den Fußweg wechselte, verließ auch Herr Pietsch die Straße. Und die Geschwindigkeit war groß und der Winkel war spitz. Um nicht zu sagen, er war sehr spitz. Also eigentlich war es schon kein Winkel mehr. Er fuhr praktisch parallel zum Bordstein auf den Fußweg. Ich meine, da muss man nicht groß drum herum reden: Es ist physikalisch, aerodynamisch, körperlich, sowie fahrtechnisch, aber auch biologisch, chemisch, sozialpädagogisch und geologisch, vollkommen unmöglich in beschriebener Art und Weise eine Bordsteinkante zu überwinden. Warum aber gelang dies dem Herrn Pietsch? Da hilft uns nur die Quantenmechanik weiter. Gotthelf Balthasar von Klingenburg schreibt hierzu 1899 in seiner volkswissenschaftlichen Abhandlung - Die Quantenmechanik in der Cholerik -: *Ein einfaches Beispiel eines quantenmechanischen Systems ist ein Atom (Gehirn). Sein Grundzustand ist durch die energetisch niedrigste Elektronenkonfiguration (größtmögliche Blödheit) im Wesentlichen eindeutig bestimmt. Durch Energiezufuhr (Ärger) insbesondere durch Absorption eines Photons (Besteigung des Mont Pietsch) mit geeigneter Energie (ein Schüler) kann ein Elektron auf ein höheres Energieniveau (Bordsteinkante) angehoben werden. Zur Charakterisierung eines angeregten Zustands reicht allerdings im Allgemeinen seine Energie nicht alleine aus, sondern es sind mehrere Quantenzahlen (vier Schüler) nötig.*

Gut, diese Erläuterungen helfen uns jetzt weiter, aber Jens Schmidt waren überspoilerte Quantentheorien in diesem Moment wirklich egal. Die Hatz hatte sich nur von der Straße auf den Fußweg verlagert. Weiterhin war also gleichzeitiges Rennen und Nachdenken angesagt. Eine dieser Tätigkeiten für sich durchzuführen, ist in der Regel schon schwer genug, aber es tat Not. Denn Zentimeter um Zentimeter gewann Herr Pietsch an Boden, schob sich der Dreizack nach vorn, auf den zum Gebet übergegangenen Schülerhintern. Und als die Mistgabel fast ihr Ziel erreicht hatte, schlug Jens Schmidt, eines Hasen gleich, einen Haken nach rechts in eine Einfahrt. Nach seinen Erfahrungen mit dem Wechsel von Straße zum Fußweg, vollzog er diesen Rettungsversuch mit nicht mehr ganz so großen Erwartungen, aber was blieb ihm übrig? Stehen bleiben und sich vor Martin Rosenbreits Turnbeutel aufreihen zu lassen? Und wahrhaftig. Wie vorauszusehen, nahm Herr Pietsch auch diese Hürde unverdrossen. Allerdings musste er diesmal doch ein wenig abbremsen, um die 90 Grad Kurve in die Einfahrt gleichsam elegant nehmen zu können. Diese Verzögerung verschaffte Jens Schmidt einige wertvolle Sekunden Vorsprung, die sich aber sogleich in Luft auflösen sollten. Die Einfahrt knickte nach rechts ab und endete in einem Hof. Dieser Hof war komplett eingezäunt, ein vorhandenes Tor im Zaun verschlossen. Auch die Tür zum Haus war versperrt, aber in das Haus zu rennen, wäre ja nun wirklich eine blöde Idee gewesen, denn dann hätte die Hinrichtung ganz oben vor der sicher ebenfalls abgeschlossenen Bodentür stattgefunden. Der Zaun war eindeutig zu hoch. Beim Versuch diesen unter dem vorhandenen Zeitdruck zu überklettern, wäre er am Knie aufgespießt worden. All diese Dinge realisierte Jens Schmidt innerhalb weniger Sekundenbruchteile. Es blieb nur die Flucht zurück auf die Straße, so sein Resümee. Sich einfach umdrehen aber, und auf gleichem Wege zurück, wäre unklug gewesen, denn dann wäre er ja direkt in sein Verderben gelaufen. Also rannte er direkt am Zaum am Haus vorbei einmal um den ganzen, nicht sehr großen, Hof zurück in die Einfahrt, wieder auf die Straße. Und Herr Pietsch unverdrossen keuchend und mit leerem Blick hinterdrein. Und in diesem Moment wurde Jens Schmidt etwas klar. Der Teufel Pietsch war zwar offensichtlich mit übernatürlichen Fähigkeiten ausgerüstet, was dass einhändige Fahren eines Fahrrads mit Arbeitsgerät betraf, aber ansonsten war der Herr Pietsch möglicherweise dumm wie ein Malfabrot. Denn Herr Pietsch hätte ihm den Weg abschneiden, oder besser noch, er hätte sich einfach in die Einfahrt stellen, und ihm den Weg versperren können. All dies tat er aber nicht, sondern fuhr beständig immer nur hinter ihm her.

Jens Schmidt fand in diesem Moment keine Antwort auf die Frage, ob Herr Pietsch nun nur dumm war, oder die Treibjagd an sich der eigentliche Spaß für ihn war. In jedem Fall könnte das eine wie das andere meine Chance sein, dachte er nur, und bog wieder in die Straße ein.

Und da wäre er um ein Haar mit dem dicken Gröbers zusammen gestoßen. Wir erinnern uns: Wegen Ulf Gröbers, kassierte Jens Schmidt einst in der ersten Klasse einen Eintrag des Fräulein Rost ins Muttiheft. Ulf Gröbers war nicht mehr dick. Er war jetzt fett. Und wenn er in der ersten Klasse dumm war, dann war er jetzt saudumm.

Damit aber eines jetzt klar ist: Nichts gegen eine verantwortungsvolle Bauchfestigkeit in Folge eines gewissen Bierkonsums an Feiertagen bei Männern, und erst recht nichts gegen eine geschickt kaschierte Hüftgriffigkeit einer der Begattungszeremonie zugeneigten Frau. Aber es gibt eine Art fetter Menschen, die nicht zwingend zu allgemeinen Sympathieträgern zählen dürften. Solche wären schon gern etwas dünner, sind aber zu faul, zu schwach und/ oder zu blöd zum Abnehmen, und versuchen ständig diese Charakterschwäche durch übertriebene Anwesenheitsbekundungen, wie lautes Lachen bei schlechten oder gar keinen Witzen und extrem unpassender Kleidung auszugleichen. Manche männliche Vertreter dieser Zunft versuchen gleichzeitig noch einen auf großen Max zu machen, indem sie zum Beispiel im Schwimmbad x-beinig und mit abstehenden Armen, neben dem 10 Meter Turm stehen und sich lauthals darüber lustig machen, wenn ein zaghafter Springer sich beim Eintauchen in das Wasser die Nase zuhält. So einer war Ulf Gröbers, der es selbstredend noch nicht einmal bis zum Einmeterbrett geschafft hatte.

Jens Schmidt und Ulf Gröbers verband seit dem ersten Tag in

der Schule eine tiefe menschliche Abscheu. Daran hatte sich nichts geändert. Einzig die Hänseleien des fetten Ulf Gröbers hielten sich mittlerweile in Grenzen, denn der war zwar körperlich überlegen und hatte ein Fahrrad aus dem Westen, aber Jens Schmidt war Mitglied einer Bande. So eine Mitgliedschaft kann Ärger sparen.

Doch als Jens Schmidt dem fetten Gröbers auf der Flucht vor dem Teufel sozusagen direkt in die Arme lief, packte der ihn und rief: „Eh Schmalhans, was rennst'n so?“

„Lass mich los“, zischte Brenner und versuchte sich loszureißen.

Aber der fette Gröbers ließ nicht los. Vielleicht hätte er los gelassen, wenn er geahnt hätte, dass der Beelzebub auf seinem Feuerstuhl sogleich in der Einfahrt erscheinen würde. Vielleicht.

Aber auch als er erschien, begriff der fette Gröbers noch nichts. Jens Schmidt hingegen schon. Er war jetzt wirklich in einer Zwickmühle. Nun hatte er es mit zwei Gegnern zu tun. Immer noch im festen Griff des fetten Gröbers erinnerte er sich plötzlich an das schöne Sprichwort: Wenn einer dumm ist, dann muss man nur nicht dümmer sein. Und wenn zwei dumm sind, sollte man sich raushalten! Und rief somit dem entgegenkommenden Verfolger zu:

„Herr Pietsch, der hier war auch dabei!“

Mit einer Vollbremsung kamen die Mistgabelspitzen etwa zehn Millimeter vor dem Bauch des fetten Gröbers zum Stillstand. Durch die Bremsenergie beschleunigt, rutschte der Turnbeutel von Martin Rosenbreit von der Gabel und fiel dem völlig verdutzen fetten Gröbers direkt vor die Füße. Er starrte dem Herrn Pietsch entsetzt in die Augen, mit dem unguten Gefühl, als wäre ihm nun doch wirklich noch der Versucher erschienen. Natürlich war er sich in noch keinster Weise darüber im Klaren, wie nah er dran war, mit seinem Gefühl. Beide bewegten sich keinen Millimeter. Jens Schmidt hingegen zog seinen Arm aus der unvermittelt kraftlosen gewordenen Hand des fetten Gröbers, und stellte sich vorsichtig neben ihn. Noch war er sich nicht sicher. Aber weder Herr Pietsch, noch Ulf Gröbers zeigten irgendeine Reaktion. Wie zwei Rennläufer, die in ihren Startlöchern auf den Schuss warteten. Und diesen Schuss gab Jens Schmidt, indem er nun nah an den fetten Gröbers trat und ihm mit aller Kraft ins Ohr schrie: „Lauf!"

Ulf Gröbers sprang etwa 50 Zentimeter in die Höhe, drehte sich in der Luft um 180 Grad, und blieb noch etwa 20 Sekunden in der Schwebe. Während sein Körper noch starr in der Luft stand, befanden sich seine Beine allerdings schon voll in schnelleren Rennbewegungsabläufen. Durch den fehlenden Bodenwiderstand wurden diese Abläufe so schnell, dass dadurch erheblich Staub aufgewirbelt wurde und Martin Rosenbreits Turnbeutel drohte wegzufliegen. Man hätte denken können, Ulf Gröbers wäre auf Zaubertrank.

Als Jens Schmidt der Meinung war, Ulf Gröbers hätte jetzt genug Schub, zog er ihn am Arm auf den Boden und der fette Gröbers war in vier Sekunden von Null auf Hundert. Herr Pietsch aber auch.

Erleichtert sammelte Brenner die Turnsachen seines Freundes ein und begab sich lockeren Schrittes zum Mont Pietsch, wo die anderen besorgt auf ihn warteten. Auf die vorsichtige Frage, ob es schlimm war, schüttelte Brenner nur den Kopf. Und auf die Frage wo denn der Wahnsinnige wäre, meinte Brenner nur: „Der hat zu tun."

„Au fein", meinte Pampel, „dann können wir ja jetzt ein Feuerwerk abfackeln."

„Aber Hallo!", bekam er einstimmig zur Antwort.

Das Tor zum Grundstück des Herrn Pietsch war ja offen geblieben, somit hatten sie nun ungehinderten Zugang. Mit Brenners Versicherung im Rücken, jetzt sehr viel Zeit zu haben, betraten sie das Anwesen, um selbiges Ziel ihres kleinen Racheaktes werden zu lassen. Dabei blieben sie aber voll im Rahmen nachvollziehbarer Grenzen. Sie pinkelten aufs Bett, spritzen die Tomaten mit Rattengift, vergruben Personenminen, leiteten das Wasser ins Klo, damit die Scheiße überquoll, sensten die Sonnenblumen vom Stamm, hoben eine tiefe Grube aus, in der sie Atommüll vergruben, sie verlegten eine Sprengfalle am Tor, bohrten Löcher in die Badewannen, schmissen mit den Ziegeln alle noch vorhandenen Scheiben ein, setzten das Tor unter Starkstrom, kackten in den Kühlschrank, brachten am Haus mit Bewegungsmeldern verbundene Selbstschussanlagen an, setzten jede Menge Giftschlangen aus, und entfachten aus der Einrichtung und der Kleidung des Herrn Pietsch ein prächtiges Lagerfeuer. An dem machten sie es sich mit Martini und Habanas gemütlich und labten sich an Speis und Trank aus der Vorratskammer. Für die musikalische Umrahmung sorgten die Gruppen: Transit, Keks, Prinzip, Meridian, Berluc, Jessica, Obelisk, Plattform, Simultan, Bayon, Dialog und Michael Hansen mit den Nancies. Dazu tanzten vorzügliche Weiber Mambo. Zwischen den Tanzeinlagen bewarfen die Jungs oben aufgeführte Musikgruppen mit Scheiße. Was als kleine Racheaktion begann, endete als fulminante Orgie. Erst nach fünf Stunden gingen die Jungs zufrieden nach Hause um Schularbeiten zu machen.

Was aber geschah mit Ulf Gröbers? Nun, der Fettwanst hielt sich zunächst ganz wacker für seinen Körper. Die meiste Kraft für seinen Überlebenskampf zog er aus seiner Unschuld. Er hatte schon des öfteren an einer Verfolgungsjagd teilgenommen, auch als Verfolgter, aber da hatte er immer irgendwelche Scheiße gebaut. Jetzt lag der Sachverhalt anders. Er wusste nicht, warum er vor diesem Typen abhauen musste. Er fühlte sich eben einfach unschuldig. Das fand er irgendwie besonders gemein. Er wusste überhaupt nicht, wie ihm geschah, er war sich nur sehr sicher, die Flucht zunächst nicht einzustellen. Auf die Idee, dass ihn Jens Schmidt nur verarscht hatte, und dass hinter ihm nur ein Verrückter fuhr, dem es relativ egal war, wen er aufspießte, dass dies alles überhaupt nichts mit ihm zu tun hatte, kam er zunächst natürlich nicht. Allerdings muss man hier aber auch mal mit aller Deutlichkeit darauf hinweisen, dass, wenn man Gefahr läuft aufgespießt zu werden, die Gründe hierfür schlicht zunächst als zweitrangig zu betrachten sind. Da gilt es erst mal Fersengeld zu geben. Und dies tat Ulf Gröbers auch, im Rahmen seiner Möglichkeiten. Aber die Möglichkeiten schwanden aus oben genannten Gründen zusehend, und Herr Pietsch kam immer näher. Mittlerweile zeigten die Winkel seines Strichmundes leicht nach oben. Die Vorstellung in so einen fetten Arsch zu stechen, empfand er in jedem Fall als unterhaltsamer, als bei dem Bürschchen von vorhin.

Und nun begann auch der fette Gröbers, so wie vor ihm Jens Schmidt, über Alternativen nachzudenken. Er war zwar dümmer, lief aber auch etwas langsamer. Insofern glich sich das aus, und er kam zu ähnlichen Schlüssen wie sein Vorläufer. Er musste von der Straße runter, und in ein Gebiet, wo der Irre mit seinem Rad keine Chance hatte. Also trug es sich zu, dass ein plötzlich aufblitzender Gedanke ihn in Richtung eines, auf der Rennstrecke liegenden Garagenhofes laufen ließ.

Garagenhöfe in dieser Art gab es nur in der DDR (und da sag einer, wir hatten ja nichts), und sind heute in der Regel aus dem Stadtbild verschwunden. Sie entstanden auf im Zweiten Weltkrieg frei gebombten und von der DDR enteigneten Grundstücken, ähnlich dem des Herrn Pietsch. Nur größer. Da konnte es schon vorkommen, dass bis zu 10.000 Garagen auf so einem Hof zu zählen waren. Es gab eine Zeit in der DDR, da kamen auf ein Auto ca. zehn Garagen. Dies änderte sich mit den Jahren, und eine Garage wurde zum begehrten Objekt. Das war dann die Zeit, wo die Garage im Schnitt zehnmal so wertvoll war, wie das zu beschützende Auto. Auf unserem Garagenhof standen aber noch nicht diese Einheitsreihengaragen aus Beton mit diesen quietschenden, nach oben zu öffnenden, rostbraun gestrichenen Türen. Hier standen noch die guten alten Holzbaracken. Das flache Spitzdach, wie auch die Wände und die Tore, waren komplett aus Brettern gefertigt. Manche waren mit Dachpappe beklebt, manchmal frisch geteert, und machten durchaus einen auf Solide. Diese oder jene Garage erweckte allerdings auch den Eindruck, dass sie lange vor dem Krieg schon als Fischerboot im Stralsunder Bodden im Einsatz gewesen sein könnte. Bei manchen hätte man sogar denken können, sie wurde gebaut, als es noch gar keine Autos gab. Einige wenige vielleicht sogar vor der Erfindung des Bretts, bzw. des Holz im allgemeinen. Vielleicht sogar vor der Entstehung der Wälder auf der Erde, sprich, dem Perm. Durch die Ritzen dieser besonders schlecht erhaltenen Buden konnte man den Kilometerstand des beherbergten Fahrzeugs erkennen, bis auf den Zentimeter.

Vier Reihen, zu je acht Garagen standen auf diesem Hof. Zwei Reihen mit der Rückseite zueinander in der Mitte, und je zwei Reihen rechts und links. Bis auf die Einfahrt, war der gesamte Hof mit einer unüberwindlichen Mauer umgeben. Ein ca. 40 Zentimeter breiter Zwischenraum trennte die Garagen voneinander, ebenso von der Mauer. Von der Einfahrt führte um die Mittelreihen ein 10 Meter breiter Fahrweg. Die Einfahrt selbst war mit einem als Schranke getarnten, dünnen Stock versperrt.

In diesen Hof flüchtete der fette Gröbers. Mit letzter Kraft also unter der Schranke durch, rein in das Labyrinth der Garagen. Sein Einfall war so dumm nicht, denn die Zwischenräume konnte Herr Pietsch unmöglich mit dem Fahrrad passieren. Sein Lenker war zu breit. Er musste also in jedem Fall die Verfolgung zu Fuß fortsetzen. Zumindest die Geschwindigkeit betreffend, erzeugte dies also ein Patt. Nur in der Bewaffnung gab es noch Unterschiede. Allerdings würde sich eine so lange Mistgabel in so engen Gängen als eher hinderlich erweisen. Ein Kurzschwert, oder eine kleine Handfeuerwaffe sind im Häuserkampf geeigneter. Dies alles ging Ulf Gröbers durch den Kopf, als er zwischen den Garagen verschwand. Aus den Augenwinkeln sah er noch, wie der Gehörnte den zaghaften Versuch der Schranke, ihn aufzuhalten, ignorierte und selbige unter der Wucht des Ansturms in fast zwei gleiche Teile zerbarst. Des Teufels Rad hinterließ eine nach Schwefel riechende lupenreine Sollbruchstelle.

Nun war der fette Gröbers ja aber mindestens so breit wie der Lenker seines Verfolgers. Also konnte er sich nur mit eingezogenem Bauch mühsam seitwärts bewegen. Dabei riss er sich an rostigen Nägeln die Sachen auf und bezog Kratzer und Schürfwunden. Er begann zu fluchen. Zur Panik gesellte sich jetzt langsam aufkommende Wut über seine missliche Lage. Zunächst wartete er eine Zeit ab, auch um zu verschnaufen. Dann kämpfte er sich aus dem Mittelgang auf den Hof, in der Hoffnung seinen Verfolger erspähen zu können. Plötzlich ertönte die dünne, schneidige Stimme des Herrn Pietsch: „Na Jüngelchen, wo bist du? Komm nur raus, ich krieg dich ja doch, und dann spieß ich dich auf, Jüngelchen!"

Ulf Gröbers suchte sein Herz. Er fand es in seiner linken Hosentasche. Zitternd steckte er es wieder an seinen Platz. Vorsichtig lugte er aus dem Gang hervor. Und da ward ihm bewusst: Der Teufel, in welchem Gewand er auch auftritt, ist am Ende doch kein Dummer nicht! Herr Pietsch lehnte an der Wand neben der Einfahrt und stopfte sich ein Pfeifchen. Er dachte gar nicht daran, nach dem Jüngelchen zu suchen. Er wusste genau, es gab nur diesen einen Ausgang. Er musste nur warten.

„Na Bürschchen“, blies er blauen Rauch aus, „wie sieht’s aus? Gibt es heute Bürschchenkotelett?“

Ulf Gröbers zog den Kopf wieder ein. So ein dummes Schwein, dachte er. Es herrschte nun auch in der gegenseitigen Bezeichnung ein Patt.

„Was wollen Sie denn eigentlich von mir?“, nahm Ulf Gröbers all seinen Mut zusammen.

„Komm nur her, mein Freundchen, dann wirst du’s schon erfahren.“

„Nein, ich komme nicht, ich hab doch nichts gemacht.“

„Wirst schon kommen, wirst schon sehen“, vernahm er im väterlichen Tonfall.

Ulf Gröbers dachte nach. Dann rief er: „Und wenn ich nicht komme?“

„Nun, dann warten wir hier bis zum Jüngsten Gericht.“

Ulf Gröbers hatte davon gehört. Aber nur wage. Er hatte nicht die geringste Ahnung, wann es genau tagen würde. Die einen behaupteten, eine Sitzung stehe kurz bevor, die anderen meinten, da wäre noch etwas zeitlicher Spielraum. Auch was die Zuständigkeit betrifft, hörte er bisher nur von Vermutungen. Die Strafen sollen ja deftig sein, sagt man, aber er ist ja noch minderjährig. Oh Scheiße, durchfuhr es ihn. Vielleicht ist das Jüngste Gericht ja für die Jüngsten zuständig. Aber dann vielleicht nur bis zehn, beruhigte er sich wieder. Er war ja schon fast dreizehn.

„Ich will nicht zum Gericht, hab ja nichts getan“, rief er.

„Na mein Bengelchen, wirst schon was getan haben“, bekam er zur Antwort, „bist ja wohl nicht umsonst weg gerannt, nicht wahr, Jüngelchen?“

„Sie haben mich doch gejagt. Ich weiß doch gar nicht warum.“

„Na Freundchen, willst wohl klüger sein als die Henne, was? Freilich hab ich dich gejagt. Hast es ja auch verdient."

„Hab ich nicht!"

„Nuu", bewegte Herr Pietsch den Kopf leicht nach rechts und links, „Grünschnabel wie? Oder was? Na, schau'n wir mal, wie wir dir das Benehmen wieder beibringen können, Freundchen. Ich wüsste da schon so einiges."

„Ich muss aber nach Hause jetzt."

„Wirst schon nach Hause kommen Kamerad, aber nur an mir vorbei", und nach einer kleinen Pause fügte Herr Pietsch hinzu, „ja ja, kann schon sein, dass du nach Hause kommst, aber nicht im Ganzen, Bürschchen. Bestimmt nicht im Ganzen."

Schmauchend entfachte Herr Pietsch in seiner Pfeife sein kleines Fegefeuer. Der fette Ulf Gröbers hingegen hatte Tränen in den Augen. Das ging nun wirklich zu weit. Wenn jemand sieht, dass du heulst, bist du geliefert, dachte er. Ich muss jetzt hier raus, war sein nächster Gedanke, und zwar im Ganzen. Er wischte sich die Augen frei und blickte sich um. Und da entdeckte er auf der gegenüberliegenden Seite, zwischen zwei Garagen an der Mauer, einen Haufen Steine. Wenn ich zu dem Haufen komme, und von da aus auf ein Garagendach, dann kann ich vom Dach aus auf die Mauer klettern, durchfuhr es ihn. Was sich auf der anderen Seite befindet, ist erst mal egal, da wird sich schon was finden. In sicherem Abstand von dem Sacktreter bin ich dann alle mal. Ulf Gröbers nahm allen Mut zusammen und rannte zu dem Zwischenraum in dem der Steinhaufen lag. Jetzt muss alles schnell gehen, dachte er. Ich muss vor ihm auf der Garage sein. Aber seine Hast war unbegründet. Herr Pietsch stand nach wie vor an der Wand und rauchte, ihn dabei aber fest im Blick habend.

„Haha, lauf nur Bübchen, nützen wird's dir nichts. Das Onkelchen hat Zeit. Pass nur auf!"

Ulf Gröbers erklomm den Steinhaufen und kletterte von dort auf das Garagendach. Sein Blick ging zunächst zu seinem Peiniger. Der jedoch stand seelenruhig an der Einfahrt, rauchte vor sich hin und beobachtete ihn. Gleich hab ich's geschafft, frohlockte er. Wieder schaute er sich um, diesmal nach einer geeigneten Stelle, um von der Garage auf die Mauer zu gelangen. Zwei Garagen weiter entdeckte er ein paar fehlende Ziegel. Von dort war es nur noch ein Katzensprung auf die Mauer. Er nahm einen kleinen Anlauf, und sprang auf das Dach der nächsten Garage. Hier blieb er stehen. Jetzt hatte er es geschafft, er war in Sicherheit. Und diese Sicherheit ermöglichte es ihm nun, seinem Frust und seiner Wut gegen den Herrn Pietsch, freie Bahn zu lassen. Er drehte sich zu ihm um und breitete die Hände aus. Dann fing er an zu schreien: „Na du altes Arschloch! Jetzt stehst du da unten und guckst blöde, was? Du hässliche Fratze! Arschficker! Sohn einer räudigen Mutter! Na komm schon! Komm hoch und hol mich! Trau dich doch, du Homowichser! Ich beiß dir deine alten stinkenden Eier ab, du Scheißhaufen! Naa-na-na-naa-na! Na, jetzt kotzt du ab, was? Du Beuteltier, verwesendes. Kommst wohl nicht rauf hier, was? Du Linkswichser! Du Motorradbarfußbremser! Milchreisbubi! Ha-haa! Na, was ist? Jetzt ist die Kacke am dampfen, was? Du hast doch die Mütze falsch rum auf, du Assi! Hast doch nicht mal die Dummschule geschafft. Du alter, dreckiger, bescheuerter Hurenschweinekackebusenproletenfeudeleimer!"

Ulf Gröbers machte eine Pause. Jetzt war ihm wohler. Er hatte sich frei geschrieen. Dem hatte er es gegeben. Herrn Pietsch aber schien das völlig kalt zu lassen. Er erwiderte nur: „Schrei nur Bürschchen, schrei nur, dass es Gott erbarmt. Hochmut kommt vor dem Fall, sag ich da nur. Wirst schon sehen."

Mit einem breiten und lauten Lachen wandte sich Ulf Gröbers befriedigt ab, ging an den Rand der Garage und sprang auf die Nächste. Dann war er plötzlich verschwunden.

Herr Pietsch klopfte seine Pfeife an der Schuhsohle aus, und schwang sich auf sein Fahrrad. Für ihn war die Sache erledigt. Die Mistgabel auf der Schulter, fuhr er leise vor sich hin pfeifend, langsam Richtung seines Gartens. Es gab viel zu tun, und Hunger hatte er auch.

Der fette Gröbers wog an die 70 Kilo. Und wenn so ein Gewicht unvermittelt auf ein sehr älteres Garagendach kracht, da kann es schon passieren, dass das Dach sich den Gegebenheiten anpasst, und das Gewicht passieren lässt. So ein Dach will keinen Streit. Wenn jemand halbwegs vernünftig ist, und merkt, er kann nicht gewinnen, dann gibt er nach. Das gilt insbesondere für sehr ältere Garagendächer. Und dass gilt auch für darin geparkte Autos. Der in der Garage untergestellte Trabant war zudem völlig überrascht. Er konnte dem auf sich zukommenden 70 Kilo Fett nur ein beachtliches Krachen und Splittern entgegen setzen. Die Blattfedern dämpften den Aufprall etwas ab, und dann ward Ruhe. Der fette Ulf Gröbers saß also nun in einer unnatürlichen Körperhaltung schräg im Kofferraum eines Trabant. Halb stand er eigentlich auch. Seine Augen waren vor Entsetzen weit aufgerissen. Aus seinem offenen Mund entlud sich ein minutenlanger stummer Schrei. Um sich herum Dunkelheit, scharfkantige Plastestücke einer ehemaligen Kofferraumhaube und faulige Holzsplitter eines ebenfalls ehemaligen Garagendaches. Über sich ein fast kreisrundes Loch, welches der Himmel, von den Ereignissen völlig unberührt, mit weichem blauem Licht verschloss. Neben sich, hinter der Rückscheibe wackelte ein Wackeldackel, angetrieben von der Fallenergie eines schweren Gegenstandes, noch lange mit dem Kopf vor sich hin. Die neben dem Dackel stehende, überhäkelte Klopapierrolle behielt ihren Platz unter großer Anstrengung bei. Als sich dann noch nachträglich ein, als nicht zu klein zu bezeichnendes, Stück Holz vom Rand der Einsturzstelle löste, und sein Ziel in Richtung Ulf

Gröbers suchte, und es letztlich auch auf seiner Stirn fand, entschied sich Ulf Gröbers in einen, einem Wachkoma ähnlichen, Dämmerzustand zu entgleiten. Dies war sicher auch den Schmerzen zu schulden, die seine beiden mehrfach gebrochenen Beine verursachten. Leckt mich doch alle am Arsch, war sein letzter Gedanke.

Die Garage und somit folglich auch das Auto gehörten dem stellvertretenden Direktor seiner Schule, Hans Klaasen. Dies sollte nicht ohne Auswirkungen auf Ulf Gröbers restliche Schulzeit bleiben. Unabhängig davon, wollte Hans Klaasen am Tag des Anschlages auf sein Auto, zur Beerdigung seiner Schwiegermutter fahren. Auf Grund der Umstände kam er zu spät. Seine Frau nahm dies persönlich, und trennte sich daraufhin von ihm. Diese Trennung war Jahre später ursächlich für den Selbstmord Hans Klaasens, den er mit Gas durchführte. Die Explosion legte ein dreigeschossiges Wohnhaus in Schutt und Asche, und zwölf Menschen begleiteten Hans Klaasen. Zwei davon im Nachhinein gern. Die zur Hilfe gerufenen Einsatzkräfte von Polizei und Feuerwehr, fehlten bei der Eindämmung einer zufällig zur gleichen Zeit stattfindenden Havarie in einer Chemiefabrik am Rande der Stadt. Die austretenden Giftstoffe gelangten in das Grundwasser. Die hiesigen Behörden lösten Alarm aus, es entstand große Unruhe und unter anderem wurde eine im Einzugsbereich gelegene Kaffeerösterei vorsorglich geschlossen. Zehntausende auf den Export von Kaffeebohnen angewiesene Bauern in Peru und Ecuador verloren ihre Arbeit und stellten auf Drogen um. Die Anzahl der Drogentoten in den USA stieg dramatisch. Gleichzeitig wurden für neue Drogenanbaugebiete riesige Gebiete Urwalds gerodet. Dies trug maßgeblich zur heutigen Klimaerwärmung bei. Bei einer durchschnittlichen Erderwärmung von einem Grad Celsius pro Jahrzehnt, verschiebt sich die Erdumlaufbahn um 0,03 Prozent pro Jahr. Damit ist der Zusammenstoß der Erde mit dem Komet 34/Z/bb im Jahre 2318 unvermeidlich. Es muss eine schwere Bürde sein, am Untergang der Welt maßgeblich mitgewirkt zu haben.

Ulf Gröbers lebt heute in einer psychiatrischen Klinik auf Rügen. Teils als Arzt, teils als Patient.

Die letzte Besteigung des Mont Pietsch fand Ende 1973 statt. Den Berg zu erklimmen war immer schwieriger geworden, weil Herr Pietsch den gesamten Mont mit Glasscherben ausgelegt hatte und die Bäume, ohne die eine erfolgreiche Besteigung ja unmöglich war, mit Stacheldraht umwickelt hatte. So ging der Mont Pietsch als fürderhin unbesteigbar in die Geschichte ein und die DDR schafft am 1. Januar 1974 das „D“ als Autokennzeichen ab, und führte stattdessen das Kennzeichen „DDR“ ein. Trabant und Mercedes waren sich in allen Belangen dermaßen ähnlich, dass man wenigstens optisch für einen kleinen Unterschied sorgen wollte. Nach Entwertung der DDR wurde auch das Kennzeichen wieder abgeschafft und das „D“ wieder allgemein gültig. Allerdings, was viele nicht wissen, 1990 wurde wieder ein zweites Kennzeichen eingeführt: „RDD“. Dies ist aber nur Insidern bekannt und wird auch nur von einer kleinen elitären postaristokratischen Avantgarde benutzt.

Ebenfalls im Januar wird in Westdeutschland die Preisbindung für Markenartikel abgeschafft. Seitdem gilt die schöne schwammige unverbindliche Preisempfehlung. Und am 10. Januar wird in Ostberlin Egon Krenz zum Vorsitzenden der FDJ gewählt. Über seinen Vorgänger Günther Jahn ist nichts mehr zu erfahren, als hätte er nie existiert. Sicher zu Recht. Aber es geht die Kunde, dass Günther Jahn bei der Machtübergabe, Egon Krenz zwei verschlossene Umschläge gegeben haben soll. Wenn du mal ein richtig großes Problem haben solltest, hat er gesagt, dann machst du den ersten Umschlag auf. Und wenn du später mal noch ein richtiges Problem haben solltest, dann machst du den zweiten Umschlag auf. Diese beiden Umschläge soll Egon Krenz lange mit sich herum getragen haben. Und als er im Oktober 1989 als Erbe von Erich Honecker merkte, dass er die Karre nicht mehr aus dem Dreck bekommt, da öffnete er den ersten Umschlag, und da ward zu lesen: Schiebe alles auf deinen Vorgänger! Na, das soll mir nicht schwer fallen, dachte Egon Krenz und frohlockte schon. Aber das Frohlocken war nur von kurzer Dauer, die Karre steckte tiefer im Dreck, als angenommen. Also öffnete er zweiten Umschlag. Darin stand: Schreib zwei neue Zettel! Es ist nicht verbürgt, ob Hans Modrow noch zwei Zettel von Egon Krenz bekommen hat.

Am 6. Februar 1974 beschließen der Bund und die westdeutschen Länder ein Sofortprogramm für besonders strukturschwache Regionen. Dieses Programm wirkt in Mecklenburg-Vorpommern bis heute nicht.

Und während die Sowjetunion den Schriftsteller Alexander Solschenizyn ausbürgert und Udo Lindenberg erstmals mit seinem Panikorchester auf Tour geht, werden in der BRD die Löhne und Gehälter für Angestellte im öffentlichen Dienst um 11 Prozent erhöht. Es war die letzte zweistellige Lohnerhöhung in Deutschland, bis zur Übernahme von Mannesmann durch Vodafone.

Das neue Bundespersonalvertretungsgesetz tritt im März in Kraft. Es stärkt die Unabhängigkeit von Personalräten und die Position der Gewerkschaft. Nachfolgende und heutige Regierungen haben nun alle Hände voll zu tun, um solche Gesetze wieder abzuschaffen. Aber das ist nicht ganz so einfach, und mancher Politiker ist daran gescheitert. Es existieren Vermutungen, dass der FDP-Politiker Jürgen Möllemann 2003 vor allem aus Wut über die doch recht soziale Politik in den 70er Jahren in den Feitod sprang. Kurz vor dem Aufprall soll er gerufen haben: Weg mit dem Bundespersonalvertretungsgesetz vom 15. März 1974!

Am 18. März beschließen die Staaten der Organisation der arabischen erdölexportierenden Länder (OAPEC) das Lieferembargo gegen die USA und Europa aufzuheben. Mit dem Ölembargo wollten die Araber den Rückzug Israels aus den 1967 besetzten Gebieten erzwingen. Aber wie das so ist: Wenn man nichts verkauft, nimmt man auch nichts ein. Heute ist Israel immer noch dort, wo es nach Ansicht der arabischen Welt nicht sein sollte. Dafür wandelt der gemeine Ölscheich von heute täglich mit Tränen der Rührung in den Augen durch sein mit Limousinen an der Zahl bestücktes, klimatisiertes Fuhrparkbiotop.

Einzig gegen Dänemark und die Niederlande bleibt der Lieferstopp noch bestehen. Damit trifft die arabische Welt die westliche ins Mark. Die Dänen und die Holländer rächen sich 30 Jahre später mit Karikaturen und islamkritischen Filmen. Mit den bekannten Folgen. Ich meine, es ist doch schon interessant, wenn man die politischen Zusammenhänge mal im Ganzen betrachtet.

Der Bundestag verabschiedet am 21. März ein Gesetz, nach dem die Krankenkassen künftig die Kosten für ärztliche Beratung über Empfängnisverhütung, legale Schwangerschaftsabbrüche und freiwillige Sterilisation von Männern und Frauen übernehmen müssen. Die Folgen haben wir heute auszubaden. Die Krankenkassen stehen kurz vor dem finanziellen Ruin und Kinder müssen aus der Dritten Welt importiert werden. Leider ist in der CDU kein Politiker Fallschirmspringer. Helmut Kohl wollte ja springen, auch ohne Fallschirm, aber Experten haben vor den geologischen Folgen eines derartigen Aufpralls gewarnt. Und die Merkeln sollte aus ästhetischen Gründen nicht springen. Wer will die wegräumen? Die fasst doch so schon keiner an.

Tags darauf wird per Gesetz in der BRD die Volljährigkeit von 21 auf 18 Jahre herabgesetzt. Millionen Eltern atmeten auf. Endlich waren sie rechtlich raus aus dem Schneider, wenn ihr Rotzer kriminaltechnisch in Erscheinung trat. Auch alimentär eingebundene Väter nahmen dieses Gesetz mit Wohlwollen zur Kenntnis. Auch wurde im gleichen Gesetz die Ehemündigkeit der Frauen von 16 auf 18 Jahre heraufgesetzt. Wenn ich das hier richtig interpretiere, dann durften Frauen in der Bundesrepublik bis 1974 mit 16 heiraten, obwohl sie noch bis 21 minderjährig waren? Erkläre mal einem Klingonen unsere Welt. Thailand übrigens erlebte damals die erste große Einwanderungswelle alleinstehender, älterer, deutscher Männer.

Die sieben damaligen Anrainerstaaten der Ostsee unterzeichnen in Finnland ein Abkommen zum Schutz der Meeresumwelt. Während der Verhandlungen kam es zu einem Eklat. Rumänien wollte mitmachen. Es bedurfte viel diplomatisches Feingefühl und großer Überredungskunst, dem seinerzeitigen Chef von Rumänien, Nicolae Ceausescu, einer der größten Dunkelhüte der Geschichte, klar zu machen, dass Rumänien nicht an die Ostsee grenzt. Erst als man ihm als Gegenleistung das Schwarze Meer anbot, willigte er ein, und zog seine Truppen, die schon kurz vor Helsinki standen, zurück.

Am 4. April wird in der Bundesrepublik eine „Monopolkommission zur Begutachtung von Unternehmenskonzentration", kurz „Monobeunko" geschaffen. Nun, das klingt gut. Mindestens so gut wie die 1972 gegründete „Interatominstrument". Die Mitglieder beider Kommissionen standen sich auch privat sehr nahe. Sie spielten oft Rommee, tranken wahlweise Wodka oder Jägermeister und tauschten ihre Weiber. Ihr eigentliches jeweiliges Aufgabengebiet blieb auch den Kommissionsmitgliedern verborgen.

Ein wirklich wichtiges Ereignis fand am 6. April 1974 in Brighton statt. Das deutsche Gesangduo „Cindy & Bert" belegte mit nur drei Punkten beim „Grand Prix de la Chanson", heute „Eurovision Song Contest" unter großen Anstrengungen den letzten Platz. Die drei Punkte kamen aus Lutenblag, der Hauptstadt Molwaniens. Sieger wurde die etwas bekanntere Gruppe ABBA mit dem Lied „Waterloo".

Ende April besucht Willi Brandt, als erster deutscher Bundeskanzler Algerien und Ägypten. Willi Brandt wiederholt seinen Warschauer Kniefall vor der Sphinx. Mutmaßungen über Sinn und Unsinn von Kniefällen jeglicher Art vor Monumenten und Denkmälern werden laut. Vereinzelt erscheinen in arabischen Zeitungen Karikaturen. Es kam zu pauschalen Protestaktionen kontemporärer Intellektueller und dichotometischer Unterschichtler unter anderem vor dem Rathaus in Pirmasens und auf Teilen der Halligen.

Während seines Nordafrikabesuchs bastelten Freunde und Verwandte von Willi Brandt an dessen Rauswurf aus dem Kanzleramt. Am 24. April wird der persönliche Referent des Kanzlers, Günther Guillaume, unter dem Verdacht der Spionage für die DDR, festgenommen. Als sich der Verdacht bestätigt, tritt Willi Brandt zurück. Das Fräulein Rost, welches sich zunächst über die Enttarnung ihres Kollegen sehr ärgerte, freute sich über die Abdankung ihres persönlichen Lieblingskanzlers dermaßen, dass sie sich ein Gläschen Sekt genehmigte und unter der Wirkung des Alkohols eine Selbstbefriedigung durchführte.

Ebenfalls Ende April unterzeichnen die beiden deutschen Staaten ein Abkommen über das Gesundheitswesen, was zum Beispiel die kostenlose ärztliche Behandlung bei Reisen in den jeweiligen anderen Staat beinhaltete. Sprunghaft stieg damals vor allem die Anzahl der Zahnarztbesuche westdeutscher Besucher in der DDR an, um so kostenlos an Prothesen und Brücken zu gelangen. Schnell sprach sich aber herum, dass in der DDR bis weit in die 70er Jahre beim Dentisten noch mit Handbohrmaschinen und Hammer und Meißel gearbeitet wurde. Der Zahnersatz bestand in der Regel aus einer Mischung aus Asbest, Quecksilber und Polonium im Verhältnis 1/ 0,1/ 40. Nach Bekanntwerden dieser Umstände, pegelten sich die Arztbesuche wieder auf das Niveau der Zeit vor dem Abkommen ein.

Am 1. Mai 1974 beginnt das Kraftfahrtbundesamt in Flensburg, Strafpunkte in der Verkehrssünderkartei aufzuzeichnen. Flensburg wird zur meistgehassten Stadt der Westdeutschen. Die Ostdeutschen ficht dies hingegen nicht an. Punkte gibt es in der DDR nicht. Hier wurde noch mit dem guten alten Stempel gearbeitet. Eine zum Führerschein gehörende kleine Karte, wurde bei Verkehrsdelikten, je nach Schwere des Verstoßes und der Laune des Polizisten, abgestempelt. Wenn man fünf Stempel zusammen hatte, konnte man zwar noch fahren, aber einen Sechsten hätte man tunlichst vermeiden müssen. In diesem Fall hätte man seinen Führerschein abgeben müssen. Man konnte aber auch seine Lizenz samt Stempelkarte vor dem sechsten Stempel als verloren melden. Dann bekam man neue Papiere. Man musste nur eidesstattlich erklären, eine jungfräuliche Stempelkarte besessen zu haben. Das konnte man ruhigen Gewissens tun, denn die Stempel waren außer auf der persönlichen Karte nirgends registriert. Ach ja, es war nicht alles schlecht in der DDR.

Anfang Mai nehmen die beiden jeweiligen „Ständigen Vertretungen" der beiden deutschen Staaten in Bonn und Ostberlin ihre Arbeit auf und in Münster/Westfalen wird der erste Allwetterzoo eröffnet. In einem Allwetterzoo sind die Wege überdacht, sodass geschiedene Väter die ihnen per Gesetz zustehende Zeit mit ihren bei der Mutter lebenden Kindern, nun endlich auch bei schlechtem Wetter im Zoo verbringen konnten. Ein großer Fortschritt, vor allem für die im Zoo untergebrachten Tiere.

Der „Deutsche Sportbund" der BRD und der „Deutsche Turn- und Sportbund" der DDR schließen am 8.Mai ein Sportabkommen, in dem auch 33 gemeinsame Veranstaltungen vereinbart werden. Unter anderem ein Fernschachturnier per Telegramm, die innerdeutsche Meisterschaft in der Sportart „Ball über die Mauer" in Berlin, Wetthetzen mit Gerhard Löwenthal und Karl Eduard v. Schnitzler und Atomraketenzielwerfen.

Der damalige Finanzminister der BRD Helmut Schmidt, wird Nachfolger von Willy Brandt. Ob Helmut Schmidt ein wichtiger und/oder guter Bundeskanzler war, entzieht sich meiner Kenntnis. Ich weiß nur eines: Helmut Schmidt ist zur Zeit der einzige, und sicher bis auf weiteres der letzte deutsche Prominente, der den Mut und das Durchsetzungsvermögen besitzt, in der Öffentlichkeit und auch im Fernsehen, mit Zigarette aufzutreten. Ich rauche gern, heißt das, und ich lasse mir dies nicht durch staatliche Verordnungen verbieten. Es ist meine persönliche Entscheidung, was ich mit meiner Gesundheit mache. Und wenn ihr mir vorschreiben wollt, ich hätte im Fernsehen nicht zu rauchen, dann macht eure Sendung alleine. Dieser Haltung entgegne ich mit größtem Respekt. Diesen Mann würde ich wählen. Das ist eine klare politische Aussage: Ich rauche gern! Im Übrigen glaube ich, dass ein Mensch wie Helmut Schmidt mit Sicherheit auf eine Zigarette verzichten würde, wenn irgendein hysterischer Nichtraucher sonst an seiner eigenen Intoleranz ersticken würde.

Der Kampf gegen das Rauchen ist ein ähnlich verlogener Stellvertreterkampf, wie zum Beispiel der gegen Abtreibung. Wenn man das Rauchen aus gesundheitlichen Gründen verbieten will, muss man konsequenterweise auch den Alkohol verbieten. Ebenso wie Fastfood, laute Musik, fettes Essen, Sport, Mobbing, Verkehr, Gewalt in der Ehe und schlechte Bücher. Möglicherweise auch Krieg, Terror und vielleicht auch Atomkraft, Chemiewaffen und CO_2 Ausstoß. Letzteres ist aber nicht so wichtig. Wirklich nicht! Am Zigarettenrauch in Bars und Diskotheken wird die Welt zu Grunde gehen. Das ist der Punkt!

Es geht uns doch nur um die Diskriminierung der Nichtraucher, höre ich da. Na gut, dann diskriminieren wir eben die Raucher. Problem gelöst. Natürlich muss es Möglichkeiten für Nichtraucher geben, ihr Leben rauchfrei zu gestalten. Keine Frage. Gibt es ja auch. Warum aber soll es diese Möglichkeiten für Raucher nicht auch geben?

Statistisch gesehen werden von Tausend Konflikten zwischen Rauchern und Nichtrauchern 999 im gegenseitigen Einvernehmen ohne staatliche Einmischung geregelt. Es existiert keine Notwendigkeit einer staatlichen Einmischung. Diejenigen, die sich heute als militante Nichtraucher outen und ebenso ihre Meinung vertreten und durchsetzen, sind in der Regel mehr oder weniger gefrustete Endvierziger mit vollem Konto und gepflegten Vorgarten, die ihre Jugend als kiffende 68er voll ausgeblendet haben. Eine anschauliche Vertreterin dieser Zunft ist Renate Künast. Pfui! Im übrigen spreche ich hier nicht als Raucher, sondern als Freund der Selbstbestimmung, der gegenseitigen Toleranz, des Kompromiss. Doch diesen Kompromiss sollten die Menschen die es betrifft, unter sich ausmachen. Aber ich denke, Amerika hat die Prohibition überstanden, das Rauchverbot wird ebenso eine klägliche Episode. Na, hab ich mal wieder Dampf abgelassen. Brauch ich eigentlich gar nicht mehr rauchen. Ich rauch aber trotzdem, aus Protest. Nur so für mich. Meine Katze stört es ja nicht. Die ist ein sehr toleranter Mensch. Die schon! Manchmal allerdings guckt die mich so komisch an, wenn ich rauche. Da geh ich dann eben auf den Balkon. Ich bin eine sehr tolerante Katze. Ich schon!

Der berühmte § 218 wird am 5. Juni im Bundestag zum zweiten Mal beschlossen, um den Einspruch des Bundesrates zu überstimmen. Vielen Abgeordneten geht es schon lange nicht mehr um die Sache. Die einen können nicht ertragen, dass es Westdeutschland nicht schafft, ein Gesetz auf den Weg zu bringen, welches in der DDR schon seit zwei Jahren gilt. Die anderen wollen das Gesetz verhindern, WEIL es schon seit zwei Jahren in der DDR zur Anwendung kommt. Ich liebe Politik!

Am 13. Juni beginnt in der Bundesrepublik die 10. Fußballweltmeisterschaft. Na ja, Wir haben alle die WM 2006 noch in guter Erinnerung. Wir wissen also wie es geht. So oder ähnlich wird es, der Zeit angepasst, auch 1974 abgegangen sein. Was soll man also groß zur WM 1974 schreiben? Gut, da war der überraschende Sieg der DDR über die BRD, und die letztlich dann doch noch erreichte Meisterschaft der westdeutschen Mannschaft, durch ein 2:1 im Endspiel gegen Holland. Ja, das sind Dinge, über die man reden kann. Kann man mal mit erwähnen. Beckenbauer, Müller, Sparwasser, ja gut, Hut ab und so. Aber das Dynamo Dresden in der Saison 1973/74 wieder nur Dritter wird, hinter Carl Zeiss Jena und dem 1. FC Magdeburg, dass interessiert ja wohl offensichtlich wieder niemand. Am letzten Spieltag verliert Dynamo 3:0 gegen Jena. Und am vorletzten Spieltag verlieren diese Blödmänner zu Hause gegen Magdeburg 0:1. Hätten diese schwarz/gelben Wunderkicker beide Spiele gewonnen, wären sie DDR-Meister geworden. Was reg ich mich auf. Heutzutage spielt Dynamo gegen Mannschaften aus Emden, Ahlen, Erfurt und Wuppertal. Städte, die es doch eigentlich so gar nicht gibt, oder? Die existieren doch nur auf dem Papier. Oder war jemand schon mal dort? Ich meine, führen da Wege hin? Oder gar Straßen? Weiß das jemand? Kann mir irgendjemand den objektiven Beweiß erbringen, dass diese Städte wirklich in der Landschaft stehen und den Waldtieren das Futter neiden? Na, da bin ich aber gespannt! Und gegen Mannschaften solcher Städte muss Dynamo Dresden heutzutage spielen, bzw. sogar auch verlieren. Das ist bitter. Sehr bitter. Da krieg ich so einen Hals. Gut, was soll's. Die Hoffnung stirbt zuletzt. Der Absteiger aus der DDR-Oberliga in der Saison 1973/74 hieß: 1. FC Energie Cottbus. Da staunt man dann doch.

Am 18. Juni 1974 beschließt der Bundestag eine umfassende Reform des Lebensmittelrechts, um die Verbraucher vor Täuschungen und eventuell daraus folgenden gesundheitlichen Schäden zu schützen. Bei der erstmaligen konsequenten Anwendung der Gesetze im Jahre 2006 wird in ganz Deutschland tonnenweise Gammelfleisch entdeckt. Manches dieses verdorbenen Fleisches stammte sogar noch aus der Zeit vor der Reform. Teilweise lebte es schon wieder und ernährte sich von sich selbst. Die betroffenen Fleischproduzenten ließen eine Unbedenklichkeitsstudie erstellen, und wiesen darauf hin, dass bei ordentlich Gewürz und längerer Kochzeit, keine gesundheitlichen Bedenken bestehen würden. Im Gegenteil, madiges Fleisch ist reich an Protein und Vitamin B5. Wichtig ist nur, heißt es in der Studie weiter, dass nach dem Essen nicht geraucht wird. Denn Tabakrauch ist ungesund und in Verbindung mit verdorbenen Fleisch besonderes für Schwangere sehr gefährlich. Aber auch für Busfahrer, Mädchenhändler und Wanderer.

Das Bundesverfassungsgericht setzt die, durch den Bundestag am 5. Juni zum zweiten Mal beschlossene Fristenlösung für den Schwangerschaftsabbruch, per einstweiliger Verfügung, wieder außer Kraft. Walter M. aus Dortmund (61), dazumal im Urlaub in Südtirol, äußert in einem Brief an seinen zu Hause gebliebenen Schwager Manfred Z. (58) aus Hamburg: „Das hätt's bei Hitler nicht gegeben." Nun, diese Äußerung kann man so oder so betrachten, aber Recht hatte Walter M. allemal.

Das private Bankhaus „Herstatt" bricht auf Grund betrügerischer Aktivitäten leitender Angestellter und riskanten Aktionen an der Börse zusammen. Es handelt sich um die größte deutsche Bankenpleite seit der Weltwirtschaftskrise 1929. Viele Sparer ziehen auf Grund von akutem Vertrauensverlust ihre Einlagen ab, und bringen damit weitere deutsche Banken in Schwierigkeiten. Die 35.000 Sparer der Herstatt-Bank bekommen einen Monat später ihre 130 Milliarden D-Mark aus einem, von den deutschen Banken eiligst aufgelegten Fond, zurückerstattet. Na bitte, es geht doch.

Und warum ist Zypern eigentlich zweigeteilt? Weil die von griechischen Offizieren dominierte Nationalgarde Zyperns, in Absprache mit der seit 1967 in Griechenland herrschenden Militärjunta, am 15. Juli gegen die Regierung putscht. Und weil daraufhin die Türkei am 20. Juli den Norden der Insel besetzt, um den drohenden Anschluss Zyperns an Griechenland zu verhindern.

„So einfach und klar kann Politik sein, wenn nicht groß rum diskutiert wird", antwortet Manfred Z. seinem Schwager. „Ja, da hast du Recht, Manfred", schreibt Walter M. zurück, „so hätt's der Hitler auch gemacht." Allerdings lässt Walter M. offen, ob er mit seiner Behauptung auf die Griechen oder die Türken anspielt.

Der Iran erwirbt 25 Prozent des Grundkapitals der Krupp Hüttenwerke AG. Diesen Vorgang lassen wir mal so stehen.

Der 1972 wiedergewählte US-Präsident Richard Nixon tritt am 9. August 1974 auf Grund der Watergate-Affäre letztlich doch zurück. Die schamlosen Kampagnen seiner Gegner, die unter dem Deckmäntelchen der Demokratie, immer wieder Aufklärung der Affäre forderten, setzten dem Präsidenten so dermaßen zu, dass er enttäuscht das Handtuch warf. Als er das Weiße Haus verließ, soll er angeblich die Worte Friedrich August des III. benutzt haben, seinerzeit Sächsischer König, der 1918 bei seinem Rauswurf gesagt haben soll: „Machd dor euern Dreck aleene."

Am 21. August beschließt die Genfer Abrüstungskonferenz die Aufnahme weiterer Länder. Diese sind, neben den beiden deutschen Staaten, Peru, Zaire und Iran. Vor allem die Mitgliedschaft Zaires hat sich seitdem als äußerst wichtig im Kampf um weltweite Abrüstung erwiesen.

In der DDR erscheinen im September 1974 neue Banknoten. Den 5-Mark Schein übernahm Thomas Müntzer von Alexander von Humbolt. Clara Zetkin verdrängte Friedrich Schiller vom 10-Mark Schein. Johann Wolfgang von Goethe verblieb hingegen auf dem 20er. Ebenso wie Friedrich Engels auf dem 50er, und Karl Marx auf dem 100er Schein. Und das Geld trug auch nicht mehr die Bezeichnung „Mark der deutschen Notenbank", sondern nun „Mark der DDR". Mit diesem geschickten Schachzug versuchte die DDR, die BRD nun auch geldpolitisch in die Knie zu zwingen. Aber der fünfköpfige Kampfverband der Deutschen Bundesbank, bestehend aus Bettina von Arnim, Carl Friedrich Gauß, Anette von Droste-Hülshoff, Balthasar Neumann und der allseits beliebten Clara Schumann, war nur schwer zu schlagen. Zumal die Bundesbank zur Unterstützung mit Paul Ehrlich auf dem 200-Mark Schein, Maria Sibylla Merian auf dem 500er und letztlich auf dem 1000-Mark Schein mit den Brüdern Grimm noch eine schlagkräftige Truppe in der Hinterhand hatte. Die DDR versuchte noch gegen zu steuern, indem sie auf eine 200er Banknote eine namenlosen Familie verewigte, und auf einem 500-Mark Schein bekam sogar der Ährenkranz seine Chance. Der 1000er sollte mit Gotthelf Balthasar von Klingenburg verziert werden. Doch weder der 200er, der 500er, noch der 1000-Mark Schein, kamen je zum Einsatz. Gotthelf Balthasar von Klingenburg war darüber postum überhaupt nicht ärgerlich.

Ob im unmittelbaren Zusammenhang mit der Geldscheinreform oder nicht; am 29. September beschließt die Volkskammer der DDR eine Verfassungsänderung dergestalt, dass der Begriff „deutsche Nation“ nicht mehr in selbiger auftaucht. In Zukunft war die Rede von „Sowjetischer Nation, polnisch-rumänischer Ungarntschechen mit Hang zum Serbobulgarischen.“

Das wichtigste Ereignis im Oktober 1974 fand wieder mal bei unseren nördlichen Nachbarn statt. Am 4. des Monats läuft in den Kinos Dänemarks der Film „Olsen-Bandens sidste bedrifter“ an. In der DDR hat dieser Film 1977 unter dem Namen „Der (voraussichtlich) letzte Streich der Olsenbande“ Premiere. Es ist der mittlerweile sechste Film der Olsenbandenvierzehnologie.

Aber im Oktober macht noch ein nördlicher Nachbar von sich reden. In gewisser Hinsicht auch kulturell: Das schwedische Möbelhaus IKEA eröffnet in Esching bei München die erste deutsche Filiale.

Außerdem wird Hans-Dietrich Genscher Parteivorsitzender der FDP. Legendär seine Worte 1989 auf dem Balkon der westdeutschen Botschaft in Prag vor tausenden ausreisewilligen DDR-Bürgern. Außerdem wird er als einer der letzten heterosexuellen FDP-Parteichefs in die Geschichte eingehen.

Ebenfalls im Oktober 1974 wird zwischen der BRD und der Sowjetunion ein Vertag über die Lieferung von Schwerlastkraftwagen im Wert von einer Milliarde Mark an die Sowjetunion unterzeichnet. Da es der kommunistischen Führung peinlich war, zuzugeben, auf schnöde deutsche Lastkraftwagen angewiesen zu sein, wurde in der Moskauer Presse verbreitet, dass man die LKW eigentlich gar nicht benötige, sie aber dennoch gekauft habe, um durch imperialistisches Profitstreben gefährdete Arbeitsplätze in der bundesrepublikanischen Autoindustrie zu erhalten. Jetzt, da die LKW einmal da sind, argumentierte man in der Presse weiter, könne man sie ja nun eigentlich auch nutzen. Sie wieder zu demontieren wäre zwar ideologisch richtig, aber wirtschaftlich nachteilig. Zumal man dafür zunächst ein LKW-Demontage Werk errichten müsse. Dies leuchtete dann den meisten Sowjetbürgern ein. Noch heute rollen einige dieser damals aus Deutschland importierten LKW. Deutsche Wertarbeit eben. Sie werden vornehmlich in Tschetschenien zum Transport von Kriegsgerät, Gefangenen und Toten verwendet. Von beiden Seiten.

In der DDR wird der gesetzliche Urlaub von 15 auf 18 Tage im Jahr verlängert. In dieser Hinsicht hinkte man dem Kapitalismus bedenkenswert hinterher. Nach anfänglicher Freude der arbeitenden Bevölkerung über einen längeren Urlaub hagelte es später Unmutsbekundungen, in welche die Bitte eingebunden wurde, die Urlaubsverlängerung wieder zurück zu nehmen. Man könne mit der vielen Freizeit nichts anfangen, lautete die Begründung. Man dürfe eh nirgends hinfahren, und dort wo man hinfahren durfte, ist es Scheiße, oder voll, oder zu teuer. Und zu Hause bleiben ist auch nicht, da geht einem die Alte auf den Sack, und im Schrebergarten macht es auch keinen Sinn, weil, es gibt Versorgungsengpässe in punkto Schubkarren und Gartenschläuchen. Und Stiefmütterchen gibt es nicht, noch Steckzwiebeln. Bloß Gummihandschuhe, aber die könne man nicht pflanzen, die gedeihen nicht. Auch nicht, wenn man in der Partei ist. Und wenn sie gedeihen würden, wäre es auch Quatsch, denn so ein Gummihandschuhbaum sieht auch Scheiße aus. Am Ende trägt er noch reichlich Früchte. Was solle man mit diesen vielen Handschuhen? Nun ja, dieses Gezeter zog sich solange hin, bis die DDR-Führung die Urlaubsverlängerung in eine Kannbestimmung umwandelte.

Der Rest des Jahres 1974 dümpelt dann so vor sich hin. Ein paar RAF-Anschläge wechseln sich mit ein paar RAF-Selbstmorden und Verurteilungen ab; die katholischen Bischöfe in der DDR kritisieren in einem Hirtenbrief das staatliche Erziehungsmonopol, worauf sich die SED-Führung mit dem Hirtenbrief den Arsch abwischt und empfiehlt, sich ein paar Schafe anzuschaffen; Jean Paul Sartre besucht Andreas Baader in Stuttgart-Stammheim und spielt mit ihm ein Partie „Mensch ärger dich nicht"; die DDR-Führung befreit Rentner aus der BRD vom verbindlichen Mindestumtausch bei Einreise in die DDR und in Hamburg wird der neue Elbtunnel eröffnet.

Aber auf ein wichtiges Ereignis gilt es noch hinzuweisen. Am 11. Dezember kommt es zu einer Vereinbarung über den Transport von Westberliner Hausmüll in die DDR. Dieser Vereinbarung hatte die DDR-Führung in Erwartung einiger zusätzlicher Devisen zugestimmt, ohne freilich zu ahnen, was da möglicherweise auf sie zukommen würde. Denn was bei der Westberliner Bevölkerung so alles als Abfall durch ging, wurde von den Menschen in der DDR zum überwiegenden Teil nicht als solcher eingestuft. Schnell sprachen sich die Standorte der neuen Abfallhalden herum, und schon bald gründeten sich zunächst kleinere Siedlungen, welche in wenigen Wochen zu mittleren Städten mutierten. Der Handel mit dem Westberliner Hausmüll florierte, und Wohnungen in den neuen Städten waren sehr begehrt. Die Arbeiter kündigten in ihren Betrieben, die Produktion kam zum Erliegen, Kinder gingen nicht mehr zur Schule, der Verkehr um die Halden herum brach zusammen. Die Polizei musste die Müllaster zu den Halden eskortieren, die Kriminalität stieg rasant an; vor allem Wegelagerei war ganz groß im Kommen. Am Ende drohte die ostdeutsche Wirtschaft zu kollabieren.

Der Müllimport aus Westberlin fand schließlich im Morgengrauen des 23. 12. 1974, ein jähes Ende. Das herbeigerufene 26. Artillerieregiment „Katarina Witt" der Nationalen Volksarmee, überzog das Gelände der größten Müllhalde im Süden Berlins, mit einem lückenlosen, halbstündigen Flächenbombardement. 252 bandenmäßig organisierte Müllsammler, wurden bei dieser, als „Müllmassaker von Königswusterhausen“ in die Geschichte eingegangenen Militäraktion, selbst zu Müll. Die Protestnote der Bundesregierung wies die Führung der DDR mit dem Hinweis zurück, es handele sich hierbei um eine innere Angelegenheit. Die Zeitung „Neues Deutschland“ verteidigte das Vorgehen der Armee, und schob den Schwarzen Peter der NATO und deren verlogenen Hintermännern aus Wirtschaft und Politik zu. Die Zeitung druckte ein Flugblatt des Axel Springer Verlages ab, indem die Westberliner Bevölkerung dazu aufgerufen wurde, mehr und besseren Hausmüll zu produzieren, um somit die arbeitende Bevölkerung der DDR zu unterwandern und über den Hausmüll mit imperialistischem Gedankengut zu kontaminieren. So einen Angriff auf die Souveränität der DDR, konnten Partei und Staatsführung nur mit einer harten Hand begegnen, die, einen eisernen Besen führend, mit einem galanten, aber entschlossenen Schwung, eine tiefe Furche im dumpf vor sich hin pumpenden Herz der Konterrevolution hinterließ. Weiter schrieb „Neues Deutschland“: Wir haben ja schon viel erlebt. Uns schockt ja nun wirklich nichts mehr. Wir sind mit allen Wassern gewaschen! Und wir wissen eines: Im Klassenkampf ist alles erlaubt!

Aber wie kann man denn so viele schöne Dinge einfach weg werfen, nur um dem Klassenfeind zu schaden? Geht das nicht doch ein bisschen zu weit?

Geht das nicht ein bisschen zu weit? Diese Frage stellte sich auch Fritz Hagedorn des öfteren. Fritz Hagedorn, seines Zeichens Hausmeister der Schule von Jens Schmidt, Gunnar Brendel, Carsten Jämlich und Martin Rosenbreit, tat sich schwer mit der neuen Zeit. Da wurde Bonbonpapier einfach so fallen gelassen, in der Hofpause wurde geschrieen und getobt, manche der Älteren rauchten heimlich, man kam mit offenen Jacken in die Schule, die Bücher in einer Plastiktüte oder einem Rucksack, statt in einem konventionellen Schulranzen, und im Schulhaus wurde gerannt, teilweise sogar die Mütze auf dem Kopf behalten. Man bedenke! Das gab es zu meinen Zeiten nicht, schüttelte Fritz Hagedorn dann immer den Kopf, wohl ahnend, dass es dieses oder jenes zu jeglichen Zeiten nicht gab.

Die Zeiten des Fritz Hagedorn lagen lange zurück. 1913 geboren, und in behüteten Verhältnissen aufgewachsen, bestand zu seinen Schulzeiten der Hauptleitfaden der Erziehung junger Menschen noch in Zucht und Ordnung, Disziplin und Gehorsam. Fritz Hagedorn war schon der Meinung, dass die Lehrer von heute im großen und ganzen versuchten, an diesen Leitfäden anzuknüpfen, oder daran fest zu halten, aber irgend eine Macht, irgend ein freier Geist veränderte die Welt. Die große, wie auch seine kleine persönliche. Aber er kam schon ganz gut klar damit: „Die Dinge sind wie sie sind“, oder „Alles kommt, wie es kommen muss.“ Ein gutmütiger, alter Mann, war er. Mit einem Hang zum Fatalismus und noch recht rüstig. Fast 1,80 groß und schlank kam er daher. Etwas blass wirkte er schon, und sein schütteres, aber kaum ergrautes Haar trug er, den damaligen unsäglichen modischen Vorschriften entsprechend, nach hinten gekämmt.

Sein Vater betrieb dazumal eine Schlosserei, in der auch seine Mutter als Bürokraft beschäftigt war. Die Schlosserei überlebte die Weltwirtschaftskrise, sodass Fritz Hagedorn eine recht unbeschwerte und geschwisterlose Kindheit verbringen konnte. Ende der 20er

Jahre begannen seine Wanderjahre als Schlosserlehrling, welche er als Geselle abschloss, mit dem Ziel zu gegebener Zeit den Betrieb des Vaters zu übernehmen.

Den Zweiten Weltkrieg, verbrachte er als Wachsoldat in einer Ausbildungskaserne in Nordbayern, ohne je einen Schuss außerhalb seiner Grundausbildung abgefeuert zu haben. Warum er nie an eine der damals wirklich zahlreichen Fronten abkommandiert wurde, ging als eines der großen Rätsel der Einberufungspolitik der Deutschen Wehrmacht in die Geschichte ein. Aber er versuchte nie ernsthaft dieses Rätsel zu lösen.

Das Ende des Krieges verbrachte er in amerikanischer Gefangenschaft, aus der er jedoch nach wenigen Wochen entlassen wurde. Froh, den Krieg unbeschadet überstanden zu haben, kehrte er nach Hause zurück, jedoch hier holte ihn der Krieg dann doch noch ein. Die elterliche Schlosserei war ein Opfer des letzten Bombenangriffes der Alliierten auf die Stadt geworden. Ein großer Haufen Schutt waren ihm geblieben. Und unter diesem Haufen lagen zudem seine Mutter und sein Vater. Sie waren in den Keller der Schlosserei geflüchtet, weil der etwas tiefer lag, und etwas robuster angelegt war, als der Keller ihres Häuschens. Aber während im Haus nur die Fenster zu Bruch gingen, besiegelte eine Brandbombe in Form eines Volltreffers ihr Schicksal. Der Keller hielt zwar stand, aber die Schlosserei brannte vollkommen aus und stürzte schließlich ein. Beim Einsturz wurde der Kellerzugang vollkommen verschüttet. Eine Rettung wäre vielleicht möglich gewesen, wenn man nach den Beiden gesucht hätte. Aber niemand wusste, dass sie sich in den Keller der Schlosserei geflüchtigt hatten. Auch Schreie hatte niemand gehört. Vielleicht hatten sie auch nicht geschrieen, denn man fand die beiden alten Leute eng umschlungen, als würden sie schlafen. Todesursache war Ersticken, Verhungern und Erfrieren. Nur die Reihenfolge konnte nie geklärt werden.

Als ein dem Schicksal ergebener Mensch, versuchte Fritz

Hagedorn sein Leben neu zu ordnen. Die Übernahme der Schlosserei stand nicht mehr zur Debatte. Er richtete das elterliche Häuschen so gut es ging wieder her, und hielt sich mit Lebensmittelmarken und Gelegenheitsarbeit über Wasser. Als er von einer ausgeschriebenen Stelle als Schulhausmeister erfuhr, bewarb er sich kurzerhand. Auf Grund seiner handwerklichen Fähigkeiten und seiner unbelasteten Vergangenheit bekam er die Stelle, und hat sie seitdem treu gehalten.

Im Prinzip war er mit seiner Arbeit sehr zufrieden. In der Lehrerschaft war er sehr geachtet. Ab und an wurde er sogar gebeten, diese oder jene Arbeit bei einem Lehrer zu Hause zu verrichten. Er nahm diese Arbeit gern an, und führte sie immer zur Zufriedenheit zu Ende. Auf einem ganz kleinen, überschaubaren Terrain dieses Universums war er wichtig. Sicher austauschbar, aber dies stand nicht zur Debatte. Dieses Gefühl, wichtig zu sein, gebraucht zu werden, dieses Gefühl genoss er sichtlich.

Auch die Schüler begegneten Fritz Hagedorn mit dem nötigen Respekt, der allerdings bei den jüngeren Schülern mehr zur Geltung kam, als bei den älteren. Die hatten zwar nichts gegen ihn, aber die älteren Schüler betrachteten Fritz Hagedorn eher als eine Art Maskottchen der Schule, denn als Respektsperson.

Nie ward der Hausmeister in der Schule anders gesehen, als in einem grauen Arbeitskittel und immer dabei: ein riesiger Bund Schlüssel. Die Arbeit die er zu verrichten hatte, war nicht schwer. Er musste keine Bedenken haben, die wenigen Jahre bis zur Rente aus gesundheitlichen oder altersschwächlichen Gründen nicht zu überstehen.

Fritz Hagedorn war Junggeselle. Obwohl ihm durchaus, gerade nach dem Krieg, diese oder jene holde Jungfrau zugänglich gewesen wäre, kam es nie zu einer längeren und intensiveren Liaison. Dies wiederum sollte als eines der größten Rätsel seines Privatlebens in die Geschichte eingehen. Aber auch das hat er nie ernsthaft hinterfragt.

Sein Verhältnis zu den Schülern war in der Regel sächlich. Nicht das er was gegen Kinder gehabt hätte, aber er versuchte Emotionen in jeder Richtung zu unterdrücken. Wenn er was zu sagen hatte, dann blieb er sachlich. Meist übermittelte er Klagen, Missstände und Vorfälle an die zuständigen Lehrer und überließ denen die Klärung der Sachlage. Pädagogik fiel nicht in seinen Aufgabenbereich.

Seine Freizeit verbrachte Fritz Hagedorn allein. Er fühlte sich aber in keinster Weise einsam. Als Hausmeister in einer Schule steht man im Leben. Und dieses Leben war in der Regel laut, hektisch und voller Menschen. Das Alleinsein, war praktisch ein wichtiger Ausgleich für ihn. Mit Vorliebe kümmerte sich um sein Haus und den dazugehörenden kleinen Garten. Und er kümmerte sich bewusst langsam um seine persönlichen Dinge. Aber auch bewusst gründlich. Alles braucht seine Zeit, war sein Wahlspruch. Aber alles HAT auch Zeit. Man muss den Frühjahrsputz nicht an einem Wochenende durchziehen. Warum? Wofür? Für wen? Man kann die alten Blätter ganz in Ruhe zusammen harken, sorgfältig um die Märzenbecher herum. Und dann sollte man inne halten und die kleinen Blümchen betrachten. Denn dafür sind sie ja da. Und da konnte es schon vorkommen, dass Fritz Hagedorn das Harken unterbrach, sich einen Gartenstuhl holte, und sich in die Frühlingssonne vor die Märzenbecher setzte, um diese zu betrachten.

Seine zweite Passion war sein Auto. Nun ja, sein Trabant eben. Er brauchte eigentlich kein Auto, dessen war er sich schon klar. Zur Schule ging er immer zu Fuß. Alle anderen Wege konnte man ohne Probleme mit den öffentlichen Verkehrsmitteln erledigen. Aber er lebte bescheiden, und mit den Jahren hatte sich ein gewisses Geld auf seinem Konto angesammelt. Was soll es auf dem Konto herum liegen, sagte er sich. Es wird am Ende schlecht, oder verliert an Wert. Er überlegte ein paar Jahre hin und her, was er sich denn nun kaufen solle, und am Ende entschied er sich für ein KFZ. Ein himmelblauer Trabant Baujahr 1965. werkstattgepflegt, mit nur einem Vorbesitzer. Ein Garagenwagen. Leider konnte er seinem Gefährt diesen Luxus nicht bieten. Sein Grundstück war zu klein, für eine Garage war da kein Platz mehr. So kam es, dass das Auto im Prinzip die ganze Woche nur vor seinem Haus stand. Nur am Wochenende, nutzte er seinen Wagen für kleinere Ausfahrten in die nähere Umgebung, welche er dann immer mit einer kleinen Wanderung verband. Fritz Hagedorn fuhr so, wie er Laub harkte. Langsam. In der Stadt nie schneller als 30 km/h. Und auf der Landstrasse zog er immer einen Schwanz Berufskraftfahrer hinter sich her, die ihm, vor Wut krebsrot im Gesicht, mittels Hupe und Lichtsignalen, klar machten, was für ein dämliches Stofftier er sei, und dass er wohl seinen Führerschein auf der Dummschule erworben hat. Man wünschte ihm Bunsenbrand an den Hals und allzeit schlechte Fahrt. Aber Fritz Hagedorn ließ sich nicht aus der Ruhe bringen. Am Ende überholten ihn die Profis dann kopfschüttelnd. Manchmal an Stellen, die in der Regel gar nicht dafür ausgelegt waren, was wiederum ein Kopfschütteln bei Fritz Hagedorn auslöste.

Jeden Abend, bevor er ins Bett ging, drehte der Hausmeister noch eine kleine Runde um das eigene Haus. So ein kleiner privater Kontrollgang. Hintertür, Gartentor, die Fenster, der Geräteschuppen. Alles musste seine Ordnung haben. Und natürlich noch ein Blick auf sein Auto. Und an einem lauen Mittwochabend im Mai wurde dieser Blick plötzlich unendlich traurig. Der Seitenspiegel seines Wagens befand sich nicht mehr an der Seite. Er lag auf der Erde. Um ihn herum das Spiegelglas, aufgesplittert in tausend Teile............

..................(Sofort sprang Fritz Hagedorn auf die Straße und blickte sich um. Und im Halbdunkel, keine 100 Meter die Straße abwärts, sah er, wie sich ein leicht torkelnder Jugendlicher unermüdlich wie im Fieber an weiteren Seitenspiegeln abreagierte. Fritz Hagedorn nahm die Haltung eines Leoparden ein, und schnellte lautlos auf den Übeltäter zu. In den Augenwinkeln sah er neben all den abgebrochenen Spiegeln, auch verbogene Antennen und zerkratzte Kotflügel. Da hast du, dachte der Hausmeister, als er kurz vor dem Randalierer in die Höhe sprang und ihm mit voller Wucht mit dem rechten Fuß in den Rücken trat. Der Randalierer, der 15jährige Maik Schröder, hatte den Hausmeister nicht kommen sehen, und war von dem Schlag völlig überrascht. Mit aufgerissenen Auge flog er nach vorn über, und rutschte auf Knien und Händen einen Meter auf dem Bürgersteig Richtung Stadtmitte. Dann brachen seine Arme ein und er rollte seitlich auf den Rücken. Er öffnete den Mund, doch bevor er etwas sagen konnte, traf ihn der rechte Fuß des Hausmeisters wiederholt. Diesmal direkt in den Magen. Maik Schröder krümmte sich und stieß einen stummen Schrei aus. Dann übergab er sich. Fritz Hagedorn packte Maik Schröder am Kragen und zog ihn hoch. Der hielt sich mühsam auf wackligen Beinen, die aufgeschürften blutigen Hände auf seinen Bauch gepresst. Fritz Hagedorn hielt ihm mit der linken Hand im Kragen fest, und drehte mit der anderen Hand den rechten Arm Maik Schröders auf dessen Rücken. Mit aller Kraft drückte er dem Arm nach oben. Der Körper von Maik Schröder spannte sich. Sein linker Arm ruderte hilflos in der Luft. Mit einem hörbaren Laut kugelte sein rechter Arm aus. Ein spitzer Schrei entrann dem Mund des Gangsters. Sofort ließ der Hausmeister den Arm los, und stieß Maik Schröder mit voller Kraft gegen die Mauer. Die gebrochene Nase hinterließ eine blutige Schleifspur auf den Steinen, als der Verbrecher langsam an der Mauer herunter glitt. Mit offenem Mund und Tränen in den Augen lag Maik Schröder nun blutverschmiert und vollgekotzt, zitternd auf der Seite. Der ausgekugelte Arm spreizte unnatürlich vom Körper nach hinten weg. Fritz Hagedorn kniete sich neben ihn und nahm die Hand seines linken Armes.

„Weißt du mein Junge“, sagte er mit väterlicher Stimme, „diese Hand ist sehr böse. Du verstehst?“

Maik Schröder machte nicht den Eindruck, dass er verstehen würde, aber der Hausmeister fuhr unbeirrt fort: „Es ist nicht gut, wenn deine Hand böse ist. Sie macht dann immer so böse Sachen. Kannst du mir folgen?“ Maik Schröder gab nur ein leises Wimmern von sich.

„Diese Hand bricht Autospiegel ab, verbiegt Antennen und so. Ohne ersichtlichen Grund. Das sollte eine Hand nicht machen, weißt du? Gestraft seien die, die Unrecht tun. Auge um Auge, Zahn um Zahn.“

Fritz Hagedorn lächelte weise.

„Ja mein Junge, ich denke, diese Hand wird bis auf weiteres kein Unrecht mehr tun. Von allein, musst du wissen, kommt so eine Hand aber nicht auf den rechten Weg. Du verstehst? Man muss so einer Hand behilflich sein. Nimm's nicht persönlich.“

Mit diesen Worten drückte der Hausmeister den Mittelfinger der Hand nach hinten. Mit einem krachenden Geräusch brach der Finger ab. Dann packte er den nur noch an der Haut hängenden Finger, und riss ihn in einem Zug von der Hand. Aus einem großen Loch in der Hand Maik Schröders quoll das Blut, dessen Arm herunter. Der Hausmeister betrachtete den Finger kurz verächtlich und warf ihn dann hinter sich über die Mauer in das angrenzende Grundstück.

Fritz Hagedorn ließ die Hand fallen und stand auf. Drei Mal noch versengte er kraftvoll die Spitze seines rechten Schuhs im Leib des Verbrechers, bis sich die Hose im genitalen Bereich dunkel verfärbte. Dann stieg er zufrieden und beruhigt über den leblosen Körper und ging nach Hause)...............

............Warum tun Menschen so etwas, dachte Fritz Hagedorn, als er mit Kehrschaufel und Besen den Scherben zu Leibe rückte. Warum haben manche Menschen Freude daran, sinnlos zu zerstören? Ich hab doch keinem etwas zu Leide getan. Das ist nicht rechtens. Was treibt einen an, durch eine Straße zu laufen und willkürlich Autospiegel abzubrechen? Einfach so. Ich versteh das nicht. Ich meine, wenn es alle machen würden, gut, dann wäre es eben normal. Aber es machen ja nicht alle. Warum also dann einige doch?

Und auf dem Weg zum Haus, mit den Resten seines Autospiegels in der Hand, wurde er von einem nie gekannten Gedanken heimgesucht. Man müsste dieser Bande mal sämtliche Knochen brechen, war der Wortlaut des Gedankens. Erschrocken blieb Fritz Hagedorn kurz stehen und blickte sich verschämt um. Dann schüttelte er den Kopf und ging ins Haus.

„Was ich nicht verstehe ist, wieso kommt das Wasser hier so einfach raus, so aus dem Hahn, meine ich", sagte Brenner mehr so vor sich hin. Er stand mit Fisse und Brendl am Waschbecken ihres Klassenzimmers, welches direkt gegenüber der Tür, neben der Tafel angebracht war. Brenner drehte den Wasserhahn immer kurz auf und wieder zu.

„Na ja, mit Druck und so", meinte Fisse.

„Wie, mit Druck und so?"

„Na ist doch klar, du musst dir das vorstellen wie beim pinkeln......"

„......Wie, beim pinkeln?"

„Na die Pinkelei ist doch beim Menschen in der Harnröhre drin. Und wenn die voll ist, entsteht Druck, und du musst mal."

„Bist du sicher mit der Harnröhre?", fragte Brendl.

„Klar Mann, die Harnröhre. Meine Mutter war mal beim Pulmologen, daher weiß ich Bescheid."

„Aha."

„Ach, und du meinst, da gibt es in jeder Stadt so was wie eine riesige Harnröhre, und da ist dann Wasser drin? Und wenn die voll ist, dann fließt es raus"

„Joo, so in der Art."

„Und wo kommt das Wasser her?"

„Na, von Regen und so."

„Es gibt ja mittlerweile auch Wasserwerke, und so."

„Wie? Wasserwerke?"

„Na ja, Betriebe eben, die Wasser herstellen."

„Sensationell!"

„Mein Reden."

Brenner spielte immer noch am Wasserhahn herum. Fisse hielt die Hand unter den Hahn und versuchte sie immer schnell weg zu ziehen, bevor Brenner den Hahn wieder öffnete.

„Na ja, und wenn jetzt eben mal diese Harnröhre voll ist, und man braucht grad gar kein Wasser, dann fließt das jetzt trotzdem raus, oder wie ist das geregelt?"

„Du meinst, so nachts, wenn du schläfst?"

„Klar Mann, nachts und so."

„Nee, das kann ja nicht raus fließen, weil, der Wasserhahn ist ja zu gedreht."

„Na gut, aber wenn jetzt auf der Röhre so ein Druck herrscht, dass ihr fast schlecht wird, und alle Wasserhähne sind versperrt, weil Nacht ist, ich meine, dann platzt der Stadt der Arsch, oder wie?"

„Hm, wie das geregelt ist, weiß ich auch nicht", gab Fisse zu. „Du?", wandte er sich an Brendl.

Der zuckte mit den Schultern: „Ich weiß es auch nicht. Vielleicht gibt es so was wie einen Überlauf. Wenn die Röhre voll ist, läuft sie halt über. Und der Überlauf ist dann in einer Gegend, wo keiner versaufen kann. Wald oder so."

„Eine Röhre mit Überlauf? Bin ich bescheuert, oder was? Ich kenne mich aus in Geometrie. Wenn eine Röhre einen Überlauf hat, dann ist es keine Röhre mehr."

„Sondern?"

„Weiß ich doch nicht. Rhombus?"

„Nu klar, du kennst dich aus in Geometrie, was? Ein Rhombus ist doch nicht voll Wasser."

„Na ist doch Schnitte."

„Vielleicht", kam Brendl wieder auf das Thema zurück, „haben die ja beim Bau des ganzen Wassersystems alles genau berechnet. Und die wissen halt, wie viele Wasserhähne wann offen sind."

„Woher wollen die das wissen?"

„Weiß nicht, ich mein ja nur."

„Na, dann müsste man sich mal so einen Wasserhahn genauer angucken. Da geht ja vielleicht ein Draht in die Röhre, oder so", meinte Fisse.

„Ja genau, lass uns der Sache mal auf den Grund gehen", rief Brenner. Und mit diesen Worten umklammerte er fest den gesamten Hahn und versuchte ihn nach links aus dem Gewinde zu drehen. Der Hahn war aus Kunststoff und bog sich bedenklich, letztlich gab er aber nach, und ließ sich nun fast spielerisch drehen. Fisse und Brendl schauten interessiert, wobei Brendl zu bedenken gab: „Brenner, ich würd's nicht machen. Am Ende reißt das ab."

„Quatsch, was soll da abreißen, ich dreh doch ganz langsam. Und dann gucken wir nach, ob da ein Draht ist oder so, und dann schraub ich den Hahn wieder drauf. Kinderkacke."

Und wieder eine Windung.

„Na ja, ich hab da jetzt keine so große Ahnung, wenn du verstehst, aber ich würd's nicht machen", meinte Brendl.

Fisse hielt inne: „Wenn du keine große Ahnung hast, dann hast du wohl eine kleine, oder wie? Ist das jetzt die Norm hier?"

„Ich tat's ja nur meinen. Stell dir mal vor, jetzt haben alle ihre Wasserhähne zu gesperrt und in der Röhre herrscht Hochdruck............"

„.....Es können gar nicht alle Leute grad kein Wasser brauchen, weil, es ist nämlich grad nicht Nacht." Und wieder eine Windung, wenn auch etwas zögerlicher.

„Und wenn wir einen Draht entdecken, was meint ihr, könne der bedeuten?", fragte Fisse in die Runde.

„Na, Signale und so, gab Brendl mit Blick auf den mittlerweile zur Hälfte herausgedrehten Hahn zur Antwort, „die werden dann an die Röhre übermittelt, dass die dort Bescheid wissen: Achtung es öffnet sich ein Wasserhahn!"

„Oder es schließt sich einer."

„Klar, oder es schließt sich einer. Na ja, aber wie das im einzelnen technisch funktioniert, dass kann ich euch auch nicht sagen. Aber", fuhr Brendl, sich nun an Brenner wendend, fort, „ich würd's jetzt ruhiger angehen."

„Wie jetzt?", fragte Brenner, „wollen wir nun rauskriegen, wie's funktioniert, oder nicht?"

Er schaute dabei Brendl entschlossen ins Gesicht, hatte aber seine Drehgeschwindigkeit merklich verlangsamt.

„Klar woll'n wir rauskriegen, wie's funktioniert."

„Na also", wandte sich Brenner wieder dem Hahn zu und drehte ihn weiter nach links. Brendl nahm Fisse am Arm und zog ihn unmerklich nach hinten ein Stück weit weg vom Waschbecken. Nicht das Brendl genau voraus sagen konnte was das Abdrehen eines Wasserhahns mit sich bringen würde, auch wollte er das Treiben nicht verrückt machen, aber eine kleine unterschwellige Vermutung war da schon vorhanden. Deshalb zog er sich diskret zurück. Fisse hatte keine Vermutung, aber es reichte ihm, wenn Brendl eine hatte.

Als der Wasserhahn nur noch an einer Windung hing, hielt Brenner plötzlich inne. Brenner war immer ein Freund des Experiments. Er war immer der Erste, wenn es darum ging, neue Erfahrungen zu sammeln, neues Terrain zu betreten. Aber auch er hatte etwas in sich, was ihn gelegentlich dazu anhielt, den Nutzen seines Tuns mit eventuell auftretenden Risiken oder Schwierigkeiten abzuwägen. Er hielt den Wasserhahn noch einen Moment in der Hand, dann drehte er sich langsam in die Klasse.

Martin Rosenbreit saß in seiner Bank und las in einem Micky Mouse Heft. Das war verboten, aber sehr lustig. Er hatte es von Fisse geschenkt bekommen. Martin Rosenbreit war darüber sehr stolz. Einerseits über das Geschenk an sich und andererseits, dass er überhaupt etwas geschenkt bekam. Das war nicht so oft der Fall. Zu Hause durfte er das Heft nicht lesen. Zu Hause wurden andere Hefte studiert. In der Schule war solcherlei Literatur genauso wenig gern gesehen, aber das Risiko, erwischt zu werden, war in der Schule geringer. Außerdem wollte er ein bisschen angeben. Deshalb las Martin Rosenbreit oft in diesem Heft, welches er im Grunde schon auswendig kannte.

„Pampel“, rief Brenner durch die ganze Klasse, „kommst du mal eben?“

Pampel blickte sofort auf, und ließ in weiser Voraussicht seine Lektüre in der Schultasche verschwinden. Dabei rief er: „Was is’n?“

„Komm mal her, ich brauch deine Hilfe.“

Fisse und Brendl blickten sich kurz an und nickten anerkennend.

Pampel trat an Brenner heran und sagte, mit Blick auf das Waschbecken: „Hier bin ich. Wo drückt der Schuh, Meister?“

Brenner stand mit verschränkten Armen einen halben Meter vor dem Waschbecken und meinte mit skeptischen Blick: „Na ja, das ist eine komplizierte Angelegenheit. Wir drei“, und er deutete mit dem Kopf Richtung Fisse und Brendl, „sind da gewissen Dingen auf der Spur. Ich will mich da jetzt nicht weiter groß dazu äußern, aber wenn sich herausstellt, dass eintritt, was wir vermuten, dann .... Aber Hallo! Du verstehst?“

„Klar“, log Pampel freudig.

„Na ja, und um die ganze Sache jetzt erfolgreich zum Abschluss zu bringen, musst du jetzt den Wasserhahn abschrauben.“

Aus Pampels Gesicht wich etwas der mitgebrachten Freude: „Kann da was passieren?“

Brenner beugte sich etwas zurück, schüttelte leicht den Kopf und rief mit einem Gesichtsausdruck, den man getrost schon als angewidert bezeichnen konnte: „Quatsch!“

„Na ja, ich mein ja bloß.“

„Ja Gott verdammt, Pampel! Ich frage dich jetzt, was soll da passieren? Soll die Schule einstürzen, oder was? Oder der Himmel fällt dir auf den Kopf? Oder meinst du etwa, auf dem Draht im Hahn ist Strom? Oder es juckt in der Harnröhre? He Mann, überleg doch mal! Du bist doch kein Intelligenzallergiker, oder? Immer schön geschmeidig bleiben.“

„.......ja..........ich..........“

„Ist ja gut. He, Pampel, es kann nichts passieren. Wenn ich es dir doch sage."

Pampel schien aber trotzdem nicht vollständig überzeugt. Er wippte leicht hin und her und spielte mit dem linken Daumennagel am Nagel seines rechten Mittelfingers. Dann brachte er es heraus: „Und warum drehst du den Hahn dann nicht selber ab?"

Brenner zuckte etwas zurück und machte kurzzeitig einen auf verwirrt. Er überlegte fieberhaft. Gespannt spitzten Fisse und Brendl die Ohren.

Brenner packte Pampels linke Schulter: „Du fragst mich, warum ich den Hahn nicht selbst abdrehe? Das fragst du mich ernsthaft? Na gut, ich sag dir warum. Ganz einfach: Mir fehlt die Kraft."

Fisse und Brendl klatschten imaginär Beifall.

„Ich dreh ja nun schon die ganze Zeit", fuhr Brenner fort, „aber jetzt tut mir einfach dermaßen die Hand weh, und ich meine, du hast Kräfte........." Brenner hielt inne, und blickte Pampel ins Gesicht. Dann fragte er: „Du hast doch Kraft, oder?"

„Auf Jeden!"

„Na ja, dann ist ja alles geklärt, oder?"

Pampel nickte und griff nach dem Wasserhahn, als Brenner ihn noch mal zurück hielt und meinte: „Warte mal, ich stell mich mit zu Fisse und Brendl. Aus der Distanz können wir das Ganze besser beobachten. Warte, ich sag wann."

Er stellte sich neben Brendl und dann rief er: „Kannst!"

Pampel machte einen Schritt nach vorn und packte, in Erwartung eines großen Widerstands, den Hahn mit voller Kraft. Aber der Wasserhahn hing eigentlich schon auf halb acht, und wäre ohne Wasserdruck bei der kleinsten Berührung sicher einfach nur ins Waschbecken gefallen. So aber schoss er mit ca. 500 km/h an Martin Rosenbreits Brust. Da der aber etwas schräg vor dem Waschbecken stand, fälschte er die Flugbahn des Wasserhahns nur ab, blieb selbst aber, zumindest körperlich, unbeschadet. Von Martin

Rosenbreits Brust schnellte der Hahn an die gegenüberliegende Wand, prallte dort ab und schoss zurück ins Klassenzimmer direkt auf den dicken Ulf Gröbers zu. Ehe der registrieren konnte was geschah, bohrte sich das Geschoss in seinen fetten Wanst. Durch den Aufprall flog er nach hinten an die Wand und blieb, mit den Gliedmaßen hilflos um sich rudernd, mit seinem fetten Arsch im Beton stecken. Nicht schon wieder, stöhnte er, denn man hatte ihm erst vor wenigen Tagen den Gips abgenommen. Der fette Wanst des Ulf Gröbers wirkte auf den Wasserhahn wie ein Katalysator. Als der Bauch sich wieder spannte, schoss der Hahn nun fast mit Lichtgeschwindigkeit wieder in den Raum zurück. Wie eine Silvesterrakete in einer Dixihütte flog der Wasserhahn quer durch den ganzen Raum, von einem Widerstand zum nächsten. Bei seiner Irrfahrt durch das Klassenzimmer streckte das Geschoss 17 der anwesenden 24 Schüler nieder. Das war zum großen Teil der Panik der Schüler zu schulden, denn anstatt sich flach auf den Boden zu legen und den Dingen zu harren, rannten alle mit erhobenen Armen schreiend durch das Zimmer und boten dem Wasserhahn somit genügend Angriffsfläche. Bei drei Schülern schoss der Hahn direkt in den offenen Mund und verließ die Körper anal, nachdem er das jeweilige Verdauungssystem komplett penetriert hatte. Bei Markus Krummbein hingegen fand die Kartätsche von hinten unten ihren Weg durch den Körper, und verließ in folglich oral. Noch Jahre danach wies Markus Krummbein darauf hin, dass diese Erfahrung vor allem in geschmacklicher Hinsicht, sehr ambivalent für ihn war. Auch die dünne, aber dichte und übel riechende Rauchfahne folgte dem Wasserhahn durch die Körper. Durch die große Geschwindigkeit verfestigte sich die Rauchfahne alsbald, sodass das Zimmer in wenigen Augenblicken von einem dichten Netz versteinerter Rauchschwadenfäden durchzogen ward. Die vier Schüler, welche vom Hahn durchdrungen wurden, waren praktisch auf dem Rauch aufgefädelt. Man konnte sie später nur befreien, in dem man sie über den gesamten Faden schob. Und dieser war lang, denn der Wasserhahn durchschlug unter anderem auch 14 Mal die Fenster, überquerte die Straße, und prallte vom gegenüber stehenden Haus ab, zurück ins Klassenzimmer. Letztlich dann, begünstigt durch einen vorteilhaften Winkel, schoss das Schrapnell in den Himmel. Vorbei an den Schülern Gabi Frohnau, Reiner Klimm und Rudi Marenke. Die drei hatten sich auf den Gang geflüchtet und sangen dort mit unsicherer Stimme „Es ist ein Hahn entsprungen." Vierstimmig! Der Wasserhahn jedenfalls verlor erst in der Stratosphäre an Drive, fiel zurück in eine riesige Wolke und regnete dort erst mal ganz gepflegt ab. Seitdem macht er über Australien einen auf Ozonloch.

Gunnar Brendel, Carsten Jämlich und Jens Schmidt beobachteten das Treiben mit einem großen Interesse. Aus Gründen, die ganz allein nur der Wind weiß, allerhöchstens noch auserwählte Mitarbeiter der oberen Leitungsebenen der Wasserwirtschaft, sowie einige Koryphäen auf dem Gebiet der Molekularphysik am Max-Planck-Institut, und vielleicht noch ein ungenannt bleiben wollender Tischtennisspieler einer Zweitligamannschaft aus Uganda, blieben unsere Protagonisten unbehelligt. Einzig Martin Rosenbreit hatte ein flaues Gefühl in der Magengegend. Verursacht nicht durch einen Treffer, nein. Zum einen fühlte er sich schuldig, zum anderen bemerkte er, auf Grund seiner Nähe zum Waschbecken, als erster, dass die Sache mit dem fliegenden Wasserhahn nur das Vorspiel des eigentlichen Malheurs gewesen sein sollte. Denn Millisekunden nachdem das Sperrventil den Raum verlassen hatte, verspürte das in der Leitung stehende Wasser urplötzlichen Drang nach Freiheit.

„Ja da guck sich einer diese Scheiße an", rief Brenner. Damit meinte er den Wasserstrahl, welcher sich nun durch das halbe Klassenzimmer aus der hahnlosen Leitung ergoss.

„Ich hab ja gesagt, das reist ab", verteidigte sich Brendl.

„Das nützt uns jetzt auch nichts mehr, du Klugscheißer", meinte Brenner. Dann ging er auf den erstarrten Martin Rosenbreit zu, packte ihn an den Schultern und schrie: „Los Mann, du musst den Hahn wieder dran machen."

Martin Rosenbreit löste sich aus seiner Kristallisation, hob den Hahn vom Fußboden auf und versuchte diesen wieder anzuschrauben. Doch dieser Versuch erwies sich schnell als untauglich. Alles was er damit erreichte war, dass das Wasser nun nicht mehr geordnet in einem dicken Strahl die Leitung verließ, sondern sich gleichmäßig im ganzen Raum verteilte.

„Eh Pampel", ließ es Fisse vernehmen, „was soll das? Du sollst hier nicht rumspritzen, sondern den Schaden begrenzen."

„Ich .... versuch's .... ja", brachte Pampel mühsam hervor.

Brenner, Fisse und Brendl hatten sich auf die andere Seite des Zimmers zurückgezogen, um nicht nass zu werden. Die anderen Schüler hatten kreischend die Klasse verlassen und drängten sich an der Tür, um das Tun des Martin Rosenbreit zu beobachten. Nach dem Hausmeister ward angeblich schon gerufen.

Pampel war mittlerweile nasser als das Wasser selbst. Er versuchte nun, unter Anteilnahme und Ratschlägen seiner Freunde, mit einem Handtuch dem Wasser Herr zu werden, indem er es gegen den Strahl presste. Der Effekt war, dass dadurch bestenfalls ein kleiner Teil des austretenden Wassers in das Waschbecken ablief.

„Echt krass", meinte Brenner, „scheint so, als ob doch Hochdruck in der Röhre herrschen würde. Wer hätte das gedacht."

„Hund und Sau", pflichtete Fisse ihm bei. Das Zimmer stand mittlerweile einen halben Meter unter Wasser. Erste Korallen siedelten sich an, und aus der Wasserleitung kamen nun auch vereinzelte Zierfische und Seepferdchen. An der Zimmerdecke bildeten sich Kumuluswolken und auf dem Gang fanden die 1. Osteuropäischen Kurzbahnmeisterschaften im Schwimmen statt. Neben der Tafel wurde eine Schleuse errichtet, damit auch Schiffe mit über 50000 BRT das Zimmer passieren konnten. Im Nachbarzimmer erfreute sich eine Tauchschule immer größerer Beliebtheit und Bedrich Smetana holte sich hier die Inspiration für seinen Moldau-Zyklus, ebenso wie Kevin Costner für seine Waterworld.

„Wahnsinniger!", ertönte plötzlich die Stimme von Fritz Hagedorn. „Was hat du wieder angestellt?", schrie er auf Martin Rosenbreit ein. Der hielt die Stellung und wollte ansetzen etwas zu sagen, als Brenner ohne Rücksicht auf das Wasser zum Hausmeister sprang, sich vor Pampel stellte und in die herein stürzende Brandung rief: „Herr Hagedorn, es ist nicht das wonach es aussieht, denn Martin wollte bloß Schaden verhindern, soviel ist sicher, als er gesehen hat, dass der Wasserhahn locker ist, und da hat er uns gefragt, wie er sich in so einer vertrackten Situation verhalten soll, und da haben wir lange beratschlagt, und gesagt, besser ist es wohl, wenn wir Herrn Hagedorn Bescheid geben, und da hat Martin gesagt, wisst ihr was, das ist doch Quatsch, unser Hausmeister hat soviel zu tun, da müssen wir ihn nicht noch mit solchen Kleinigkeiten behelligen, ich dreh den Hahn einfach wieder fest, na ja, und dabei muss er wohl in die falsche Richtung gedreht haben, obwohl Gunnar noch gesagt hat, ich würd's nicht machen, das reißt ab, aber Martin hat ja nicht gehört, er wollte es eben richtig machen, sie wissen doch, Herr Hagedorn, Pflichtbewusstsein und so, ich meine ……."

„…….jetzt hör bloß auf mir ein Ohr abzukauen, Schmidt", stoppte Fritz Hagedorn Brenners Redefluss, als er sich vom Schließen des Sicherheitsventils unter dem Waschbecken wieder aufrichtete, „das könnt ihr alles eurer Lehrerin erzählen. Meldung ergeht. Wo sind wir denn hier, oder was?" Er blickte den vier Schülern in die Augen: „Rosenbreit, Schmidt, Brendel und Jämlich. Na ja, sind ja wohl keine Unbekannten, nicht wahr? Kommt mal mit, ihr zwei, mal schauen, ob ich eine paar trockene Sachen für euch finde."

Mit „Die Zwei" meinte er Brenner und Pampel. Fisse und Brendl hatten das Desaster weitgehend trocken überstanden.

Nun, der Vorfall blieb nicht ohne Folgen. Trotzdem sich die Aussagen der Delinquenten weitgehend deckten, sah sich die Klassenlehrerin Elfriede Rechnaczek außer Stande, den Vorfall ohne disziplinarische Maßnahmen auf sich beruhen zu lassen. Dafür kannte die, im Grunde eher defensiv mit Strafen umgehende Lehrerin, ihre Schüler zu gut. Wo der Vorfall im einzelnen seine Ursachen hatte, war zwar nicht restlos zu klären gewesen, aber derart intensiv vorgetragene Unschuldsbeteuerungen und Erklärungsversuche, zogen von sich aus eine gewisse Skepsis nach sich. Zumal Martin Rosenbreit selbst nie zu Worte kam. Immer wenn er gefragt wurde, antwortete ein anderer, meist Jens Schmidt für ihn. Der angerichtete Schaden war zudem nicht zu unterschätzen. In zwei Klassenzimmern blätterte die Farbe ab; sie mussten renoviert werden. Und bei einigen Schülern waren Bücher nass geworden und die Tinte im Hausaufgabenheft verlaufen. Da wurde sich aber untereinander geeinigt. Der Spaß war es wert, war die einhellige, aber nur hinter der Hand, verbreitete Meinung. Einzig Marie-Luise Wolters versuchte Schadenersatz von 85 Mio. $ mittels einer Zivilrechtsklage in den USA zu erstreiten. Sie hatte von einem Fall gehört, in welchem diese Summe einem Mann zugesprochen wurde, der von einer Leiter gefallen war. Der Baumarkt, welcher die Leiter verkaufte, hatte versäumt, auf der letzten Sprosse einen Hinweis anzubringen: „Diese Leiter endet hier." Marie-Luise Wolters Anwälte argumentieren, dass es die Schule versäumt hat, die Eltern der Schüler und die Schüler selbst, darauf hin zu weisen, „dass es möglich sein kann, dass durch nicht vorhersehende Dummjungenstreiche, Bücher und Hefte nass werden könnten." Der Ausgang des Verfahrens ist ungewiss. Es läuft noch.

Das Strafverfahren der Schule wurde hingegen recht schnell abgeschlossen. Jeder einen Klassenleiterverweis und jeder 10 Strafstunden unter der Leitung von Hausmeister Hagedorn. Das bedeutete: Unrat in den Grünanlagen aufsammeln, Rasen harken,

Appellplatz fegen. Solcherlei Arbeiten waren zum kotzen Scheiße. Zumal es in der Regel der eigene Dreck war, den man beräumen musste. Die Arbeiten an sich waren ja noch zu ertragen, das Schlimmste aber war, dass solche Tussen wie die Marie-Luise Wolters und andere Zicken, einen bei der Verrichtung solcher Strafarbeiten beobachten konnten. Diese Gelegenheit ließen sich die bescheuerten Weiber natürlich auch nicht nehmen. „So was kommt von so was", „Das habt ihr nun davon", oder „Wir haben es euch ja gleich gesagt." Das alles war ziemlich unerträglich, und so wurde beschlossen, Rache zu üben.

„Wollen wir die Sache nicht auf sich beruhen lassen", fragte Fisse, „wir sind doch schließlich selber Schuld."

„Quatsch!", fuhr ihn Brenner zurecht. „Selber Schuld ist was für Weicheier. Und außerdem, mal angenommen, definitiv nur mal angenommen, wir trügen wirklich eine geringe Teilschuld, selbst dann hätte der bescheuerte Hagedorn nicht so ein Fass aufmachen müssen, oder was?"

„Na ja, so gesehen", zuckten die anderen mit den Schultern.

„Na also, dann würde ich vorschlagen, wir greifen auf die Essenkübelgeschichte zurück. Die Sache steigt nächste Woche am Donnerstag. Wie lange könnt ihr draußen bleiben?"

„Meine Ellis haben Dienst", antwortete Fisse, „bei mir ist es Schnuppe."

„Mein Vater ist auch wuchten, und wenn ich meiner Mutter um den Bart gehe, wird's schon werden", fuhr Brenner fort.

„Das ist ähnlich bei mir, meine Ellis sind grad gut drauf und so, kann sein, dass mein Bruder Späne macht, dass der mit will und so", meinte Brendl.

„Das geht auf keinen Fall", intervenierte Brenner.

„Ja ja, ich weiß. Muss ich mir was einfallen lassen."

„Lass ihn doch am Sonntag mal gewinnen", schlug Fisse vor.

„Du hast sie wohl nicht mehr alle", entrüstete sich Brendl.

„Und was ist mit dir, Pampel?“, fragte Brenner.
„Na ihr wisst doch, muss ich wieder abhauen.“
„Also gut, nächsten Donnerstag, abends um neun?“
„Ok!“
„All right!“
„De luxe!“

Nun, die geplante Aktion am Donnerstagabend durchzuziehen war in doppelter Hinsicht nicht schwer. Erstens stand die Idee schon länger und hatte mit Fritz Hagedorn ursprünglich gar nichts zu tun, und zweitens, weil sie eigentlich gar nichts mit der Person des Hausmeisters zu tun hatte, trat der Gedanke an Rache schnell in den Hintergrund. Jetzt hatte man aber endlich auch einen Grund, und konnte somit das Nützliche mit dem Angenehmen verbinden.

Der Plan war ziemlich einfach. Jeden Nachmittag stellte Fritz Hagedorn nach der Essenausgabe die leeren Essenkübel neben die Treppe des Wirtschaftsausgangs der Schule. Wenn die Essenfirma am nächsten Tag das neue Essen brachte, wurden diese dann wieder mitgenommen. Sie standen also eine Nacht unbeaufsichtigt vor der Schule. Die Schule war ja aber eingezäunt, und geklaut wurde damals noch nicht. Außerdem, wer braucht Essenkübel? Nur der Kübelgolum, und der ward in den 70ern nur selten gesehen.

Nun trug es sich aber zu, dass nicht alle Kübel leer waren, denn nicht verbrauchte Speise verblieb in den Kübeln; anzunehmen, dass sie als Schweinefutter an die nächste LPG ging. Wie viel Essen zurück an die Schweine ging, hing in erster Linie von der Art des Essens ab. Bei ganz lecker Essen konnte das Nutzvieh schon mal leer ausgehen. Aber am Donnerstag sollte es Milchreis mit Zucker und Zimt geben. Milchreis mit Zucker und Zimt wurde von den ersten Klassen noch gegessen, weil es schmeckte. Von den zweiten, weil man noch nach dem Satz handelte: Es wird gegessen, was auf den Tisch kommt, und von den dritten Klassen nur noch unter Androhung, bzw. Anwendung von extremer körperlicher Gewalt. Bei den Klassen vier bis zehn galt der Kodex: Lieber in Ehre verhungert, als in der Not Milchreis gefressen. Das hatte zur Folge, dass die meisten Essenkübel randvoll retour gingen. Viele volle Kübel waren der Grundstock für die Aktion.

Der Wirtschaftsausgang befand sich im Keller und eine kleine Treppe führte an der Außenwand von der Tür nach oben. Die Treppe war keine eineinhalb Meter breit und endete unten in einem kleinen Schacht, der einerseits so breit wie die Treppe war, andererseits gerade so breit wie die Tür. Von hier unten lies sich die Tür bequem nach innen öffnen. Das sie sich nur nach innen öffnen ließ, gab der Aktion noch den gewissen Touch. Das war das Bonbon, das I-Pünktchen.

Pampel hatte bei der Vorbereitung der Aktion beobachtet, das Fritz Hagedorn immer kurz nach der Anlieferung des Schulessens, also gegen 9.30 Uhr, die Tür des Wirtschaftseingangs öffnete, um die Kübel mit der Küchenhilfe Margot Pattusch zur Essenausgabe zu bringen. Noch nie hatte er vorher nach den Kübeln vom Vortage gesehen, oder war vor 9.30 Uhr von außen an den besagten Wirtschaftseingang getreten. Also brauchte man nur im Schutze der Dunkelheit am Abend vorher den Milchreis in den Schacht kippen. Kniehoch bis zum Rand der zweiten Stufe stand die Gülle, und übte somit auch einen gewissen Druck auf die Tür aus. Der Druck reichte in jedem Falle aus, dass Fritz Hagedorn die Tür nicht mehr zurück ins Schloss drücken konnte. Die Milchreisjauche ergoss sich sintflutartig um seine Beine und verteilte sich im halben Raum der Essenausgabe. Zwar sprang er erschrocken zurück, aber der Milchreis war schneller. Mit großen Augen und offenen Mund blieb er, die Türklinke noch in der Hand haltend, minutenlang im Morast stehen. Es dauerte eine längere Zeit, bis der Hausmeister begriff, wie ihm geschah. Margot Pattusch, eine extrem dreifältige und dicke, aber gutmütige Frau, stand, die Hände über dem Kopf zusammen schlagend und unkoordiniert vor sich hin zeternd, am Rand der Milchreispfütze. Immer wieder blieb sie stehen, hielt die Hände ans Gesicht und rief mit entsetztem Blick: „Herr Hagedorn, das sieht ja furchtbar aus."

Eigentlich rief sie die Worte nicht, sie heulte sie eher. Vor allem das „Ha" in Hagedorn, und das „fu" in furchtbar zog sie unglaublich lang.

„Frau Pattusch, nun seien Sie doch endlich still, und holen Sie mir den Schneeschieber", rief Fritz Hagedorn nachdem er endlich seine Fassung wieder gefunden hatte.

„Ach Herr Hagedorn", seufzte Margot Pattusch als sie sich in Bewegung setzte, um das Arbeitsgerät zu holen.

„Und bringen Sie noch eine Schaufel mit und alle Eimer, die Sie finden können", rief der Hausmeister noch hinterher, während er sich langsam Richtung Milchreisrand bewegte. Nur nicht in der Scheiße ausrutschen, dachte er, dann mach ich mich voll zum Kasper. Schön vorsichtig!

„Ach Herr Hagedorn", tönte es schon, bevor Margot Pattusch, like a Dampfwalze, mit dem Arbeitsgerät beladen, um die Ecke bog, „Ach Herr Hagedorn, ist das nicht furchtbar? Der ganze schöne Milchreis. Und ich hab doch gestern erst gebohnert. Ach Herr Hagedorn......."

„Nun lassen Sie's mal gut sein Frau Pattusch", beruhigte sie der Hausmeister, „das sind halt Dummjungenstreiche. Die sind heut zu Tage angesagt bei unserer sozialistischen Jugend."

Margot Pattusch überhörte den sarkastischen Unterton ihres Kollegen nicht. Erschrocken blickte sie sich um und hielt sich die Hand vor den Mund: „Herr Hagedorn, so dürfen Sie nicht reden", presste sie durch die vorgehaltene Hand.

„Ja freilich Frau Pattusch, da mögen Sie recht haben, so sollte man nicht sprechen." Aber denken schon, dachte er bei sich.

„Und Herr Hagedorn, was machen wir jetzt?"

„Wir machen jetzt sauber, Frau Pattusch. Sauber machen wir jetzt!"

Frau Pattusch hielt sich an einer Schaufel fest und nickte. Dann fragte sie: „Aber Herr Hagedorn, wohin denn mit dem schönen Milchreis? Wohin denn nur? Wir können ihn doch nicht mehr in die Kübel schaufeln, die stehen doch oben. Ach Herr Hagedorn, was machen wir?"

„Frau Pattusch, nun beruhigen Sie sich endlich. Wir schaufeln den Reis in die Eimer und dann ab in die Kanalisation. Und schön das Wasser dabei laufen lassen, damit uns nichts verstopft, Frau Pattusch." Margot Pattusch nickte. „Also dann, machen wir uns an die Arbeit!"

Und also machten sie.

„Ach Herr Hagedorn", seufzte Margot Pattusch unentwegt weiter, „da muss ich ja heute noch mal bohnern."

„Ja Frau Pattusch, das müssen Sie wohl."

„Ach Gottchen, ach Gottchen was für ein Leben. Ich weiß gar nicht, ob ich noch genug Bohnerwachs habe."

„Na, da schau'n Sie doch dann einfach mal nach, Frau Pattusch. Es wird schon noch reichen."

„Ach, sind Sie dieser Meinung?"

Nachdem die ersten Ladungen Milchreis im Aufwaschbecken

verschwunden waren, stellte Margot Pattusch die leeren Eimer vor der Lache ab, zeigte auf selbige und klagte weiter: „Herr Hagedorn, wie soll'n wir denn das alles bis zur großen Pause wieder wegkriegen. Das schaffen wir doch nie."

„Wir müssen, Frau Pattusch, wir müssen!"

„Aber Herr Hagedorn, ich hab doch noch gar nichts vorbereitet, und das Essen von heute steht auch noch oben. Wie soll'n wir denn das alles schaffen?"

„Nicht dran denken, Frau Pattusch, dann geht die Arbeit wie von allein."

„Ach wirklich Herr Hagedorn? Ach Sie sind so nett."

„Sie sind aber auch nett, Frau Pattusch."

„Aber Sie sind netter, Herr Hagedorn."

„Na Frau Pattusch, immer wieder zu einem kleinen Scherz aufgelegt, was? Nun aber hurtig, sonst schaffen wir es wirklich nicht mehr."

„Ach Herr Hagedorn, sagen Sie nicht so was. Sie erschrecken mich ja gleich."

Und mit den Worten: „Was für eine Aufregung. Auf meine alten Tage. Herr Hagedorn, das ist alles so schrecklich", verschwand die geplagte Frau mit zwei vollen Eimern in der Küche.

Na ja, dachte der Hausmeister, während er sich mit der Schaufel den nächsten Eimer heran zog, um ihn besser füllen zu können. Schrecklich ist es vielleicht nicht gleich, aber beschissen allemal. Er überlegte, ob der Vorfall als gezielter Anschlag zu werten sein, oder ob es sich einfach nur um eine Tat pubertierender Jugendlicher, resultierend aus Übermut und Langeweile handelte. Er tendierte zu letzterem. Sicher war er sich allerdings nicht. Am Ende war es auch egal. Es war passiert, und nun mussten die Folgen beseitigt werden. Dafür war er zuständig. In diese seine Überlegungen drang es plötzlich wieder an sein Ohr: „Herr Hagedorn ...."

Weiter kam Margot Pattusch nicht, denn Fritz Hagedorn streckte die Küchenhilfe kurzer Hand mit der Schaufel nieder. „Halt endlich deine Schnauze, du alte Schnepfe, dass hält doch kein Schwein aus, dein sinnloses Gequatsche", schrie er dem sich langsam einmal um sich selbst drehenden, und dann hilflos nach vorn in dem Milchreis gleitenden Fleischberg von Küchenhilfe hinterher. Frau Pattusch blieb leicht zuckend auf dem Bauch liegen, mit dem Gesicht in der Milchreisjauche. Fritz Hagedorn nahm den Schneeschieber und zerteilte die Küchenhilfe in viele kleine Stücke, schaufelte diese in die Eimer und entsorgte sie im Klo. Nun konnte Fritz Hagedorn endlich in Ruhe seinen Aufgaben nachgehen.

Aktion perfekt gelaufen, war die einhellige Meinung unserer vier Helden, als sie sich auf dem Heimweg von der Schule befanden. Großartige Sache, das! Das einzig Blöde an der ganzen Geschichte war, dass man den Geschehnissen nicht direkt beiwohnen konnte. In der zweiten Pause waren die Jungs im Keller, da war alles noch sauber, und in der dritten Pause sahen sie den Hausmeister und Frau Pattusch mit den Schaufeln und den Eimern hantieren. Also muss es während der dritten Stunde passiert sein. Am meisten begeisterten sich die Jungs darüber, dass man mit so wenig Aufwand und im Grunde risikolos, so einen durchaus passablen Schaden anrichten konnte. Fritz Hagedorn hatte den Vorfall sofort der Direktion gemeldet. Der Lehrkörper begutachtete den Schaden auch, war aber der einhelligen Meinung, die Sache auf sich beruhen zu lassen, weil die Möglichkeit, den oder die Täter zu fassen, als recht aussichtslos eingeschätzt wurde. Zumal man ja nicht einmal hundertprozentig davon ausgehen konnte, dass selbiger aus der Schülerschaft stammte. Dass die Angelegenheit sozusagen tot geschwiegen wurde, begeisterte die vier sehr. In diese Richtung müsse unbedingt weiter gearbeitet werden. Mit wenig Mitteln viel Aufsehen erregen, ohne großen Schaden anzurichten. Mit diesem Slogan zogen die Jungs in die Beratungen zur Planung des nächsten Gefechts. Diese fanden, wie so oft unter dem Balkon der Jämlichs statt.

„Mein Vater hat mir mal was aus seiner Jugend erzählt, was ich total cool fand", meinte Fisse.

„Und was lief?"

„Na, die haben Hundescheiße in einen Karton getan, den vor eine Wohnungstür gelegt, angezündet und dann geklingelt. Und als der Wohnungsbesitzer aufgemacht hat, hat er das Feuer gesehen und versucht es auszutreten. Dabei ist er natürlich voll in die Scheiße gelatscht."

„He, das klingt vernünftig", rief Brendl.

„Absolut", pflichtete ihm Brenner bei, „das sollten wir wieder beleben."

„Jo Mann, mein Reden."

„Aber", fügte Brenner an, „ich denke, wir sollten die Sache etwas vereinfachen."

„Inwiefern?"

„Na, ich renn doch nicht mit einem leeren Karton durch die Kante, auf der Suche nach Hundescheiße! Weißt doch wie's ist: Wenn du nicht dran denkst, trittst du rein, wenn du welche brauchst, siehst du nicht mal einen Hund, geschweige denn einen, der grad scheißt."

„Da hast du wahr, Brenner. Wie also geh'n wir's an?"

„Wir scheißen selbst."

Fisse und Brendl schauten sich an. Pampel feixte verschämt vor sich hin. „Wie? Wir scheißen selbst?"

„Was soll das jetzt", fragte Brenner erstaunt zurück, „ihr werd' wohl wissen wie das geht, oder?"

„Ja schon, aber .... ich meine, ... und wo soll'n wir da hin scheißen?"

„Na direkt vor eine Tür auf einen Abtreter, und dann legen wir einfach eine Zeitung drüber und zünden die an."

Die anderen schwiegen. Pampel malte mit einem Stock sinnlose Striche in den Staub.

„Du Brenner, das ist ja alles schön und gut“, meinte schließlich Fisse, „aber ich kann nicht garantieren, dass mir im entscheidenden Moment eine Wurst kommt.“

„Das wäre ein interessanter, nicht zu vernachlässigender Aspekt, bei der ganzen Geschichte. Wenn keiner unter Stress koten kann, dann haben wir ein Problem. Die Aktion wäre ernsthaft gefährdet. Aus diesem Grund schlage ich vor: Ab sofort geht keiner mehr von uns auf's Klo, und dann wird ja wohl einer von vieren bald so viel Druck auf dem Kessel haben, dass er ein Ei legen kann, oder?“

„Klar!“

„Phase!“

„Logen!“

„Dann lasst uns nun die heilige Verzichtszeremonie abhalten.“

„Wie geht die?“

„Keine Ahnung.“

„Gut, fangen wir an.“

Unklar war nun nur noch, vor wessen Tür das Spektakel dann stattfinden sollte. Fisse meinte, der Herr Brögler wäre ein nahezu perfektes Opfer. Allerdings, wenn irgendwas schief laufen würde, dann wäre die Kacke richtig am dampfen, und außerdem arbeite er an einem Plan dem Herrn Brögler direkt ins Klavier zu scheißen. Dann könne er sich lange wundern, wenn sein tiefes Fis zu stinken anfängt.

Schön zu erschrecken wäre die Frau Reudnitz, bemerkte Brenner. Das wisse er aus eigener Erfahrung. Die Vorstellung, die Frau Reudnitz löscht den Haufen mit ihrem Tablett, amüsierte ihn sehr. Aber auch da empfand er die Nähe zur elterlichen Wohnung als etwas zu überzeichnet.

Pampel wiederum hatte zunächst gar keine Meinung, feixte nur vor sich hin. Letztlich lies er aber durchblicken, dass er es am interessantesten finden würde, wenn man die Aktion vor seiner eigenen Tür durchführen würde. Dies allerdings schlossen seine Freunde kategorisch aus, denn im Falle eines Scheiterns hätte sein Vater alle vier persönlich vom Wachturm geworfen.

„Passt auf", unterbrach Brendl die Überlegungen, „wir können das doch nicht machen, bei jemand, der uns kennt. Das fällt aus, da mach ich nicht mit. Wir sollten uns ein neutrales Haus suchen, von wo aus man zudem die Maßnahme überblicken kann. Sonst hat es doch wenig Sinn. Wir hätten keinen Spaß, und wüssten auch nicht, ob es überhaupt funktioniert hat."

„Da is wat drannen."

„Und da fällt mit spontan nur ein ...." – und Brendl beschrieb nun das Objekt. Es handelte sich um ein Haus mit großen Fenstern im Treppenhaus, welchem gegenüber ein ähnliches Gebäude stand, aus dessen Treppenfenstern man wiederum, einen hervorragenden Ausblick auf die Abtreter vor den Wohnungstüren hatte. In dem Haus wohnte niemand, den man kannte, und es lag am Schulweg.

„Also dann", fasste Brenner die Planungen zusammen, „ich bringe morgen eine Zeitung und Streichhölzer mit und wenn wir am Zielobjekt vorbeikommen und jemand Druck verspürt, steigt die Party."

Alle stimmten zu.

Zwei Wochen gingen die Jungs am entsprechenden Gebäude vorbei. Brenner fragte dann immer: „Und?" Alle schüttelten den Kopf, was bedeutete: niemand verspürte genügend Druck. „Hm", machte Brenner daraufhin.

Es ist nicht verbürgt, dass keiner der vier wirklich zwei volle Wochen nicht scheißen war. Aber keiner hinterfragte diese Sachverhaltslage.

Doch eines Tages blieb Pampel beim Verlassen des Schulhauses plötzlich stehen und meinte: „Ich glaub, es geht los."

„Was geht los, hast du Wehen?"

„Na ja, weiß nicht."

„Wie, weiß nicht?"

„Na ja, weiß nicht was Wehen sind."

„Macht nichts. Und sonst so."

„Na ja, ich muss kacken."

Brenner packte Pampel am Arm: „Mensch Pampel, los! Nichts wie hin! Brendl! Fisse! Die Party steigt!"

Und die vier rannten los. Brenner und Fisse hatten Pampel untergehackt, damit er nicht schlapp machte. Brendl hatte sich Pampels Schultasche auf die Brust geschnallt und rief: „Pampel halte durch, hoch lebe dein Kot!"

Am Objekt angekommen blieben die Jungs stehen und rangen nach Atem. Als sie sich etwas beruhigt hatten, meinte Pampel vorsichtig: „Freunde, ich muss euch was sagen?"

„Was musst du uns sagen? Alles, nur nicht, dass du nicht mehr musst, oder so?"

„Nee, ich muss noch. Sogar mehr als zuvor."

„Und also?"

„Na ja, ich weiß nicht, ob ich auch kann."

Brenner schaute ungläubig in die Runde: „Wie, du weißt nicht ob du kannst? Geht's jetzt los, oder wie. Hast du jetzt Muffengang, oder was?"

„Nein nein, ich will schon", beeilte sich Pampel, „ich weiß eben nur nicht, ob was kommt."

„Denk du hast Druck? Brauchst ihn doch bloß ablassen."

„Na ja, ich glaub, ich kann unter Druck den Druck nicht ablassen, wenn du verstehst."

„Klingt nach höherer Physik", stellte Brendl fest.

„In der Tat", bestätigte Fisse.

„Ach", wandte sich Brenner ab, „das ist doch nicht zu fassen. Wo sind wir nur hingeraten? Da haben wir einen, der könnte, der aber nicht will. Andererseits haben wir da jemand der will, aber nicht kann. Was ist das für eine Jugend? Da kann ja nichts werden."

„Klingt nach Psychologie."

„Moment mal“, fragte Fisse, „wen meinst du mit: Wir hätten da einen, der will, aber nicht kann?“

„Na dich, oder nicht?“

Fisse guckte Brenner mit großen Augen an und schluckte. „Ach“, machte er nur kurz.

Als Brenner noch was sagen wollte, fiel ihm Brendl ins Wort: „Sagt mal, wir haben da einen, der hat Druck auf dem Kessel, hat aber keine Traute. Und dann haben wir einen, der hat die Traute, aber keinen Druck. Ich denke, die beiden könnten die perfekte Symbiose bilden, oder?“ Da keiner was sagte, fuhr Brendl fort: „Also Brenner und Pampel, ihr geht jetzt und scheißt auf diesen Abtreter. Fisse und ich beziehen Posten und beobachten die ganze Geschichte. Alles klar?“

Pampel war mit dieser Lösung einverstanden. Mit dem seelischen Beistand von Brenner würde es schon klappen. Brenner hingegen wollte sich keine Blöße geben, und versuchen könne er es ja mal.

Also schlichen sich Brenner und Pampel in das Haus und bezogen vorsichtig Posten vor der im Vorfeld festgelegten Tür. Brendl und Fisse gingen im gegenüberliegenden Haus in Stellung. Die Jungs hatten vereinbart, dass Brendl und Fisse pfeifen würden, wenn jemand das Haus betreten würde. Damit man den eventuellen Warnpfiff gut hören würde, und auch um die Aktion besser beobachten zu können, wurden zunächst die Treppenhausfenster geöffnet. Nachdem sich Fisse und Brendl überzeugt hatten, dass die Luft rein ist, zeigten sie Brenner und Pampel den nach oben gerichteten Daumen. Mit mehreren prüfenden Blicken auf die Tür hinter dem zu bekotenden Abtreter, wie auch auf die gegenüber liegende Wohnungstür, zeigten diese retour, schauten sich kurz an und nickten. Dann zogen sie ihre Hosen herunter und begannen zu pressen. Ohne größere Anstrengung entglitt Martin Rosenbreit geschmeidig eine wohlgeformte, braune, leicht dampfende Kackwurst, die sich unter seinem Hintern langsam zu einem perfekten Kringel auf den Abtreter formte. Eine wirklich makelloses menschliches Exkrement, wie man es bis dato nur aus Funk und Fernsehen kannte. Brenner hingegen mühte sich redlich, tat sich aber schwer. Pampel kauerte weiter neben seinem Freund. Einerseits wollte er nun vom eben erhaltenen Beistand etwas zurückgeben, andererseits wurde ihm langsam klar, dass man in der Hitze des Gefechtes vergessen hatte, die Auswirkungen fehlenden Klopapiers hinreichend zu erörtern.

Was im Vorfeld allerdings diskutiert wurde, war der Umstand, wie man sich verhalten würde, wenn gar niemand zu Hause gewesen wäre. Dann, einigte man sich, würde man die Aktion unter Grundausbildung abhaken und den nächsten Opferhaushalt gewissenhafter ausspionieren.

„Wie sieht's denn so aus, Brenner?", flüsterte Pampel nach zwei Minuten, „geht noch was bei dir oder nicht?"

„Weiß nicht, ich bin dran."

Brenner drückte weiter, und Pampel biss sich auf die Unterlippe und verdrehte dabei die Augen leicht nach oben. Am liebsten wäre er aufgestanden, aber solidarisches Gedankengut hieß ihn sitzenbleiben. Außerdem war da ja noch das Problem des Klopapiers.

„Sag mal Brenner, von der Zeitung, könnt ich da wohl eine Seite bekommen, von wegens Arsch abwischen, und so?"

„Bist du närrisch", fuhr Brenner ihn an, „die brauchen wir doch für das Feuer!"

„Eine Halbe?"

„Kein Stück!"

Es war eine der wenigen Situationen im Leben des Martin Rosenbreit, in der er mit der Entscheidung einer seiner Freunde nicht so richtig einverstanden war. Das wollte er aber nicht so direkt zum Ausdruck bringen, daher fragte er vorsichtig: „Und Brenner, was wirst du tun, falls noch was kommt bei dir?"

„Was meinst du mit: Was wirst du tun?", fragte Brenner gepresst.

„Na, ziehst du dann auch einfach deine Hosen hoch, und so?"

„Ja freilich, wo soll ich sie sonst hinziehen?"

„Wie", guckte Pampel seinen Kumpel erstaunt an, „ohne Arsch abwischen, und so."

„Quatsch, klar wisch ich mir den Arsch ab, oder meinst du, ich verkleb mir die Musrinne?"

„Ja und womit?"

„Womit, womit! Willst du jetzt eine schräge Diskussion? Willst du, dass ich mich jetzt mit Kleinigkeiten auseinander setze? Willst du die Aktion gefährden?", antwortete Brenner etwas ungehalten und schon ganz schön außerhalb der Flüstergrenze.

„Nö nö, ist ja gut", beruhigte ihn Pampel. Er spielte wieder mit der Zunge auf seiner Unterlippe und blickte, mit einer Mischung aus Langeweile und Ungeduld, in den Hausflur. Die dunkelgrüne Ölfarbe, bis kurz über das Geländer, die daran folgende graue, ehemals weiße Wandfarbe, an der Decke teilweise in kleinen Stücken abblätternd. Die nach oben führende Treppe, frisch gebohnert, das schwarze gusseiserne Geländer, mit dem hölzernen Geläuf. Schräg oben, an der Decke hing die Treppenhausbeleuchtung in Form einer weißen Glaskugel, in deren Mitte sich einige tote Insekten angesammelt hatten; keiner weiß, wie die da rein gekommen waren. In der Mitte der Etage war der dazugehörige Lichtschalter angebracht. Dies bedeutete, wenn man des Nachts den Hausflur beleuchtet wissen wollte, musste man sich erst einmal drei Schritte aus der Wohnung befleißigen, um den Schalter betätigen zu können. Neben jeder Wohnungstür war nur eine Klingel angebracht, unter welcher das Namensschild des jeweiligen Wohnungsinhabers prangte. Nach rechts, eine halbe Treppe abwärts war das große, geöffnete Hausflurfenster, aus dem Pampel gerade noch so die Köpfe von Brendl und Fisse im Fenster des gegenüberliegenden Hauses erkennen konnte. Und dann war da noch der große stattliche Mann, der in der gegenüber liegenden Wohnungstür stand.

Gotthelf Balthasar von Klingenburg beschäftigte sich in seiner

1867 herausgebrachten Denkschrift - Der Tritt des Pferdes und das Pfeifen des Schweins -, eingehend mit Sinneserfahrung und Wahrnehmungsstörung. So können wir auf Seite 439 lesen: *Wir alle kennen das Gefühl. Man konzentriert sich auf eine bestimmte Sache, oder ist nur völlig in seine Gedanken versunken, und dann lässt man seinen Blick schweifen, und alles was man sieht, ist vertraut, bekannt, ohne Besonderheiten. Man macht sich keine Gedanken über das was man sieht, schon aus dem Grund, weil man gar keinen Platz für weitere Gedanken hat, weil man ja eben schon genug Gedanken hat, oder man ist so mit Arbeit oder dergleichen beschäftigt, dass man seine Umwelt nicht in allen Einzelheiten wahr nimmt. Das gilt auch für Veränderungen in dieser unserer Umwelt. Und vor allem diese, von uns unbemerkten Veränderungen sind es, die unser Leben, zumindest temporär, nachhaltig verändern.*

Und wirklich: Langsam. Unglaublich langsam, wich die Farbe aus Martin Rosenbreits Gesicht. Sie lief an seinem Hals herunter. Sie tropfte auf seine Brust, und von dort glitt sie gemächlich über seinen Bauch, über die noch nicht vorhandene Schambehaarung, auf seinen Schniedelwutz. Dort verharrte sie ein wenig, tröpfelte dann auf den Abtreter und färbte selbigen, direkt vor der Kackwurst hautfarben. Martin Rosenbreit betrachtete den Farbfleck, ohne zu begreifen, worum es sich dabei handelte. Dann, nach einer Ewigkeit begann sich seine farblose Gesichtshaut unmerklich von seinen Schädelknochen zu lösen. Zunächst bekam sie nur Risse, doch den platzte sie auf; die Nase fiel ab, die Augen traten aus den Höhlen, seine Haare standen zu Berge, fielen zu Boden und zerbarsten wie Eisnadeln. Zu guter Letzt klappte sein Kiefer nach unten und seine Zähne purzelten aus der Mundhöhle. Wie kleine lustige Murmeln verteilten sie sich auf dem Treppenabsatz. Seine Zunge hing schief und kraftlos aus dem Mund. Genauso kraftlos wie seine Arme herunter hingen.

Körperlich dermaßen gehandicapt kam es praktisch der Quadratur des Kreises gleich, Brenner über die neuen Umstände der

Sachverhaltslage in Kenntnis zu setzen. Der nämlich blickte nach wie vor nach unten und presste was das Zeug hielt. Martin Rosenbreit war zu nichts anderem in der Lage, als zu einer gequälten, äußerst unnatürlich wirkenden Mischung aus Grunzen und Röcheln. Es hörte sich an wie: „Rrrrrrrrrrrrchsssff Chü Chü!"

Ohne nach oben zu blicken, meinte Brenner nur: „Was geht? Kollabierst du?"

„Hmm Srrrrrrrrrrrr Chül Dhül!"

Brenner schaute auf, doch im Gegensatz zu Martin Rosenbreit realisierte er die neue Situation sofort. Wie ein Blitz schoss er in die Senkrechte, und als er stand, hatte er nicht nur seine Hosen oben, sondern auch den Hosenstall geschlossen, den Gürtel in der Schnalle, Zähne geputzt, Haare gekämmt, Schularbeiten gemacht.

Gleichzeitig griff er Pampel unter den Arm und versuchte ihn nach oben zu zerren. Der hing völlig willenlos auf halb Acht. Die Hose an den Knöcheln. Hinter sich die Kackwurst, unter sich der Farbfleck. Er zitterte wie Espenlaub. Und er lächelte. Aber nicht aus Wohlbefinden, sondern vor Scham, Schmerz und Angst. Es war ein sehr nervöses Lächeln. Eher so eine Art Zucken in den Mundwinkeln. Seine Augenlider waren halb geschlossen. Er stand an der Schwelle zur Ohnmacht. Nichts desto Trotz versuche er mit der rechten Hand seine Hose zu erreichen, um sie hoch zu ziehen. In seiner linken Achselhöhle steckte aber Brenners Hand, die ihn daran hinderte in die Knie zu gehen, um die Hose zu erreichen. Er war aber nicht in der Lage, in irgendeiner Weise auf seine missliche Lage hinzuweisen.

Manfred Nehrkorn, der Mieter von gegenüber, benötigte einige Sekunden, um die Gegebenheiten zumindest erst einmal grob einschätzen zu können. Sein Blick wanderte langsam von Brenner über Pampel zum Abtreter und zurück. Als er wieder bei Brenner ankam, rief dieser: „Was is'n?"

Manfred Nehrkorn war irritiert. Ursprünglich hatte ER vor, diese oder eine ähnlich geartete Frage zu stellen. Aber er fing sich schnell: „Eigentlich solltest du mir diese Frage beantworten, oder?"

„Weiß nicht."

„Wie, weiß nicht", machte Manfred Nehrkorn einen Schritt aus seiner Tür.

Brenner streckte sofort beide Hände vor und rief: „Nein nein, es ist nicht das, was Sie denken."

„So Freundchen, was denkst du denn, was ich denke?"

Pampel, der dem Gespräch eh nicht folgen konnte, nutzte seine wiedergewonnene Freiheit um sich nach seiner Hose zu bücken. Er verlor aber dabei den Halt und kippte nach hinten über und krachte mit dem Rücken an die Tür. Wenn die jetzt auch auf geht und da auch jemand rauskommt, werd ich wahnsinnig, dachte Brenner bei sich. Gleichzeitig zog er mit der rechten Hand seinen Kumpel wieder in die Waagerechte. Die Linke hielt er weiter ausgestreckt.

„Ich weiß nicht was Sie denken, aber wir waren das jedenfalls nicht", rief Brenner nun, immer noch in Abwehrhaltung.

„Was ward ihr nicht?", fragte Manfred Nehrkorn, schon mit einem etwas drohenden Unterton in der Stimme.

„Weiß nicht."

„Für einen, der anscheinend nichts weiß, hast du aber ein recht großes Mundwerk. Also, Freundchen, was soll das dort?", zeigte Manfred Nehrkorn auf den Abtreter.

„Ich weiß nicht, wovon sie sprechen."

„Dann dreh dich mal um, Freundchen."

„Kann nicht."

„Wie, kann nicht?"

Martin Rosenbreit hatte es inzwischen geschafft, seine Hosen zumindest soweit hoch zu ziehen, dass er seine Scham bedecken konnte. In seiner Panik hatte er vergessen, dass er üblicherweise noch Unterhosen trug. Diese hatte er mit seiner Hose mit nach oben gezogen und die hing jetzt in seinen Kniekehlen. Mit den

Worten: „Ich muss jetzt los“, wandte er sich der Treppe zu, mit dem festen Vorsatz, den Ort verlassen zu wollen.

„Hehe Freundchen, hier geblieben!“, packte Manfred Nehrkorn Martin Rosenbreit am Oberarm. Im gleichen Moment blieb Pampel wie vom Donner gerührt stehen, winkelte beide Arme an, und begann mit verzerrtem Gesicht, wie am Spieß zu schreien. Fisse und Brendl, die jetzt langsam mitbekamen, dass da was aus dem Ruder lief, verließen fluchtartig ihren Beobachtungsposten.

„Lassen Sie ihn los!“, schrie nun auch Brenner, „das ist mein Bruder, er ist behindert, Sie müssen wissen, er hatte eine schwere Kindheit, nichts zu essen, nichts zu trinken, und seine Eltern waren Säufer und haben ihre Kinder geschlagen...........“

„Ruhe!“, passte sich nun auch Manfred Nehrkorn der allgemeinen Lautstärke an. Aber Martin Rosenbreit schrie weiter ohne Unterlass. Auch Brenner ließ sich nicht beirren: „Sie Wahnsinniger, wollen Sie dieses Kind auf dem Gewissen haben? Können Sie mit dieser Schuld leben? Haben Sie nicht selbst Kinder? Das ist mein Cousin, min Hör, der hat eine sehr seltene Krankheit, und wir müssen schleunigst zum Arzt. Verstehen Sie? Wissen Sie, wo hier ein Arzt ist? Sind Sie vielleicht selbst Arzt?“

Manfred Nehrkorn stand die ganze Zeit relativ ruhig zwischen den beiden quäkenden Jungs. Er hielt Martin Rosenbreit fest, blickte aber Jens Schmidt ins Gesicht. Mit einer gewissen Fassungslosigkeit, muss man dazu sagen. Denn für Manfred Nehrkorn war die Sache eigentlich klar: Zwei durchgeknallte Jungen haben auf den Abtreter seines Nachbarn gekackt, und waren so blöd, sich erwischen zu lassen. Dass der eine jetzt vor Angst schreit, konnte er ja noch nachvollziehen, aber dass der andere so einen gequirlten Mist von sich gab, empfand er dann doch als etwas ungewöhnlich. Er wollte etwas sagen, aber Jens Schmidt kam ihm zuvor und wiederholte schreiend seine Frage: „Sind Sie Arzt?“

„Nein, ich bin kein Arzt!“, schrie Manfred Nehrkorn zurück.

„Na dann! Schönes Wochenende!“, wandte sich Jens Schmidt zur Treppe.

„Sag mal, du hast wohl den Schuss nicht gehört?“, hielt ihn Manfred Nehrkorn zurück.

„Min Hör, ich verwahre mich gegen solcherlei Anschuldigungen.“

Plötzlich ertönte ein ziemlich lautes Surren, und augenblicklich waren Brenner und Pampel still. Sie kannten das Surren aus anderen, ähnlichen Situationen, und sie wussten, jetzt sollten sie in Deckung gehen. Das Surren entstammte der Hutschnur, welche Manfred Nehrkorn soeben geplatzt war. Er drückte die beiden auf der Treppe an die Wand schrie: „Haltet endlich eure blöden Fressen, ihr Kanalratten! Oder soll ich euch mit der Scheiße stopfen, die ihr hier abgelassen habt?“

Brenner bewegte seine Lippen.

„Schnauze, du Wicht!“, befahl Manfred Nehrkorn, „also, was war hier los? Was fällt euch ein, hier ins Haus zu scheißen? Seid ihr noch ganz bei Trost? Oder ist das die Norm hier? Antworte!“

Manfred Nehrkorn sah bei seiner letzten Aufforderung Martin Rosenbreit an, und der setzte auch zu einer Antwort an, aber Brenner kam ihm zuvor: „Es tut uns leid, mein Herr, aber wir müssen Sie enttäuschen, wir waren das nicht.“

„Wie, ihr ward das nicht?“, machte Manfred Nehrkorn große Augen.

„Na, wir haben hier nicht hingekackt! Wir nicht!“

Die Augen von Herrn Manfred Nehrkorn wurden wieder kleiner: „Freundchen, willst du mich verscheißern? Dein Kumpel hier“, und er zeigte mit dem Kopf Richtung Martin Rosenbreit, „hatte doch die Hosen noch unten. Ich hab's doch genau gesehen.“

„Ich weiß nicht, wovon Sie reden.“

Manfred Nehrkorn bekam wieder große Augen. Auch sein Mund öffnete sich ein wenig.

„Hund und Sau, du hast es aber faustdick hinter den Ohren“,

kam er nach einer kleinen Pause wieder zu sich. „Ihr ward das also nicht?“, zeigte er mit der Hand auf den vollgeschissenen Abtreter.

„Nein, wir waren das nicht.“

„Sicher?“

„Ganz sicher.“

Manfred Nehrkorn überlegte. Er hatte gesehen, was er gesehen hatte. Dieser kleine Teufel wollte nur seinen Kopf aus der Schlinge ziehen. Er entspannte sich etwas: „Na gut Kollegen, wenn ihr es nicht anders wollt, dann müssen wir andere Saiten aufziehen. Wie heißt du?“, fragte er zunächst Jens Schmidt.

„Ulf Gröbers.“

„Aha. Und du?“, wandte er sich an Martin Rosenbreit.

„Kurt Biedenkopf“, antwortete Brenner für ihn.

„Na also, und welche Schule, welche Klasse?“

Jens Schmidt nannte die richtige Klasse einer anderen Schule.

„Gut Freundchen. Und nun macht ihr die Scheiße weg.“

„Wir waren das aber nicht“, blieb Brenner hartnäckig.

„Das ist mir scheißegal Freundchen, das kläre ich mit deinen Lehrern. Du machst das jetzt weg!“

Brenner wollte etwas erwidern, als Martin Rosenbreit unvermittelt mit klarer Stimme verkündete: „Ja Herr, ich mach das weg.“

„Na, wohl reuig geworden, was?“

„Nein Herr, uns trifft keine Schuld, aber irgendwann treffen wir unsere Schuldiger.“

Mit diesen Worten packte er den Abtreter und brachte ihn zur Mülltonne, schüttelte den Unrat ab und legte ihn wieder an seinen Platz. Manfred Nehrkorn hatte Brenner solange als Pfand behalten.

„So, und jetzt verpisst euch! Wir sehen uns bei eurem Direktor“, entließ Manfred Nehrkorn die beiden Jungs.

Schweigend gingen Brenner und Pampel die Straße hinunter. Pampel lief etwas vorsichtig. Fast schien es, als liefe er ein wenig breitbeinig. Nun, Brenner hatte ihm ja nichts von der Zeitung abgeben wollen. Aber im Großen und Ganzen waren die beiden trotzdem zufrieden mit der Aktion. Zwar blieb die Frage, warum niemand das Unheil in Form des Manfred Nehrkorn zeitiger bemerkt hatte ungeklärt, aber Brenner war sehr stolz auf Pampel, wegen der kapitalen Wurst auf Befehl. Und Pampel zollte Brenner Respekt, wegen seiner Unverfrorenheit und seiner sensationellen Standhaftigkeit. So könne man gemeinsam weiter durch das Leben gehen. Einer scheißt, der andere streitet es ab. Das hört sich gut an. Sie waren das A-Team. Weitere, ähnlich geartete Projekte warteten darauf, angegangen zu werden, da war man sich einig.

Völlig verarmt, verwahrlost und obdachlos starb Manfred Nehrkorn 1988 vor der Schule, die Jens Schmidt ihm genannt hatte. Er hatte ein Schild um den Hals mit der Aufschrift:

„Suche die Schüler Ulf Gröbers und Kurt Biedenkopf!"

Hast du dir schon mal die Sterne angesehen? Ich meine, so richtig lange? Im August vielleicht in den Pyrenäen, oder so? Oder auch im Januar in Namibia? Egal, muss nur warm sein, weil man sonst nicht lange rum liegen kann. Wird ja sonst zu kalt. Man will sich schließlich beim Sternegucken keine Hämorrhoiden holen. Hehe! Aber man muss ja liegen dabei, weil man sonst nicht lange gucken kann. Kriegt's ja sonst im Hals.

Doch das ist schon irre, was? Ein Gemache, da oben. Da ellipsieren Myriaden von mehr oder weniger großen Stein-, Gas-, oder Feuerbällen scheinbar ziel - und sinnlos vor sich hin. Na ja, was heißt hier scheinbar? Ist ja vielleicht wirklich sinnlos. Vielleicht aber auch nicht. Aber Sinn oder Unsinn existiert ja nur in Bezug auf etwas. Sagen wir, bezüglich der Menschheit wird soweit schon alles seine Richtigkeit haben. Zumindest solange sich kein Meteorit auf Rendezvouskurs mit der Erde befindet. Im Umkehrschluss ist es mir jedoch nicht möglich, jetzt aus dem Stehgreif die Hauptaufgabe unserer Wenigkeit auf das Universum bezogen, zu benennen. Aber darum geht es ja erst mal nicht.

Fest steht, dass diverse Himmelskörper mit einer nicht gering zu schätzenden Geschwindigkeit auf sich zu rasen, oder knapp an einander vorbei, oder von einander weg, dass es eine Art hat. Und alles ohne Ampeln und so. Ein Durcheinander, dass man schon denken könnte: Na wenn das mal gut geht. Und dies alles spielt sich in Entfernungen ab, von .... also das erläufst du nicht an einem Tag. Sicher nicht. Auch nicht sonntags, wenn du frei hast. Und trotz der großen Geschwindigkeiten, mit denen die Sterne unterwegs sind, bleiben unsere Sternbilder seit Menschengedenken unverändert. Wird behauptet. Ich kann nicht viel dazu sagen, hab ja nicht schon vor 3000 Jahren irgendwo rum gelegen. Vielleicht sah das Sternbild Schütze damals wirklich aus wie ein Schütze. Sei's drum: 50000 Kilometer in der Sekunde können locker ausgeblendet werden, wenn der Schütze ein paar Millionen Lichtjahre von uns entfernt vor sich hin schützt. Der feine Herr Hör! Fliegt schneller als ein gedopter Ferrari und man merkt es nicht. Na ja, sag ich, soll er machen. Was ficht es mich an? Aber erlaubt sei doch die Frage: Wo will er hin? Und warum so eilig? Und viel interessanter noch: Wo kommt er her?

Ich gebe zu, dies sind Fragen, die muss man sich nicht stellen. Ganz bestimmt muss man das nicht. Man kann ganz gemütlich und gepflegt RTL-Explosiv gucken, oder Beach Volleyball spielen. Oder seinen Nachbarn verklagen. So pauschal erst mal. Bei der Ausübung jeglicher Tätigkeiten würden sich solche Fragen nur als hinderlich erweisen. Aber man KANN sie stellen. Zweifellos kann man das. Zum Beispiel, wenn man Zeit hat, also oben genannte Tätigkeiten nicht ausübt, oder zumindest auf später verschiebt.

Es gibt da im Prinzip zwei landläufige und eine etwas abenteuerliche, aber durchaus plausible Erklärung über das Woher und Wohin des Schützen und seiner Kumpane. Letztere besagt, dass der Sternegolum aus Nebra bei einer Sauftour anlässlich der erfolgreichen Beendigung seines zweiten Lehrjahres unglücklich stürzte, dabei einigen Dreck aufwirbelte, welcher dann in den Himmel stob, mit den bekannten Folgen. Später hat er dann, sozusagen als Gesellenstück die Himmelsscheibe gewerkelt. Jetzt werden viele sagen: So ein Quatsch aber auch, die Sterne können doch niemals aus Sachsen-Anhalt kommen. Sachsen-Anhalt hat doch nicht mal Spreewaldgurken. In der Tat, die Sterne aus Sachsen-Anhalt, das wäre eine Burleske. Aber der Sternegolum beendete sein zweites Lehrjahr weit vor Beginn der großen Kontinentaldrift. Das heißt, Sachsenanhalt war damals ein passables, sehr karstiges Faltengebirge in der Gegend des heutigen Ombombeé in Zentralmuganda. Der Sternegolum hat seine Lehre dann nur in Nebra abgeschlossen, weil, er ist halt mitgedriftet. Nicht alle haben sich dieser Theorie angeschlossen. Die Wissenschaft sieht es als nicht bewiesen an, und die Kirche glaubt nicht, dass der Sternegolum seine Lehre in Sachsen-Anhalt abgeschlossen hat. Aus diesem Grund haben Wissenschaft und Kirche ihre eigenen Theorien von der Entstehung des Universums aufgestellt.

In der von der Kirche vertretenen Theorie wird zunächst auch erst einmal davon ausgegangen, dass eine Einzelperson, nämlich Gott, das Universum erschaffen hat. Oberflächlich betrachtet unterscheidet sich somit die Kirchenlehre von der Entstehung des Universums nicht großartig von der Sternegolum-Theorie. Bei genauerer Betrachtung allerdings fallen dann doch einige maßgebliche Unterschiede ins Gewicht. Da wäre zunächst zu nennen: Im Gegensatz zum Sternegolum, von wo kein Schwein auch nur eine leiseste Ahnung hat, wie der aussehen könnte, existieren von Gott allerlei Gemälde und Radierungen, sodass man sich mittlerweile ein recht vernünftiges Bild von Gott machen kann. Ein sympathischer Mittsiebziger mit grauem, langen Bart und ebenso langen, wie grauen Haaren. Aber sehr gepflegt, das muss man an dieser Stelle wirklich mit erwähnen. In der Regel hüllt sich Gott in ein bis zu den Füßen reichendes, weißes Gewand; er trägt Riemchensandalen, im Volksmund Jesuslatschen genannt, und über seinem Kopf leuchtet der Heiligenschein. Meist sitzt er auf einer Wolke (bei wolkenlosem Himmel schwebt er bloß so) und schaut auf die Erde herab. Mal zornig, mal erfreut. In welchem Gemütszustand sich Gott befindet, ist leicht daran zu erkennen, wenn ein bestimmtes Land, welches vorher um göttlichen Beistand gebeten hat, einen Krieg verliert, oder eben gewinnt. Da aber alle Kriegsparteien immer um Gottes Gunst buhlen, aber in der Regel nur einer gewinnen kann, ist davon auszugehen, dass es Gott einen Scheißdreck interessiert, wer einen Krieg gewinnt. Armeegeistlicher ist somit, neben Wasserballtormann, der sinnloseste Beruf der Welt. Nein, nichts gegen Wasserballtormänner - muss ja alles gemacht werden. Manchmal ist Gott aber weder zornig, noch erfreut. Manchmal ist er einfach nur nachdenklich. Bibelforscher gehen davon aus, dass dies die Zeit ist, in der Frieden herrscht. Frieden aber existiert ja nur aus dem einfachen Grunde, um einen weiteren Krieg vorzubereiten, und um Gott Zeit zugeben, sich für eine Kriegspartei entscheiden zu können. Dem friedliebenden Menschen sollte also ein nachdenklicher Schöpfer der Angenehmste sein.

Ein weiterer gravierender Unterschied zwischen dem Sternegolum und Gott ist die Tatsache, dass der Sternegolum das Universum eher zufällig erschaffen hat, hingegen Gott mit einem wohldurchdachten Plan in Erscheinung getreten ist. Dieser Plan, bekannt als die Genesis, ist hier schon erwähnt worden und im Detail im Ersten Buch Mose des alten Testament nachzulesen. Ich will mich gar nicht weiter dazu äußern. Für mich ist diese Schöpfungstheorie genauso wahr oder unwahr wie die des Sternegolum. Interessant wird die ganze Sache allerdings, wenn man sich zwei Fragen stellt: Warum hat Gott die Welt erschaffen, und was hat Gott vorher gemacht? Vor allem: WO hat Gott etwas vorher gemacht, wo doch vor der Schöpfung nichts war? Auch interessant die Frage: Wann hat Gott die Schöpfung initiiert? Jahrmilliarden Jahre nach seiner Ankunft im noch nicht vorhandenen Universum, oder viereinhalb Stunden später? Die Kardinalfrage allerdings, die sich mir aufdrängt: Wo kommt ER her? Er hat das Universum aus dem Nichts geschaffen; kam er folglich auch aus dem Nichts?

Ich möchte den Leser mit diesen Fragen zunächst allein lassen und mich der Haupttheorie der Wissenschaft zu wenden: Dem berühmten Urknall.

Nach wissenschaftlicher Lesart gab es also vor etwa 14 Milliarden Jahren eine mächtige Explosion. Vor 13,7 Milliarden, um genau zu sein. Und genau sind die Forscher. Sie haben nämlich unter anderem herausgefunden, dass genau 0,000.000.000.000. 000. 000. 000.000.000. 000.000.000.000.000.1 Sekunden nach dem Urknall noch keine Naturgesetzte galten, von wegen, da fiel der Apfel noch nach oben, und so. Und was da gerade am explodieren war, ist 100.000.000.000.000.000.000.000.000.000.000 Grad Celsius heiß.

Sagen die. Ich denke, da kommt es wohl auf eine Null mehr oder weniger nicht an. Ich frage mich bloß, welches Thermometer hat so eine Riesenanzeige und kann so schnell messen. Und vor allem: Wer hat es dem Urknall in die Achselhöhle gesteckt, oder wohlmöglich noch woanders hin. Ich finde, dass ist auch für einen Menschen wie Gott ziemlich heiß; er kann also kaum in der Nähe gewesen sein. 380.000 Jahre nach dem Urknall herrschten dann schon angenehmere Temperaturen um die 2700 Grad. Da ist Gott dann vielleicht aufgetaucht. Im Schutzanzug, gegebenenfalls. Klar, im Schutzanzug hätte Gott sicher schon was reißen können, so Kernfusionen anleiern und so, damit Strahlung entsteht, also Licht. Na ja, jedenfalls, seitdem dehnt sich das Universum in einer rasanten Geschwindigkeit aus. Soweit so gut. Aber auch hier drängt sich die Frage auf: Was war vor dem Urknall, und was hat ihn ausgelöst? Diese Antwort bleibt uns die Wissenschaft genauso schuldig, wie der Klerus keine Antwort auf die Frage des vorgöttlichen Status unserer Welt geben will - oder kann. Zudem könnte der Ausspruch Gottes „Es werde Licht“, als eine blumige Umschreibung des „wissenschaftlich bewiesenen“ Urknalls gedeutet werden, was unterstreicht, dass die wissenschaftliche, wie die göttliche Schöpfungstheorie die gleiche Ausgangssituation unterstellen: Wir kommen aus dem Nichts!

Also ich hab mal geträumt, dass ich mit drei viehischst geilen Weibern rum gemacht habe. Ich bin dann aufgewacht und da war dann - Nichts. Das hat mich übel genervt, dieses Nichts. Auch kommt es vor, dass meine Frau zuweilen schlecht vor sich hin launt. Frage ich sie, was sie hat, bekomme ich in der Regel zunächst die Antwort: Ach - Nichts! Also ich finde, Nichts ist absolut unakzeptabel!

Wissenschaft und Kirche sehen dies offensichtlich nicht ganz so, bewerten das ominöse Nichts jedoch unterschiedlich. Während die Wissenschaft sagt: Nun ja, wir glauben zwar daran, an die Sache mit dem Urknall und so, und das mit dem Nichts - Nun, wir arbeiten daran. Absolut bewiesen ist noch nichts. Die Kirche hingegen meint: Der Glaube benötigt keine Beweise! Gott hat es geschaffen; woraus, ist nicht relevant. Alles Wichtige übrigens, ist in der Schrift nachzulesen. (Die Lehre von Marx und Lenin ist richtig, weil sie wahr ist, hieß es bei den Kommunisten.) Gleichzeitig aber sieht die Kirche den Gottesbeweis durch die Schöpfungsgeschichte als erbracht. Die Kirche WEIß es also, folglich glaubt sie nicht! Der Gedanke einer katholischen Wissensgemeinschaft ist mir auch viel sympathischer, weil ehrlicher.

Hingegen kann man die Wissenschaft in Bezug auf die Entstehung des Universums, getrost noch als Glaubensgemeinschaft durchgehen lassen.

Kommen wir aber zurück zu diesem Nichts. Vielleicht war da ja wirklich so etwas wie Energie, oder vielleicht ein energiegeladener, einsamer Herr. Aber auch da kommen wir nicht um die Frage herum: Was war vor der herrlichen Energie, oder dem energetischen Herrn, wo kommt sie oder er her, und warum vor 14 Milliarden Jahren?

Es gibt da eine Vermutung, die zwar ein wenig unheimlich daher kommt, meiner Meinung nach aber einer gewissen Logik nicht entbehrt, und vor allem eine Antwort auf die Frage bietet: Was war davor?

Diese Theorie geht davon aus, dass sich unser Universum zurzeit und bis auf weiteres, beständig ausdehnt. Und irgendwann, in einer mit menschlichen Denkstrukturen nicht mehr fassbaren Zeit, also in Myriaden von Lichteslichtjahren, hat die Expansion einen Grad erreicht, an dem auf dem Gebiet des heuer bekannten Universum nur noch ein einziges Atom existiert. Ja, richtig gelesen, ein Atom! Nicht ein Stern oder ein Komet, nicht ein Gasnebel oder ein Staubkorn, nein, nur ein einziges Atom. Zum nächsten Atom wären es dann zig Milliarden Lichtjahre. Sichtkontakt hätten die dann nicht mehr. Die nicht! Aber, da hätten wir dann sozusagen unser Nichts - bis auf das eine Atom. Vernachlässigen wir es einfach oder nennen wir es möglicherweise Gott (Es existieren ja nun aber recht viele Atome in unserer Welt. Jedes Atom ein Gott? Eine Menge Holz. Doch warum nicht? Bezeichnen wir aber das auf dem Territorium unseres bekannten Universum verbliebene Atom als unseren Gott. Um die anderen Atome sollen sich die Klingonen kümmern).

Und dann kommt's! Auf diesem Zenit der Ausdehnung dann, besinnen sich die Atome, respektive Götter, wieder zueinander zu finden. Das Universum dehnt sich nun nicht mehr aus, es verharrt ein paar Milliarden Jahre und dann, ganz langsam zunächst, später immer schneller werdend, fällt es nun wieder in sich zusammen. Die ersten Atome begegnen sich, Elemente entstehen, Sterne formen sich aus Gas - und Nebelwolken. Na ja, das ganze Spektrum halt. Nur eben in die andere Richtung. Aber auch so eine Implosion zieht sich. Zeit genug wäre allemal dafür, dass sich irgendwo am Rande einer namenlosen Milchstraße eine deutsche Fußballmannschaft formiert, die sich dann im Halbfinale wieder von einer Teigwarenhorde in den Sack hauen lässt. Theoretisch! Vielleicht formiert sich auch ein alter Scheiß, und die Atome stürzen einfach nur in das Zentrum unseres Alls, um sich dort zu vereinigen. Und immer größer wird die Anziehungskraft der Materie dort, und immer dichter, und irgendwann ist sämtliche Materie in diesem Zentrum aufgegangen. Unser Universum ist jetzt auf die Größe eines mittleren Medizinballs geschrumpft. Nur bisschen schwerer, so. Also, nicht nur unsere Erde, nicht nur unser Sonnensystem, nicht nur unsere Galaxis, nein alle Materie, alle Atome, alle Götter, zusammen gepresst auf eine kleine Kugel. Und drum herum wieder - Nichts! Leicht vorstellbar, dass in einem dermaßen schweren und dichten, äußerlich eigentlich gar nicht so auffälligen Rundling, allerhand Kräfte am Wirken sind. Und folglich steigt der Druck in der Kugel so gewaltig, dass sie zwangsläufig platzen muss. Wenn so ein Gebilde plötzlich dermaßen platzt, kann man den Vorgang ruhig als Urknall bezeichnen. Und nun dehnt es sich wieder aus, das

Universum. Daraus folgt: Unser von der Wissenschaft vor 14 Milliarden Jahren vermuteter Urknall, ist also nur einer von unendlich vielen. Oder: Gott atmet gleichmäßig ein und aus.

Nun mag diese Theorie von dem ewigen Auseinanderdriften und wieder Zusammenkommen der Materie, vor allem in diesen Größenordnungen verwegen klingen und nicht jedermann überzeugen, so klärt sie doch die Frage, nach dem ominösen Nichts vor dem Urknall, bzw. Gott: Es gab nie ein Nichts, und es wird nie ein Nichts geben! Alles war schon immer da und alles wird auch immer sein. Aber alles ist in Bewegung; alles fließt, wie schon der griechische Philosoph Heraklit von Ephesos vor 2500 Jahre behauptet hat. Vielleicht war es auch Platon oder Nana Mousskuri, ist ja Schnurz.

Im Großen, wie im Kleinen. Expansion - Implosion, Einatmen - Ausatmen, Tag und Nacht, Geburt und Tod, Werden und Vergehen, Fressen und Gefressen werden. Aber die Summe der vorhandenen Masse ist konstant. Ebenso die der Energie. Jegliches Sein befindet sich im Zustand unaufhörlicher Bewegung und Veränderung. Am Ende aber existiert es einfach nur - ohne oder mit Sinn, für Wen oder Was auch immer. Da schau her! Sollten für diese Theorie einst Beweise gefunden werden, gäbe es für die Wissenschaft fürderhin nur noch eine Frage zu klären: Was bringt die Kugel zum platzen und was führt die Götter wieder zusammen?

Aber, und dies halte ich für das Wichtigste an dieser Theorie: Die Menschheit als solche, würde in so einem kosmischen Perpetuum Mobile wohl exakt die gleiche Bedeutung bekleiden, wie ein Stück grüne Saurierscheiße in einem, durch Unachtsamkeit eines lausigen Penners in Feuersbrunst niedergekommenen Mischwaldes aus Latschenkiefer und Eberesche auf dem zweiten Mond des achten Planeten einer kleinen sterbenden Sonne im Sternbild Leier. Und genau dies ist der Punkt, weshalb diese Theorie wenig Zuspruch finden würde. Der Mensch nämlich, will wichtig sein. Wichtiger jedenfalls als Saurierkot. Dies ist auch an sich nichts verwerfliches. Da die meisten Menschen aber, aus den verschiedensten Gründen, nicht in der Lage sind, aus sich selbst heraus, durch Individualität und Persönlichkeit, ein angesehenes und/oder wichtiges Mitglied der Gesellschaft zu werden, werden sie Teil von etwas Wichtigen, Angesehenen, oder Mächtigen. Das kann eine kleine lokale Straßengang, oder ein Fußballverein sein, das kann die Angehörigkeit einer bestimmten Bewegung oder Kunst oder Moderichtung bedeuten, es kann sich aber auch in der Mitgliedschaft einer Partei, oder in einer Religionszugehörigkeit manifestieren. So oder so: Die Knetmasse Mensch will geformt werden. Und es herrscht kein Mangel an Menschen mit großen, kräftigen Händen. Wehe aber, wenn die Straßengang einer Stärkeren weichen muss, die Fußballmannschaft absteigt, die Lieblingsband sich auflöst, die Partei ihre Wahlversprechen nicht hält, oder aber, rein theoretisch natürlich, eine weltverändernde Erkenntnis, der oben genannten Theorie vielleicht ähnlich, die Grundlagen einer Religion pulverisiert und deren Schriften inhaltlich mithin auf die Ebene von Mickymausheften degradieren würde? Oh, dann sähe es schlecht aus - im Spechthaus. Die Knetmasse müsste sich nach neuen Händen umsehen. Das schlaucht! Denn nur ungern gibt man geliebte Gewohnheiten auf. Aber eine derart komplexe Lebenssituation, wie der Wechsel einer Religion, oder gar die Aufgabe einer Jeglichen, würden die meisten Menschen als allzu große Belastung empfinden. Also würden sie wahrscheinlich rufen: Was, es gibt keinen Gott? Das ficht uns nicht an. Wir glauben weiter! Und dann hauen wir diesen Erkenntnisfuzzis erst mal das Gehirn vom Stamm. Mit ihren eigenen Fernrohren, versteht sich! Die müssen doch denken, wir sind auf der Wurstpelle her geschwommen. Hehe!

Die Amts- und Würdenträger sämtlicher Kirchen wären darüber sicher nicht verärgert. Bliebe ihnen doch somit die Suche nach einem neuen Arbeitsplatz erspart. Auf Grund der Situation am

Arbeitsmarkt wäre eine religiöse Würdenträgerschwemme zudem eine heikle Vorstellung.

Ist das nicht ein bisschen ungerecht, werden Kritiker dieser Zeilen jetzt anmerken? Ist es nicht gerade die Kirche, die so vielen einsamen und hilfsbedürftigen, orientierungs- und heimatlosen Menschen eine Zuflucht bietet? Gut, aber sind es auch nicht genau diese Menschen, die bei Bedarf als willfähriges Werkzeug der jeweiligen Organisation eingesetzt werden?

Viele behaupten ja, um den Bogen etwas weiter zu spannen, die Ursache im Niedergang Deutschlands 1945, läge in der Dummheit des deutschen Volkes begründet. Das mag stimmen, stellt aber kein deutsches Phänomen dar. Ein jedes Volk kann in seiner Geschichte auf einen mehr oder weniger ebenbürtigen Hitler verweisen. Schuldig sind nicht die Verführten, denn sie wissen nicht was sie tun. Schuldig hingegen sind die Verführer, die diese Unwissenheit schamlos ausnutzen. Die Schuldlosigkeit allerdings, macht die Knetmasse nicht sympathischer.

Dass es immer wieder Menschen gibt, die den Verführungen nicht nur widerstehen, sondern auch gegen diese ankämpfen, legt den Verdacht nahe, dass es sich bei dieser Personengruppe selbst um Menschen mit Verführungspotential handelt. Nur dass es diesen Menschen an der obengenannten Schamlosigkeit und Machtbesessenheit fehlt. Wobei es genug Belege dafür gibt, aus denen hervor geht, dass mit der Zeit ehemalige Kämpfer für die Freiheit zu blutrünstigen Despoten mutierten.

Vorsicht und Skepsis bei Menschenansammlungen ab 20 Teilnehmern, die einem Heil verkündenden Redner lauschen, sei also eine Haupttugend des rechtschaffenden Menschen. Außer bei Dynamo Dresden, versteht sich. Die brauchen jeden Mann!

Doch, um den Bogen wieder zu entspannen, die katholische Kirche hat zurzeit ganz andere Probleme. Ihr derzeitiges Oberhaupt (Der Stellvertreter Gottes auf Erden - eine Berufsbezeichnung, die als sehr abenteuerlich bezeichnet werden muss!) kommt nämlich aus Bayern. Das ist vollkommen absurd. Insofern könnten die Sterne auch aus Sachsen-Anhalt kommen.

Aber auch beim Autor kommt Nachdenklichkeit auf, wenn er seine persönlichen Konsequenzen des ewigen kosmischen Auf und Ab bedenkt. Rein theoretisch wäre es möglich, dass er dieses Buch zum unendlichsten Mal schreibt, und es noch unendlich viele Mal schreiben wird. Das ist dann doch eine ermüdende Vorstellung. Von den Konsequenzen für den Leser ganz zu schweigen. *Doch die Unendlichkeit birgt ja auch Vorteile,* schreibt Gotthelf Balthasar von Klingenburg 1903 in seiner philosophischen Abhandlung - Der Nachteil der Endlichkeit - *Denn,* so schreibt er weiter auf Seite 428, *somit haben wir nun heute und jetzt die einmalige Gelegenheit, die Fehler der vergangenen Unendlichkeit nicht zu wiederholen. In diesem Leben können wir es richtig machen!*

Feine Worte, das! Was der ebenso feine Herr Philosoph allerdings offen lässt: Was ist richtig und was ist falsch? Der Autor gibt hiermit einer gewissen Abneigung gegenüber der Philosophie Raum.

Im Sommer 1974 trafen sich unsere vier Freunde kaum noch am alten Treffpunkt unter dem Balkon der Jämlichs. Dies hatte verschiedene Gründe. Zum einen mussten die Jungs mittlerweile mit einer Körpergröße zu Rande kommen, die aufrechtes Stehen unter dem Gemäuer, ohne Gefahr zu laufen sich an selbigen den Kopf zu rammen, in absehbarer Zeit unmöglich machen würde.

Zum anderen hatten Carsten Jämlich und Jens Schmidt das Genussmittel Tabakware für sich entdeckt. Bei aller Toleranz seiner Eltern, die selbst Nichtraucher waren, wollte es vor allem Carsten Jämlich nicht riskieren, von ihnen beim Rauchen erwischt zu werden. Eigentlich hatte er keine große Angst vor eventuellen Sanktionen, eher wollte er seine Eltern nicht enttäuschen; das Bild des aufgeweckten Jungen, mit passablen schulischen Leistungen und mittlerweile recht hörbaren Klavierspiels nicht verzerren. Und natürlich wollte er auch nicht, dass sie erfuhren, dass einer aus seinem Freundeskreis rauchte. Das würde ihm am Ende nur unangenehme Fragen einbringen. Damals waren Zigarettenmarken wie KARO, SALEM (gelb) und an guten Tagen JUWEL (alt) angesagt. Diese Zigaretten stanken dermaßen bestialisch, dass sich die Jungs auch einen x-beliebigen Balkon in einer ebenso beliebigen Stadt im Umkreis von 200 Kilometern als Räucherkammer hätten aussuchen können; sie wären doch überführt worden. Aber man konnte das Risiko ja minimieren, indem man nicht direkt unter dem Balkon rauchte, sondern sich einen günstigeren, sprich entfernteren Ort suchte. Bei günstigem Wind war die Chance nicht entdeckt zu werden, vielleicht gegeben.

Gunnar Brendel und Martin Rosenbreit versuchten sich natürlich auch am Nikotin. Sie kamen aber beide zu dem gleichen Schluss, nämlich nicht zum Raucher zu werden. Allerdings machten sie sehr unterschiedliche Erfahrungen mit ihrer ersten, und vorerst letzten Zigarette. Gunnar Brendel zog nur zwei, drei mal, verspürte einen scheußlichen Geschmack im Mund und gab seine Zigarette ab, mit der Bemerkung, dass er nichts dabei empfinde. Später glaubte er zu meinen, diese erste Zigarette nicht auf Lunge inhaliert zu haben, weshalb er auch um weitere körperliche Konsequenzen herum kam.

Ganz anders da Martin Rosenbreit. Mit der ihm eigenen fröhlichen Schlichtheit und dem ebenso ausgeprägten Drang, dazu gehören zu wollen, gepaart mit dem Reiz des Verbotenen und einem Schuss Gottvertrauen, einverleibte er sich eine Zigarette der Marke KARO. Vor den staunenden Augen seiner Freunde inhalierte Martin Rosenbreit einen Lungenzug nach dem anderen.

Anzumerken sei an dieser Stelle, das KARO nicht nur bestialisch stinkt, sondern auch als durchaus recht stark einzustufen ist, im Hals mörderisch kratzt und eine ungeübte Lunge vor schier unlösbare Probleme stellt; zudem auch noch filterlos, und somit nur bedingt als Einsteigerzigarette zur Verwendung kommen sollte, um es mal diplomatisch auszudrücken.

„Mach langsam, Pampel“, meinte Fisse besorgt, „mach langsam.“

Aber Pampel konnte schon nicht mehr richtig folgen. Aschfahl im Gesicht, und mit blutunterlaufenen Augen nickte er nur, und sagte mit hoher Stimme etwas, was sich anhörte wie: „Absolut geiler Stoff, eh. Ich fühle mich total gut, und so.“

Und wieder führte er seine Zigarette zum Mund. Auf Grund von Koordinationsengpässen kam selbige aber an der Nase an. Pampel gab eine Art verzücktes Glucksen von sich und hielt die Zigarette schräg vor dem Gesicht. Mittlerweile hatte dies die Farbe von einem tiefen urwaldgrün angenommen. Mit tränenden Augen schielte er auf die glimmende Zigarette, seinen Mund dabei zu einem Strich geformt. Er begann sich langsam nach vorn zubeugen, ganz wie in der Schule beim Vorsingen im Musikunterricht. Immer weiter neigte er sich nach vorn. Nur blickte er diesmal nicht nach oben, sondern stur auf die KARO. Natürlich wussten seine Freunde um die großen Füße von Martin Rosenbreit. So machten sie sich zunächst keine Gedanken. Der wird schon nicht vorn über kippen, war man sich einig. Der nicht! Nicht solange seine Füße halten. Und sie hielten auch, aber als Pampel seinen persönlichen Schräglagerekord von 45 Grad überschritt, und anstalten machte, den 55 Grad Winkel zu knacken, begannen sich seine Freunde dann doch Sorgen zu machen. Fisse fasste Pampel am Arm und beugte sich schräg zu ihm herunter.

„Pampel“, fragte er vorsichtig, „Pampel, hörst du mich?“

Nein, Martin Rosenbreit hörte nicht mehr. Er starrte nach wie vor auf die Zigarette vor seiner Nase. Bei genauerem Hinsehen, konnte man nun kleine Papageien, Schmetterlinge und Äffchen über sein bewaldetes Gesicht huschen sehen. An seiner Stirn, kurz über der rechten Augenbraue, fand eine kleine Demonstration gegen die Abholzung des Regenwaldes statt. Und auf seinem Kinn eröffnete eine auf Dschungeltouren spezialisierte Reiseagentur ihre erste Filiale, welche sich innerhalb kürzester Zeit einer großen Beliebtheit erfreuen durfte. In seinem rechten Ohr ließ eine agile Sambatruppe ihren Instrumenten freien Lauf, und in seinem linken Ohr girlvonipanematen Stan Getz und Astrud Gilberto bossanovisch vor sich hin. Zwangsläufig musste es somit zu rhythmischen Irritationen in Pampels eh schon völlig überforderten Hirn kommen. Resultierend aus einer illegalen Brandrodung breitete sich dann auch noch ein unangenehmes Feuer aus. Überflüssig zu erwähnen, dass das Feuer zwar in gewisser Weise illegal war, aber dessen Ursprung natürlich nicht in einer Brandrodung lag. Die Zigarette in Martin Rosenbreits Hand war einfach herunter gebrannt, und die Glut erzeugte nun Schmerz. Nicht dass die anderen drei ihrem Freund etwas böses gönnten, aber das ihnen gebotene Schauspiel war schon beeindruckend: Ihr Kumpel Pampel schwebte, mit viel brasilianischem Flair umgeben - mittlerweile stürzten ihm auch amazonasgleiche Schweißflüsse von der Stirn - im 55 Grad Winkel über der Erde. Er starrte dabei auf den Zigarettenstummel in seiner Hand, dessen Glut sich langsam in die Haut fraß. Die einzige Reaktion, zu der Martin Rosenbreit in der Lage war, manifestierte sich in der gehauchten, aber ansonsten deutlich artikulierten Silbe: „Au!"

Im gleichen Moment schiss er sich in die Hosen. Aber diesmal nicht so eine weltmeisterliche Wurst, wie dazumal auf den Abtreter. Nein, diesmal handelte es sich um allerhand Dünnes. Durch die Rückstossenergie, die der Druck des austretenden flüssigen Stuhls erzeugte, wurde Martin Rosenbreits Körper weiter nach vorn gedrückt, so dass er der 60 Grad Marke sehr nahe kam. Nun drohte er doch, trotz seiner großen Füße, nach vorn über zu kippen. Da er sich aber im gleichen Moment, so der Durchfall aus ihm schoss, mordsmäßig übergeben musste, bewahrte ihn der Gegendruck des ausgebrüllten Ulfs vor der endgültigen Aufgabe des Gleichgewichtes. Außerdem ergoss der Schwall über seine Hand, und löschte die Glut der sterbenden Kippe, womit er sich selbst von den Feuerqualen erlöste. Unter den faszinierten und anerkennenden Blicken seiner Freunde, begab sich Martin Rosenbreit langsam wieder in die Senkrechte. Mit leeren Augen tastete er seine Umgebung ab. Zwar nahm er seine Freunde wahr, aber er erkannte sie nicht mehr; oder noch nicht, ganz wie man will. Er stellte nur fest: Ah, da sind Menschen, das ist gut. Mit letzter Kraft hob er leicht beide Arme und flüsterte kaum hörbar nur: „Hilfe."

Dann fiel er stocksteif vorn über und mithin in eine komatöse Ohnmacht.

Brendl war derjenige, der als erster seine Geistesgegenwart zurück erlangte, und Pampel gerade noch rechtzeitig am Kragen zu packen bekam, und somit verhinderte, dass er hart mit dem Gesicht in seiner Kotze landete. Aber auch Brenner und Fisse hatten sich schnell gefangen. Mit vereinten Kräften legten sie ihren Kumpel in eine Art stabile Seitenlage, immer bemüht, größtmöglichen Abstand zu halten, denn bei aller Freundschaft: Mit den Unverträglichkeitsresultaten, die Martin Rosenbreits Körper von sich gegeben hatte, wollte keiner in Berührung kommen.

„Hund und Sau", meinte Brenner, während er einen letzten Papagei von Pampels Wange scheuchte, „wer hätte das gedacht? Was so eine kleine Zigarette doch alles anrichten kann."

„Hättest ihm ja keine geben brauchen", entgegnete Brendl.

„Wie jetzt? Er wollte doch unbedingt."

„Ja, ich weiß."

„Also, warum hätt' ich ihm dann keine geben sollen?"

„Ja, ist ja gut."

„Was, ist ja gut? Machst jetzt einen auf Oberlehrer, oder wie?"

„Nein, ich mein ja nur."

Brenner machte einen Schritt auf Brendl zu und fragte mit leicht drohendem Unterton: „Was meinst du nur?"

„Na, dass du ihm hättest keine geben sollen."

„Na klar, da hast du recht", schrie Brenner wie ein mongolischer Feldwebel auf Lebkuchen, „ich hätt' ihm keine geben sollen. Aber jetzt", fügte er im Normalton hinzu, „müssen wir die Leiche ordnungsgemäß entsorgen."

„Normal", stimmte Brendl zu und hängte ein Schild mit der Aufschrift „Bis auf weiteres geschlossen!" in die Tür der Reiseagentur in Pampels Gesicht.

Die Entsorgung gestaltete sich als relativ schwierig, aber mit vereinten Kräften wurde selbige bewältig. Fisse besorgte, an seinen Eltern vorbei, einen Eimer Wasser nebst Lappen, eine Rolle Klopapier und eine alte Hose von sich, in der Pampel aussehen sollte wie Manfred Nehrkorn in seinen letzten Tagen. Liebevoll goss Brenner den Eimer Wasser über Pampels Kopf aus, um ihn zunächst aus dem Zwischenreich zurück zu holen. Lange tat sich nichts, doch dann öffnete Pampel die Augen und als erstes kehrte sein bekanntes verschämtes Lächeln in sein Gesicht zurück. Erstaunt musterte er seine Umgebung und blieb schließlich mit fragenden Blicken an den Lippen seiner Freunde hängen. Diese erklärten ihm in Kurzform den Hergang: Dass er in einer, mittlerweile wieder geschlossenen Agentur einen Kurztrip ins Amazonasgebiet gebucht hat, und dort von einem Samba tanzenden Viermeterkaiman bedroht wurde, woraufhin er sich vor Schreck bekotete, was ihm aber nicht peinlich sein müsse, weil, vor so einem Viech hätten schon ganz andere das große Flattern bekommen, und dann sei er in Ohnmacht gefallen, weil er von einem Gummigeschoss an der Hand getroffen wurde, welche die brasilianische Bundespolizei gegen Antiregenwaldabholzungsdemonstranten einsetzte. Mit großem persönlichen Engagement hätten sie, Brenner zeigte auf sich, Fisse und Brendl, ihn, er wies wieder auf Pampel, aus dem Dreck geholt. Sauber müsse er sich jetzt allerdings selber machen. Und, ob er denn eine rauchen wolle, fügte Brenner noch hinzu. Pampel, der mit abwesendem Gesichtsausdruck den Ausführungen seines Freundes lauschte, verdrehte bei dem Wort „Rauchen“ sofort die Augen und drohte wiederholt einer Ohnmacht zu verfallen. Fisse packte ihn aber rechtzeitig am Arm und meinte versöhnlich, dass Brenner nur einen Scherz gemacht hat, mit dem Rauchen und so. Er, Pampel, könne sich jetzt in Ruhe der Körperhygiene wenden und dann würden wir mal schau'n, was der Tag noch so zu bieten hat. Mit dem ihm eigenen ewigen verschämten Lächeln, tat Pampel, mittlerweile wieder halbwegs genesen, wie ihm geheißen, wobei sich seine Kumpel während der heiklen Phasen der Säuberungsaktion dezent pfeifend in Richtung Hof wendeten.

Nach diesem signifikanten Erlebnis forcierte Fisse den Umzug in ein neues Domizil. Er war sich sicher, nicht ständig Wassereimer, Klopapier, alte Hosen und dergleichen, unbemerkt aus der elterlichen Wohnung schmuggeln zu können. Außerdem schwante ihm, dass der Nikotinunfall Martin Rosenbreits höchstwahrscheinlich nur ein kleiner Vorgeschmack auf das war, was da noch kommen sollte. Die Rede ist hier von Alkohol, Kiffzeugs und am Ende sogar noch von Weibern und dergleichen Körper- bzw. Geistesgiften. Dass Martin Rosenbreit unter dem Balkon seiner Eltern, völlig breit und bekifft, in einem Meer von Mehrfruchttischweinflaschen auf einer lustvoll quickenden Dirne niederen Geblüts rumrankert und dabei Ulf ruft, gegebenenfalls aber noch Schlimmeres von sich gibt. Darauf wollte er es nicht ankommen lassen.

Der Garten eines älteren, leerstehenden Eckhauses, ähnlich dem, in welchem Martin Rosenbreit lebte, wurde als neuer Haupttreffpunkt auserkoren. Das Haus selbst konnte nicht genutzt werden, die Fenster und Türen im Erdgeschoss waren vermauert.

Doch der an den beiden Straßenseiten das Haus flankierende etwa 10 Meter breite Grünstreifen, begrenzt von einem hohen gusseisernen Zaun, schien hingegen ideal. Die jeweils straßenabgewandten Seiten des Streifens, der Hof, wenn man so will, waren gepflastert und somit recht uninteressant. Von beiden Straßen konnte man durch große, offen stehende Tore in den Hof gelangen, und von da, gleich rechts, bzw. links in den Garten. Der war vom Hof durch einen kleinen, symbolischen Zaun getrennt. Gleich an der Hauskante der einen Seite stand ein kleiner Schuppen, leer, aber mit intaktem Dach - gut also für regnerische Zeiten. Der Garten selbst war mit hohem Gras überwuchert, ehemals kleine Wege waren nur noch zu erahnen. Am Scheitelpunkt der beiden Gartenseiten, direkt auf der Grundstücksecke befand sich das sogenannte Schloss. Ein erhöhtes, 3 x 3 Meter großes, gepflastertes Plateau, offen zum Garten; zur Straße hin begrenzt durch eine Sandsteinmauer, auf Zaunhöhe endend. Vier Säulen, ebenfalls aus Sandstein, bildeten die Eckpunkte des Plateaus; drei auf der Mauer, und die vierte freistehend. Einst waren die Säulen wohl mit hölzernen Balken verbunden, an und auf denen Rosen oder Wein rankte, zur Erbaulichkeit der hier zum Sonntagnachmittagstee erschienenen hochfeinen Gesellschaft. Aus den Säulen ragten nur noch rostige Eisenstifte, an denen die Pergola ehemals justiert war. Irgendjemand hatte, keiner weiß warum, lange nach den Balken, an jenen Eisenstiften eine solide Wäscheleine angebracht, die nun die freistehende Säule mit einer auf der Mauer stehenden verband.

Der Garten hatte, neben der Kopffreiheit nach oben und der Möglichkeit unbemerkt diverse Genussmittel zu sich nehmen zu können, noch einen weiteren Vorteil: Man war jetzt der Öffentlichkeit sehr nahe, ohne aber in der Regel von selbiger wahr genommen zu werden. Man konnte hinter der Mauer vom Schloss, oder hinter dem, mit Büschen und Hecken fast vollständig zugewachsenen Zaun sitzen und dem Treiben auf der Straße beiwohnen, ohne das Passanten einen optisch, bzw. gar haptisch habhaft werden konnten. Zum Beispiel war es nun möglich, man kam ja so langsam in die Jahre, lässig von der Schlossmauer aus, mit zufällig vorbeikommenden, hochnäsigen, aber hübschen Zicken aus der Parallelklasse, die Modalitäten für demnächst auszuübenden Geschlechtsverkehr abzusprechen. Zumindest jedoch konnte man ihnen hinterher pfeifen, oder wenigstens heimlich hinterher gucken. Immerhin blieb noch die Möglichkeit, die blöden Weiber einfach zu ignorieren. Und diese Möglichkeit wurde auch am meisten genutzt, wenngleich im Stillen schon über die anderen Optionen nachgedacht wurde.

Fast jeden Tag nun trafen sich die Jungs in ihrem Garten. In der Regel um einfach abzuhängen. Zuweilen allerdings kam es auch zu Absonderlichkeiten, wie das gemeinsame erledigen von Hausaufgaben, aber dies war eher die Ausnahme. Meist saßen sie im Schloss auf aus dem Sperrmüll organisierten Möbeln und quatschten so über Zeug und so. Manchmal wurde die Freizeit auch aktiv gestaltet, zum Beispiel mit einem zünftigen Skatnachmittag. Allerdings immer nur zu dritt. Denn während Brenner, Fisse und Brendl mindestens einen Großvater in der Familie hatten, der der festen Überzeugung war, dass ein männlicher Nachkomme eine verdammte Schellusche abgibt, wenn er als Zehnjähriger nicht schon mindestens ein Grande ouvert auf der Hand hatte - und folglich seinem betreffenden Enkel das Skatspiel beigebracht hatte, konnte Pampel einen solchen Großvater nicht vorweisen. Die Versuche seiner Freunde, ihm die Spielregeln zu erklären, scheiterten jedoch kläglich. Dabei sei dahin gestellt, ob dieses Scheitern der gelegentlichen Dreifältigkeit Martin Rosenbreits anzulasten war, oder eher die Tatsache zum Tragen kam, dass Freunde halt keine Opis sind. Wenn Skat gespielt wurde, saß Pampel aber immer mit am Tisch und freute sich mit dem Gewinner, der sich aber ihm gegenüber zunächst als solcher outen musste. Manchmal aber auch, wurde ihm zu Liebe Mau Mau, Knack oder Schmu gespielt. Alles Spiele, bei denen Martin Rosenbreit durchaus mithalten konnte, was allerdings nicht bedeutete, dass er in der Gewinnstatistik mit den anderen gleichziehen konnte. Dafür sorgte vor allem Brenner, als ein Meister im Bescheißen. Aber Martin Rosenbreit war ein Meister der Gutmütigkeit, er konnte mit dem Spott seiner Freunde gut umgehen. Immerhin, er hatte Freunde! Das kann nicht jeder von sich behaupten.

Eines Tages saßen Brendl, Fisse und Pampel im Schloss und ödeten so vor sich hin. Dabei ergaben sich im zehnminütigen Abstand Kurzgespräche der folgenden Art:

„Schweinetag heute."

„Mein Reden."

Pause.

„Ich meine, wegen heiß, und so."

„Klä, ist ja auch trocken."

„Vor allem eben schweinetrocken halt."

„Phase."

Pause.

„Wenn Wind wäre, würde es glatt den Staub aufwirbeln."

„Normal! Is ja aber windstill."

„Fakt, gibt ja nich mal Staub."

„Voll fett!"

Längere Pause.

Und irgendwann rief Pampel, der schräg auf der Mauer saß: „Ah, da kommt Brenner!"

Der hielt etwas über den Kopf und rief schon von weitem: „Eh, packt die Badehosen ein! Schaut was ich mitgebracht habe!"

Das Etwas entpuppte sich als Rest eines alten hölzernen Wagenrades. Keine Felge mehr; nur aus der Nabe ragten noch fünfeinhalb Speichen. Brenner kam durch den Garten, rief so etwas wie: „Grüßt euch", und knallte das Wagenrad mit der Bemerkung auf den Tisch: „Voll die Krone das Teil, was?"

Es handelte sich hierbei um eine Feststellung, weniger um eine Frage. Die anderen konnten Brenners Gedanken allerdings nicht folgen.

„Meinst'n das?", fragte Brendl nach kurzer Bedenkzeit.

„Wie? Meinst'n das", schüttelte Brenner den Kopf, „guck doch mal genau hin."

Die drei anderen neigten ihre Köpfe näher an des Fragment, schüttelten aber selbige gleich darauf, weil, sie hatten keine Ahnung, worauf Brenner hinaus wollte. Auch der schüttelte nun, wenngleich aus anderen Gründen, seinen Kopf und meinte nur: „Na sieht doch aus wie ´ne Spinne, oder?" Auch dies war eher wieder eine Feststellung.

„Ach so", lehnten sich die anderen drei beruhigt wieder zurück, „das meinst du. Klar, wie eine Spinne, und so."

Brenner nahm das Wagenrad wieder in die Hände und betrachtete es fasziniert. Bis Fisse ihn, mit einem gezielten Klaps auf die Schulter, wieder aus seinen Gedanken herausholte: „Und Brenner? Alte Doppelhaushälfte, was hast du sonst noch so erlebt?"

„Meinst du, man kann Spinnen bändigen?", beantwortete dieser die Frage mit einer Gegenfrage.

„Hä, was meinst du denn damit? Bändigen oder so?"

„Na ja genau, dass man eben so sagt, pass auf Spinne, folgendster Sachverhalt, spinn heute mal dein Spinnennetz nicht im Hausflur....."

„.....sondern?"

„Na ist doch egal. Überall, nur nicht im Hausflur eben."

„Und warum ausgerechnet nicht im Hausflur?“

„Ja ist doch scheißegal wo.“

„Hm“, zuckte Fisse mit den Schultern, „warum nicht, die fliegen doch auch zum Mond, warum sollst du da heutzutage keiner Spinne klar machen können, dass sie nicht im Hausflur..........?“

„.....Es gibt ja sogar schon H-Milch“, warf Pampel ein.

„Aber nur in Berlin“, stellte Fisse klar.

„Is recht“, feixte Pampel vor sich hin.

„Also, ich glaub nicht, dass man Spinnen bändigen kann“, betrat Brendl das Diskussionsforum, „die haben doch kein Hirn nicht. Wie soll so ein Viecht denn wissen, wo der Hausflur endet, und der Dachboden anfängt?“

„Das würde bedeuten, bändigen ließe sich nur, wer halbwegs intelligent ist? Das ist hochinteressant.“

„Ja, klingt paradox, aber logisch, stimmt's Pampel?“, gab Brendl Pampel einen Stoß in die Rippen.

„Klar Chef“, stieß dieser zurück, „meine Intelligenz ist grenzenlos.“

„Wir müssen es heraus bekommen“, sagte Brenner plötzlich gedankenversunken.

„Was?“, fragte Brendl stellvertretend für die drei anderen.

„Ob die Spinne sich bändigen lässt.“

„Welche Spinne?“

„Na die“, packte Brenner das Wagenrad, kletterte über die Mauer und sprang auf den Bürgersteig. Dann schaute er sich um und wartete. Seine Freunde schauten sich ratlos an.

„Jetzt ist es soweit“, meinte Fisse leise.

„Was'n“, fragte Pampel noch leiser. Fisse beugte sich zu ihm und flüsterte: „Brenner ist am Arsch. Der muss ins Heim.“

„Ach da schau her, als hätt' ich's geahnt“, murmelte Pampel in seine vor Schreck vor den Mund gehaltene Hand. Dann lehnten sich die drei an die Mauer und schauten erwartungsvoll auf Brenner. Nach einer Weile fragte Brendl: „Und, was läuft?“

„Warts ab“, meinte Brenner, „ich mach den Test.“

„Geht klar“, gab Pampel unter den erstaunten Blicken von Fisse und Brendl zu verstehen. Als sich Pampel der Blicke bewusst wurde, blickte er feixend an der Mauer herunter.

Zuweilen kommt es vor, dass man völlig entspannt die Straße entlang läuft, ohne Hast, ohne Eile. Man kommt irgendwo her, geht irgendwo hin. Man erfreut sich am Gesang der Vögel, oder am nicht vorhandenen Straßenstaub, der von nicht vorhandenen Windböen durcheinander gewirbelt wird. Man geht nicht schnell, man geht nicht langsam. Man geht eben. Zwar hat man ein Ziel, aber man anvisiert dieses Ziel unter dem Motto: Komm ich heute nicht - komm ich morgen! Erhardt Kießling, ein ganz normaler Bürger der Stadt, Mitte Fünfzig, von Beruf Fliesenleger, normal unglücklich verheiratet, zwei normal missratene Kinder, ging genau so vor sich hin. Er hatte seine alte Mutter besucht, hatte ihr Kuchen und Wein gebracht. Ein bisschen geredet haben die beiden. Erhardt Kießling redet eigentlich nur sehr ungern mit seiner alten Mutter. Er hatte sie so sinnloses Zeug gefragt, wie: Mutter, warum hast du so große Ohren. Nun, wir alle kennen die Antwort. Aber Erhardt Kießling wusste, wenn er ein wenig Dummschwatz mit ihr machte, dann sagt sie immer: Ach Erhardtchen, Lieber, dann mach doch mal den Wein auf, dann redet es sich besser. Wein aufmachen? Aber Hallo! Erhardt Kießling war nämlich dem Alkohol normal zugetan. Ach, das Leben kann so schön sein, dachte Erhardt Kießling bei sich, als er sich auf dem Weg von seiner Mutter nach Hause zu seiner Frau befand. Vorausgesetzt immer einen klitzekleinen Tropfen Alkohol handbreit unterm Kiel, lächelte er in sich hinein. Die könn’ mich alle mal, diese ganze Weibsbrut! Vermaledeite! Himmel Arsch und Türken, ein kleiner Wurzelpeter geht dann aber noch rein. Hihihihi. Und da stand plötzlich dieser Junge vor ihm. Er fuchtelte wild mit irgendetwas hölzernem vor seinem Gesicht herum und schrie wie in höchster Not: „Mein Herr, bitte helfen Sie mir, die Spinne geht nicht zu bändigen! Bitte, mein Herr, so helfen Sie mir doch!“

Erhardt Kießling checkte zunächst erst mal gar nichts. Doch dann entschloss er sich, dem ungestümen Gebaren des Jugendlichen, Weisheit und Altersmilde entgegen zu setzen. Mit tiefer Stimme sagte er: „Nananaa junger Mann. Immer langsam mit die jungen Pferde. Wo drückt denn der Schuh? Was!“

Aber der plötzlich wie aus dem Nichts aufgetauchte, unbekannte Jugendliche fuchtelte unentwegt weiter mit dem Holz vor seinem Gesicht und schrie immer dieselben Worte: „Ja aber mein Herr! Sehen Sie denn nicht? Die Spinne geht nicht zu bändigen! So helfen Sie mir doch!“

Der Jugendliche vollführte dabei eine Art Tanz, dergestalt, dass er in einen hohen Tempo abwechselnd die gestreckten Beine leicht nach vorn bewegte, ähnlich einer Horde Russen auf gepanschten Wodka. Erhardt Kießling beugte sich etwas zurück, um zu vermeiden, dass das ominöse Holz ihn am Kopf verletzte. Vielleicht kommt der junge Mann ja wieder zu sich, dachte er, aber nach einer gewissen Zeit hegte er Zweifel an einer Selbstheilung. Er entschloss sich daher, dem entrückten Jugendlichen einfach aus dem Weg zu gehen. Doch ob er sich nach links wandte, oder nach rechts, der junge Mann ließ nicht ab von ihm. Immer wieder forderte er ihn, wild zappelnd dazu auf, ihm zu helfen irgendeine gottverfluchte Spinne zu bändigen. Irgendwann hielt Erhardt Kießling dann den Zeitpunkt für gekommen, einen Gang höher zu schalten: „Hör mal, mein Junge, hast du mit einer Tellermine jongliert? Oder was! Hör auf mit dem Scheiß, oder ich drück dir paar rein!“

„Mein Herr“, ertönte es unentwegt weiter, „mein Herr, sehen Sie denn nicht? Die Spinne geht.......“

„......He sag mal“, unterbrach ihn der jetzt doch recht wütig gewordene Erhardt Kießling, „du hast wohl Hummeln im Hintern? Wie! Ich hau dir die Ohren vom Stamm, du Rotzlöffel.“

Mit diesem letzten Satz machte er mit weit ausgeholter Hand

einen Schritt auf den Jugendlichen zu, um seinen Worten Taten folgen zu lassen. Doch der junge Mann war scheinbar gut vorbereitet. Geschickt beugte er sich nach hinten, und mit einem wohl durchdachten Ausfallschritt zur Seite, entzog er sich der Reichweite der schlagbereiten Hand. Die fegte Millimeter an dem Holzfragment vorbei ins Leere. Erhardt Kießling kam dadurch ins Straucheln, fing sich aber wieder und wollte sich nun mit aller Wucht auf den kleinen Teufel stürzen. Der aber hatte vorsorglich einen weiteren Schritt nach hinten getätigt und warf das in seiner Hand befindliche geheimnisvolle Stück Holz, dem zum Angriff gestarteten Erhardt Kießling zwischen die Beine. Im Fallen vernahm er noch den absolut bemerkenswertesten Satz, den Brenner je in einer solchen oder ähnlichen Situation von sich gegeben hat: „Dein Gesicht ist voll Schabefleisch!"

Erhardt Kießling erholte sich rasch von seinem Ausflug auf den Bürgersteig. Er stand auf, stieß mit dem Fuß die als Wagenrad getarnte Spinne bei Seite und machte sich mit dem Gedanken: „Dresch' ich eben meine Alte", entschlossen auf den Heimweg.

Als die Luft wieder rein war, erschien Brenner wieder im Schloss und wurde von seinen Freunden begeistert empfangen.

„Zwei Dinge", rief Brendl, „absolut perfekte Show, erstens! Und", fügte er hinzu, „du hast den Beweiß erbracht: Spinnen lassen sich nicht bändigen!"

„Genau", pflichtete ihm Pampel bei, „denen fehlt's nämlich an der Intelligenz."

„Sensationell", brachte Fisse tief beeindruckt nur heraus. Und weiter mit höchster Anerkennung: „Vor allem: Dein Gesicht ist voll Schabefleisch! Sensationell!"

Marie-Luise Wolters hatte sich im Laufe der Jahre in einigen wesentlichen Punkten überhaupt nicht verändert. Sie war wie ehedem die Klassenbeste und nach wie vor eine unglaubliche Schnippedistel. Auch war sie unangefochten die Klassenschönste und in ihrer Kleiderordnung die Extravaganteste. Ihre schönen, langen dunkelblonden Haare trug sie nun offen, meist von einem Stirnband gebändigt. Rosa Spitzenkleider waren nicht mehr angesagt, auch keine Jungenlederhose. Dafür lies sie nun in ultrakurzen Röcken, und vor dem Bauch verknoteten großen Männerhemden erahnen, was ihre zukünftigen Liebhaber in nicht allzu ferner Zeit so zu erwarten hätten. Oder sie trug hautenge Jeans zu einer weißen Bluse, unter der, für ihr Alter, unglaublich große Brüste wippten. Durch ihr Bedürfnis sich adrett zu kleiden, vor allem so wie sie es wollte, handelte sie sich allerdings auch mächtigen Ärger ein. Sie könne, so behauptete sie, aus ästhetischen Gründen unter keinen Umständen ein FDJ-Hemd anziehen. Eltern und Lehrerschaft waren bestürzt. Eine der besten Schülerinnen der ganzen Schule tritt nicht in die FDJ ein? Das ging nicht an. Endlose Debatten musste sie über sich ergehen lassen. Schimpf und Schande musste sie ertragen. Mit Strafandrohungen fertig werden. Allein, sie blieb standhaft. Sie habe ja gar nichts gegen die FDJ, meinte sie immer nur, aber dieses Hemd könne sie nicht am Körper tragen. Unter keinen Umständen! Nicht mal eingeschweißt in einer Tasche. Bei einer schriftlichen FDJ-Hemd Befreiung stünde einer Mitgliedschaft in der Jugendorganisation ihrerseits nichts im Wege, gab sie zu verstehen. Sie würde dann, wenn gewünscht, auch ein Amt bekleiden. Einer solchen Argumentation standen Eltern und Lehrer hilflos gegenüber. Dafür waren sie auch nicht ausgebildet. Es existierte auch kein FDJ-Hemdbefreiungsformular. Nach monatelangen Diskussionen ließ man sie schließlich zähneknirschend gewähren. So kam es, dass sie als einzige Schülerin der ganzen Schule unorganisiert blieb. Neben Martin Rosenbreit natürlich, aus bekannten Gründen.

Ein Jahr zuvor, knapp 13jährig, hatte sie ihren ersten Geschlechtsverkehr mit ihrem fünf Jahre älteren Cousin Hans Christian Körbele. Während die meisten Menschen teils bis ins hohe Alter hinein überlegen wie etwas sein könnte, und es aus den verschiedensten Gründen nie ausprobieren, obwohl sie es im Grunde gern täten, war Marie-Luise Wolters da aus anderem Holz geschnitzt. In einer günstigen Situation nahm sie ihren Cousin beiseite und erklärte ihm den Sachverhalt. Sie finde ihn nicht besonders attraktiv, aber er schiene ihr doch als geeignet, sie in Sachen Liebe zu unterrichten, meinte sie. Hans Christian Körbele, im Prinzip ein aufgeweckter Kerl, verstand zunächst überhaupt nichts. Aber Marie-Luise Wolters erklärte ihm geduldig, worum es ihr ging, und als der Cousin dann endlich anfing zu begreifen, war er schon viel zu geil, um sich aus der Angelegenheit wieder heraus winden zu können. Marie-Luise Wolters erfuhr bei ihrem ersten Mal keine nennenswerten Glücksgefühle, aber sie empfand die Sache als äußerst interessant und durchaus als ausbaufähig. Sie beließ es aber zunächst bei dieser einen Erfahrung; war sie doch damit auch ihren Mitschülern beiderlei Geschlechts um Längen voraus. Möglicherweise auch manchen Lehrern.

Ja, wenn Marie-Luise Wolters sich etwas in den Kopf gesetzt hatte, dann gab es kein Halten mehr. Und wehe es war ihr jemand im Weg. Allerdings war sie auch ein Mensch der Gegensätze dergestalt nämlich, dass, wenn sie beschloss jemand zu mögen, sie Jeglichen all ihre Freundlichkeit, Zuneigung, gar Liebe entgegen brachte. Und eines schönen Tages wachte sie mit der Erkenntnis auf, Jens Schmidt zum Freund haben zu wollen. Sie war sich nicht sicher, ob Brenner ein hübscher Kerl war, aber originell war er allemal. Wo er war, war immer was los. Er rauchte Zigaretten. Er hatte lange Haare und trug immer Jeans, was zur damaligen Zeit durchaus nicht alltäglich war. Gut, manchmal hatte er ein FDJ-Hemd an, aber da musste sie durch. Das Problem war nur: Brenner hatte nie auch nur den leisesten Versuch einer Annäherung ihr gegenüber gemacht. Was sie nicht wusste, vielleicht doch aber, wie bei schönen Frauen üblich, im Innersten ahnte: Alle Jungs in ihrer Klasse, einschließlich Brenner, hatten beim Einschlafen, wenn die Hand in die Hose glitt, ihr Bild vor den Augen. Das gab natürlich keiner der Jungs zu. Ums Verrecken nicht. Also eigentlich konnte zusammen wachsen, was zusammen gehört, aber es bedurfte eines ersten Schrittes und eines Mediums. Den ersten Schritt zu machen, fiel Marie-Luise Wolters nicht schwer. Wenn sie sich etwas in den Kopf gesetzt hatte, dann wurde dies auch in Angriff genommen. Und ein Medium ward schnell gefunden.

„Na Martin“, klopfte Marie-Luise Wolters Pampel leicht auf die Schulter, „wir zwei beiden, was?“

Pampel lies sich gerade gedankenversunken, den Kopf nach unten geneigt, die Hände in den Taschen, auf seinen großen Füßen nach Hause tragen. Erschrocken blieb er stehen und schaute sich um. Vor ihm stand Marie-Luise Wolters! Sein Herz begann zu rasen, sofort bekam er feuchte Hände. Ein Ohnmachtsgefühl wie bei seiner ersten Zigarette kündigte sich an. Seine Gesichtsfarbe allerdings neigte nicht zum urwaldgrün, sondern eher zu einem gepflegten feuerwehrrot. Sein Mund formte sich zu einem schmerzverzerrten Grinsen. Langsam kippte er nach vorn. Doch er war sich sicher: Diesmal würden ihm seine Füße nicht helfen! Vielleicht erkannte dies auch Marie-Luise Wolters, als sie ihn, vor ihm stehend, mit beiden Händen an den Schultern abstützte und dabei sanft fragte: „Was ist denn los, Martin? Ist dir nicht gut?“

Pampel verdrehte die Augen und murmelte nur etwas Unverständliches, was sich anhörte wie: „Hhhheihhhhhhhhhratnn.“

„He Martin“, schüttelte ihn Marie-Luise Wolters, „alles in Ordnung?“

Dann merkte sie, wie Pampel die Knie einknickten. Scheiße,

dachte sie, was geht denn hier ab? Aber als Frau der Tat handelte sie schnell und haute Martin Rosenbreit eine in die Backen. Nicht zu derb, aber immerhin kräftig genug, dass Pampel wieder zu sich kam. Ein Ruck ging durch seinen Körper und er stellte sich wieder gerade hin, schluckte kurz, blickte zu Boden, und sagte dann mit seinem üblichen Grinsen im Gesicht: „Hallo Marie-Luise, ich bin der Martin und gehe jetzt nach Hause."

Im gleichen Moment drehte er auf dem Absatz um und lief los. Marie-Luise Wolters hatte ihn angesprochen. Folglich war er jetzt der glücklichste Mensch auf Erden. Das muss ich den anderen erzählen. Das glaubt mir kein Schwein, ging ihm durch den Kopf.

„He", rannte ihm Marie-Luise Wolters hinter her. Und als sie wieder an seiner Seite war, fragte sie erneut: „Was ist denn los mit dir, Martin? War dir schlecht?"

„Nö", grinste Pampel, der unmerklich immer schneller wurde, obwohl er eigentlich gern stehen geblieben wäre. Sein Blick ging starr schräg nach unten, während sie ihn lachend von der Seite her ansah. Er lachte nicht, aber er grinste sein berühmtes Pampalgrinsen.

„Und wie fandest du die Schule heut?", fragte Marie-Luise Wolters.

„Schön", log er.

„Ich fand's nicht so überragend. Mathe ist voll die Jauche, find ich. Na ja, was soll's, da muss man durch, stimmst?"

„Ja."

Kleine Pause.

„Hast du's weit nach Hause?"

„Ja."

„Ach, wo wohnst du denn?"

„Dort", nickte er unmerklich nach vorn.

„Ich wohne auf der ....Straße, da können wir ja noch ein Stück gemeinsam gehen."

„Ja."

Weitere kleine Pause.

„Das Schulessen war voll die Scheiße heute, stimmt's?"

„Ja", log er erneut.

„Fischstäbchen. I gitt. Find ich voll zum kotzen. Ich ess' gern Blumenkohl und so. Und du? Was isst du gern?"

„Blumenkohl, auch."

„Ah", nickte Marie-Luise Wolters erstaunt, „so."

Schweigend gingen sie eine Weile nebenher. Martin Rosenbreit war völlig durch den Wind. Er konnte es immer noch nicht fassen. Gern hätte er ihr alles erzählt, alles was sie wissen wollte. Er hätte tanzen und springen wollen. Masurka oder Kalamatianós oder so. Wie gern hätte er ihr ins Gesicht geschaut. Aber das konnte er nicht. Er war dermaßen überwältigt, dass er sich nicht im geringsten darüber wunderte, wieso Marie-Luise Wolters ihn das erste Mal seit Monaten angesprochen hatte. Vielleicht sogar seit Jahren. Leicht möglich, dass sie noch nie mit ihm gesprochen hatte. Zumindest konnte er sich nicht erinnern.

Dem Mädchen gingen ganz andere Dinge durch den Kopf. Das ist aber ein harter Hund, dachte sie. Wieso hängt denn ein Typ wie Brenner mit so einem Kunden wie Pampel ab. Ich meine, ich find den ja nett und so, aber der sagt ja gar nichts. Vielleicht liegen ihm nur die Fischstäbchen quer im Magen? Oder er redet eben nur wenig. Oder hab ich was Falsches gesagt?

„Hab ich irgendwas Falsches gesagt, Martin?", wiederholte sie ihre Frage laut.

„Nein, nichts Falsches gesagt", schüttelte Pampel heftig den Kopf.

„Mensch, du kannst ja in ganzen Sätzen sprechen", lachte Marie-Luise Wolters.

„Ja."

„Na, das war ja aber dann doch wieder ein ganz kleiner ganzer Satz, oder?", stieß sie im keck mit dem Ellbogen in die Seite.

„Ja, ganz klein..........ganz."

Sie lachte fröhlich und fasste ihm dabei in den Arm. „Du bist süß", sagte sie wie beiläufig.

Das war zuviel für Martin Rosenbreit. In einer nie gekannten Offenheit, mit unvermittelt, aus den tiefsten Gründen seiner Seele auftauchenden Selbstbewusstsein, blieb er plötzlich stehen, schaute Marie-Luise Wolters direkt ins Gesicht und es sprudelte nur so aus ihm heraus: „Marie-Luise, ich muss dir was sagen, versteh mich bitte nicht falsch, aber, ich weiß nicht, das ist, das ist, Marie-Luise du musst verstehen, also, ich meine, ich hätte nie gedacht, dass, aber........"

„........Sag mal Martin, trefft ihr euch heute wieder in eurem Garten. Ich meine, du mit Jens und Gunnar und Carsten?"

Pampel hielt mit offenem Mund inne. Er war vollkommen entsetzt. Nicht wegen der Frage, die ihm Marie-Luise Wolters gestellt hatte. Im Gegenteil, in seinem Inneren war er dankbar über diese Frage. Sie bewahrte ihn davor, sein ganz privates Geheimnis Preis zu geben. Ausgerechnet der Person gegenüber, welche Gegenstand dieses Geheimnisses war. Andererseits erfuhr er in diesem Moment ein kaum erfahrenes Gefühl: Stolz! Er hatte etwas zu ihr gesagt! Er war stehen geblieben, hatte ihr ins Gesicht gesehen und hatte etwas zu ihr gesagt. Zu Marie-Luise Wolters! Er hatte es vor allem von allein gesagt. Niemand hatte ihm gesagt, er solle es sagen. Das erfüllte ihn mit großem Stolz. Aber das Mädchen lies ihn nicht lange allein mit seinen Gefühlen.

„Martin", schaute sie ihn fragend an, „was ist, trefft ihr euch heute wieder?"

Martin Rosenbreit schaute wieder feixend zu Boden. Aber immerhin, ein kleines Stückchen seines Selbstbewusstseins verschwand nicht wieder in seiner seelischen Versenkung.

„Ja, wir treffen uns heute", antwortete er, „warum?"

„Na ja, ich würd' euch ja mal ganz gern besuchen. Oder sind Mädchen bei euch nicht zugelassen?", fügte sie gespielt vorsichtig hinzu.

„Nö. Doch. Also, ich weiß nicht. Klar, warum nicht. Ich meine, ich könnt die anderen ja einfach mal fragen, und so."

„Ich kann sie ja selber fragen, wenn ich da bin, oder?"

Pampel nickte feixend und schniefte durch die Nase: „Nu klar, wenn du da bist, fragst du, ob du da sein kannst. Das geht so, glaub ich."

Das erste Mal wusste Marie-Luise Wolters nicht genau, ob Martin Rosenbreit jetzt einen Scherz gemacht hatte, oder ob er das ernst meinte. Wenn sie gefragt hätte, wäre sich wohl auch Pampel nicht sicher gewesen. Aber jetzt war sie so nah dran, also rief sie: „Na Klasse Mann, dann komm ich heute Nachmittag mal vorbei. Ich kann ja was zu trinken mitbringen und so. Also, bis dann."

Mit einem flüchtigen Hauch von Kuss auf seine Wange verabschiedete sie sich, drehte sich um und ging nach Hause.

Als Reaktion auf die Abschiedsberührung knickte Martin Rosenbreit ein wie ein Gänseblümchen in der Sahara unter einer Herde Büffel auf der Suche nach Wasser. In dieser Knickhaltung verharrte er ein paar Tage. Dann kam der Zurück-in-die-Realität-Golum um die Ecke, und schickte ihn mit einem unsanften Tritt in den Hintern ebenfalls nach Hause.

Brenner, Fisse und Brendl sahen Pampel schon von weitem winkend und wild gestikulierend im Schloss stehen.

„Was ist denn mit dem los“, fragte Brendl, „hat der sein Rheuma nicht gecheckt, oder was?“

„Keine Ahnung“, meinte Brenner, „der wird sein Rheuma nicht gecheckt haben.“

„Hm.“

„Wir werden es ja gleich erfahren“, beruhigte Fisse.

„He, was läuft?“, fragte Brendl Pampel nun direkt, als die drei im Schloss ankamen.

„Das glaubt ihr nicht“, schrie es förmlich aus Pampel heraus, „das glaubt ihr mir nicht!“

„Was sollen wir dir nicht glauben? Sag's einfach, und wir entscheiden selbst.“

„Nee, das glaubt ihr nicht...........“

„........Na schieß schon los, Pampel. Oder willst du eine rauchen“, unterbrach ihn Brenner, während er sich, mit einem Bein auf der Mauer sitzend, eine Zigarette aus der Schachtel nestelte.

Pampel schluckte kurz, aber er war zu aufgeregt, um in Ohnmacht zu fallen. „Wir kriegen heut Besuch!“, sprudelte es aus ihm heraus.

„Wie, Besuch?“

„Na ja, heut kommt uns wer besuchen. Das glaubt ihr mir ja doch nicht. Aber ihr werdet es.......“

„...........Wer kommt uns denn nun besuchen?“, fiel ihm Brenner erneut ins Wort, sich dabei die Zigarette anzündend.

„Marie-Luise Wolters.“ Pampel stand nun plötzlich still und hatte so was wie eine Art Triumph in den Augen. Auch die anderen bewegten sich nicht. Alle blickten fassungslos auf Pampel. Langsam bewegte sich die Flamme an Brenners Streichholz in Richtung seiner Finger. Der Flaschenöffner, mit dem Brendl gerade eine Cola öffnen wollte, verharrte auf dem Kronkorken. Und Fisse, der sich eben gesetzt hatte, und sich bequem zurück lehnen wollte, blieb zehn Zentimeter vor der Stuhllehne kerzengerade sitzen. Nach einer ziemlich langen Zeit machte es Zisch. Brendl hatte die Flasche geöffnet und wiederholte, um sicher zu gehen sich nicht verhört zu haben, Brenners Frage mit ungläubigen Gesichtsausdruck: „Wer kommt zu Besuch?"

„Marie-Luise Wolters."

Fisse lies sich in den Stuhl fallen.

„Au", schrie Brenner, und warf das Streichholz weg.

Brendl nahm einen tiefen Schluck, setzte die Flasche ab, und fragte erneut: „Wieso?"

„Das weiß ich doch nicht!", rief Pampel. „Sie hat nur gefragt, ob sie uns besuchen kann."

„Und?"

„Was, und?"

„Na, was hast du ihr gesagt?"

„Wie, was hab ich ihr gesagt?"

„Na, als sie gefragt hat, ob sie uns besuchen kann."

„Ich,.........ich, ich weiß nicht mehr so genau.......", stammelte Pampel.

„Wie, du weißt nicht mehr so genau?"

„Na, ich weiß es eben nicht mehr. So, na klar, kannst kommen, oder so", meinte Pampel verunsichert.

„Die hat einfach so gesagt, dass sie uns besuchen will?", versicherte sich Brenner erneut.

„Ja", antwortete Pampel, „ich hab doch gesagt, dass mir keiner glauben wird."

„Quatsch", rief Brendl, „alle glauben dir."

„Der Punkt ist doch der", fand nun auch Fisse seine Stimme wieder, „was will die hier?"

„Hat sie nicht gesagt."

„Logisch", meinte Brendl wissend.

„Wie, logisch?"

„Na ja, logisch eben. Wisst doch wie die Weiber sind, und", fügte er schnell hinzu, ehe die anderen etwas sagen konnten, „die Marie-Luise Wolters ist doch nun wirklich eine Zimtzicke, da sind wir uns doch wohl einig, oder? Da ist Gefahr im Verzug, sag ich. Die plant was!"

„Es ist aber auch eine hübsche Zimtzicke", warf Brenner ein.

„Was geht denn jetzt ab?", erstaunte sich Brendl.

„Was Brenner damit sagen will", meinte Fisse, „ist, das hübsche Mädchen eben immer Zimtzicken sind, weil, sie können sich das leisten. Eine Hässliche wird nie eine Zimtzicke sein. Das steht! Aber", fuhr er zu Brenner gewandt fort, „ich muss Brendl da Recht geben. Die kommt nicht einfach so. Die führt was im Schilde."

„Und wenn schon", winkte Brenner ab, „soll sie doch kommen. Wenn sie wirklich was im Schilde führt, dann kriegen wir es raus. Wir können ja abstimmen. Wer ist dafür?", fragte er in die Runde und hob die Hand. Pampel hatte seine Hand fast noch eher oben als Brenner. Fisse schaute erst zu Brenner, dann zu Brendl und auch er hob, wenn auch langsam, seine Hand.

„Na, da kann ich mich ja getrost der Stimme enthalten", resignierte Brendl.

„Stimmt", griente Brenner.

Auch Fisse schmunzelte. Und Pampel schaute wie immer feixend zu Boden.

„Grüßt euch, Jungs. Na wie geht's? Alles klar mit euch? Ich hab eine Flasche organisiert. Nicht schlecht, was? Mensch, ihr habt es euch ja richtig eingerichtet hier. Voll die erste Klasse, Mann........."

„.........Hallo Marie-Luise", unterbrach Brenner ihren Redefluss, „willst dich setzen?"

„Klar. Danke", blickte sich Marie-Luise Wolters etwas verdutzt um. Am Tisch standen ja nur vier Stühle, und in denen saßen die Jungs. Im selben Moment bemerkte Brenner seinen Fauxpas, doch ehe er Pampel ein Zeichen geben konnte, war der auch schon aufgesprungen und setzte sich auf die Mauer. Mit einem Nicken zu Pampel, setzte sich Marie-Luise Wolters auf dessen Stuhl. Pampel schaute verschämt und dankbar an der Mauer herunter.

Marie-Luise Wolters hatte eine Flasche billigen, süßen Rotwein mitgebracht. Das war nicht der Alltag! Das war durchaus beachtlich. Sie wirkte ungezwungen und ganz und gar nicht so, als hätte sie einen Plan unter ihrem Rock. Der war aber auch wirklich kurz, stellten die Jungs, jeder für sich im Geheimen, fest. Ein Plan hätte da gar keinen Platz, jedenfalls kein umfangreicher. Sie war wirklich lustig und originell; von dieser Seite kannten sie die Jungs gar nicht. Die anfängliche Skepsis, wich nach und nach einer gewissen Faszination. Was sollten die Jungs auch tun? Sie waren jung. Eine hübsche Zimtzicke, hat da leichtes Spiel. Einzig Brendl bewahrte sich einen gewissen Abstand, aber wäre jetzt Abstimmung gewesen, hätte wohl auch er seine Hand gehoben. Am Ende war sie ja doch gar nicht so verkehrt, dachte er. Wer weiß? Vielleicht lag es auch am Wein, der zu der ausgelassenen Stimmung beitrug. Ich meine, sie waren jung. Eine Flasche süßer Wein hat da ein leichtes Spiel. Und sie tranken einen Schluck, und jeder der Jungs war bestrebt die Flasche aus den Händen von Marie-Luise Wolters zu erhalten. Und die Jungs taten betrunkener als sie waren, aber das Mädchen fand es lustig, und umso aufgedrehter wurden die Jungs. Nur Pampel hielt sich mit dem Alkohol zurück. Eine innere Stimme sagte ihm, dass eine gewisse Enthaltsamkeit zur rechten Zeit, die Freude am Moment erhalten kann. Brenner und Fisse ließen eine Zigarette kreisen und auch Marie-Luise Wolters zog daran. Wer hätte das gedacht: Marie-Luise Wolters raucht, kamen die Jungs nicht mehr aus dem Staunen heraus. Vielleicht hatten sie das Mädchen ja völlig verkannt? Vielleicht war ja Marie-Luise Wolters das erste hübsche Mädchen der Welt, was keine Zimtzicke war? So musste sich Columbus gefühlt haben, als er Amerika entdeckte. Und sie waren dabei! Ein Hauch von kindlicher Erotik lag in der Luft. Nun ja, was soll ich sagen. Sie waren jung. Kindliche Erotik hat da ein leichtes Spiel. Es wurde gescherzt und gelacht, über die Lehrerschaft hergezogen und geredet über Gott und die Welt und die Schule. Und Pampel hatte sein schönstes, so nie gezeigtes Feixen im Gesicht, und wenn er das Mädchen verstohlen anschaute, wurde er fast ohnmächtig, woraus er schloss, das Frauen und Drogen gewisse Ähnlichkeiten aufweisen konnten, die Wirkung betreffend. Und irgendwann, die Flasche war mittlerweile geleert, stand Brenner auf, und rief: „Ich muss jetzt hangeln!“

Die Jungs schlugen sich die Schenkel und schrieen: „Jawohl, min Hör, hangeln Sie nur! Wohin wollen Sie nur hangeln? Ach, an der Wäscheleine entlang. Natürlich, min Hör! Hangeln fetzt!“

Einzig Marie-Luise Wolters hatte in dieser ausgelassenen Situation noch einen anderen Gedanken: Hangle nur mein Freund, dachte sie. Danach angle ich mir dich!

Brendl hatte eben Recht. Frauen haben immer einen Plan. Nur tragen sie den verdeckt bei sich, vor allem nicht unter dem Rock. Obwohl, in gewisser Weise schon.

Brenner trat unter die Wäscheleine zwischen den beiden Säulen, sprang in die Höhe, bekam sie zu fassen und hing nun an der Leine wie ein nasser Sack. Die Jungs feuerten ihn an. Marie-Luise Wolters klatschte Beifall.

„He Brenner, Feldumschwung!“

„Aber Hallo!“

„Sag mal Brenner, du siehst aber gut aus. Bist du neu?“

„Nee, mit Perwoll gewaschen!“

„Har har har.“

Dann drehte sich Brenner seitlich, und mit einem kräftigen Schwung gelang es ihm, das linke Bein über die Leine zu werfen. „Hehe!“, rief er, und die Menge feuerte ihn begeistert an. Die Energie aus seinem Schwung übertrug sich jedoch auf die Leine, und von dort gelangte sie in die freistehende Säule, deren eiserne Bewährung im Fundament mit den Jahren durchgerostet war. Die Energie war nicht stark, aber doch immerhin stark genug, um die Säule ins Wanken zu bringen. Und das Gewicht von Brenner schließlich reichte aus, dass sie umfiel. Brenner hatte keine Zeit zu reagieren. Die tonnenschwere Säule begrub ihn unter sich.

Ich kenne Menschen, die sich in der Bewertung von Situationen sehr sicher sind. Wenn man denen etwas erzählt, von einem Missgeschick vielleicht, oder von einer bestimmten Sache, in die man hinein geraten ist, dann stellen sich diese Menschen hin und sagen: Also das verstehe ich nicht, da hätte ich doch so oder so reagiert! Aber das Leben ist nicht so. In den wenigsten Fällen gelingt es, so zu reagieren, wie man es sich in guten Zeiten, oder in der Theorie vorgestellt, oder vorgenommen hat. Es soll vorgekommen sein, dass ein dreijähriges Kind den Notruf gewählt hat, und somit seiner, einem epileptischen Anfall erlegenen Mutter, das Leben gerettet hat. Selbst Hunde und Katzen sollen ihre Besitzer vor dem Feuertod gerettet haben. Andererseits, zum Beispiel, haben ausgebildete Rettungskräfte im entscheidenden Moment versagt, oder die Situation völlig falsch eingeschätzt.

Carsten Jämlich, Martin Rosenbreit und Gunnar Brendel, die besten Freunde von Jens Schmidt, jedenfalls waren zu keiner Reaktion fähig. Wie versteinert sahen sie zu, wie Jens Schmidt ferngesteuert versuchte, mit zusehends schwindenden Kräften, die Säule von seinem Körper zu stemmen. Doch dazu war er allein nicht mehr in der Lage. Vielleicht hätten sie, wenn sie sich anders verhalten hätten, das Schicksal in eine andere Richtung geleitet. Vielleicht.

Aber da war da noch diese hübsche Zimtzicke: „Unternehmt doch was! Steht doch nicht so rum“, stürzte Marie-Luise Wolters zu Jens Schmidt und fuhr ihm durch Haar. „Ganz ruhig, Brenner, ganz ruhig“, sagte sie mit tränenerstickter Stimme. Doch Jens

Schmidt konnte sie nicht mehr hören. Verzweifelt versuchte sie die Säule von seinem leblosen Körper zu schieben. „Ihr müsst mir helfen“, schrie sie, „Seht ihr denn nicht!“

Carsten Jämlich und Gunnar Brendel waren kreidebleich. Sie konnten sich nicht von der Stelle bewegen. Ich meine, ich will das hier nicht bewerten, ich will nur sagen: Sie konnten nicht. Nicht das sie nicht wollten, nein, sie KONNTEN nicht. Die oben erwähnten Menschen werden jetzt sagen: Das kann doch nicht sein! Da muss man doch! Da hätte ich aber! Ja, vielleicht hätten sie. Vielleicht. Wer weiß.

Gunnar Brendel hat Jahrzehnte später einmal, nicht nur auf diese Situation, sondern auf sein ganzes Leben bezogen, gemeint: Wenn ich die Möglichkeit gehabt hätte, ein besserer Mensch zu sein, dann WÄRE ich ein besserer Mensch gewesen!

Nur Martin Rosenbreit war es gelungen, sich aus seiner Lethargie zu befreien. Mit seiner Hilfe gelang es dem Mädchen, die Säule von Jens Schmidt zu schieben.

„Geh einen Arzt holen, Martin. Geh. Ich bleibe bei Brenner“, waren ihre Worte.

Martin Rosenbreit hatte sein schreckliches Grinsen im Gesicht. Aber seine Augen waren voller Tränen.

Jens Schmidt (Brenner)
Gunnar Brendel (Brendl)
Carsten Jämlich (Fisse)
Martin Rosenbreit (Pampel)
Fräulein Rost – Lehrerin
Marie-Luise Wolters – Schülerin
Ulf Gröbers – Schüler
Gabi Frohnau – Schülerin
Manfred Krüger – Schüler
Karin Schremmler - Schülerin
Steffen Müller - Schüler
Markus Krummbein - Schüler
Uwe Zimmermann – Schüler
Reiner Klimm - Schüler
Angela Ludwig – Schülerin
Rudi Marenke - Schüler
Alfred Rosenbreit – Vater von Martin Rosenbreit
Herr Neumann – Nachbar der Rosenbreits
Frau Schmidt – Mutter von Jens Schmidt
Herr Schmidt – Vater von Jens Schmidt
Frau Reudnitz – Nachbarin von Jens Schmidt
Frau Rensenbrink – Freundin von Frau Reudnitz
Herr Pichler-Mommsen – Nachbar von Jens Schmidt
Herr Brögler – Klavierlehrer von Carsten Jämlich
Erwin – Straßenbahnfahrer
Walter - Straßenbahnfahrer
Gottfried Schuster – Straßenbahnfahrer
Ludwig Hinze – Straßenbahnfahrer
General Michendorff – Attentatsopfer
Sir Ernest Shackleton - englischer Polarforscher
Mr. Worsley – Kapitän der „Endurance“
Frank Wild - Seemann
Frank Büttner – Kloppi
Mandy Büttner – Kloppi 2#
Horst Büttner – Kloppi 3#
Dr. Möbius – Ehemann
Michael Brendel – Bruder von Gunnar Brendel
Heinz Hoffmann – Verteidigungsminister der DDR
Helmut Schmidt – Verteidigungsminister der BRD
Ronny – Ein Suchender
Josephus Morgenrot –
dritter Verleger von Gotthelf Balthasar von Klingenburg
Sir Johann Renigald van Mörzenfall – Großmeister der Tempelritter
Herr Pietsch – Grundstückseigner
Hans Klaasen – stellvertretender Direktor
Fritz Hagedorn – Hausmeister
Maik Schröder – Verbrecher
Elfriede Rechnaczek – Klassenlehrerin
Margot Pattusch – Küchenhilfe
Manfred Nehrkorn – Nachbar des Opferhaushalts
Erhardt Kießling – Passant
Hans Christian Körbele – Cousin
Gotthelf Balthasar von Klingenburg – Philosoph

"Der Tisch der Frauen"
autobiografischer Roman
1998

CD "Break 1" 2002

CD "Break 2" 2005